和漢韻文文学の諸相

村上哲見〈著〉
MURAKAMI Tetsumi

浅見洋二
松尾肇子〈編〉

勉誠社

まえがき

故村上哲見先生は、唐宋期を中心とする中国文学およびその影響下にあって生み出された日本漢文学に関して、多くの注目すべき研究成果を発表された。主な成果は単行の学術書として公刊されているが、それらに未収の論考も少なくない。本論文集には、単行本未収の論考を、第一部「中国詞論」、第二部「中国文人論」、第三部「日本漢詩論」の三部に分けて収める。

村上先生の研究は「詞」と呼ばれる中国韻文文学の研究から出発している。晩唐五代の温庭筠・李煜、北宋の張先・柳永・蘇軾・周邦彦、そして南宋の辛棄疾・姜夔・呉文英・周密ら唐宋期を代表する詞家とその作品について、重厚かつ精緻な研究を継続して行われた。かつて日本における詞の研究は他のジャンルに比して深みに欠けることは否めなかったが、村上先生の研究によって格段の深化を遂げたと言ってよい。本書第一部には、その成果の一部を収めた。

村上先生の詞に関する研究は、同じく韻文文学である詩に関する研究と連動している。当初から先生は、詩と詞とを包含するかたちでの「韻文文学研究」を目指しておられた。「韻文」とはいかなるものか――この問題意識が先生の研究をつらぬいている。例えば、第一部の第一章・第二章・第三章には、詩詞とその声律をめぐる原理論的な考察が多く含まれており、先生の先鋭な問題意識がよく伝わってくる。単行の学術書には述べられていない内容が多く、その意味でも貴重な論考である。

村上先生は、中国韻文文学研究の一環として、唐の白居易、宋の蘇軾・陸游ら、唐宋期の「文人」に関する研究にも注力された。本書第二部に収める論考はその成果の一部である。この分野の研究において先生は、作品の緻密な読解に加えて、文人なる存在を育《はぐく》んだ趣味嗜好から科挙制度に至るまで、中国の社会・文化の諸相を幅広くとらえようとされた。このような研究姿勢は第二部の論考にもはっきりと見て取れる。特に第十一章・第十二章には、従前の研究が取りこぼしていた作品の社会背景を丁寧に拾いあつめることで、文人の生の軌跡が浮き彫りにされる。それによって彼らの作品世界もまた更に輝きを増している。

村上先生の研究は、中国本土の韻文文学に限られない。日本における漢詩・漢文をも視野に納めるかたちで行われた。初期の重要な研究成果として、宋の周弼が編んだ唐詩の選集『三体詩』の訳注がある。先生の唐宋詩研究の一環をなすものであるが、同時に先生の日本漢文学研究のはじまりを告げるものでもある。『三体詩』は、南北朝時代から室町時代にかけての時期に日本にもたらされ、中国本土以上に広く読まれてゆく。いわゆる五山版のほか、江戸時代の刊本も少なくない。加えて、五山の禅僧や江戸の文人たちの手でさまざまな注釈も作られた。村上先生は『三体詩』の訳注を作成するに際して、それらを積極的に参照している。こうした経緯から、日本の漢文学に関する研究を構想されていったのであろう。それが後に、本書第三部に収めるような一群の研究成果へとつながっていったものと拝察される。

村上先生の日本漢文学に関する研究は、東北大学を退いた一九九〇年代半ば以降に本格化する。それまでの中国文学研究の成果を踏まえ、まさに満を持して行われた研究と言ってよい。多年にわたる中国文学研究を通して培われた知見が遺憾なく発揮されている。本書第三部の第十六章・第十八章・第十九章は、なかでも圧巻の論考である。いずれも先生の中国韻文文学研究の基礎なくしては生み出されなかった研究成果と言えるが、単なる中国文学研究の副産物であるにはとどまらない。日本の漢詩・漢文学の、中国本土のそれとは異なる日本的特性を鮮やかに闡明するものとなっている。

なお、第三部の第二十二章には、夏目漱石の漢詩に関する未発表の草稿を収めた。ここには「文人」なる存在に対する村上先生の憧れにも似た思いが率直に語られている。同様のことは、文人皇帝とも呼ぶべき清・乾隆帝に関する第二部第十五章の論考についても言えよう。おそらく先生は文人、とりわけその強靭さを内に秘めた洒脱なる精神を深く愛しておられたのだ。思えば先生ご自身も、強靭にして洒脱なる精神の持ち主であった。

本書には、ある程度まとまった分量を備えた、学術的な性格の強い文章を中心に収めた。村上先生はほかにも、短いエッセイの類を多く遺しておられる。それらについては基本的に割愛せざるを得なかったが、先生の研究を知るうえで重要と思われる文章は収めることとした。例えば、第一部の第五章。短い文章ながらも、真摯に詩詞と向き合おうとする村上先生のエモーションが濃やかに吐露されており、その「一般の滋味」（李煜「烏夜啼」）には掬すべきものがある。本章の末尾には次のような言葉が置かれている。

詞にかぎらず、一般に詩というものを読む際に、生半可な理解でおしとおしてしまうのはもとよりよくないとしても、訓詁的解釈に熱中するあまりに、『詩の心』をすなおに受けとめることを忘れるのも正しい態度ではないと、私は詩詞の学習を続けながらつねに反省している。ロゴスとしてのことばから飛躍して、読む者の胸にじかに訴える感情の流れ、それを受けとめることが、詩を読む第一歩であり、また窮極であると信ずるからである。

本論文集に限らず、村上先生の和漢韻文文学研究の全体を、その最も根本的なところから支える考え方を述べた言葉であり、われわれ後進に向けて希望の光を投げかける、このうえない励ましの言葉でもある。確《しか》とこれを受けとめたいと思う。

浅見洋二

目次

第二部　中国文人論

第三部　日本漢詩論

第一部　中国詞論

1　中国韻文史序論簡説

一　詩とその表現形態

今日われわれが「詩」というとき、往々にして中国の詩はもとより、日本のうたや欧州における poetry、Dichtung、poésie などの一切を包括する抽象的、普遍的な概念として用いていることがあるが、考えてみるとこれらは、もともと異なった言語の中で独自の表現様式として成長し、存在しているのであるから、無条件に等質のものときめてかかることはできないはずである。やはりまず最初に、なぜわれわれはそれらを「詩」という一語で包括し得るのかということを考えてみる必要があり、むしろそのことを通じてはじめて普遍的な「詩」というものを考え得るし、また諸言語それぞれにおける表現様式のその中における位置づけや特色などをも考えることが可能となるであろう。そしてそういうことになると、この「詩」とはもともと中国語であり、中国の文字なのであるから、その根源にさかのぼって本来の意義を確かめておかねばなるまい。

まず、二世紀の初めに成った中国の字書、『説文解字』（後漢・許慎、一二一年序）におけるこの文字の解説はつぎのごとくである。

○詩は志なり。言に従い、寺の声。

つまり言の部に属し、寺はその音を表わすのであり、基本的意義としては「志」であるという。この「志」は「之（ゆく）」と「心」の合成で（之と士とはもとは一つである）、心が動き出すことを表わす。そしてそれが「言」＝ことばと結びついて「詩」となるのである。ついで字書以外の文献に詩を説くものは更に古くからあり、『尚書（書経）・舜典』では

○詩は志を言い、歌は言を永うす。

といい、「毛詩の序」すなわち漢代に毛氏の伝えた『詩経』の序文では

○詩とは志の之《ゆ》く所なり。心に在るを志と為し、言に発するを詩と為す。

という。これらの文献は前漢初頭、紀元前二〇〇年前後もしくはそれ以前のものであるが、その説く所はほぼ一様である。すなわち中国では紀元前二～三世紀ごろに「詩」とは「志」（心情の発動）の言語表現であるという認識が相当に普遍的であったことがわかる。しかしこれはいわば理念の問題であるから、実際にどの様な言語表現を詩と呼んでいたかをみる必要がある。さきの『尚書・舜典』では「詩は志を言う」に続けて「歌は言を永うす」とあるが、この「永」は「詠」に通じ、ことばを長く伸ばしてうたうことをいう。この二句はひと続きに読むべきであり、従って、詩は志＝感動の言語による表現であり、その言語表現を詠ずるのが歌であるという風に解される。「毛詩の序」においても、さきの「心に在るを志と為し、言に発するを詩と為す」というのに続けて

○情　中に動きて、言に形《あら》わる。言いて足らず、故に嗟嘆す。嗟嘆して足らず、故に永歌す。云云

とあって、感動の言語表現の極まる所は歌になることを述べている。この詩と歌との関係を更に明確に説明しているのは、さきの『説文解字』にやや先んじて一世紀に成った『漢書』（班固、三二～九二）の「芸文志」で、そこにはつぎのようにある。

○書（尚書）に曰く、詩は志を言い、歌は言を詠ず、と。故に哀楽の心感じて、歌詠の声　発す。其の言を誦すれば之を詩と謂い、其の声を詠ずれば之を歌と謂う。

これらの文献はみな詩はすなわち歌辞であることを述べているが、更に現実に即していえば、『詩経』三〇五篇の詩をはじめとして、古時において詩と呼ばれる言語表現は、ほとんどすべてが歌辞であったと考えられるものに限られている。以上を要約して、古代中国における詩に対する考え方を、現実と理念の双方に即してまとめるならば、「古時においては歌辞を指して詩と称した。そしてそれは心情の発動を言語に表現したものと認識されていた」ということになるであろう。

しかしこの考え方は少し時代が下ると現実と合わなくなっている。というのは、二～三世紀の頃に詩と歌との分離という現象が起ってくるからである。一～二世紀頃に五言詩と呼ばれる一種の定型詩が生まれ、三世紀以降はこれが詩の主流を占めるようになるが、これはもはやうたうものではなかった。従ってさきの「歌辞を指して詩と称した」というのは、三世紀以降については通用しないことになる。そこでさきのまとめをより通時的に改めようとすれば、二世紀以前の歌辞としての詩と、三世紀以降の歌に非ざる詩との間に共通性を求めねばならぬが、それはそのいずれもが韻文であったという点に見出すことができる（どの様な表現形態を韻文と呼ぶかは問題

があるが、この点は次節において詳説する)。これにもとづいてさきのまとめを改めるならば、詩とは「心情の発動を表現した韻文」ということになろうし、更にこれを現代風にいいかえるならば、「抒情を主とする韻文」となるであろう。そして「詩」なる語をpoetry、poésie、Dichtung、(やまと)うたなどを包括するものとして用い得るのは、私はこの点にかかっていると思う。もとより近代になって韻文ならざる詩、散文詩なるものが登場することによって、さきの要約は詩の全体を掩うものではなくなるのであるが、少なくともそれぞれの民族における伝統的認識はそのようであったと考えられるし、散文詩もまたかかる認識を前提とし、巨視的にみればその一変型として登場するのである。つまり韻文の韻文たる所以を外面的、顕在的な言語の音声的形態に求めることを拒否し、内面的、潜在的な韻律によってそれを超えようとするものであり、その登場によってさきのいわば伝統的認識が無意味と化したとは思われない。

このように考えてくると、詩というものを言語表現の中で特色づけようとすれば、その表現形態が重要な一要素であることがわかる。もとより形態のみから詩を定義する、いいかえると韻文すなわち詩ということができないことも確かで、中国の場合についていえば、辞賦や箴銘など、詩に非ざる韻文様式がかなりな比重をもって存在するので、さきの表現を用いれば「抒情を主とする」という点も重要であるが、その反面、「抒情を主とする」言語表現がすなわち詩であるということもできまい。ことに詩を歴史的に考察しようとするときは、伝統的認識において詩が常に一定の韻文形式と結びつけて意識されていたという事実は否定できないし、散文詩もまたその延長線上において考えざるを得ないと思う。

そこで詩の歴史を表現内容、換言すれば詩において表現された世界という方からみることももとより大切であるが、一方その表現形態、すなわち韻文形式の変遷という面から考察することも軽視すべきではあるまい。いうまでもなくこの両者はもともと不可分一体のものであり、分割してしまえば本来の存在は死滅するともいえるが、考察の過程においてはそのような分析も許されるであろう。この小稿は、中国における詩の歴史に対し、もっぱらその表現形態の面に光を当て、その発展の経過を他の諸言語における韻文形式の実態や理念との対比において、いかに特色づけられるかという点についての一試論を提起するものである。

二　韻文の基礎

前節においては韻文なる語を無前提に自明のものとして用いたが、詩というものをその表現形態の面を主として考察しようとするからには、まず韻文とはどの様な言語表現であるかを更に詳密に考えておく必要がある。

王力の『漢語詩律学』では、導言の第一節を「韻語の起源及び其の流変」と題し、第二節で平仄と対仗（対偶法）について述べたあとに

○上節に論じた所の韻語は人類詩歌の共性であり、本節で論じた所の平仄と対仗は漢語（中国語）の詩歌の特性である。

と結ぶ。その第一節に論ずる所をみるに、ここにいう「韻語」とは脚韻を備えた言語表現の意であり、王力はそれを以て人類詩歌の「共性」であるという。そこには脚韻を備えた言語表現が韻文であるとし、かつそれが詩歌の普遍的な基本性格であるとする考え方がありありと読みとれる。しかしながら「人類詩歌」の実態を広く見渡

すならば、この考え方が普遍性をもち得ないことは明らかである。日本のうたにおいて脚韻の意識がほとんど欠如していることはいうまでもなく、英独のverse、Versにおいてもrhyme、Reimは決して必須の要素ではない。たとえばW・カイザー教授（Prof. Wolfgang Kayser）は、韻（Reim）の基本概念を説明するのにつぎのように書きはじめる。

◯韻は詩句の本質的要素ではない。散文でも韻のみられることがありうるし、韻をふんでいない詩もあるからだ。古代ギリシャ・ローマの詩ならびに古代ゲルマン語系の詩は韻とは無縁である。[1]

（"Das Sprachliche Kunstwerk"——『言語芸術作品』第三章　詩句の根本概念、第六節　韻。柴田斎訳、以下同じ）

このように根源にさかのぼればもとよりのこと、後世になってもたとえば弱強格五韻脚（iambischer Pentameter）の無韻詩（ungereimter Vers）がBlankversとして英独の韻文の中で重要な地位を占めた時期がある。そもそもReim（韻）がVers（韻文）の本来の属性であるならば、gereimter（韻をふんだ）Vers、ungereimter（韻をふまない）Versのようないい方が出てくるはずがない。そしてもともとこの「韻文」なる語は決して古いものではなく、おそらく近代になってから欧州のVersなどの訳語として登場したものであろうから、その基本的意義については、欧州におけるそれらの語に対する認識のしかたをまず訊ねてみなければなるまい。さきのカイザー教授は、Versの基本的な定義をつぎのように説く。

◯詩句（der Vers）とは音声上の最小単位（音節）の群からなる秩序ある単元（eine geordnete Einheit）である。そしてこの単元は自足完了的なものではなく、釣り合いのとれた反覆持続（eine korrespondierende Fortsetzung）を必要とする。

（同上、第三章第一節　詩句組織）

そしてその秩序の在り方は多様であるとして、フランス語（ロマン語系）、古典語、ゲルマン語系という三つのタイプを挙げる。その大要はつぎのごとくである。

（1）フランス語（ロマン語系）　一定の音節数とアクセントの位置。(2)

（2）古典語　音節の長短という時間単位の規則的な配列。(3)

（3）ゲルマン語系　強音節（Hebung）と弱音節（Senkung）の規則的連続。

しかしながら、この三つの場合はいずれも日本や中国における韻文にあてはめることはできないので、それらのすべてを包括するものとして韻文をとらえようとすれば、さきの定義も更にその奥を考えてみなければならぬ。そこでそもそも韻文（Vers）と散文（Porsa）との最も基本的違いをどのように考えるべきかを探ってみると、諸種のドイツ語辞典に共通する普遍的な考え方は、一方（Vers）を“gebundene Rede”（束縛された言語表現）とし、他方（Porsa）を“ungebundene Rede”（束縛されざる言語表現）とすることである。この区別はドイツ人らしく明快であるが、更に詳しくはその“binden”（束縛する）の内容が考究されねばなるまい。この“gebundene Rede”といういい方は、さきのカイザー教授の韻文の定義に「秩序ある単元（geordnete Einheit）」とあるのに通ずると思うが、カイザー教授は更に「音声上の最小単位の群からなる」とその内容を詳しくしている。しかしヨーロッパの場合についていえば、その実質は前掲のようにさまざまであっても、詩句において音節の構成を第一義的に考える所は共通するので、このような定義が通用するであろうが、中国のように音節構成よりも脚韻の方が優先する場合は、そこからはみ出してしまう。そこでそのすべてを包括しようとすればわくを広げるほかはなく、私は単に「音声的に秩序のある言語表現」とすべきであると思う。“gebundene Rede”というときも、その“Bindung”（束縛）の内容は何よりもまず音声上のそれであることが自明のこととして含まれていると思う。

つぎに言語表現においてなぜこのように束縛（Bindung）もしくは秩序（Ordnung）を生ずるかを考えてみると、表現というものはもともと常に他者への伝達を意識するものであり、従って常によりよく伝える、いいかえるとより印象強く受けとめさせることを求めるものである。その一側面として、修辞の洗練などと並んで音声上の技法がさまざまに工夫され、それが一定の秩序を形成することになる——少なくとも理念的にはそのように考えられると思う。そこで韻文における音声上の秩序なるものの内容を考究しようとすれば、まずその前提もしくは基礎となる、言語表現におけるさまざまな音声上の技法を分析しておく必要があり、それはかなり普遍的、一般的な形でとらえることが可能であると思う。私はそれをつぎの三つの面に分けて考えたい。

(1) 同音呼応

同音（音節全体の場合もあるし、音節を更に分割した部分だけの場合、音節の部分に全音節を加えた場合などがある）を処々に配して呼応させ、表現の印象を強めようとする技法。その中では句末または行末の音を呼応させる脚韻（Reim od. Endreim）が最も重要であろうが、そのほかに頭韻（Alliteration od. Stabreim）、句中韻（Binnenreim）、類韻（Assonanz）などがあり、更に日本における句中に同母韻を畳み重ねる技法（かりに重層韻と呼んでおく）などもこの中に含めて考えてよいであろう。

中国では詩歌の歴史はじまって以来、近代になって欧州の散文詩の概念が導入されるまで、一貫して脚韻が韻文の第一義的な必須の要素となって来た。おそらくそのことが王力をして「韻語」を以て「人類詩歌の共性」と錯覚させたのである。これに対し頭韻の方は、双声(4)の連語の場合は別として（これはそれ自体が詩歌の技法というのではない）、あまり重視されない。(5)

欧州ではゲルマン語系とロマン語系とで相当に事情を異にする。古時のゲルマン歌謡は頭韻を主としたが、のちにはゲルマン語系もラテン文学の影響のもとに脚韻の力点がおかれるようになる。しかしそれを韻文の必須の要素としないことは先述のとおりである。これに対し仏などロマン語系においては、韻文の中で脚韻（reim）の占める比重ははるかに大きい。(6)これは仏の韻文では英独におけるような強弱の音節を組合せた韻脚（Fuß）を基礎とする韻律（Metrum）が存在しないことと関係があると思う。

日本では周知のように脚韻の意識が極めて稀薄であるが、しかし

○あしひきの　やまとりのをの　したりをの……　（柿本人麿、拾遺七七八）

というような例をみれば、それが皆無であったとはいえない。とはいえ、従来いわれているように頭韻の方がはるかに重視され、

○たきのおとは　たえてひさしく　なりぬれと　なこそなかれて　なほきこえけれ　（藤原公任、千載一〇三二）

のような例は枚挙にいとまがない。更にもうひとつ留意すべきは、句の中で同母音を畳み重ねて流暢な調子を求める技法があることで、これは日本独特のものではないかと思う。例を挙げるならば

○あらさらむ《a》　この《o》よのほかの　おもひてに……　（和泉式部、後拾遺七六三）

のごとくである。島崎藤村の

○小諸《o》なる　古城《o》のほとり　（筑摩川旅情の歌）

なども、頭韻とともにこの重層韻の効果が強く感じられる。

(2) 音数律

句または行の音節数をそろえて表現を律動的にしようとする技法。日本の詩歌が、韻文としてはこの音数律を最もの基本としていることはいうまでもない。土居光知の音歩説（『文学序説』）は傾聴に値するが、それは音数律が内包する拍の律を摘出しようとするものであり、伝統的認識としてやはり音節数の律である。

中国でも古代歌謡以来、一句の音節数をそろえようとする傾向はかなり顕著に認められ、二世紀ごろに五言詩が登場して以後は、定型詩の一要素として重要な地位を占めることになる。この点については次節において詳説する。

仏の詩法においても、詩句（vers）の構成は、一定数の音節を律動強調音（accent rithmique、訳語は鈴木信太郎『フランス詩法』による）によってくぎるというのがその基本である。英独では一の強音節（Hebung）を中心とする二または三音節を韻脚（Fuß）とし、これを詩句構成の単位とする。つまり強弱の組合せの律と不可分一体のものとなっているが、詩句は原則的に一定数の韻脚によって構成されるので、結果的にはやはり行の音節数をそろえることになる。

(3) 音調律

ここにいう音調とは、発音の調子という広い意味で、言語の性格により、強弱、高低、長短など、その実質はさまざまである。そして音調律とは、句または行を構成する複数音節において音調の組み合わせを一定にする技法である。

中国における音調律は声律または平仄《ひょうそく》律と呼ばれる。もともと中国語には各音節に四種の高低の調子の区別があった（平、上、去、入）。七世紀ごろに定着した近体の詩法においては、この中の上去入の三声を仄声として平声と対置し、詩句において平声と仄声の組合せを一定にする規律がある。これが声律である（詳細は次節）。

英独では、各音節を強勢（Betonung）の有無（正確には程度）によって強音節（Hebung）と弱音節（Senkung）とに分ち、一の強音節を中心とする二または三音節の組合せを韻脚（Fuß）と称してこれを詩句構成の単位とすることはさきに述べたが、その組合せには一定の型があり、詩句においては韻脚の数のみならずその型が一定であることが要求される。逆にいえば、この韻脚の型と数とを一定にすることによって詩句には一定のリズムが生まれるのである。これが韻律（Metrum）であって、韻文の最も基本と考えられている。なお韻脚の型は基本的には四種で、それぞれ **Iambus**（弱強）、**Trochäus**（強弱）、**Daktylus**（強弱弱）、**Anapäst**（弱弱強）と呼ばれる。詩句においてこの型を一定にすることは、ここにいう音調律の一種にほかならない。仏ではこのような韻脚の意識はないが(7)、一定数の音節を以て成る行を律動強張音（accent rythunique）を以て区切るのはやはり広い意味での音調律といえるであろう。

日本の韻文では、音調律の意識は全く欠落しているといってよい。

以上述べ来ったところは韻文を音声的に秩序のある言語表現と解した上で、その秩序が生ずる基礎となる音声上の技法を、諸言語における詩歌の実態から帰納的に抽出して整理を試みたものである。そしてこれらが基礎となって音声上の秩序＝規格を生じ、詩句における一定の型、定格が形成されることになると考えてよいであろう。諸言語における詩歌の定格、定型詩のパターンはさまざまであるが、いずれも上述の三つの要素（少なくともそのいずれか）を基礎としていることは間違いあるまい。ただそれぞれにおける規格の複雑さや精密さの程度はさまざまであり、定型性の度合いというようなものを考え得ると思う。たとえば日本の短歌や俳句はほとんどもっぱら音数律に拠っており、同音呼応は装飾的な随時の技法にとどまり、音調律に至ってはその意識すら欠如している。これに対し中国の律詩や欧州のSonnetなどは、上述の三つの面がすべて精密な規律となっており、韻文が音声的に秩序のある言語表現であるとすれば、最も典型的な韻文であるということができる。この両者における音声上の規律を対比するに、律詩における句法が句の字数＝音節数を一定にする（五言または七言）ことはSonnet（英独の場合）が一行（Zeile）の韻脚の数を一定にする（五韻脚、Pentameter）のに対応するし、声律すなわち句中の平声仄声の組合せに一定の型があることはSonnetにおいて韻脚の型を一定にする（Iambus）のと対応する。韻がReimと共通性をもつことはいうまでもあるまい。なおこの対応関係が欧州の支那学者たちにもほぼ認められていることは、彼等の中国古典詩の翻訳が往々にしてこのような対応関係を意識してなされていることからも窺われる。(8)

三　中国における韻文形式の発展（その一）

上節の末尾に述べたように、中国の定型詩と欧州のそれとの間には、原理的に多くの共通性が認められるが、それぞれの成育の過程をみるに、欧州の方はもともとその淵源としてギリシャ・ラテンの古典文学と古代ゲルマン歌謡との両様があり、更に中世以後は英独仏等の諸言語文化それぞれの自立発展の過程の中にあって、葛藤、混合、相互影響等の複雑な経過がある。これに対し中国の韻文は、ほとんど他からの影響を受けることなく、もっぱらそれ自体の内在的要因によってのみ発展し、古代歌謡から近体という精密な定型詩を完成させて行く過程を、ひとすじの流れとして明確にたどることができる。なお日本の韻文も、音声上の規格については、やはり近代に至るまで他からの影響を受けることはなかったが、少なくとも原理的にはほとんど発展がない。すなわち早期に音数律が定着し、それを受け継いで行くにとどまるのであり、江戸時代に生まれた俳句も、韻文としての原理（音声的秩序の性格）からいえば、万葉の歌におけると本質的な違いはない。

そこで古代より唐代に至るまでの韻文形式の成育の経過を通覧するに、上述の音声的技法の三つの面がそれぞれ規格化して重層的に積み上げられ、精密な定型を完成して行く過程としてとらえ得ると思う。以下、その観点から中国における詩歌の形態の発展を概括する。

（1）同音呼応（韻）

先述のように中国では、近代になって欧州文学の影響を受けるまでは、詩は必ず脚韻を備えた文体で表現されるものであった。古代歌謡の集成である『詩経』の三〇五篇の詩は、ほとんどすべてがすでに脚韻を備えている。『詩経』の中で「周頌」の部（三十一篇）にのみ無韻詩七篇を含むことが何を意味するかは定説がないが、三〇五篇の中の七篇は例外的といってよいであろう。『詩経』の成立は、孔子編定の説に従えば紀元前五〇〇年前後のことであり、この説を疑ったとしても、そのころに三〇五篇の『詩経』が存在したことはほぼ間違いない。またそこに収録される詩の、製作時期を推測できるものについていえば、紀元前六世紀初頭が下限とされている。(9) すなわち紀元前七世紀以前において、歌謡はすでに脚韻を備えていたのであり、以来押韻法に変遷があるとはいえ、詩はすなわち有韻の文であることが一貫して継承される。これは日本や欧州の詩の歴史に比べて、中国の詩の伝統の大きな特色といってよい。近代にはいって散文詩も作られるようになったが、現今でもなお詩歌における脚韻の占める地位は決して軽視できない。

（2）音数律

『詩経』の詩が四言句（四音節ひとくぎり）を主としていることは周知のとおりであり、一句の音節数をそろえてリズムを調えようとする意識ないしは指向性があったことは明らかに認められる。しかし一句の音節数をそろえることを一種の規律として意識する、いいかえると音数律が定着するのは、一～二世紀ごろに登場したと考えられている五言詩にはじまる。五言詩の生成の経緯は詳らかでないが、おそらく漢代の歌謡（楽府《がふ》）に胚胎し、のちに曲を離れ、一種の定型詩として定着したのであろう。そして漢末、三世紀初頭以降はこれが詩の主流を占めるようになる。なおこの五言詩はすでに定型詩と称するに足る音声上の規格を備えている。その規格の要点は二つあり、ひとつは音数律で、一句五言、すなわち五音節ひとくぎりというのが厳密に守られるばかりでなく、その五音節は必ず第二音節と第三音節（すなわち二字目と三字目）の間に軽いくぎりがあり、常に「二・三」というリズムをもつ。もうひとつは押韻律で、必ず偶数句で押韻するという原則がある（ただ起句すなわち第一句だけは奇数句であるが押韻することがある）。これは同音呼応が定格化したというだけでなく、詩の構成の定格化をも意味する。中国では押韻が同時に叙述の段落を意味し、押韻の句のくぎりは、韻をふまない句のそれよりもはるかに重い。つまり欧州の詩においてしばしば韻をふんだ行からつぎの行へ叙述が続いて行く、いわゆるZeilensprung（Enjambement、跨句）というのは、少なくとも五言詩や近体詩の中には存在しない。[10] 従って偶数句押韻ということは、同時に二句一聯、つまり奇数句からつぎの偶数句へは叙述に脈絡があり、偶数句ではっきりくぎれることを意味する。見方によっては五言句といっても、奇数句のくぎりは欧州における行の途中のくぎり（Zäsur、césure）に相当する、いいかえると十音節一行であって五音節目に“Zäsur”があるとみることも可能であろう。ともかく五言詩の登場とその流行は、中国における詩の定格化が、音数律を加えることによって一段と進んだことを意味する。

（3）音調律

後漢末、建安年間（三世紀初頭）以降、五言詩が定着して韻文形式の主流を占めるようになるが、六朝時代後半（五世紀以降）にはいって、詩句における声調（四声）の配合についての工夫がはじまる。その頃に現われたらしい種々の説の内容はあまり明らかでないが、ある程度内容の知られている沈約の「四声八病説」についていえば、音節の四声（平上去入）を区別し、詩句において不協和な組合せがあることを指摘したもので、その不協和を生ずる組合せの八つのパターンを示して「八病」と称したのである。しかしやがて四声を平仄《ひょうそく》の二類とし（上去入の三声を併せて仄声とする）、その一定の組合せ方が規律となる。つまり当初はかくあるべからずという禁忌の型が示されたのであるが、のちにかくあるべしという定格に成長したのである。これが近体の声律であり、その考究は六朝時代にはじまっているが、規律として定着するのは唐代にはいってから、六〇〇年ごろ以降のことである。かくて五言詩における押韻律および音数律の上に音調律が加わり、多面的な規律のもとに精密な定型詩、近体が生まれた。

近体の詩には上述の音声上の規律のみならず、一首の構造や更には修辞法にかかわる規律もあり、極めて厳格な定型詩ということができる。律詩、絶句などの各種があるがいまその中で最も代表的な八句の律詩について規律の概略を述べる。

①　五言律詩と七言律詩の二種があり、それぞれ句の長さは五字または七字すなわち五音節または七音節に定まっている。そして五言句の場合は必ず「二・三」の構造をもち、七言句の場合は「四・三（または二・二・三）」となる。

②　二句一聯となり、聯の末尾すなわち偶数句の末字で韻をふむ（七言の場合は起句にも韻をふむことが多い）。それは必ず一種類の韻でなければならない。欧州の脚韻は二句の呼応が原則で、四行一詩節（Strophe）の場合は“abab”または“abba”もしくは“aabb”となるのが通常であるが、律詩の場合は必ず“（a）aaaa”（カッコ内は起句押韻の場合）である。

③　声律すなわち平声の音節と仄声（上去入）の音節とをどのように配置するかは、にわかには述べつくせないが、いま五言律詩の前半四句について、原則な平仄の配置を示すとつぎの通りである（後半四句はこのくり返し）。

仄仄平平仄

平平仄仄平（韻）

平平平仄仄

仄仄仄平平（韻）

ただすべてがこの通りである必要はなく、ある範囲で許容された自由度があり、またこれと平仄を全く逆にしたヴァリエィションなどがあるが、最も理想的なすがたを示せば上のような図式になる。実例を一つだけ挙げておくならば、杜甫の五律「春望」の前半四句は

○国破山河在　国破れて山河在り

城春草木深　城春にして草木深し

感時花濺涙　時に感じては花に涙を濺《そそ》ぎ

恨別鳥驚心　別を恨んでは鳥に心を驚かす

となっているが、この四句の平仄はつぎの通りである。

仄仄平平仄

平平仄仄平（韻）

仄平平仄仄

仄仄仄平平（韻）

これはさきの図に比べて、第三句の第一字（感）が仄声であるところが異なるが、ここは必ずしも平声にこだわらないので、規則（声律）にはずれているというのではない。その許容などの詳細はここでは省略する。

④　二句一聯ということは八句すなわち四聯であり、第一聯から首聯、頷聯、頸聯、尾聯と呼ばれる。そして頷聯と頸聯すなわち三、四の句と五、六の句とは必ず対偶法＝対句を用いることになっている。さきの杜甫の詩の例でいえば、「時に感じては花に涙を濺ぎ、別を恨んでは鳥に心を驚かす」の二句が頷聯であって、緊密な対句を構成している。これは修辞法にかかわる規律であるが、律詩という形式はもともと対偶法を中心に据え、これに首と尾と加えて一篇の詩を構成するというのが構造の原理なのであり、八句の律詩のほかに六句の三韻律詩、十句以上の排律などがあるが、この構造の原理はすべて共通である。すなわち中心に据える対句が一組の場合は三韻律詩となり、二組の場合が通常の八句の律詩、三組以上の場合は排律となる。排律には長篇が多く、五十韻、一〇〇韻すなわち一〇〇句、二〇〇句に及ぶことがあるが、その場合も首と尾との二つの聯を除いて、他はすべて対句を用いることになっている。

さて以上を綜合するに唐の近体に至るまでの中国の詩の歴史を韻文形式の発展という面からみるならば、言語表現におけるさまざまな技法を逐次規律として結晶させ、多面的な規律のもとに精密な定型詩を完成させるに至る過程としてとらえることができる。つぎにそうであるとすれば、その後の展開をいかに把握すべきであろうか。

鈴木虎雄博士は

○詩と称するものの総ての形式は唐の世に尽き、爾後今日に至るまで詩に新体を生ずることなし

（『支那詩論史』）

と述べられているが、これはもとより伝統的な限定された意味での詩についてのことである。中国では旧来唐代に生じた近体に対してそれ以前から存在する詩型を一括して古体とし、この両者を合して詩と呼ぶ。それ以後も抒情的韻文様式として詞、曲などが生まれているが、それらは伝統的認識においては詩とは別の様式とされている。しかしわれわれは欧州や日本の詩歌までをも含めて詩というものを考えようとしているので、詞、曲などを無視することはできない。そこで唐の近体から詞曲への推移をいかに把握すべきかが問題となるのである。

四　中国における韻文形式の発展（その二）

上述のように近体に至るまでの韻文様式の発展は、誤解をおそれずに単純化してしまえば精密な定型詩を完成させる過程であったとみなし得るが、それは規格が次第に多面的になったとはいえ、本来多様であるべき言語表現を斉一化していったという面があることは否定できない。韻文の本来の性格が“gebundene Rede”（束縛された言語表現）であるからには、その純粋な姿を求めようとすればするほど、規格化＝斉一化が進行するのは必然的な宿命であったといえよう。しかしその方向への発展は、近体という完璧な定型詩を生み出すことにとって極点に達したのであり、新たな発展は方向を転ぜざるを得ない。それは斉一な規格から複雑な規格へと向かったのであ

る。近体から詞曲への推移は、そのような新しい段階への発展であったとみなし得るであろう。以下は韻文における音声的規格の三つの面のおのおのについて、その段階的な変遷の過程を具体的に考察する。

(1)同音呼応(韻)

中国の韻と欧州のReim(Endreim)とが多くの共通性をもつことはいうまでもないが、その実質にさまざまな差異があることも軽視できない。福原麟太郎、吉川幸次郎という両碩学が詩についての議論を交した『二都詩問』は示唆する所の多い名著であるが、その中につぎのような一節がある。

○「西洋とちがうところは『一韻到底』を原則とすることです。どんな長い詩でも、はじめからしまいまで、同じ音尾の字をおし通します」というのには、何とも驚き入りました。(福原)

つまり欧州におけるReimは二行の呼応が原則であり、何種かの韻がさまざまに交錯するというのが通常である。最も普遍的に用いられるのは四行を一詩節とする交韻(Kreuzreim、abba)と抱韻(umarmender Reim、abba)とであり、重ね用いるときも対韻(Paarreim、aa)として二行ひとくぎりとなり、一首の詩の中でこれらをさまざまに組み合わせて複雑な構成になる。例えば代表的な定型詩Sonnetには押韻法にいくつかのタイプがあるが、シェクスピア風(shakespearian sonnet、またはイギリス風english)と呼ばれる型についていえば交韻の四行詩節を三つ重ね、対韻の二行を以て結ぶという構成、すなわち「abab、cdcd、efef、gg」となる。これに対し中国では、さきに挙げた五十韻、一〇〇韻に及ぶ排律の場合でも「aaaaaa…」であって、最後まで一種類の韻でおし通す。古体では途中で換韻(または転韻)することもあるが、その場合でもある韻をある程度続け、叙述が一段落したところで他の韻に転ずる。つまり、「aaaa、bbbb」のようになるのが通常で、異種の韻が交錯するということはない。このことは中国の韻と欧州のReimとの基本的な違いのひとつとして重視すべきであるが、ただこれは唐代を中心とする古体および近体の詩についてのみいえるのであって、中国の詩をもう少し広く見渡すならば、必ずしもそうではない。まず『詩経』に見える古代歌謡においては、種々の複雑な押韻法があり、その中には欧州の詩に普遍的にみられる型に類似するものも少なくない。若干の例を挙げる。

○摽　有　梅　a　摽《お》ちて梅有り
其実七兮　b　其の実は七つ
求我庶士　a　我を求むる庶《おお》くの士よ
迨其吉兮　b　其の吉なるに迨《およ》べ
（召南、摽有梅）

○野有死麕　a　野に死せる麕《くじか》有り
白茅包之　b　白茅もて之を包む
有女懐春　a　女《むすめ》有り　春を懐《おも》う
吉士誘之　b　吉士　之を誘え
（召南、野死有麕）

○殷　其　雷　a　殷たる其の雷
在南山之陽　b　南山の陽に在り

何斯違斯　a　何ぞ斯《ここ》にして斯を違《さ》り
莫敢或遑　b　敢えて遑《いとま》或《あ》ること莫きや
振振君子　c　振振たる君子
帰哉帰哉　c　帰らん哉　帰らん哉
（召南、殷其雷）

〇爰采唐矣　a　爰《ここ》に唐を采る
沫之郷矣　a　沫《まい》の郷に
云誰之思　x　云《ここ》に誰をか思う
美孟姜矣　a　美しき孟姜ぞ
期我乎桑中　b　我と桑中に期せん
要我乎上宮　b　我を上宮に要《むか》え
送我乎淇之上矣　a　我を淇《き》の上《ほとり》に送る
（鄘風、桑中）

欧州の押韻法にあてはまるならば、はじめの二例は交韻に当り、第三首の「殷其雷」は交韻の四句を対韻の二句（Reimpaar）で結んだ形、この組合せは欧詩に例が多い（さきのシェクスピア風十四行詩の末六行）。最後の例の末四句は抱韻と変らない。

漢代以降になるとこの種の交錯した押韻の例はにわかに乏しくなり、先述のように古体ではなお途中換韻を許すものの、近体では完全に一韻到底を以て貫徹することになる。そしてそれらが中国の詩の大きな部分を占めるのであるから、この種の押韻法が中国の詩の特色であるというのはそれなりの重さをもっているけれども、その一面、唐末以降の詞において、ふたたび複雑な交錯式押韻法が登場することも決して無視できない。これも若干の例を挙げる。

○月映長江秋水　a　月は映ず長江の秋水
　分明冷浸星河　b　分明に冷やかに星河を浸す
　浅沙汀上白雲多　b　浅沙の汀上　白雲多し
　雪散幾叢蘆葦　a　雪は散ず　幾叢の蘆葦ぞ

　扁舟倒影寒潭裏　a　扁舟影を倒《さかしま》にす　寒潭の裏《うち》
　煙光遠罩軽波　b　煙光遠く罩《こ》むる軽き波
　笛声何処響漁歌　b　笛声何処ぞ漁歌を響かす
　両岸蘋香暗起　a　両岸の蘋香　暗《ひそ》かに起る
（欧陽炯、酒泉子）

○漢使昔年離別　a　漢使　昔年の離別
　攀弱柳、折寒梅　b　弱柳を攀《よ》じ、寒梅を折り

上高台　b　高台に上りし
千里玉関春雪　a　千里なる玉関の春雪
雁来人不来　b　雁来れるに人来らず
羌笛一声愁絶　a　羌笛の一声　愁絶す
月徘徊　b　月　徘徊す
（温庭筠、定西蕃）

◯莫聴穿林打葉声　a　聴く莫れ　林を穿ち葉を打つ声を
何妨吟嘯且徐行　a　何ぞ妨げん　吟嘯し且つ徐ろに行くを
竹杖芒鞋軽勝馬　b　竹杖　芒鞋《ぼうかい》　軽きこと馬に勝る
誰怕　b　誰か怕れん
一蓑煙雨任平生　a　一蓑《さ》の煙雨　平生に任さん
料峭春風吹酒醒　c　料峭《りょうしょう》たる春風　酒を吹いて醒めしむ
微冷　c　微《かす》かに冷やかなり
山頭斜照却相迎　a　山頭の斜照　却て相迎う

回首向来蕭瑟処　d　回首す　向来《きょうらい》　蕭瑟たりし処
帰去　　　　　　d　帰り去らん
也無風雨也無晴　a　也《ま》た風雨無く　也た晴も無し
（蘇軾、定風波）

これらの例ではみな欧州でいう交韻、抱韻、対韻などを組み合せた交錯式の押韻法を用いている。従ってこの種の押韻法が中国にないとはいえないが、ただ、古代歌謡、古体詩、近体詩、詞と並べてみた場合、古代歌謡と詞とにのみ見られるということも留意すべきである。

つぎにもうひとつ中国の韻と欧州のReimとの差異としていわれていることは、たとえば小川環樹博士につぎのような指摘がある。

○注意すべきことは英詩などのように二音節以上の語において、音節にまたがる韻のふみ方が、中国には全然ないことである。fountainとmountainが押韻になるというような例はない。
（『唐詩概説』、唐詩の押韻および韻書）

すなわち中国の韻は欧州でいう男性韻（männlicher Reim末尾の一強音節の韻）のみに限られ、女性韻（weiblicher Reim、強音節に弱音節を加えた韻）は存在しないとの意であるが、この点についても、唐詩を中心とする古体近体の詩ではその通りであるけれども、更に広く見渡せば事情が変ってくる。というのは、古代歌謡においては、句末に助字を添えて押韻するという例が少なからずみられるからである。さきに交錯式押韻法の例として挙げた『詩経』の詩の中にも「七兮《しちけい》―吉兮《きちけい》」（摽有梅）、「包之《ほうし》―誘之《いうし》」（野死有麕）、「唐矣《たうい》―郷矣《きやうい》―姜矣《きやうい》―上矣《じやうい》」（桑中）などの例がみ

えているが、そのほか『楚辞』にもたとえば

○遂古之初　x　遂古の初め
誰伝道《だう》之《し》　a　誰か伝えて之を道《い》う
上下未形　x　上下　未だ形あらず
何由考《かう》之《し》　a　何に由りてか之を考えん

のような例があり、『詩経』と『楚辞』の両書におけるこの種の押韻を総合すれば、「○之」、「○兮」、「○也」、「○矣」、「○焉」、「○乎」、「○只」、「○止」、「○忌」などの形を抽出することができる。また『詩経』には更に

○俟我於著《ちょ》乎《こ》而《じ》　a　我を著に俟《ま》つかな
充耳以素《そ》乎《こ》而《じ》　a　耳を充たすに素を以てするかな
尚之以瓊華《くわ》乎《こ》而《じ》　a　之に尚《くわ》うるに瓊華を以てするかな
（斉風、著）

のように、助字を二つ重ねて添える例もある。この種の押韻について、従来は助字を無視してその前の実字のみを韻字とする、つまり最後の例でいえば、「著、素、華」の韻であるという風に説いているが、脚韻において末尾の音を無視してよいわけはなく、その証拠に末尾の助字はそれぞれにおいて必ず一定である。従って以上の例は、助字をも含めて二音節または三音節の韻と解すべきであると思う。ただこれらの場合、末尾は必ず助字に限定されており、音声的にも軽く添えられた形になるであろうが、それは欧州の女性韻が必ず強勢（Betonung）のある強音節（Hebung）のあとにそれのない弱音節（Senkung）を加えた組合せであることと照応する。ことに仏の

女性韻（rime feminine）は、末尾が無音（muet）の「e」の場合に限られている（givre と cuivre、grise と bise などのように）ので、中国の場合よりも限定が更に大きい。

このようにみてくると、欧州の女性韻に相当するものが中国に存在しないとはいえないのであるが、さきの交錯式押韻法の場合と同様に、漢代以降の詩にほとんどみられなくなってしまうことも事実である。そして宋詞に至ってふたたびつぎのような例が出てくる。

○聴兮清佩瓊瑤些　a　聴け　清佩瓊瑤を
明兮鏡秋毫些　a　明らかなり　鏡の秋毫
君無去此　x　君　此より去ること無かれ
流昏漲膩　x　昏を流し膩を漲らせ
生蓬蒿些　a　蓬蒿を生ぜん
虎豹甘人　x　虎豹　人を甘しとし
渇而飲汝　x　渇して汝を飲まん
寧猿猱些　a　寧ろ猿猱なれ
大而流江海　x　大にして江海に流れ
覆舟如芥　x　舟を覆すこと芥《あくた》の如し
君無助　x　君　助くる無からんか
狂濤些　a　この狂濤

（後闕略）

（辛棄疾、水龍吟）

この詞は全篇が「〇些」という脚韻で一貫している。宋詞におけるこの種の例は必ずしも多くはないが、それにしても古代歌謡に存在した技法が古体近体の詩において一旦ほとんど忘れられ、詞において復活するという点は、さきの交錯式押韻法の場合と軌を一にする。

（2）音数律（句法）

『詩経』、『楚辞』、ついで漢代の楽府においては、各種多様な句法が用いられたが、先述のように三世紀以降は五言の定格が詩の句法の主流となる。唐代になって七言の定格がこれと並行し、古体ことに楽府の中にはさまざまな句型があるとはいうものの、古体近体を通じて、五言と七言の二種の定格が圧倒的に優位を占めることは明らかな事実である。ところが唐末以降の詞になると「長短句」なる別称が示すように、ふたたび複雑多様な句型が錯綜して用いられるようになる（この傾向が北宋半ば以降に顕著になることは嘗て論じたことがある[11]）。ここでも古代歌謡―古体、近体―詞という三段階の変遷がみられるが、ほとんど自明のことなので、例などは一切省略する。

（3）音調律（声律）

詩において声調の組合せを考究するようになるのは、先述のように六朝時代後半以降のことなので、以上二項のように長期にわたる変遷を考察することはできないが、それでもこの意識を生じた当初においては、沈約の「四声八病説」が示すように、近体の声律よりもむしろ複雑なことをいろいろ考えていたようであり、それらが次第に整理されて近体の声律に落ち着いたといえるであろう。従ってそこには一種簡素化の過程がある。近体の声律では周知のように四声のすべてを区別せず、平仄の二類とみなすようになるし、またその配置の規律も絶句と律詩とを問わず共通であり、かつ一字毎の平仄を指定するようで複雑にみえるけれども、その原則を抽出するならば、二音節毎の平仄の交替と、反覆を避けるという二点にまとめることができる。これに比べると詞における声律ははるかに複雑である。もっとも当初は概ね近体の声律に準ずるものであったが、北宋半ば以降、慢詞と呼ばれる長篇形式が主流を占めるようになってからは、近体におけるような単一的な規律ではなく、ほとんど詞牌、すなわち曲調に合わせた歌辞形式のひとつひとつについての規律となる。また上去入の三声を一括して仄声とすることも、概ねについては近体と同様であるが、四声のすべてを区別してその組み合せを調えようとする傾向も無視することはできない。宋詞の詞牌（曲名）ごとの形式の規律を網羅的に整理した清の万樹は、その著『詞律』の発凡において、上去入の三声を区別せずに一括して仄声とみてよい場合が「十之六七」で、上去入を区別せねばならぬ場合が「十之三四」であるという。そしてことに詞の末尾は重要で、たとえば末三字が「平仄仄」ではなく、必ず「平去上」でなければならぬというような例をいくつか挙げている。これは決して奇矯の説ではなく、同じ詞牌による宋人の作品のいくつかを対比すれば、すべての場合というのではないが、上去入を区別する意識が相当程度にあったことが明らかに認められる。たとえば北宋末の詩人、周邦彦はその詞の格律の厳正なることを以て南宋の文人たちから尊敬され、追和の作が甚だ多いが、それらの追和の作を周邦彦の原作と比べてみると、詩における唱和のように韻字を共通にするというばかりでなく、一字一字の声調について、平仄どころか仄声における上去入の別をも周詞そのままに踏襲しようとするものが少なからず見受けられる。具体的な例を一、二挙げておくならば、周邦彦の「瑞龍吟」の詞に和した南宋の方千里の作は、全篇一三三字の中、原作の上声の字を入声と去声に代えたところがそれぞれ一字ずつあるだけで、あとの一三一字は平上去入の四声がすべて原作と完全に一致する。同様に「華胥引」の方千里の和詞の場合は全篇八十六字の中、四声が原作と符合しないのは、去声の字を上声に代えた一字だけである（紙数の都合上、作品を示すことは略する）。もとよりすべての詞人があらゆる詞牌においてこのように厳密に四声を区別しているのではないが、北宋末期から南宋における文人の詞には、韻文における音声上の秩序規律を追求することに異常なまでの情熱を注いだあとがありありと窺われ、上述の例はその極限のすがたを示すものといえよう。そして六朝以来の声律の変遷を概括すれば、六朝における「四声八病説」などから近体の声律に至る間には、むしろ簡潔に整理されるという過程があったが、詞に至ってまた繁瑣といってもよい複雑な規律を求めるようになったといえる。

以上述べ来ったところを要約するに、中国における詩歌の歴史を韻文形式の発展という面からみるならば、古代歌謡から唐の近体詩までは、多様な表現形態の中に整然たる規律を求めて洗練を重ね、韻文を構成する基礎なる音声上のさまざまな技法を逐次重層的に規律にまで結晶させ、多面的な規律のもとに斉整たる定型詩＝近体を完成させたということができよう。韻文というものが音声的に秩序のある言語表現である限り、その洗練もしくは発展がこうした方向に向うのは一つの必然性があったと思う。しかしながらこの方向への発展は、近体において一の極限に達したのであり、つぎの段階へは次元を新たにせねばならなかった。それは一旦完成された斉一な規律から今度は複雑多様な規律へ向ったのであり、そこに詞曲が生れたのである。その過程を図式的に示すならば、〝複雑↓斉一↓複雑〟と要約できそうでもあるが、近体から詞曲への推移は決して古時への回帰ではない。近体以前の韻文形式の複雑さは、言語表現本来の多様性による、未整理の複雑さであり、詞曲のそれは規律が複雑なのである。具体的にいえば、近体の詩律はその原理ないしは原則を整理して述べようとすれば、それほど多言を要しないし、また旧来行なわれているように、いくつかの図式を以てそのすべてを示すことも可能であるが、詞の規律のすべてを示そうとすれば、万樹の『詞律』もしくは康熙御定の『(欽定)詞譜』のように一巨冊となってしまう。しかしそれは『詩経』の詩もしくは漢の楽府のように示すべき規律が存在しないのではない。そこでその間の推移を段階的に示すならば、〝言語表現本来の多様性↓斉一な規律↓複雑な規律〟のように要約すべきであろう。従って韻文というものが音声的秩序を求める言語表現であるとするならば、近体から詞曲への推移は、韻文形式の次元を新たにした発展であったといい得るであろう。そして古代歌謡以来の韻文形式の変遷の長い歴史を通覧するとき、そこには言語表現の洗練に対する中国人の飽くことを知らぬ情熱もしくは執念の一側面がありありと感じられ、韻文形式についていうかぎり、それは日本の文学史には、欠落しているとはいえないにせよ、甚だ稀薄なものではないかと思う。

注

（1）E・R・クルツィウスの『ヨーロッパ文学とラテン中世』にも「韻は…中世の偉大なあたらしい創造である。云云」とある（Ernst R.Curtius、Europäische Literatur und lateinisches Mittelalter。南大路振一他訳）。

（2）原文は単に“Akzent”であるが、もとより英独における単語内のアクセント（accent tonique）ではなく、仏の詩法にいう“accent rithmique”（二六四頁参照）を指すであろう。

（3）この表現はわかりにくいが、長音節と短音節の規則的な配列といいかえられると思う。

（4）崎嶇《きく》、参差《しんし》、蕭瑟《しょうしつ》などのように最初の子音を共通にする連語をいう。

（5）のちに挙げる沈約の「四声八病説」では、詩句中に頭韻を用いることは「旁紐」と称して禁忌のひとつに数えられている。

（6）さきに引用したカイザー教授の文章には「韻は詩句の本質的要素ではない」とあるが、鈴木信太郎『フランス詩法』には、「…斯の如く脚韻は、フランス語に於いては詩句の根本を形成するとも思はれるほど重大な要素である…」と述べ（二〇七頁）、その重要性を示す実例としてヴォルテエルがシェクスピアの「ジュリアス・シィザァ」を翻訳したとき、原文がblanc verseであるのに倣って十二音綴の無韻詩に訳したが失敗に終ったことを挙げる（二一三頁以下）。

（7）仏の詩法でも、脚piedという語を用いることがあるが、二音綴の集合をいう場合と一音綴を指す、つまりsyllabeと同義に用いる場合とがあり、鈴木信太郎氏は「斯の如く、脚といふ意味には両様の慣用があるから、寧ろ音綴という正確な語を使用すべきであろう」（『フランス詩法』五八頁）と述べる。

（8）たとえばG・デボン教授（Prof. Günther Debon、Univ. Heidelberg）の「唐代の詩人たち」（Chinesische Dichter der T'ang-Zeit、Reklam）では、多くの引用詩の翻訳を、五言の場合は五韻脚に、七言の場合は七韻脚に対応させ、脚韻の位置を合わせるなど工夫を凝らしている。

（9）「陳風」の「株林」の詩を毛序では陳の霊公（在位（紀元）前六一三～（紀元）前五九九）と夏姫の密通をそしる歌であるという。毛序による限りこれ以後の歌はないが、漢・劉向の「列女伝」によれば、「邶風」の「燕燕」を衛の定公（紀元前五八八即位）の夫人定姜の作とするので、この方が新しいことになる。

（10）ただし詞においては挿入的な軽い韻があり、その場合は韻を越えて叙述がひとつづきになることがある。

（11）拙著『宋詞研究——唐五代北宋篇』（創文社）参照。

2　中国の韻文文学諸様式の相互関係について

「詩」という文字もしくはことばは、今日ではひろく韻文文学一般を包括的に指すものとして用いられているが、中国の伝統的な認識においてはそうではない。[1]それは韻文文学の中の特定の形式をもつものを指していう。もとより特定とはいっても、周知のように大別して古体と近体とがあり、更にその中に例えば五言古詩とか七言律詩とかという風に様々な種別があるが、それにしてもある限定された範囲のものに限られている。そしてその各種のすべてが備ったのは唐代である。鈴木虎雄博士の『支那詩論史』(一九二七年)にはつぎのようにある。

詩と称するものゝ総ての形式は唐の世に尽き、爾後今日に至るまで詩に新体を生ずることなし。

右の文中における「詩」は、決して「韻文文学」とおきかえることはできない。つまり韻文文学の形式の発展が唐代において停止したことを意味するのではなく、中国の伝統的な認識においては、唐代を過ぎてのちに登場した新しい韻文様式は「詩」の中に含まれないのである。宋代に流行した「詞」や、元代の「散曲」などがそれに当る。われわれからみれば詩という概念に包括されてもよいと思われるこれら後起の韻文様式が、何故にそうはならず、一貫して区別され続けたのであろうか。しかも詩が唐代を区切りとして断絶し、詞や散曲がこれに代ったというのではなく、今世紀に入って近代文学が起るまで、詩は文人階層の第一義的な文学様式として生命を保ち、その意味ではむしろ韻文文学の主流を占め続けたのであるから、事情は一層複雑である。そこには中国における文学認識に関する多くの問題が含まれていると思う。

一説によれば、詞や散曲は俗間の歌辞文芸にはじまっているから、士君子の文学たる詩とは一緒になり得ないのだという。たとえば『四庫全書総目提要』の「詞曲類」のまえがきにはつぎのようにある。

詞曲の二体は、文章と技芸との間に在り。厥《そ》の品　頗《いささ》か卑しく、作者貴からず。特《た》だ才華の士の、綺語を以て相高うするのみ。

たしかに宋以後の実態に即してみれば、詩と詞曲とが区別されるのは「雅俗の見」による所が大きく、その根底には士君子のモラル意識（君子は雅でなければならず、俗を排斥しなければならないというsollenの意識）があると考えられるが、歴史的に通観すると、それだけでは説明のつかない面がある。なぜなら、もともと詩ということばは、古代においては歌謡の辞を意味した。後世『詩経』と呼ばれている書物は、いわば古代歌謡の集成であり、その中には朝廷の儀式における歌辞などをも含むが、各地方の民謡の類がむしろ多きを占めている。また時代が下って漢代の歌謡は後世「楽府《がふ》」と呼ばれるが、そのスタイルは古体詩の一種として詩の概念の中に包括されている。だから俗間の歌辞文芸から出発したということは、それだけでは詩の概念から排除される理由にはなり得ないはずである。従って何故に詞曲の類が楽府のごとき道をたどることができなかったかが問題とされねばなるまい。この点について私は、唐宋の間に中国特有の文人官僚階層（西欧人のいうマンダリン）が形成され、定着したことを考慮すべきであると思う。この階層の性格やその形成についてここで詳説するゆとりはないが、必要な点を摘記しておくならば、六朝以前は、社会的身分、地位は概ね世襲を原則としたのに対し、宋以後の文人官僚階層は、科挙という試験制度の整備と相俟って、各個人の資格の有無が優先することになる。そして唐代というのは、ちょうどその中間に在ってその移行期に当ると考えてよい。もとより個々の事実に目を向けるならばさまざまなヴァリエィションがあるのは当然だが、少くとも理念的にはそのようであり、また事実としてもこの原則は相当程度に貫かれていると思う。そしてこの文人官僚階層が理想として掲げる人間像は、いわゆる「士君子」の理念であった。この理念はいうまでもなく孔子以来の伝統をもつが、血統に頼らず個々人の人格のあり方が決定的な意味をもつことになったこの時期において、いっそう明確な姿を持って認識されることになった。更に当面の問題との関連において見落してならないことは、この士君子の理念において、詩文の能力というものが極めて重要な意味をもつことになった点である。それは士君子たるに必須の基礎条件であり、かつ具体的であるだけに、実際問題としては最も重要な要素となった。いいかえると、詩文の能力をもつか否かが、実際には士君子と庶民とを分つほとんど決定的なメルクマールとなったのである。従って私は、つぎのようなことがいえると思う。すなわち、文人官僚階層の定着とともに士君子の理念は格段に明確化され、それに伴ってその基礎条件たる詩文の概念もまた固定化されたのである。だからこそそれ以前に起った韻文様式は概ね詩の概念の中に包括されたのに対し、後起の様式はもはやその中にとりこまれることがなくなったのではあるまいか。唐よりのち「詩に新体を生ずることなし」という鈴木博士のことばは、伝統的な詩の概念に従う限り、たしかにその通りなのであるが、韻文文学を包括的に観ようとするならば、問題はそこでは終らない。そして以後の韻文様式との関係、それぞれの位置づけを明らかにしようとするならば、どうしても右のように、認識の問題に立ち入って考えざるを得ないと思う。

つぎに、右に述べたのは、もっぱら理念ないしは認識における位置づけの問題であるが、実際にそれらの諸様式がどのように区別されるかということになると、これと全く別個ではないにせよ、些か次元の異なった問題となる。ここではとりあえず宋代における詩と詞との間におけるこの問題をとりあげてみたい。

この点について、常識的にはまず形態の面から、詩が概ね五言または七言という整然たる句形を用いるのに対し、詞は「長短句」という別称が示すように、長短さまざまの句形を併せ用いる所に特色があるとされる。試みに詞の一首を句読を切らずに掲げてみよう。

星斗稀鐘鼓歇簾外暁鶯残月蘭露重柳風斜満庭堆落花」虚閣上倚欄望還似去年惆悵春欲暮思無窮旧歓如夢中

（唐、温庭筠「更漏子」。詞は前後二段から成るものが多く、「」はその区切りを示す）

右は詞が流行しはじめる早い時期、晩唐の「小令」（短篇）の作で、詞の形式としては単純な方に属するが、いわゆる漢詩に相当なじんだ人でも、もし詞というものに接したことがないというのであれば、句読を切ることすら容易ではあるまい。句毎に行を換えて訓を加えるならばつぎの通りである。

星斗稀　　星斗《ほし》は稀《まれ》に
鐘鼓歇●　　鐘鼓は歇《や》みて
簾外暁鶯残月●　　簾《みす》の外に暁《あけ》の鶯　残《かたぶ》ける月
蘭露重　　蘭におく露は重く

柳風斜。　　柳にふく風は斜めに
満庭堆落花。　　庭に満ちて落花は堆《うずたか》し

虚閣上●　　虚《むな》しき閣《たかどの》の上に
倚欄望●　　欄《おばしま》に倚りて望《なが》むれば
還似去年惆悵●　　還《ま》た似たり去年《こぞ》の惆悵《ちゅうちょう》たりしに
春欲暮　　春は暮れなんと欲《す》るに
思無窮。　　思いは窮まり無く
旧歓如夢中。　　旧《かつ》ての歓びは夢中の如し

（●は仄声韻、○は平声韻を示す。以下同じ）

右の詞の句読が切りにくいとすれば、何といっても、詩、とくに唐以後その中心を占める近体の詩と異なって、句形が変化に富むからに違いない。たしかにこの長短句のスタイルは、詞の特色として、従って詩詞の区別における重要な要素として考慮すべきであるが、更に精密に考えようとするならば、それだけで割り切ることはできない。というのは、のちに挙げる「浣渓沙《かんけいさ》」詞の例のように、詞にも七言または五言の句で統一された形式があるし、他方、詩にも古体なかんずく楽府には、長短さまざまの句を併せ用いるものが少なからずみられるからである。

更に詩と詞とを区別する常識として、詩がもっぱら読むための韻文様式であるのに対し、詞ははじめから歌辞として作られるという点が挙げられる。しかしこれも、宋代における詩詞の一般的なあり方からいえば決して間違いとはいえないが、長い歴史を通じて巨視的にみようとすれば、決して決定的な区別とはいえない。『詩経』の詩や漢の楽府などが本来歌辞であったことはすでに述べた通りであり、また唐代では、王維の「元二の安西に使するを送る」(陽関曲)や、李白の「清平調」などの例が示すように、七言絶句を主とする詩がしばしば歌唱されたことは疑いを容れず、その一方、詞において、曲調の絶えたあとに古辞の形式を模して作詞することが、宋代にすでにはじまっているし(2)、更に元明の間に曲調の伝承が断絶したあとも、清朝において大流行したことは周知のとおりである。明清以降、現代に及ぶまで作られ続けている詞(3)は、もはや歌辞ではなくて読むための韻文文学なのである。

このように考えてくると、詩と詞とは、認識の上においては別個の様式とされているにもかかわらず、実際問題としてその間に截然たる一線を劃することは不可能に近いことがわかる。とはいえ、認識の上において厳然と区別され続けたという事実は、中国における韻文文学——広義の詩——のあり方を考える際に、決して軽視することはできない。

ここで詩詞の別について従来あまり詳細に議論されることのなかった重要な面があることを指摘しておきたい。さきに挙げた詩詞の別についての二つの常識は、いわば形式的、現象的な面にすぎず、問題はもっと奥の深い、文学的な本質にかかわる所にひそんでいるのではあるまいか。すなわち、その作品によって表現される、もしくは作者が表現しようとした詩情《ポエジイ》、いいかえるとその作品のもつ内面的な世界、伝統的な表現を用いるならば「境界」における差異を考究しなければならぬと思う。この点に関してひとつの興味深い事実をつぎに挙げてみたい。

宋代の詞人としては比較的早い時期の、北宋中期の宰相であった晏殊《あんしゅ》につぎのような「浣渓沙」の詞がある。

一曲新詞酒一杯。　一曲《ひとふし》の新しき詞《うた》に酒一杯
去年天気旧亭台。　去年の天気　旧《もと》の亭台
夕陽西下幾時回。　夕陽　西に下りて幾時《いつ》か回《かえ》らん

無可奈何花落去　奈何《いかん》す可《べ》くも無く花は落《ち》り去《ゆ》き
似曾相識燕帰来。　曾《かつ》て相識《あいし》りし似《ごと》くに燕は帰り来《きた》る
小園香径独排徊。　小《ち》さき園《その》の香《か》ぐわしき径《こみち》に独り俳徊《さまよ》う

この詞は数多くの宋詞の中でも、傑出した名作として永く愛唱され続けたものである。僅か七言六句の小品であるが、中でも強烈な印象を与えるのは、後段はじめ二句の対《つい》であろう。春たけなわに散りゆく花びら、人がいかにそれを惜しもうともどうすることもできない。「奈何《いかん》す可くも無し」の四字は、散りゆく花、過ぎゆく春に対して、人が何事をも為し得ないという歎きである。この四字は同じ意味のことを「没奈何《いかんともするなし》」もしくは「可奈何《いかんすべけん》」の三字、「奈何《いかんせん》」、「無奈《いかんともするなし》」の二字、更には「奈《いかんせん》」の一字でも表わすことが可能であり、一般に詩詞ではできるだけ簡潔な表現を用い、限られた字数の中でできるだけ多くのことを言おうとする傾向があるが、ここでは逆に一群の同義語《シノニム》の中で最も音節の長い表現を用いる。「無可奈何《ウーコナイホ》」の四音は、声調からいえば平声、上声、去声、平声という組み合せで、起伏に富みながらねばりつくようななよやかな響きをもち、その響きが、どうしようもないという歎きと溶け合って切り離せないものとなっている。これに対して下三字は、この上もなく簡潔に「花は落《ち》り去《ゆ》く」と収束する。何の花とも、どのようにともいわず、具体的でないだけに却って象徴性を帯び、

花一般の凋落であり、春の過ぎゆくさまであるとともに、時の流れの中にすべての華やかなるものがうつろい行くことを表わすがごとくでもある。かくて「無可奈何」の四音がこの上なく深い響きを奏《かな》で、詠歎の情ははてしらずひろがるのである。これと対《つい》を成すつぎの句、「曾て相識《あいし》るが似《ごと》くに燕は帰り来る」の「相識」は、面識がある、知り合いであるということ。またその人を指し、「曾相識《そうそうしき》」と名詞のように読むことも可能である。春ともなれば南海より飛来する燕、その燕はむかしなじみであるかのように、いわば当然のような顔をして帰って来る。この詞は、時の推移、万物の無常を一篇の主旨とするものと思うが、この一句はその中に在って、懐かしげに帰来する燕に僅かな慰めを見出す意であろう。そして主題を集約した観のある「無可奈何」の句と対《つい》して絶妙のバランスを示す。この一首が不朽の名作として称揚されるのは、ここの対句の成功に負う所が甚だ大きい。これに続く結びの一句もすばらしい。「小《ち》さき園の香《か》ぐわしき径《こみち》に　独り徘徊《さまよ》う」という「徘徊」は、あてもなくさまようであるとともに、とりとめもなく思いがひろがるの意でもあろう。詩、とくに近体詩は、二句一組というのが基礎単位となって構成され、このように対句のあとを単独の句で結ぶことはほとんどあり得ない。この詞の場合、単句で結ぶことが却って無限の余韻を呼び起し、近体詩などとは全く異なった効果をもたらしている。

　さて晏殊の「浣溪沙」詞、とくにその後段三句の成功について些か贅言を費やしたが、晏殊がこの三句を七言律詩の中にも用いていることは案外知られていない。それはその詩が、今日のわれわれから見てもとくに傑出した作とは感じられないようなものであるからに違いない。詞の中であれほど高らかに響いた句が、律詩の中ではにわかに色褪せて見えるのである。それはつぎの一首である。

　仮中示張寺丞王校勘　仮中、張寺丞・王校勘に示す

元巳清明仮未開。　元巳《げんし》　清明　仮《か》未だ開けず
小園幽径独徘徊。　小園　幽径　独り徘徊す
春寒不定斑斑雨　春寒定まらず斑々たる雨
宿酔難禁灩灩盃。　宿酔《しゅくすい》禁《た》え難し灩灩《えんえん》たる盃
無可奈何花落去　奈何《いかん》す可くも無く花は散《ち》り去《ゆ》き
似曾相識燕帰来。　曽て相識るが似《ごと》くに燕は帰り来《きた》る
遊梁賦客多風味　遊梁の賦客　風味多し
莫惜青銭万選才。　惜しむ莫《な》かれ青銭万選の才

この「浣渓沙」詞と七律との対比については、清朝の詞論家にすでに説がある。

細かく「無可奈何」の一聯を玩《あじわ》うに、情致纏綿《てんめん》として、音調は諧婉、的《まこと》に是れ倚声家（＝詞人）の語なり。若し七律と作《な》さば、未だ軟弱を免れず。（張宗橚『詞林紀事』）

その要旨は、かの対句の纏綿たる情緒となよやかな音調《しらべ》とは、詞にはぴったりだが、七律としては弱々しくてふさわしくないというようなことである。すなわち「軟弱」、弱々しいということは、詞においてはむしろ優れた点として評価され得るが、詩においては「病《へい》」、欠点として退けられねばならないのである。この『詞林紀事』という書は、書名が示すように評論を主とするものではないが、右に引いた著者の按語はかなり的確であると思う。そしてその趣旨を一般論に推しひろめるならば、詩と詞との間には、それぞれ様式としての指向性に差があるといえるのではあるまいか。

詩がいかにあるべきか、いかなる「境界」を目指すかという議論は、にわかに列挙し得る所ではないが、具体的な指標として、盛唐の詩をもって中国の詩の最も傑出した部分とする認識が普遍的に存することは否定できないであろう。盛唐詩を範とする説を詩論として展開した早いものに、南宋、厳羽の『滄浪《そうろう》詩話』があることはよく知られている所だが、この中に「九品」、詩において尚ぶべき品格を九つに分類して挙げている条がある。それは「高、古、深、遠、長、雄渾、飄逸、悲壮、凄婉」の九つである。それはいわゆる「盛唐の気象」というものの内容を整理したものと考えておそらく間違いない。そしてのちに明代になってやはり「詩は盛唐」と唱えたいわゆる「格調」派の理論につらなる。この「格調」説を首唱した李攀龍《りはんりょう》（日本では『唐詩選』の撰者として知られる）たちは、中国では後世あまり重んじられないけれども、その主張は抹殺し得ないと思う。すなわち、詩のできばえについて何よりもまず「格調」の高下を問うべきだという議論は、決して無視することができないのである。

一方、詞においては、「格調」ということが問題にされることはまずあり得ない。結論を急ぐために、詞という様式の目指すところを武断をもって簡潔に言い切ってしまうならば、私は「繊麗精緻」という四字で表わし得るように思う。それは厳滄浪のいう「九品」などとはおよそ重なる所がない。さきに挙げた晏殊の同じ句を用いた詩詞の成功、不成功は、それぞれの様式の内包する指向性に差があることを端的に示した例といえるであろう。このように考えてくると、様式の差異を論ずるには、形式的、現象的な面にとどまらず（それらが無視できないものであることもたしかではあるが）、やはり文学としての実質にまで踏み込まねばならぬと思うのである。

なお、何故に右のような差異を生ずることになったかということになると、さきに述べた士君子のモラル意識との関係が重要な契機になっていると思う。つまり士君子の文学として認識されたか否かということと循環的な関係があると考えているが、この点に論を進めることは別の機会に譲りたい。

注

（1）中国でも近代になるとひろく韻文文学を指して詩ということが少なくない。たとえば陸侃如・馮阮君の名著『中国詩史』（一九三一年）は、のちに述べる詞曲など、韻文文学の一切を採り上げている。

（2）拙稿「漁父詞考」（『集刊東洋学』十八号、一九六七年）参照。

（3）毛沢東主席が好んで詞を作ることは、昨今よく知られているであろう。

附記　当地に来住してはや六年に近い月日が過ぎた。井上、岡阪両先生が間もなく御退官と聞いて、あらためて京都教育（学芸）大学在任当時を懐かしく想い起し、両先生の御厚誼に対する感謝の念を新たにしている。稿を求められるままに、最近考究する所の一端をまとめて一篇を草した。京都以来の唐宋詩詞研究を今なお続けていることを示して両先生に対する御挨拶に代え、併せて他の諸先生、同学諸賢への近況報告ともする次第である。

（一九七二、一一、三〇、仙台にて）

3 花間詞の声律

前言

近体詩の形式は通常知られているように絶句・律・排律の三種があるのみで、句の長さも五言と七言の二種に限られ、しかも一首の詩の中で五言と七言の句が混合して使用されることはない。一方この近体と略々並行して制作された詞については、それがメロディにのせて歌唱されるのを本旨としたものと伝えられるだけに形式において遥かに変化に富んでいる。現在伝わっている形式を詞譜・詞律等に就いてみれば、一句の長さは一字より九字までのあらゆる長さのものがあり、しかも一首の中にさまざまの長さの句を含みうる。一首の詞の長さも、最も短きもの十四字から最も長きものは二百数十字に及び、九種類の長さの句がさまざまに組み合わされてその形式は無限に増加する可能性をもっている。けれどもそれは決して恣意的に文字を積み重ねるのではなく、「歌唱されるもの」という性質からその形式は当然、原初的にはメロディに規制される筈である。従ってその形式の増加はメロディの増加に平行するものであり、また同一のメロディに添うものは同一の形式をもつ筈である。そこでメロディの名称（詞牌）が同時に歌詞の形式をも示すことになり、康熙御定の『詞譜』によれば詞牌の種類は八百二十六調に及ぶ。

ここに問題とすべきことは、この千に近い数の名称に規定された詞の形式というのは単に句の長さとその組み合わせが規定されているのみでなく、近体詩と同様にその内部の平仄図式が規定されていることである。それはメロディによって規制された、すなわち平仄を無視して構成されるとメロディと調子が合わなくなるから、とも考えられるが、それと同時に詞というものがメロディにのせて歌われるものであるとともに詩と同様に朗誦にも耐えるものであった、又は耐えるべく制作されたとも考えられる。もとよりメロディにのせる際にも、本来の声調が生かされるような考慮があるのは当然であり、特に要処々々においてはそうであろうけれども一字一字（一語一語）がすべてメロディと必然的な関係をもつものではない。又実際の作品についてみれば同一形式の二首の詞において同一の位置の句の平仄が全く逆になっている場合が屢々みられる。

註、此の論文中○×◎⊗の記号はそれぞれ平声・仄声・平韻・仄韻を示す。

［例一］

河瀆神　　温　庭筠

河上望叢祠、廟前春雨来時、楚山無限鳥飛遲、蘭○棹×空○傷○別×離○、　何処杜鵑啼不歇、艶紅開尽如血、蟬鬢美人愁絶、百花芳草佳節、

又

孤廟対寒潮、西陵風雨蕭蕭、謝娘惆悵倚欄橈(1)、涙流玉筯千条、暮天愁聴思帰落(2)、早梅香満山郭、廻首両情蕭索、離魂何処飄泊、

[例二]

天仙子　　韋　荘

悵望前回夢裏期、看花不語苦尋思、露桃花裏小腰肢、眉眼細、鬢雲垂、唯有多情宋玉知、

又

深夜帰来長酩酊、扶入流蘇猶未醒、醺醺酒気麝蘭和、驚睡覚、笑呵呵、長道人生能幾何、

[例三]

楊柳枝(3)　　温　庭筠

宜春苑外最長条、閑裊春風伴舞腰、正是玉人腸絶処、一渠春水赤欄橋、

又

南内牆東御路傍、須知春色柳糸黄、杏花未肯無情思、何事行人最断腸、

その他にも例は多いがここでは同一作者の手になるもののみを掲げた。これらの例は一つ一つを採り上げてみれば平仄の整った形といえるが、二首を並べてみると平仄が全く逆になっている部分がある。平仄図式がメロディによってのみ規制されるものならばこの様なことは到底あり得ない筈である。又高度の声調に対する意識をもっていたと考えられる当時の詩詞作者達にとっては、ポエムの制作にあたってメロディ等を考慮しなくとも平仄を整えて制作することが自然であったろう。これを要するに、詞の平仄の規定はメロディに支配されるであろ

うことは一応考えられても、それと同時に或はそれ以上に詩と同様に朗誦して耳に順であろうとする意識に基くものであると考えられる。さればこそメロディの伝が絶えた明清の間にあっても詞が一部文人の間に愛好されることが可能であったわけである。(4)

現在伝えられている詞の平仄図式は『詞譜』(5)、『詞律』(6)等において網羅的に収録されているが、これらは数多くの形式（詞譜に於ては八百二十六調、二千三百六体）の各々について代表的な作品を挙げ、『詞譜』では平仄の記号を注し、『詞律』では融通性のある部分に可仄・可平の注を加えることによって整理されている。

しかし形式が如何に無数にあろうとも、それが共通の声調意識に基いている以上、その中に普遍的な原則が存するであろうことは想像に難くない。我々の前に遺されているのは具体的な個々の作品である。我々は逆にそれらの作品から原則的なものを導き出すことによって作者達の声調に対する意識、更にいうならば如何なる調子を耳に順とし或は渋とするかという基本的な感覚に近づくことが出来るであろう。

この論文はそのような意図の下に詞の最初の総集として伝えられている『花間集』に収められた作品について、種々の方向からあらゆる詞牌に共通の（詞型に拘わらない）声調についての原則を導き出そうと試みたものである。

勿論作者達が単純な原則に基づいてのみ制作するとは考えられず、奇矯を衒い技巧を凝らし、或いは不協和の協和を意図するというようなことも当然考えられる。しかしこうしたいわば特殊なものに眼を奪われては作者達の基本的な感覚に近づくことは出来ない。ここでは私自身の理解の段階として、極度に単純化された・純粋化された形を見出すことに努めた。このような意図から、詞が一応完成された形で出てくる最初の総集である『花間集』を材料として採り上げることは妥当であろうと思う。
以下の論文は前半において一句内の平仄法を、後半においてはそれらの句が一首の詞を構成する際の平仄の組合せ方について、主として近体詩の原則との対比において考察した。

一　一句内の声律

『花間集』中の詞における句の長さは二字より七字までの六種である。詞譜・詞律の如く網羅的に詞型を収めたものの中にはその外に一字・八字・九字の句があるがそれは多くない。また十字以上の句は例外的な特別の場合である。又二字より七字までの句では『花間集』においては二字句が最も少なく四字句がこれにつぐ。

『花間集』において、七言句と五言句とは僅かな例外を除いて近体詩におけると全く同じ原則に貫かれているのでここでは特に取り上げることをしない。

以下六言句より二言句まで項を設け、用例の多い六言句と三言句とに重きをおいて考察する。

花間詞六言句平仄表（注、記号は前掲注の通り）

平起一五一句	例句	例数
×○○×○○	（冷煙寒樹重重）	55句
○○××○○	（離愁別恨千般）	36
○○○×○○	（人間無路相逢）	16
		109句

○○○××○	（春雲空有雁帰）	1
○○×××○	（春天半雨半晴）	1
×○××○○	（白蘋遠散濃香）	11句
×○○○×○	（独凭朱欄思深）	1
×○○×○×	（艶紅開尽如血）	15
○○○×○×	（銀燈飄落香灺）	3
○○××○×	（魂銷目断西子）	3
○○×○○×	（鴛鴦対銜羅結）	3
×○○×××	（鳳凰舟上楚女）	2
×○×○○×	（画堂照簾残燭）	2
×○××○×	（露花点滴香涙）	1
○○○×××	（流珠噴沫躞蹀）	1

（白蘋遠散濃香）～（流珠噴沫躞蹀）：42句

仄起三一○句

○××○○×	（簾外暁鶯残月）	93句
×××○○×	（一点露珠凝冷）	64
××○○○×	（独倚朱扉閑立）	37

○×○○○×	（庭下丁香千結）	33
××○○××	（宿翠残紅窈窕）	31
○×○○××	（惆悵雲愁両怨）	19
○××○××	（遙想漢関万里）	3句
○×○×○×	（楼上明月三五）	1
×××○××	（弱柳好花尽坼）	1
○×○○×○	（行客関山路遙）	8
××○×○○	（寂寞花鏁千門）	8
××○○×○	（貌逐残花暗凋）	3
××××○○	（尽日目断魂飛）	2
○×○×○○	（鶯語時囀軽音）	2
×××○○○	（夢裏毎愁依違）	1
○××××○	（仙景箇女採蓮）	1
○×××○○	（依旧十二峰前）	1
○×○××○	（塵満衣上涙痕）	1
××○××○	（鳳帳鴛被徒熏）	1

（庭下丁香千結）～（惆悵雲愁両怨）：277句

（遙想漢関万里）～（鳳帳鴛被徒熏）：33句

（A）六言句の声律

六言句の平仄の構成を『花間集』内のすべての六言句について調べた結果は前表の通りである。此の表から次のようなことが云えると思う。

（1）六言句についても近体詩の七言句の原則が支配的である。二四六字目の平仄が句の声調に重きをなすとみるべく、此の表を近体に準じ第二字の平仄によって平起と仄起に分けたのはそのためである。此の表に於て、仄起式は始めから六つ、平起式では始めから五つの型が近体詩七言句の原則、すなわち二四不同、二六対、孤平、下三連を忌む、の何れにも抵触せず前者は全体の約90％、後者は約70％を占める。これらを六言句の正格と認めてよいであろう。かの原則は当時の詩詞作者達の声調意識に徹底的な支配力をもっていたようである。

（2）次に注意すべきことはその他の場合、いわば拗体の句の中で六字目の平仄の合わないものが圧倒的に多いことである。これを更にみてゆくと、その殆んどすべてが押韻句であることが知られる。詞律中には平仄叶韻の例がわずかながら見られるが（「西江月」等）、『花間集』では韻字の平仄は厳密に区別されて例外すらない。従って六言句では二六対の原則が韻字の平仄と衝突する場合が屢々起こりうるわけである。当時の文人達の「韻文（ヴァーズ）」の意識においては、先ず押韻が第一義であったろうから、この衝突においても押韻が優先して二六対の原則が排除されるのであろう。唐の六言絶句にも、この様な関係を示すと思われるものが屢々見受けられる。

［例一］

送鄭二之茅山　　唐・皇甫　冉

水流絶澗終日、草長深山暮春、犬吠雞鳴幾処、条桑種杏何人、

塞姑　　唐・無名氏

昨日盧梅塞口、整見諸人鎮守、都護三年不帰、折尽江辺楊柳、

これらの例はいずれも七言句の平仄に準じているが、押韻するために、或は不押韻句の末字の平仄を韻字と逆にするために六字目の平仄が合わなくなったように思われる。又失粘をいとわずに平起句と仄起句の順序を適当にすれば、この双方の条件を満足させることが出来るわけで唐絶の中にはそのような例もある。

[例二]

奉寄皇甫補闕　　唐・張継

京口情人別久、揚州估客来疎、潮至潯陽回去、相思無処通書、

小江懐霊一上人　　唐・皇甫冉

江上年年春早、津頭日日人行、借問山陰遠近、猶聞薄暮鐘声、

この［例一］［例二］は共にさきの仮説、すなわち六言句においても二四不同、二六対の原則が意識されており、六字目の平仄はしばしば押韻のために犯された(7)とする考えを或程度裏づけるものと思う。

(B) 四言句の声律

花間詞四言句平仄表（例は省く）

×○○×　90句　　○×○×　8

××○○	38	××○×	6
○○××	31	×××○	4
○○○×	25	×○○○	3
○×○○	19	×○××	2
○××○	13	××××	2
計	216	計	25
		総計	241

『花間集』のすべての四言句の平仄を調べた結果は右表の通りである。大部分すなわち二四一句中、二一六句を占める上段の形は近体の七言句の上半又は五言句の末尾一字を省いたものとしてその原則に抵触しない。すなわちここでも近体と同一の原則が支配的であることが認められる。

(C) 三言句の類型

三言句は五・六・七言句に比べると音節数が極端に少ないから、一句だけ独立して五・六・七言句と同等の比重をもつことはない。例えば四十二字の「浣渓沙」が、

7・7・7」 7・7・7

の構成をもつに対し、その異体とされる四十八字の「攤破浣渓沙（山花子）」は

7・7・7・3」 7・7・7・3

となっている。又近体の絶句と同じ構成をもつ「楊柳枝」の通常の形が

7・7・7・7

であるのに対し、異体である四十字の「楊柳枝」は

7・3・7・3」7・3・7・3

となっている。これらの三言句は字数の上からみただけでも付加的であると思われるが、一々の作品についてみれば表現の上からもすぐ前の七言句と密接に結びついて付随的であることがわかる。一例を挙げるならば

正憶玉郎游蕩去、無尋處、更聞簾外雨蕭蕭、滴芭蕉、（顧敻「楊柳枝」後闋）

の如くである。

又このように後に添えられるのみでなく次の如き例は後の句に対して付加的である。

千万恨、恨極在天涯（温庭筠「夢江南」）

山枕上、私語口脂香（顧敻「甘州子」）

此の種の例も少なくない。

三言句が五・六・七言句と均衡を保つためには二句重ねて用いるようである。

張泌の「満宮花」が

3・3・6・7・6」7・6・7・6

の構成をもつのに対して尹鶚のそれは

3・3・6・7・6」3・3・6・7・6

となっている。すなわち張泌の作の後闋第一句の七言句に相当する位置に尹鶚のものには三言句が二つ重ねておかれている。

「木蘭花（玉楼春）」の場合は、牛嶠・顧夐・魏承班の「玉楼春」と題するものが

7・7・7・7」7・7・7・7

であるに対し、同体とされる韋荘の「木蘭花」は

7・7・3・3・7」7・7・7・7

であり更に魏承班の「木蘭花」は

3・3・7・3・3・7」7・7・7・7

となっており、毛熙震の作に至っては

3・3・7・3・3・7」3・3・7・3・3・7

となっている。

このことは、詞が絶句より変形したものと説かれる青木正児博士が「張志和」の漁父の例をひいて、七言句の一字を偸んで三言二句とすることが中唐よりはじまると指摘されている所であるが、(8)七言句のみに限らず五言句・六言句とおき換えられたと考えられるものも少なくない。

例えば毛文錫の「応天長」が

7・7・7・7・」5・6・6・5

であるのに対し、韋荘のそれは

7・7・3・3・7」3・3・6・6・5

となっているが、毛文錫の作の後関首句の五言句は韋荘の作の同位置にある三言二句に相当するようである。又「生査子」では魏承班の作が

5・5・5・5」5・5・5・5

であるのに対し、牛希済・孫光憲のものは

5・5・5・5」3・3・5・5・5

であり、更に張泌のそれは

3・3・5・5・5」3・3・5・5・5

となっている。

六言句に相当する例としては、温庭筠の「玉胡蝶」が

6・5・5・5」5・5・5・5

であるのに孫光憲のものは

3・3・5・5・5」3・3・5・5・5

である。

これらの例によれば、三言二句は可成りの融通性をもって五・六・七言句とおきかえることが出来たようである。又同調異体間にこうした関係が見られない場合でも、三言句が二句重ねられた形は常に表現の上からも緊密に結合しており、平仄の上からも後にのべるように相補うような形になっている。要するに三言句が二句重ねら

れた場合は一首の詞の構成の上からは五・六・七言句の一句に相当するものと見做すことが出来る。

以上すべての場合、すなわち付加的な場合と二句重ねられた場合とを通じて三言句の最も頻繁に用いられる平仄の構成は○××と×○○の二種であり、それについでその二字目の平仄の変ったもの、○○×と××○が多い。(詳細な数字は後出) 統計的に考えて前二者、平仄仄と仄平平が三言句の原則的な形であり、二字目の平仄が比較的寛であったと考えることが出来る。

この三言句がどの様に使用されるかは、それぞれの場合に応じて原則的な関係があるように思われる。そしてこれらの関係を支配する要素の一つはやはり脚韻である。そこで今のべたそれぞれの場合を更に押韻関係から分け、三言句を次のように分類することが可能である。

(一)　五六七言句に付随する三言句

(1)　後に付随するもの

a　五六七言句と三言句が共に押韻する場合　148例

b　三言句のみ押韻する場合　125

(2)　前に添えられるもの

a　押韻する場合　34

b　押韻しない場合　33

（二）二句重ねられた三言句

（1）下の句のみ押韻する場合　243

（2）両句とも押韻する場合　47

（三）その他特殊な場合　25

以下各項について網羅的に例を挙げてその声調を検討する。

（一）五六七言句に付随する三言句

（1）a　後に付随し、五六七言句と三言句とが共に押韻する場合

例句	声調	例数	計
雁門消息不歸來、又飛廻、	×○○××○◎、×○◎、（此の部分〔×○○〕には多少の異同のあるを妨げない。）	67例	86…A
翠旗高颭香風、水光融、	×○○×○◎、×○◎、	4	
無語倚屏風、泣殘紅、	○××○◎、×○◎、	13	
倚着雲屏新睡覚、思夢笑、	××○○○×⊗、○×⊗、	2	
遼陽音信稀、夢中帰、	○○○×◎、×○◎、	9	17…B
膩粉瓊粧透碧紗、雪休誇、	××○○××◎、×○◎、	4	
紅袖搖曳逐風暖、垂玉腕、	○×○××○⊗、○×⊗、	4	
廻塘深処遙相見、邀同宴、	○○○×○○⊗、○○⊗、	15	…C

紅袖女郎相引去、游南浦、　○××○○×⊗、○○⊗、10　…D
馬嘶残雨春蕪湿、倚門立、　×○○×○○⊗、×○⊗、2
行客待潮天欲暮、送春浦、　○××○○×⊗、×○⊗、1
攀弱柳、折寒梅、上台楼、　○××、×○◎、×○◎、12 ┐
日高時、春已老、人来到、　×○○、○×⊗、○○⊗、2 ├…E
画堂前、人不語、弦解語、　×○○、○×⊗、○×⊗、1 ┘

Aの形は前の句の末尾三字の平仄をそのまま繰返したもので、これが最も多数を占める。

Bの例は前の句の末尾三字の平仄が三言句の原則的な形と合しないが三言句は原則的な形を保っている場合、Cはそれに対し三言句が原則的な形を崩して前句の末尾三字を繰返している例で両方の場合があることを示している。

Dは○××に準ずる形として○○×があることを示す。それに続く二例は例外的といえよう。

Eは三言が三句重なった場合、先述の概念に従って上の二句が五六七言句に相当するものとすれば下の一句は此の項に属すべきものである。此の場合もすぐ上の三字の平仄を繰返し、稀に二字目の平仄が変ることがあるのを示している。歌謡としての性質から、末尾三字の声調をそのまま繰返して添える感じは容易に理解できる。

（1）b　後に付随し、三言句のみ押韻する場合

三言句を添えられた五六七言句はしばしば押韻を三言句に譲って踏み落すことがある。次の二首は明らかにこのことを示す例である。

［例］

浣渓沙　毛文錫

七夕年年信不違◎、銀河清淺白雲微◎、蟾光鵲影伯勞飛◎、每恨蟪蛄憐婺女×、幾迴嬌妬下鴛機◎、今宵嘉会両依依◎、

浣渓沙　毛文錫

春水軽波浸緑苔◎、枇杷洲上紫檀開◎、晴日眠沙鸂鶒穏×、暖相隈◎、羅襪生塵游女過×、有人逢着弄珠迴◎、蘭麝飄香初解珮×、忘帰来◎、

海棠花謝也、雨霏霏、	×○○××、×○◎、	26	35…A
晴日眠沙鸂鶒穏、暖相隈、	○×○○○××、×○◎、	7	
翡翠屏深月落、漏依依、	××○○××、×○◎、	2	
陌上誰家年少、足風流、	××○○○×、×○◎、	24	
早晩乗鸞去、莫相遺、	××○○×、×○◎、	16	
繁紅一夜経風雨、是空枝、	○○××○○×、×○◎、	4	
新春燕子還来至、一双飛、	○○××○○⊗、×○◎、	4	…B
羌笛一声愁絶、月徘徊、	○××○○⊗、×○◎、	4	
月分明、花淡薄、惹相思、	×○○、○××、×○◎、	37	…C
鳳釵低裊翠鬟、落梅粧、	×○○××○、×○◎、	1	…D

此の型は『花間集』ではすべて×○○に統一されて例外すらない。Aにおけるように前句の末尾三字と裏返しになる例もかなりあるが圧倒的に多くはない。しかし少なくとも最後の一字は三言句の平韻字に対して仄字になっており、Dの一例は例外とみなすことが出来る。Bは上の六七言句の末尾が仄韻を踏み隔句押韻となっている場合で、詳しくは次の通りである。

新春燕子還来至、一双飛、壘巣泥湿時時墜、涴人衣、（毛文錫「紗窓恨」）

千里玉関春雪、雁来人不來、羌笛一声愁絶、月徘徊、（温庭筠「定西番」）

Cは三言三句の形で上二句を一組として考えれば、第三句は此の項に含まれる。この場合を含めれば、前句の末尾三字と裏返しになる傾向がかなり強いものと考えられる。

（2）a　前に添えられて押韻している場合

鬢如蟬、寒玉簪秋水、軽紗巻碧煙、	×○◎、○×○○×、○○××◎、	19
天欲曉、宮漏穿花声繚繞、	○×⊗、○×○○○×⊗、	4
春漏促、金燼暗挑残燭、	○×⊗、○××○○⊗、	4
摘得新、枝枝葉葉春、	××◎、○○××◎、	2
春日遊、杏花吹満頭、	○×◎、×○○×◎、	1
東風急、惜別花時手頻執、	○○⊗、××○○×○⊗、	1
空相憶、無計得傳消息、	○○⊗、○××○○⊗、	1
小楼中、春思無窮、	×○◎、○×○◎、	1

雪飄香、江草綠柳絲長、	×○◎、○×××○◎、	1

（2）b　前に添えられて押韻していない場合

蘭燼落、屏上暗紅蕉、	○××、○××○◎、	13
羅衣湿、紅袂有啼痕、	○○×、○××○◎、	13
銀釭背、銅漏永阻佳期、	○○×、○×××○◎、	2
柳如糸、隈倚淥波春水、	×○○、○××○○⊗、	1
銜泥燕、飛到畫堂前、	○○×、○×××◎、	1
翠鬟女、相与共淘金、	×○×、○××○◎、	1
三五夜、偏有恨月明中、	○××、○×××○◎、	2

（2）の前に添えられる場合は（1）の後に付随する場合に比べると例はずっと少なく、例外的な形は逆に多くなる。（1）の方が第（一）項すなわち五六七言に付随する三言句として典型的な型といえよう。

これらの三言句は「採蓮子」・「竹枝」等における如き所謂和声[9]の発達したものと考えること[10]も構成的にみて或程度可能である。これらの三言句が添えられることによって詩に比して親しみ易い滑らかな感じが詞に与えられているように思われる。

（二）　**二句重ねられた三言句**

（1）下の句のみ押韻するもの二四三句

煙漠漠、	雨凄凄、	○××、	×○◎、	100例	A
暁風清、	幽沼淥、	×○○、	○×⊗、	92	A
攏雲髻、	背犀梳、	○○×、	×○◎、	11	B
杜若洲、	香郁烈、	××○、	○×⊗、	5	B
星斗稀、	鍾鼓歇、	○×○、	○×⊗、	15	
棹軽舟、	出深浦、	×○○、	×○⊗、	4	
荻花秋、	瀟湘夜、	×○○、	○○⊗、	4	
一日日、	恨重重、	×××、	×○◎、	3	
珍重意、	莫辞満、	○××、	×○⊗、	2	
相見稀、	喜相見、	○×○、	×○⊗、	2	
煙柳重、	春霧薄、	○×○、	○×⊗、	2	
難相見、	易相別、	○○×、	×○⊗、	1	
出芳草、	路東西、	×○×、	×○◎、	1	
垂交帯、	盤鸚鵡、	○○×、	○○⊗、	1	

総数の約80%がAの二つの型に属する。これが三言を二句重ねたものの中最も安定した原則的な型といえよう。

Bの二つはAの型の二字目の平仄の変ったものでAに準ずる型といえよう。Aの型は七言句の最初の一字を偸んだと考えれば近体七言の平仄図がそのままあてはまる。とすればBにおいてみられるように二字目の平仄が比較的寛であるのは七言句の三字目が最も拘束されないのと対比出来る。発生的にそう[11]であるとはいえないが、この様な型を生み出した根底にある平仄意識は近体におけるものと同一のものであるということは認められると思う。

（2）両句押韻する場合

例句

柳花飛、柳花飛、　×○◎、×○◎、　10例
香霧薄、透簾幕、　○×⊗、×○⊗、　10
知摩知、知摩知、　○×◎、○×◎、　6
揺袖立、春風急、　○×⊗、○○⊗、　5
西陵路、帰帆渡、　○○⊗、○○⊗、　4
若耶渓、渓水西、　×○◎、○×◎、　3
登綺席、涙珠滴、　○×⊗、×○⊗、　2
休相問、怕相問、　○○⊗、×○⊗、　2
浦南帰、浦北帰、　×○◎、××◎、　2
換我心、為你心、　××◎、○×◎、　1
巻羅幕、凭粧閣、　×○⊗、○○⊗、　1
胡蝶児、晩春時、　○×◎、×○◎、　1

此の項に属するものは（1）の方に比べると数もずっと少なく、又（1）におけるような絶対多数を占める典

型的な型もない。一般的にいえることは六字の間に一度押韻するのであるから、同じ言葉の繰返し又はそれに近い感じをもつものが多く、同一の文字で韻を踏んでいるものが少なくない。この様な点も詩に比べて悪くいえば卑俗な、よくいえば親しみ易い感覚をもつ所以であろう。

例えば、

休相問⊗、怕相問⊗、相問還添恨⊗、　（毛文錫「酔花間」）

の三句の如きは、「相問」の二字をたたみかけて「還添恨」と再び同韻の字で結び、卑俗ではあるがそれなりに切迫した情感を表現し得ている。それは整然とした近体の格調では到底表わしえないものであろう、線の細かい一種の抒情性をもっている。

三言句全般についていえることであるが、詞の醸し出す所の特異な雰囲気・抒情性（特に近体詩に比して）は、一つには此等三言句の微妙な用法に負う所が大きいようである。

なお三言句が二句重ねられて共に押韻しない例は毛文錫の「接賢賓」に一例あるだけである。

(三)　その他の三言句

二言句と一組になっている場合

双鳳⊗、縷黄金◎、　鳳叶仄韻　金叶平韻　5

妖姫◎、不勝悲◎、　2

東風◎、春正濃◎、　1

廻別⊗、帆影滅⊗、　1
鶯語⊗、花舞⊗、春昼午⊗、　1
江畔⊗、相喚⊗、暁粧仙◎、　1
倚蘭橈◎、無憀魂銷◎、　1

四言句と一組になっている場合

門前春水竹枝、白蘋花◎女児、　8
正是清明◎、雨初晴◎、　3

以上のような形の大部分は、元来五言又は七言の句であったものが韻字或は和声が挿入されたために句読が切られたものと考えられる。次に挙げるのはそのことを明らかに示す例である。

[例一]

訴衷情　温　庭筠

鶯語⊗、花舞⊗、春昼午⊗、雨霏霏、金帯枕、宮錦、鳳凰帷、柳弱蝶交飛、依依、遼陽音信稀、夢中帰、

又　韋　荘

燭燼香残簾未巻、夢初驚、花欲謝、深夜、月朧明、何処按歌聲、軽軽、舞衣塵暗生、負春情、

[例二]

竹枝　孫　光憲[12]

門前春水竹枝、白蘋花女児。岸上無人竹枝、小艇斜女児、商女経過竹枝、江欲暮女児、散抛残食竹枝、飼神鴉女児、

又　白　居易

竹枝苦怨怨何人、夜静山空歇又聞、蛮児巴女斉声唱、怨殺江南病使君、

〔附〕三字令について

以上三言句の類型化を試みて来たが、その概念に基づいて、いろいろの場合を含んだものとして一首全体が三言句で構成されている「三字令」を分析してみる。

三字令　欧陽　炯

春欲尽、日遅遅、牡丹時、羅幌巻、翠簾垂、彩箋書、紅粉涙、両心知、人不在、燕空帰、負佳期、香燼落、枕函欹、月分明、花澹薄、惹相思、

前後闋とも八句から成っているが、一句一句が独立して均等に関聯を保っているのではない。又詩詞の通念からすれば二句一組となるのが普通であるが、此の詞を二句ごとに区切ると叙述の段落や押韻の位置が極めて奇妙になる。これを今まで述べて来た三言句の類型にあてはめてみると、

春欲尽日遅遅、羅幌巻翠簾垂、彩箋書紅粉涙、

の三組は（二）項に相当するものであり、○×××○○或は×○○○××、の形をもち表現の上からも緊密に結合している。

牡丹時、両心知、

の二句は（一）項の（1）即ち後に付随するものに相当し、上の句が押韻しているといないとの相違から前者は

ａに後者はｂの場合に属する。

この分段に従って行を改めて書きなおすと次のようになる。

春欲尽、日遅遅、牡丹時、
羅幌巻、翠簾垂、
彩箋書、紅粉涙、両心知、

こうすれば表現の段落とも一致し、押韻の位置も安定している。後関は全く同じ構成であるから省く。

(D)二言句について

二言句の用例は『花間集』では最も少ないが、その大部分は三言句の（一）項に属するものと同様に、五・六・七言には付随しておかれる。次に挙げるのは同一形式の二首の詞に於て一方の三言句の位置に二言句がおかれている例である。

水上游人沙上女、廻顧、　（欧陽炯「南郷子」）
日暮江亭春影渌、鴛鴦浴、　（　仝「　仝　」）

花花、満枝紅似霞、　（温庭筠「思帝郷」）
春日遊、杏花吹満頭、　（韋　荘「　仝　」）

又元来五言又は七言の句が韻字によって区切られて二言句を生ずることは三言句の（三）項においてみた通りである。

香玉⊗、翠鳳宝釵垂累歟、　（温庭筠「帰国遥」）
春欲暮、満地落花紅帯雨、　（韋　荘「　仝　」）

二　句と句との声律上の関係（詞の粘法）

前節においては一句内における平仄の構成をみてそれが略々近体詩と共通する原則に貫かれていることを知ったが、ここではそれらの句が一首の詞の中で如何に組み合わされているか、その関係に一定の原則があるかないかをみようと思う。

ここでも近体の概念をもってくるならば一首の詩の中における句と句との声律上の関係は粘法なる言葉で表され、その原則は通常次の如き図式で示される。

a. 平起1△○…2△×…3△×…4△○…
b. 仄起1△×…2△○…3△○…4△×…

［注］△は平仄不拘

すなわち一句内では一三五不論、二四六分明であり、二四六字の平仄の関係は一定しているから、二字目の平仄を以てその句の形を代表させうる。従って句と句との関係は各句の第二字の関係を以て示すことが出来るわけで、その間の原則的な形は（1）第一句の第二字と第二句の第二字は必ず平仄が逆になる。（2）第二句と第三句では必ず一致する。（3）第三句と第四句では再び逆になる。さきの図はそのような関係を示したもので、これが粘とされ正格とされる。律、排律においても、この関係を保ちつつ引伸ばされるのである。近体では必ず二句一組となって聯を構成するから（絶句では聯という言葉はあまり用いないが本質的には同じである。）前聯と後聯を比べた場合にも平仄は逆になる。この様な精密な関係を保っていないものはすべて失粘とされ、拗体とされる。

そこで『花間集』においてこの粘法の原則がどの程度に維持されているかをみるならば、当然最初に挙げられるべきものは近体の絶句とその形を同じくするもの、すなわち「楊柳枝」・「浪淘沙」・「採蓮子」及び和声が挿入されてために句が途中で切れてはいるがこれらに準ずるものとして「竹枝」がある。

［例］

楊柳枝　　温　庭筠

宜春苑外最長条、閑裊春風伴舞腰、正是玉人腸絶処、一渠春水赤欄橋、

浪淘沙　　皇甫　松

灘頭細草接疎林、浪悪罾舡半欲沈、宿鷺眠鷗飛旧浦、去年沙觜是江心、

採蓮子　　皇甫　松

菡萏香蓮十頃陂(13)挙棹、小姑貪戯采蓮遅年少、晩来弄水船頭湿挙棹、更脱紅裙裹鴨児年少、

竹枝　　孫　光憲

門前春水竹枝、白蘋花女児、岸上無人竹枝、小艇斜女児、商女経過竹枝、江欲暮女児、散抛残食竹枝、飼神鴉女児、

ところがこれらの絶句と同体のものを除いてしまえばこの様に粘法の整ったものは極めて少ない。一句内の声律において前節におけるような一致をみたのに対比すれば驚く程寥々たるものである。『花間集』七十二調、百二十一体（字数による区別、平仄法を考慮すれば更に増加する。）の中から近体式の粘法に従うものを探すならば、次の如き数例を見出すのみである。

[例一]

玉胡蝶　　温　庭筠

秋風凄切傷離、行客未帰時、塞外草先衰、江南雁到遅、芙蓉凋嫩臉、楊柳堕新眉、揺落使人悲、断腸誰得知、

この例は第一句が六字になっているが、粘法は近体式とみてよかろう。

[例二]

漁父　　和　凝

白芷汀寒立鷺鷥、蘋風軽剪浪花時、煙冪冪、日遅遅、香引芙蓉惹釣糸、

この形は張志和が七絶の第三句一字を偸んで創めたと伝えられるもので[14]すべて七絶に準ずる。三言二句が七言句に相当することは前節においてみた通りである。

[例三]

天仙子　　皇甫　松

晴野鷺鷥飛一隻、水葓花発秋江碧、劉郎此日別天仙、登綺席、涙珠滴、十二晩峰高歴歴、

黄鍾楽　　　　魏　承斑

池塘煙暖草萋萋、惆悵閑宵含恨、愁坐思堪迷。遥想玉人情事遠、音容渾似隔桃渓、偏記同歓秋月低、簾外論心花畔、和酔暗相携、何事春来君不見、夢魂長在錦江西、

この二例は天仙子では三言二句、黄鍾楽では五言句を挿入されたものと考えれば、粘法は略々近体式といえる。なお天仙子には第二句が仄起となった異体があるが、ここでは触れない。

［例四］

菩薩蛮　　　　温　庭筠

小山重畳金明滅、鬢雲欲度香顋雪、懶起画蛾眉、弄粧梳洗遅、照花前後鏡、花面交相映、新帖繍羅襦、双双金鷓鴣、

この形は第一聯の平仄がくり返しになっている他は近体に倣っている。

『花間集』中に粘法の近体式に従うものを求めるならば以上の程度に止まってしまう。数にして絶句と同型のもの二十八首（うち「楊柳枝」二十二首）一・二・三例を合せて八首、一部の失粘を無視した「菩薩蛮」が四十一首である。「菩薩蛮」を除けば三十六首に止まり、『花間』全詞の一割に満たず、「菩薩蛮」を含めても15％程度にすぎない。

ここで初めて近体の原則に対して疑問を生ずるのであるが、それは一句内の原則が詞においても徹底的に支配しているのに対して、粘法の規則がかくも微力であるということは、粘法の規則は直接感覚に響く程度はさほど強くはなく、より技巧的な・頭脳的な操作ではないかということである。何となれば粘・失粘が直ちに耳に順・渋として訴えるものならば、その規則は詞においても支配力をもたずにはいないであろう。

次に考えられることは、近体の原則によれば失粘とされる他の大多数のものの中に何か共通の型・近体とは別の原則がないかということである。結論的にいえば、圧倒的に支配しているような原則は見出されないが、一つの類型として考えてよいものは若干ある。

まず次の一連の例は一の類型を成すもの「型式」し考えてよいであろう。

生査子　　魏　承斑

煙雨晩晴天、零落花無語、難話此時心、梁燕双来去、琴韻対薫風、有恨和情撫、腸断断絃頻、涙滴黄金縷、

望梅花　　和　凝

春草全無消息、臘雪猶餘蹤跡、越嶺寒枝香自坼、冷艶奇芳堪惜、何事寿陽無処覓、吹入誰家横笛、

杏園芳　　尹　鶚

厳粧嫩臉花明、交人見了関情、含羞挙歩越羅軽、称娉婷、終朝咫尺窺香閣、迢遥似隔層城、何時休遣夢相縈、入雲屏、

すなわち平起又は仄起の同一型の句を以て一首を貫く形である。

五言句をもって七言句の上二字を省いた形（逆にいえば七言句は五言句の上に二字を添えた貌）と考え、仄起七言句と平起五言句、又は平起七言句と仄起五言句とが共通の声調をもつものと考えるならば次の如きものも同一型に属する。

虞美人　　毛　文錫

鴛鴦対浴銀塘暖、水面蒲梢短、垂楊低払麴塵波、蛟[15]糸結網露珠多、滴円荷、遥思桃葉呉江碧、便是天河隔、
錦鱗紅鬣影沈沈、相思空有夢相尋、意難任、

謁金門　　韋　荘

春漏促、金燼暗挑残燭、一夜簾前風撼竹、夢魂相断続、有箇嬌饒如玉、夜夜繍屏孤宿、閑抱琵琶尋旧曲、
遠山眉黛緑、

甘州子　　顧　敻

一炉龍麝錦帷傍、屏掩映、燭熒煌、禁楼刁斗喜初長、羅薦繍鴛鴦、山枕上、私語口脂香、

その外

風流子　　孫　光憲

茅舎槿籬渓曲、雞犬自南自北、菰葉長、水葓開、門外春波漲緑[16]、聴織、声促、軋軋鳴梭穿屋、

後庭花　　毛　熙震

鶯啼燕語芳菲節、瑞庭花発、昔時懽宴歌声揭、管絃清越、自従陵谷追游歇、画梁塵黦、傷心一片如珪
月、閑鎖宮闕、

の如きも此の型を基調として挿入の加わったものとみることが出来る。その他此の型の調子が主流となっているものをたどってみるならば次の如き例が挙げられる。

酔公子　　薛　昭蘊

慢綰青糸髪、光砑呉綾襪、床上小燻籠、韶州新退紅、　叵耐無端処、捻得従頭汚、悩得眼慵開、問人閑事来、

酔花間　　毛　文錫

休相問、怕相問、相問還添恨、春水満塘生、鸂鶒還相趁、昨夜雨霏霏、臨明寒一陣、偏憶戍楼人、久絶辺庭信、

清平楽　　温　庭筠

上陽春晩、宮女愁蛾浅、新歳清平思同輦、争那長安路遠、鳳帳鴛被徒燻、寂寞花鏁千門、競把黄金買賦、為妾将上明君、

応天長　　牛　嶠

玉楼春望晴煙滅、舞衫斜巻金調脱、黄鸝嬌囀声初歇、杏花飄尽攏山雪、鳳釵低赴節、筵上王孫愁絶、鴛鴦対啣羅結、両情深夜月、

以上異体を含むものもあるのでここに挙げた調に属する詞のすべてが同様であるとは限らないが、それでも可成り多数がこの型の調子をもつことが知られる。この様に近体とは全く異った型に属するものが却って多数を占めるということは注目さるべきである。

更にその他に類型を求めるならば次の一連の形が同質のものとして浮びあがってくる。

何満子　　毛　文錫

紅粉楼前月照、碧紗窓外鶯啼、夢断遼陽音信、那堪独守空閨、恨対百花時節、王孫緑草萋萋、

八拍蛮　孫　光憲

孔雀尾拖金線長、怕人飛起入丁香、越女沙頭争拾翠、相呼帰去背斜陽、

南歌子　温　庭筠

手裏金鸚鵡、胸前繡鳳皇、偸眠暗形相、不如従嫁与、作鴛鴦、

賛浦子　毛　文錫

錦帳添香睡、金鑪換夕薫、懶結芙蓉帯、慵拖翡翠裙、正是桃夭柳媚、那堪暮雨朝雲、宋玉高唐意、裁瓊欲贈君、

河瀆神　温　庭筠

河上望叢祠、廟前春雨来時、楚山無限鳥飛遅、蘭棹空傷別離、何処杜鵑啼不歇、艶紅開尽如血、蟬鬢美人愁絶、百花芳草佳節、

満宮花　魏　承斑

雪霏霏、風凛凛、玉郎何処狂飲、酔時想得縦風流、羅帳香幃鴛寝、春朝秋夜思君甚、愁見繡屏孤枕、少年何事負初心、涙滴縷金双衽、

これはさきの型が一歩複雑化したものとみるべく、一句おきに同一の声調をもつ句が重ねられるものである。即ち二句一組の間では平仄が逆になって近体式であるが、次の一組との間では粘を失して繰返しとなっている。今挙げた数例の間におけるこの様な一致は決して偶然でなくある意識が存するように思われる。

以上一定の関係の存する型を抽出してみたが、その他にこの様な類型を考えることの出来ない散漫な形が多数残る。又「前言」において別の意味から示したように、同一調に属する作品の間で一部の平仄を異にする例が多数見られ、その結果同一調に属しながら今述べたような平仄構成の類型を考えるならば、それぞれ別の型に属するような場合もある。(17)この様な事実はすべて詞の作者達が粘法については近体における如き厳密な意識をもたなかったことを示すものである。すなわちこの三つの型のいずれもがそれぞれの諧調をもちえたであろうし、それ以外の恣意的な形も「韻文」でありえた。近体式の粘法は広い意味での「韻文」の意識に徹底的な支配力をもつものではないと考えられる。

次にこの様に粘法に考慮を払わなくとも「韻文」が成立するものとすれば、今掲げた三つの類型のいずれもがその間に一定の関係をもつことにおいて、それをもたないものよりも技巧的であると一般的にいえる。とすればこの三つの類型の中では構成的にみて毎句反覆の型が技巧の程度において最も単純素朴であり、ついでにいうならば卑俗な感覚をもち、二句反覆の型がこれにつぎ、近体式の粘法が最も複雑であると考えられる。

注意すべきことは、近体の成立以前にその先駆的なものとして現れた六朝の詩にこの二句反覆の型が恐らくは或程度の声律上の技巧を加えたものとして時折みられることである。

［例］

玉階怨　斉・謝　朓

夕殿下珠簾、流螢飛復息、長夜縫羅衣、思君此何極、

擬詠懐　周・庾　信

蕭条亭障遠、凄惨風塵多、関門臨白狄、城影入黄河、秋風別蘇武、寒水送荊軻、誰言気蓋世、晨起帳中歌、

この点についてここでは詳しく触れる暇をもたないがこの様な例の存することはさきの常識的な推論を或程度裏づけるものと思う。

なお唐近体の中にも拗体として数えられているものの中にこれと同型のものがかなりある。

［例］

送元二使安西　　唐・王　維

渭城朝雨浥軽塵、客舎青青柳色新、勧君更尽一杯酒、西出陽関無故人、

磧中作　　唐・岑　参

走馬西来欲到天、辞家見月両回円、今夜不知何処宿、平沙万里絶人煙、

酌酒与裴迪　　王　維

酌酒与君君自寛、人情翻覆似波瀾、白首相知猶按剣、朱門先達笑弾冠、草色全経細雨湿、花枝欲動春風寒、世事浮雲何足問、不如高臥且加餐、

この様な例が少なくないことは、近体の原則よりすれば失粘として退けられても更に広い意味での韻文の意識からすればこの型も一種の諧調をもっていたと考えられる。

更に憶測するならば、近体においては文人の誇りとして最も複雑な技巧を要する型のみがとりあげられたのであり、殊に毎句反覆の如き卑俗な調子は当然排斥されたのであろう。詞においてはそのあらゆる型を包摂しえたものと考えられる。

［附］詞源についての一考察

従来詞の起源について絶句を歌唱するより起るとする説がかなり有力である。この考え方は古くは朱子[18]、下っては『全唐詩』編者（『全唐詩』附注）[19]等の説く所に基き、森槐南博士[20]の積極的に主張する所となり、青木正児博士も略々これに従っておられる。[21]しかしながらもし詞が近体より発するとすれば、詞においても近体式の粘法がもっと支配的でなくてはならない。『花間集』中においてそれに従うものが僅か一割前後を占めるにすぎず、又より多数を占める他の型が、この近体式よりも原初的であるとは考えられてもそれから発展した形とは到底考えられないことは此の説に大きな疑いを抱かせるものである。この点からいえば鈴木虎雄博士の詩詞並存説がより不可なきように思われる。

> 苟も長短句の形式ならば直ちにそれが詞なりとは言ふ可からざるも節奏により歌曲に被らすべきものを詞となすならば詩詞並存をいうも不可なきに似たり。二説いずれも理あり、（註、詞は詩より発すとの説と詩詞並存の説と）たゞ余は詞なるものを単に詩の歌い方より誘き出されしものとせず広く「楽曲及声曲そのものを写したるもの」と考えんと欲す。此の楽曲声曲といふ中には固より（一）詩（原注、律絶等）に合はせてうたふものあり（二）詩に和声の加はりしものあり（三）節面白きうたひ声のみのものあり（四）詩辞はなくとも面白き楽曲のみなるものあり、とするなり
> （鈴木虎雄『支那文学研究』p471）

博士の説く所はなお精密な論証を要するであろうが、詩詞が並行して制作され、詞がより包摂的であってしばしば詩をも含み得たと考える方がこの二つを発生的に結びつけるよりもより妥当であると思われる。粘法よりする考察はこの考え方に一の裏づけを与えるものと考える。

注

（1）欄、明刊本作蘭、可従。

（2）落、明刊本作楽、可従。

（3）『詞律』云、即七言絶句。

（4）万樹はその『詞律』において温庭筠「蕃女怨」の「万枝香雪開已偏、細雨双燕……」の句に対し次の如く注している。

「已字、雨字、倶必用仄声、観其次篇、用磧南沙上驚雁起、飛雪千里、可見、乃旧譜中、岸然竟注作可平、不知詞中此等拗句、乃故為抑揚之声、入于歌喉、自合音律、由今読之、似為拗而実不拗也、若改之、似順而実拗矣、且此詞起于温八叉、餘鮮作者、試問作譜之人、従何処訂定其為可平乎、」

即ち、メロディの已に没した当時にあっては、歌喉、音律をいうのは想像にすぎず、《似為拗而実不拗》というのは注者の朗誦の感覚より云うのである。

（5）清陳廷敬等奉勅撰。

（6）清万樹撰。油印本京大文学部漢籍目録作陽羨撰、其杜撰可笑。

（7）六言詩が近体から殆んど排除された理由は六言句の音節構成が単純であることすなわち、七言が2、2、3、五言が2、3、の構成をもつに対し、六言が2、2、2、と二音節の積み重ねになることが、大きな理由であろうと思われるが、同時にここに述べた事情も整正を尊ぶ近体から六言が排除された理由として考えうると思う。

（8）『…中唐以後、絶句の或る句を割いて三言二句として調を乱すことが始まった。例へば張志和の「漁父詞」五首は七絶の第三句に於て「青箬笠、緑蓑衣」の如く割って居り……』（青木正児『支那文学概説』一〇七頁）。

（9）『詞譜』注『竹枝』云、竹枝、女児、乃歌時群相随和之声、猶採蓮之有挙棹年少也。

（10）唐人楽府元用律絶等詩、雑和声歌之、其並和声作実字、長短其句以就曲拍者為塡詞、（『全唐詩』巻三十二、詞字下附注）。

（11）七言句の最初一字を偸んで三言二句が生れたと断ずることは出来ない。

（12）『詞律』作皇甫松作。
（13）蓮、明刊本作連、可従。
（14）注8。
（15）疑蛛字誤。
（16）緑、明刊本作渌、可従。
（17）さきに毎句反覆の例として牛嶠の「応天長」を挙げたが、毛文錫の「応天長」の前闋は二句反覆の形になっている。

平江波暖鴛鴦語、両両釣舡帰極浦、蘆洲一夜風和雨、飛起浅沙翹雪鷺、

（18）古楽府只是詩、中間却添許多泛声、後来人怕失了那泛声、逐一声添箇実字、遂成長短句、今曲子便是、（『朱子語類』巻百四十論文下詩）。
（19）注10。
（20）唐人の絶句皆歌ふべくして其の千篇一律厭倦を生ずるに至るや和声間の手起り和声如何によりて同一の絶句も節奏長短の別を生ず。長短別れて工拙生じ工拙生じて他にまさらんと欲して新声繁く興る。而して詩を作る詩人と声を司る伶工楽師とは或は同一人に求む可からず。伶工楽師亡ぶれば歌法亦亡ぶるに至る。「是に於て已むことなく此に一あり。即ち文字なき声に塡するに文字を以てするに在り。七言四句の外声の長短参差なるに随ひ塡するに実字を以てし、本詩と相聯絡すれば後人但々其字数によりて之を尋釈し楽工の譜亡ぶと雖も猶髣髴其曲調を万世の下に得べし。是塡詞・倚声の学の始て興る所以なり。塡といひ倚といふは之に因りて以てその濫觴を悟るべし。」（森槐南『詞曲概論』鈴木虎雄、『支那文学研究』四六九頁の引用による。）
（21）青木正児『支那文学概説』一〇五～一〇六頁。

4 燭背・灯背ということ

――読詞瑣記――

詞すなわち詩余は、元来酒席の興を添える歌曲であったので、俗語的とおもわれるものをも含めて、詩文にはあまりみられない独特の用語、表現が、頻繁にあらわれる。しかしその性質上、古人たちはこれに箋註を加えるというような作業を全くといってよいほどしなかったので、今となってはそのような特有の用語、表現の多くは、意味内容を明らかに知ることができなくなってしまっている。「燭背」、「灯背」のごとき表現もその一つの例であって、晩唐五代の詩余にかなりしばしばみえるにもかかわらずその意味はさだかでない。以下はこのことばの解釈について一つの仮定を提出するものである。

例えば晩唐の代表的な詩詞作者である温庭筠に次のごとき「更漏子」一首がある。

柳糸長。春雨細。花外漏声迢遞。驚塞雁。起城烏。画屏金鷓鴣。香霧薄。透簾幕。惆悵謝家池閣。紅燭背。繡帷垂。夢長君不知。

（大意）春の宵、一人の女性が閨房の中に眠りもやらず情人をおもっている。

柳のさえだはしだれて長く、春雨はしめやかに降る。花の外より伝わり来る漏刻の声ははるかにものさびしく、辺陲へ赴かんとする雁の夢を破り、城につどう烏を目覚めしむるであろう。ただ臥戸の絵屏風の金の鷓鴣のみは雌雄睦まじくよりそうて、彼の女の佗びしさをいよいよ深くする。すだれごしに望まれる夕もやのただよう庭園、この彼の女の豪壮な邸宅も、今はただ悲しみとのみ眼にうつる。ともしびをほのぐらくかげにしてぬいとりのとばりの垂れこめた臥戸にひとりねの夢のはてしなくさまようを彼の人は知るや知らずや。

○驚塞雁、起城烏は唐突とみえないこともないが、「煙雁翻寒渚、霜烏聚古城」・「城烏驚画角、江雁避紅旗」（ともに白居易詩）のごとく唐詩にも類似の表現がしばしばみうけられ、成語的ないい方であろうとおもわれる。○謝家は謝娘とともに詩余においてしばしば主題となる女性を指していうことばであるが、一説に李徳裕の愛妾謝秋娘であるといい、一説に王凝之の妻謝道韞であるという。いずれも疑いを存する。必ずしも語源にこだわる必要はない。○大意の中の傍線を施した部分が今問題にしているところであるが、これは以下の仮定にもとづく解である。

この詞における「紅燭背」の句をとり出してみるならば、次の「繡帷垂」句と対句を形成し、したがって背は垂に対して動詞的なことばであろうことはまず間違いない。またここにみられるように「燭背」という場合、「帷」またはそれと類似のもの（帳、屏のごとき）と一緒にでてくることが多いのも注意すべきである。

この背という字は最も普通に用いられる意味としては「せなか」、「うしろがわ」のことであり、そこから動詞としては「せなかをむける」ということになり、「ソムク」、「ソムケル」と訓じられている。更に「暗誦する」という意味にもなるが、これはやや特殊な場合といえよう。従って「燭背」といういい方はまず第一には「ともしびがむこうむきになっている」という意味であるようにおもわれる。次には詩詞においては語序のきまりがゆるやかであるから「ともしびをむこうむきにする」という意味にもなりうるであろう。さきの温庭筠「更漏子」の句を中田勇次郎氏の訳注詞選では「紅蠟の燭《そく》をそむけぬ」と訳されている。このいずれの場合にしても、当時の燭台が一方だけを照らすようにできており、後者ではそのむきをかえるということになるのであろうが、当時用いられた燭台の構造を知る資料は今もたない。

この「燭背」、「灯背」のごときいい方は詩余のみならず中晩唐の詩にもときどき見受けられ、それら詩詞における例を通観するならば「ソムク」、「ソムケル」という訓はあまり適切でないように思われる。試みに五代の詩余の総集である『花間集』における例を列挙するならば次の如くである。

金鴨小屛山碧。故郷春。烟靄隔。背蘭釭。温庭筠「酒泉子」

相憶夢難成。背窓灯半明。前人「菩薩蛮」

紅燭背。繡帷垂。前人「更漏子」

孤灯照壁背窓紗。韋荘「浣渓沙」

灯背水窓高閣。前人「更漏子」

清夜背灯嬌又酔。玉釵横。山枕膩。宝帳鴛鴦春睡美。牛嶠「応天長」

画堂深。紅焰小。背蘭釭。張泌「酒泉子」

繡屛愁背一灯斜。前人「浣渓沙」

銀釭背。銅漏永。阻佳期。顧敻「献衷心」

山枕上。灯背臉波横。前人「甘州子」

小窓深。孤燭背。涙縦横。前人「浣渓沙」

背帳風揺紅蠟滴。前人「前調」

背帳又残紅蠟燭。前人「玉楼春」

銀灯背帳夢方酣。前人「酒泉子」

蘭釭背帳月当楼。前人「荷葉盃」

翠屏欹。銀燭背。鹿虔扆「思越人」

紅燭半消残焔短。依稀暗背銀屏。尹鶚「臨江仙」

小窓灯影背。毛熙震「菩薩蛮」

更に唐詩にその例を求めるならば、白居易・李商隠など、中晩唐の詩にしばしば見受けられる。盛唐以前の詩にはこの種の用例は見当らないようであり、少くとも手近かに索引の存する杜甫と王維の詩には一度も用いられていない。唐詩における例を列挙するならば次のごとくである。

珠箔籠寒月。紗窓背暁灯。白居易「閨怨詞」

起嘗残酌聴餘曲。斜背銀釭半下帷。前人「臥聴法曲霓裳」

絃清撥剌語錚錚。背却残灯就月明。前人「琵琶」

鉄檠移灯背。銀囊帯火懸。深蔵暁蘭焔。闇貯宿香煙。前人「青氈帳二十韻」

背燭共憐深夜月。蹋花同惜少年春。前人「春中与盧四周諒華陽観同居詩」

背壁灯残経宿焰。前人「早夏暁興贈夢得」
背灯隔帳不得語。白居易「新楽府　李夫人」
緑窓籠水影。紅壁背灯光。前人「遇蕭九徹因話長安旧遊詩」
耿耿残灯背壁影。蕭蕭暗雨打窓声。前人「上陽白髪人」
風翻朱裏幕。雨冷通中枕。耿耿背斜灯。秋牀一人寝。前人「禁中秋宿」
良夕背灯坐。方成合衣寝。元稹「合衣寝」
隙穿斜月照。灯背空牀黒。前人「帳旧蚊幬」
覚來正是平階雨。独背寒灯枕手眠。李商隠「七月二十八日夜与王鄭二秀才聴雨後夢作」
背灯独共餘香語。前人「正月崇讓宅」
花時随酒遠。雨後背窓休。前人「灯」
背牆灯影暗。温庭筠「宿友人池」
更有相思不相見。酒醒灯背月如鈎。李廷璧「愁詩」

これらの用例を通観するならば、「背」ということばが「ともしびが、とばり・びょうぶ又はかべの背後にある状態」、或は「それらの背後に移す動作」を示すのではないかということが考えられる。そこでそのような仮定を念頭におきつつ、ともしびととばり、びょうぶなどとの関連における他の表現を観察してみる。

五代詞における例

屏掩映燭熒煌。顧夐「甘州子」

隔幃残燭。猶照綺屏箏。毛熙震「臨江仙」
半垂羅幕。相映燭光明。孫光憲「前調」
香灯半捲流蘇帳。韋荘「菩薩蛮」
灯暗錦屏欹。月冷珠簾薄。魏承班「生査子」
暁月墜。宿雲披。銀燭錦屏幃。馮延巳「鶴沖天」

唐詩における例

団迴六曲抱膏蘭。将鬟鏡上擲金蟬。（英華作周迴）李賀「屏風曲」
翠屏遮燭影。紅袖下簾声。白居易「人定」
悄悄壁下床。紗籠耿残燭。前人「北亭独宿」
灯火隔簾明。竹梢風雨声。元稹「夜飲」
隔箔山桜熟。褰帷桂燭残。李商隠「暁起」
雲母屏風燭影深。長河漸落暁星沈。前人「常娥」
六曲連環接翠帷。高楼半夜酒醒時。掩灯遮霧密如此。雨落月明倶不知。前人「屏風」
満鴨香薫鸚鵡睡。隔簾灯照牡丹開。司空図「楽府」
誰家女児臨夜妝。紅羅帳裏有灯光。李端「襄陽曲」
羅帳四垂銀燭背、玉釵敲著枕函声。韓偓「聞雨」

これらの表現は、さきに挙げた「背」の用例と比べてそのうたわれている状態・雰囲気において大きな距たりがあるとは思えない。とすれば「背」ということばは、このような場合「遮」、「掩」、「隔」などに近い内容をもつのではなかろうか。想像を一歩進めるならば「遮」「掩」はむしろ「とばり」を主にした表現であり、「背」は同じ状態を「ともしび」を主にして表現したことばではないかと思われる。

次に散文における例として唐代の小説をとりあげてみる。

嵩乃返身閉戸。背燭危坐。楊巨源「紅線伝」

至二更許。灯在牀之東南。忽爾稍暗。如此再三。章武心知有変。因命移燭背墻。置室東西隅。旋聞室北角。悉窣有声。李景亮「李章武伝」

前の例はなお明瞭でないが、後の例は明らかに「燭を墻の背後に移す」の意味であろうし、吉川幸次郎教授はここのところをまさしく「灯を壁の陰《かげ》に移し」と訳しておられる（『唐宋伝奇集』）。

ここでこのことばの意味内容の変革のあとを推理してみるならば、この「移燭背墻」といういい方が最も原初的な丁寧ないい方ではないかと思われる。中国の文語文では元来簡潔な表現が好まれ、詩詞ではそれが更に圧縮される傾向がある。従って「鉄檠移灯背…深蔵暁蘭焰」、「背帳又残紅蠟燭」、「蘭釭背帳月当楼」、「耿耿残灯背壁影」、「背牆灯影暗」のごとき例は散文における「移燭背墻」と同じ方向の内容をもつことが考えられ、このようないい方が更に熟されてくるならば、「墻」、「帳」といったことばが省かれて、遂には「灯背」或いは「背灯」というだけで同様な状態、動作を示すことができるであろう。

「背灯」ということばによって表現される実際の状態を考えてみるならば、この表現は殆んど常に寝につくとき、もしくはすでに寝についているときについて用いられる。ともしびをとばりのかげにおき、うすぼんやりしたあかりの中に寝につくという光景は中晩唐の爛熟した都会文化における生活にふさわしく、また詩余のもつなまめかしい雰囲気に一致する。それは又ひとり寝の侘びしさをいやますものでもあり、実際の用例はこの場合の方が多いようである。はじめに掲げた温庭筠「更漏子」の場合もその一例といえよう。そして中唐以後では少くとも詩を作るほどの文人たちの生活ではあかりをともしたまま寝るのが習慣であったようで、これまでに挙げた詩句からもそのことが考えられるが、次の如き例は一層明らかに示しているであろう。

曙灯残未滅。風簾閑自翻。　白居易「禁中暁臥懐王起居」
星河耿耿漏緜緜。月闇灯微欲曙天。　前人「睡覚」
曙早灯猶在。涼初簟未収。　前人「新秋夜雨」
焔短寒缸尽。声長暁漏遅。　前人「不睡」
火銷灯尽天明後。　前人「除夜」
晨釭耿残焔。宿閤凝微香。　前人「新秋暁興」
飲酔日将尽。醒時夜已闌。暗灯風焔暁。春席水窓寒。　元稹「酒醒」
倦寝数残更。孤灯暗又明。　前人「雨後」
灯暗酒醒顚倒枕。　前人「宿石磯」

ここではとりあえず元白の詩から例を拾ったが、他の詩人の作品にもこの種の表現は無数に存する。これが当時のごく普通の習慣であったとするならば、「鉄檠移灯背」のようないい方は「良夕背灯坐」、「清夜背灯嬌又酔」におけるごとく「背灯」の二字に圧縮することが可能であろうし、「背帳又残紅蠟燭」、「耿耿残灯背壁影」のごとき表現は「酒醒灯背月如鈎」、「銀釭背、銅漏永」、「灯背空牀黒」におけるごとく「灯背」の二字で表現することが可能であろう。そのように熟されてくるならば「背却残灯就月明」のごときいい方も現われてくる。また「珠箔籠寒月、紗窓背暁灯」、「緑窓籠水影、紅壁背灯光」などの対句の整正なることもかくて理解できる。

このことばについての従来の訓読を参照してみると、佐久節氏は『白楽天詩集』（続国訳漢文大成）においてこの種の表現をすべて「ともしびにそむく」、「ともしびを背にする」と解しておられる。例をあげるならば次のごとくである。（原文は前出）

耿耿として斜灯に背き、秋牀一人寝ぬ。

斜に銀釭に背きて半ば帷を下す。

残灯に背却して月明に就く。

鉄檠灯を移して背き、

珠箔寒月を籠め、紗窓暁灯に背く。（詩意に云う、暁には灯を背にして紗窓に対する。）

このように一律に「ソムク」と訓ずるのは非常な無理があるように思われる。例えば次の李商隠の詩の場合

初夢龍宮宝燄然。瑞霞明麗満晴天。旋成酔倚蓬莱樹。有箇仙人拍我肩。（中略）……恍惚無倪明又暗。低迷不已断還連。覚来正是平階雨。独背寒灯枕手眠。「七月二十八日夜与王鄭二秀才聴雨後夢作」

この末句を「独り寒灯に背きて」と読めば通じないことはないがまず平凡の句である。だがこの独の字は朱鶴齢の注によれば「一作未」となっている。もし「未背」とした場合「いまだ寒灯にそむかず」では殆んど意味をなさない。当時ともしびをとばりのかげに移してほの暗くしてから眠る習慣があり、「背」ということばがその

動作を意味すると仮定すれば、「未背寒灯枕手眠」は「うたたねの夢であったか」ということになり、この一首の詩は頗る安定を得る。

古くの詩にこのような表現が殆んどみられないのは、油などがなお貴重であって人々の生活にこうした習慣がなく、したがってそのことがうたわれることもなかったということが考えられる。なお充分に調べてはいないので断言はできないが、宋以後に「背灯」に類する表現が殆んどみられないようであるのは如何なる故か今考え及ばない。

附記　元代雑劇の著作目録である『録鬼簿』に尚仲賢の作として「越娘背灯劇」なるものが存する由、吉川教授より教示があったが、その本は伝わっておらず、その意味も明らかでないとのことである。

文中に例にあげた白居易の「耿耿残灯背壁影」の句は『和漢朗詠集』に収められ「カウ〳〵タルノコンノトモシビノカベニソムケタルカゲ」と訓じてある（山田孝雄氏考訂本による）。これだけでは訓者が如何に解していたかは明らかでない。

『本朝文粋』巻一に「昔纏羅帷。雖慙骨肉之族。今背紗灯。俄昵胡越之人。」（朝綱「男女婚姻賦」）とあり、我が国の漢文家にもこのことばは用いられている。

5　李煜の詞におもうこと

小説家巴金の『憶（おもいで）』と題する自伝に、おさない巴金が母親から「詞」を読んでもらうところがある。県知事官舎のおくまった一室（巴金の父は清朝末に四川省広元県の知事であった）、母親は毎晩、巴金たち姉弟を集め、『白香詞譜』から詞を一首ずつ写してやり、やさしい声で読んで聞かせる。それは巴金の幼年時代の唯一の音楽であったという。淡淡とした筆づかいで書かれているのが、かえって深い印象を与える一場面であり、またかつての中国における「詞」の読まれ方の一端がうかがえて興味深いが、この一段のはじめに、「多少の恨みぞ、昨夜夢魂の中、云云」という李煜の「望江南」詞が掲げられている。じつはこれが、私にとっても生まれてはじめて読んだ「詞」というものであった。大学にはいってまもないころ、この『憶』を読んでいて、思いがけなくこの詞にであったときの不思議な感動を、私は今も忘れることができない。そのころの私は、「詞」というものについて、一片の知識ももたなかったし、「南唐李後主」と題してあるその名もはじめて見るもので、漠然と女性であるかのように感じたことを記憶している。語句の意味も、どの程度理解できたか、はなはだあやしいものであるが、それにもかかわらず、私はこの二十七字の小詞に、いいようのない新鮮な、清冽な響きを感じて心をうたれたのである。そののち私は、「詞」について、また李煜について、いくらかの知識を習得したが、この詞を読むときの感動は、最初にであったとき以上に深められはしなかったように思う。

詞にかぎらず、一般に詩というものを読む際に、生半可な理解でおしとおしてしまうのはもとよりよくないとしても、訓詁的解釈に熱中するあまりに、「詩の心」をすなおに受けとめることを忘れるのも正しい態度ではないと、私は詩詞の学習を続けながらつねに反省している。ロゴスとしてのことばから飛躍して、読む者の胸にじかに訴える感情の流れ、それを受けとめることが、詩を読む第一歩であり、また窮極でもあると信ずるからである。

6　南宋の文人たち
——姜白石をめぐって——

范石湖（范成大）といえば、「田園雑興」などの詩でわが国でも親しまれた南宋の詩人であるが、一面では参知政事にも任じた当時の政界のV・I・Pでもあった。ところが一介の布衣にすぎない姜白石（姜夔、字は尭章）は、この范石湖と頗る親密であった。白石が蘇州なる石湖の邸に寄留しているときに作った「暗香」・「疎影」の二詞は、宋末の詞論家、張玉田（張炎）から、その曲名のもとづく林和靖（林逋）の詩と対比して、「詩の梅を賦する、惟だ林和靖の一聯のみ。……詞の梅を賦する、惟だ姜白石の暗香・疎影の二曲のみ。前に古人無く、後に来者無し。云々」（『詞源』）と絶讃されており、南宋詞の代表的名作とされているが、その序は二人の交遊の様相をありありと伝えている。

辛亥（紹熙二年・一一九二）の冬、予　雪を載せて石湖に詣《いた》る。止まること既月、簡を授けて句を索《もと》め、且つ新声を徴せらる。此の両曲を作るに、石湖把玩して已《や》まず、二妓をして之を肆習せしむ。音節諧婉なり。乃ち名づけて暗香・疎影と曰う。（その詞については拙著『宋詞』——筑摩書房「中国詩文選21」——を参照されたい。）

更に白石の「雪中に石湖を訪ぬ」、これに対する石湖の「堯章が雪中に贈らるるに次韻す」などの詩がそれぞれの詩集にみえていて、その交情のほどが偲ばれる。

この頃、つまり十二世紀後半、南宋中期の詩壇においては、范石湖のほかに、陸放翁（陸游）をはじめ、楊誠斎（楊万里）、尤延之（尤袤）、蕭千巌（蕭徳藻）などが有名だが、これらの人々はほぼ同世代で相互に親交があり、また相前後して科挙に及第して官途についている（陸放翁だけはやや特殊な経歴がある）。そして范石湖の参知政事を筆頭に、それぞれ相当の地位に陞り、同時に文事においても名声があった。いわば北宋以来の典型的な官僚文人たちであり、独特の社交界を形成していたと考えられる。そして興味深いことに、姜白石は石湖のみならず、右に挙げられたすべての人々と親交があった。

楊誠斎が姜白石に寄せた詩につぎのような句がある。

尤・蕭・范・陸　四詩翁

此の後　誰が第一功に当る

新たに南湖を拝して上将と為し

更に白石を推して先鋒と作さん

（「進退格、張功甫、姜堯章に寄す」）

冒頭の四人はすでに挙げたが、南湖とは張鎡、字は功甫を指す。南宋の再建に活躍した循王張俊の曾孫で、杭州郊外の南湖に宏荘な別業を営み、周密の『斉東野話』に「一時の名士大夫、交遊せざるは莫く、其の園池・声妓・服玩の麗、天下に甲なり」としるされている大富豪である。この点、他の人々と比べて多少異色であり、科挙にも応じなかったようであるが、恩蔭によってであろう、臨安府通判などに任じており、それほど異質とはい

図1　姜白石像

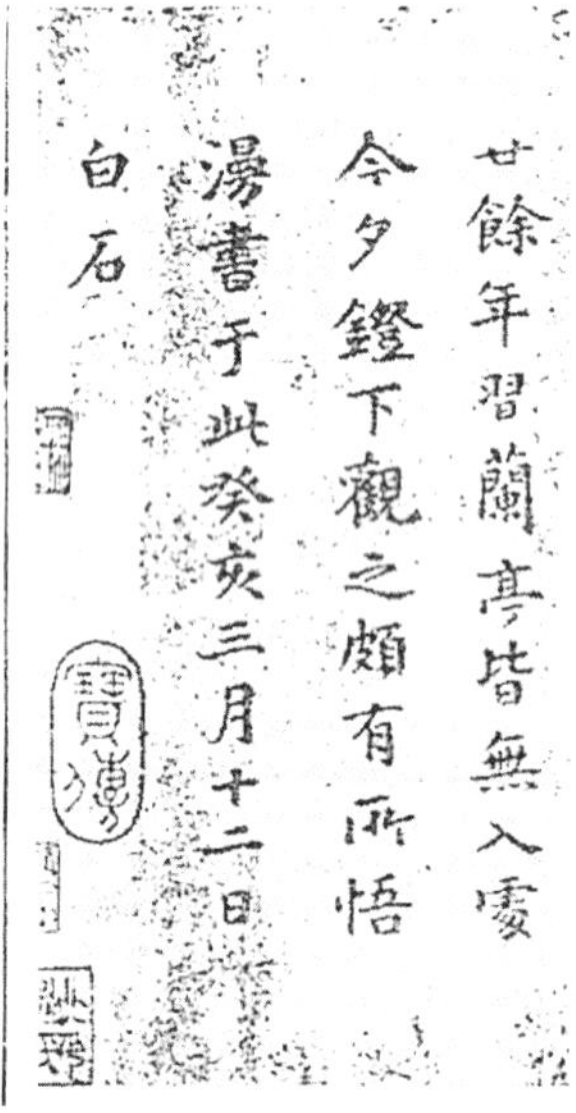

図2　姜白石・落水本蘭亭叙跋

えない（なおさきの張玉田は南湖の族曾孫に当る）。姜白石はこの張南湖とも交遊があり、晩年その兄弟の張平甫（張鑑）のもとに身を寄せていた時期がある。さきの楊誠斎の詩にみえていた六人に誠斎自身を加えると、当時の代表的詩人がほぼ尽くされている観があるが、その中で、出自経歴などからいうと、姜白石のみがひとり異采を放っている。

もとより当時は、いわゆる「江湖派」の時代がはじまろうとしており、やがて民間詩人が輩出することになるが、それら江湖派の詩人たちと、范石湖らのような官僚文人たちとの間には、やはり隔たりがあって、活動の場は決して同じではないと思う。その点、姜白石の立場は、当時において些か特殊である。そこで、定めし家産に富んだ名家の出でもあろうかというと、それが決してそうではない。父の姜噩は、紹興三十年の進士ではあるが、白石が十歳余りの頃、知漢陽県の在任中に世を去っている。のちに幼時を回想して「早歳孤貧」、「早孤不振」などと述べているのは誇張ではあるまい。鄱陽（江西省）の人と称しながら、父に伴われて漢陽に寓したままそこで育ったらしく、のちに鄱陽を訪れた形迹すらないということは、籍貫において大した家産がなかったことを示しているであろう。

白石が世に知られるようになったのは、三十歳を過ぎて長沙で蕭千巌を識ってからのことである。千巌は「四十年　詩を作りしも、始めて此の友を得たり」と敬服し、兄の娘を妻《めと》わせた。やがて任を終えて帰る千巌に従って、白石は湖州に遷り住み、石湖や誠斎らと交わることになる。このように身分地位も家産もない一寒士が、文人社交界の中に伍して行くことができたのは、千巌との出会いの事情が示しているように、その文学芸術の素養に対して敬意が払われたからに相違ない。白石の詩については、たとえば『四庫提要』に「今其の詩を観るに、運思精密にして、風格高秀、誠に宋人の外に抜きんずる者有り。云々」と評されているが、彼が文学史の中で重きをおかれるのは、むしろ詩余、詞においてであり、さきにも引いた張玉田の『詞源』では、その詞を「野雲孤飛して、去留跡無きが如し」と評し、宋代詞人中最高の評価を与えている。また通常の文人とは異なり、詞を作っただけでなく、さきの暗香疎影の序にもみえていたように作曲にもすぐれていた。彼の詞集中の自作の曲に附された旁譜は、宋詞のメロディを復原するための最も重要な関鍵となっている。また雅楽の復興を論じて朝廷に献上した「大楽議」なる一文が、『宋史・楽志』にそのまま記録されている。かつ書においても名声があり、「禊帖跋」などの真蹟が伝えられ、書論の著としては本大系に収める『続書譜』のほか、『絳帖平』二十巻（存六巻）も精鑑の評が高い。

考えてみると北宋以前には、この姜白石に比するような人物は甚だ乏しいように思う。中国における文人社会というのは、私は六朝時代にその原型があると思うが、そのメンバーは何といっても当時の貴族たちであった。

唐代は過渡期であるとして、宋代になると科挙制度の整備とともに、家柄にかかわらず地位を得ることが可能となり、そこに新しい文人社会が形成される。北宋を代表する文人といえば、蘇東坡（蘇軾）、黄山谷（黄庭堅）、米元章（米芾）など、みな一面では進士出身の高級官僚である。無官の文人がいないわけではなく、さきに触れた林和靖などがその例であるが、彼は官僚文人の社会とはほとんど無縁で、むしろ旧来の隠者の系列に近い。とすれば、姜白石のような人物は、南宋においてはじめて生じた新しい人間類型であるといえよう。つまり貴族でもなく官僚でもなく、そして隠者でもない、もっぱら文事を事として社交界に活動する、いわば専業的文人がここに誕生したのである。それはある意味では文人として最も純粋であり、ある意味では些か畸型的ともいえる。そして文人文化が爛熟の時期に達したことを示しているであろう。姜白石以後になるとこのタイプの人物を挙げるには事欠かない。南宋では著名な詞人、呉夢窓（呉文英）、周草窓（周密）など。更に清朝になればすでに一種の伝統となり、ひとつの階層を形成するといってよいであろう。そしてこれらの人々が、中国の文学芸術の歴史にはたした役割りは決して小さくないと思う。

おわりに、姜白石は「孤貧」の中に育ちながら、官僚文人たちにも重んじられるような芸術的素養を如何にして身につけて行ったのであろうか、その成長の過程は頗る興味を惹くが、今のところ全くわからないといってよい。彼自身それについて語ることはほとんどなく、三十歳を過ぎたころに蕭千巌に出会うまでの彼の経歴は謎につつまれたままである。

7　思惟の人と行動の人
――朱子と辛稼軒の交遊――

「棄疾嘗《かつ》て朱熹と同《とも》に武夷《ぶい》山に遊び、九曲の棹歌を賦《ふ》す。熹〝克己復礼〟、〝夙興夜寐〟と書し、其の二斎室に題す。熹歿するに、偽学の禁方《まさ》に厳しく、門生故旧も、送葬する者無きに至る。棄疾文を為《つく》り、往いて之を哭《こく》して曰く、〝朽せざる所の者、万世の名を垂る。孰《たれ》か公を死せりと謂う、凛々として猶《な》お生くるがごとし〟と、云々」（『宋史』「辛棄疾伝」）。

辛棄疾、字は幼安、稼軒《かけん》居士と号した。いうまでもなく文学史の上では、歌辞文芸――詞の作者として知られ、北宋の蘇東坡と「蘇辛」と並称される人で、朱子の逝去に際しても、「荘子を読み、朱晦菴の即世を聞く」という副題のある「感皇恩」の詞を作っている。しかし彼自身にとっては、詞人としての名声などはどうでもよいことだったに違いない。北方の金との対立という当時の酷しい情況の中で、彼は軍事政治の両面にわたって卓抜な見識をもち、かつ積極的に活動した有能な官僚であった。

辛稼軒は宋代官僚の中では極めて異色な経歴の持ち主である。山東省歴城の出身、ということは金の統治下に育ち、長じて起義軍―武装蜂起に加わった。間もなく部将のひとりが総大将を殺して金に投じ、その起義軍は瓦解するが、稼軒は酒宴中の金の陣営に突入し、裏切り者を捕虜にして脱出、建康の行在所に馳せ参ずるという離れ業をやってのけた。これが彼の南宋に仕える端緒であり、時に二十三歳であった。その後各地の提点刑獄や知州（知府）兼安撫使のような地方の要職を歴仕、その間に茶寇の乱の平定や飛虎軍の創置など、軍事面での活躍だけでなく、官米を貧民に給して水利工事を興す、つまり失業対策を兼ねた土木事業で成功したり、飢饉対策に功績を挙げるなどの事蹟がある。更にその政治外交に関する理想と見識は、「美芹十論」などの時事を論じた一群の文章に示されており、決して単なる実務家ではなかったことがわかる。

　この辛稼軒と朱子との交遊がいつ始まったかはさだかでないが、揚子江下流一帯に大飢饉があり、朱子が提挙両浙東路茶塩公事としてその対策に当ったという淳熙八年（一一八一）より以前であることは間違いない。『朱子語類』一一一、論民の一条に、浙中は課税がでたらめで、その一方、宮中御用と称する税金のがれがはやっていることをしるし、「向《さき》に辛幼安の〝糞舡も亦た徳寿宮の旗子を挿す〟と説くを見る。某、初め信ぜざりしも、のち浙東を提挙するに、親しく此の如きを見る」とあり、文中の稼軒の語は、会話または私信中のものと思われ、すでにかなり親しかったらしい。なお淳熙八年には稼軒は知隆興府兼江西安撫使の任にあり、やはり救荒対策に著しい効果を挙げたことが伝に特記されている。浙東における朱子と、互いにその功績を認め合ったことであろう。その後朱子が福建の崇安、ついで建陽に隠棲している時、稼軒は福建提点刑獄となるが、この頃が最も親交密であったと思われる。さきの伝にもみえていた「武夷に遊び、棹歌を作りて晦翁に呈す、十首」をはじめとする詩や書簡があるほか、朱子の他の人に宛てた書簡の中に、稼軒の来訪のことをしるすものがいくつかある。

時期は前後するが、朱子と稼軒の交情を窺わせる事例に湖南飛虎軍の一件がある。淳熙六、七年の間、稼軒は知潭州兼湖南安撫使となり、この地域は「武備空虚」で治安が甚だ悪かったのを、精強な軍隊を新たに編成して忽ち鎮撫してしまった。ところがこの勇名を馳せた湖南飛虎軍が、やがて稼軒失脚の原因となる。装備のよい軍隊を短期間に編成したのだから相当な費用を要したに違いなく、『宋史』の伝には、「経度鉅万計を費すも、棄疾善く斡旋し、事みな立ちどころに弁ず。議者聚斂を以て聞す」とある。稼軒が苛酷な重税で軍費を捻出したとは思えないが、何か特別な手段を講じたであろうし、そのことが無能な官僚の嫉む所となったのかもしれない。更にこの軍隊は、稼軒が転出したあと統率者に人を得ず、紀律が乱れるということもあったらしい。淳熙八年に提起された弾劾文には「銭を用いること泥沙の如く、人を殺すこと草芥の如し」などとあり、やがて稼軒は職を奪われて屏居することになる。興味深いことに、少し時を隔ててではあるが、朱子も知潭州兼荊湖南路安撫使となり、しかもこの飛虎軍を論ずる文章を奏上している。それには「(この軍は)もと帥臣辛棄疾の創置する所に係り、費す所の財力は鉅万計を以てし、選募既に精、器械も亦た備わり、経営緝理、力を用いること至りて多し。数年以来、盗賊起らず、蛮傜帖息し、一路之に頼りて以て安し、云々」とあって、むしろ多額の費用を投じて精強な軍隊を編成したことを功績として賞讃している。そしてそれが(湖北の)荊鄂副都統に隷することになってから機能しなくなったので、当初のとおり湖南安撫使の隷下に復すべしというのがこの上奏文の主旨、つまりのちに指揮系統が混乱したのが悪いと指摘して是正を求めたのである。

この一件、稼軒にとって苦心の事業が糾弾の対象と化したことは一大痛恨事であったろうし、それだけに朱子の評価は有難かったに違いない。朱子の逝去を聞いて直ちに詞を詠じ、蟄居の身をおして(当時再度失脚して郷居していた）敢て祭文を携えて弔問したについては、やはりそれだけの所以があったといわねばなるまい。

思索と講学とに一生の大部分を捧げた朱子に対し、稼軒は敢為事《こと》に当る行動の人として著しい対照を示す。それだけにこの二人の交情は、それぞれの人物を考察する上で頗《すこぶ》る興味深いものがあるように思う。

8　『詞律』の著者、万樹について

康熙二十四年（一六八五）夏の昼下がり、広東省高要といえば、北回帰線が近いとはいえ熱帯圏である、両広総督の広大な官邸にも太陽は容赦なく照りつけていた。この地方のこの時刻、人々はみな午睡を楽しんでいるのであろう、邸内はひっそりと静まり、時折り虫の羽音が響いてくる。万紅友は、東閣のほとりの風通しのよい木かげ、丹蕉の花の下に藤の寝椅子をのべて横になり、読書に耽っていた。いや、その本を読んでいるのかどうか、さきほどから全然頁をめくっていない。しかし、本を開いたまま眠っているのでもない。ときどき口の中で何やらぶつぶつつぶやきながら、ある頁を一心不乱に睨みつけているのである。そこにはひとつの物事に取り憑かれた人間の醸し出す異様な雰囲気が漂っていた。

この男、万樹、字は紅友がこの邸に寄寓するようになってから、すでに三年になる。あの気候温暖、風光明媚な太湖のほとり、江蘇省宜興の出身である彼が、この南方瘴癘の地に寓居するようになったのは、全く偶然でしかない。家族を失った悲しみを忘れようとして故郷を離れ、山西、河北など北地をさまよったのち、将軍呉興祚(留村)の幕賓に連なって福建に赴き、その両広総督赴任に伴われてこの高要に至ったのである。もう十年近くも故郷には帰っていなかった。呉留村は漢軍八旗に籍をおく貴族であるが、もとは紹興の出身、文事を好み、みずからも詞を善くする風流人で、紅友のよき庇護者であったし、その息子の呉秉鈞(琰青)、甥の呉棠禎(雪舫)は留村に輪をかけて風雅を愛する貴公子で、彼を友人として親密につきあってくれるばかりでなく、彼が目下手がけている著述のよき協力者でもあった。科挙によって立身出世するという世間なみの望みをとうの昔に捨て去った紅友が、ひたすらに情熱を注ぐ対象はもはやその著述しかなかったし、幕游、つまり幕賓として異郷に寓居するという境遇に甘んじていられるのも、呉氏の一族がその著述に十分の理解を示してくれるからにほかならない。

彼が『詞律』の述作を志したのは、もうずっと昔、まだ故郷にいる頃であった。かつて一旦は科挙をめざして勉学し、人なみに貢生となって受験資格はもっているのであるが、生得の性格は如何ともしがたく、いつしか試験勉強とは疎遠になり、風流韻事を以て郷里では少しは名を知られるようになっていた。彼が「璇璣砕錦」百図をものしたのはまだ若い頃、二十年以上も前のことになる。それはいわゆる回文織錦の類であって、詩や詞などの韻文をさまざまに組み合せて図形を構成し、左右縦横いろいろな方向から読んでそれぞれに見事な韻文になっているというものである。このテクニックの基本は古くからあるが、彼の百図はその複雑精巧なことを以て人々を一驚させた。彼にかかれば詩詞ばかりではなく、南曲の長篇の套数すらもが壮麗な図形を構成することになったのである。このような才能をもった彼が、旧来の文芸の中で最も親近感を抱いたのは、何といっても宋代の詞――詩余であった。あの宋詞の綿密な構成、精緻な韻律、それは文芸――言語文字を媒体とする芸術の極致であるように彼には思われた。折しも彼の住む江南の地を中心に、元明の間に衰頽したこの様式を復興しようとする気運が次第に昂まりつつあった。しかし彼にとって我慢がならなかったのは、宋詞の優雅典麗な世界を人々が愛するようになったのはよいとして、その世界を生み出している詞の韻文としての形態に人々が無神経なことであった。明末のころからすでに詞譜なるものが出現し、宋詞の形態を整理して、詞牌ごとに句法、押韻法、平仄律などを示している。しかしこれまで流行している『嘯余譜』（明、程明善）、『詩余図譜』（明、張綖）それに最近出現した『塡詞図譜』（清、頼以邠）などは、彼の眼からみればいずれも杜撰極まるもので、宋詞を冒瀆するものでしかないように思えた。――句読を誤り、押韻を見落し、更に至る所随意に「可平」、「可仄」の注を施して韻律を乱すなど、まるででたらめではないか。――そして人々はそれを金科玉条のように信奉し、それに則って作詞しさえすれば、あたかも宋詞を再現したかのように得々としている。――あの精巧な韻律を無視して何が宋詞なものか。――彼は時折り吐き捨てるようにつぶやいたものであった。――この混乱を匡し、宋詞の真面目を世にひろめるには、みずから完璧な詞譜を編述するほかはない。――郷里の先輩、陳維崧や無錫の侯文燦など、すでに詞名を有する人、詞学に関心の深い人の門を叩いたのもその頃であった。みな彼の議論に感服して励ましてくれたものだった。そののち漂泊の身となり、その業は頓座していたが、この高要に身を落ち着けることになって旧志は勃然として再燃し、呉氏の好意によってその仕事にうちこんでいたのである。もうあらましはでき上っていたが、残された問題はまだまだ少なくない。さきほどから彼が昼食後の午睡も忘れて本を睨んでいるのも、かねてから疑問に思っている一首を如何に処理すべきか、考えあぐねていたのである。

静寂の時間が過ぎて行った。

「わかった」――突然紅友は大声で叫ぶと、寝椅子から跳ね上がるように飛び起きた。そして気が狂ったようにゲラゲラ笑い出したのである。その声を聞きつけて、総督の甥、呉雪舫がやって来た。

「一体どうしたんだい」。

「これ、これだよ。これを見給え」――紅友は本のその頁を指していう。雪舫がみると、それは毛氏汲古閣刊の『宋六十名家詞』、その中の『稼軒詞』(辛棄疾)第二巻である。紅友が指し示しているのは「醜奴児近」の一首であった。

「この詞がどうかしたのかい」。

「君も知っているだろう、この形式は辛稼軒のこの一首だけで他に作例がないし、その肝腎の一首が前後脈絡のない奇妙なものだということを。だから今度の本にこれをどう取り上げるか、ずっと悩んでいたんだよ」。

「それは僕も君の仕事を手伝うようになってからこれが問題の一首だということは知っているが、そうはいっても『嘯余譜』や最近の『塡詞図譜』ではみなこれをちゃんと一体として立てているじゃないか」。

「君、君までがまだあんな本を信用しているのか。あの連中をあてにしちゃいかんといつもいってるじゃないか。――今わかったんだよ、この毛本の誤りが。そして同時に『嘯余譜』や『塡詞図譜』のでたらめさ加減がいっそうはっきりしたというわけさ」。

「ふうん、それで一体どうだというんだい」。

「うん、この詞の前後の脈絡がとぎれるのは、この妙な句の所だろう」。

それは三畳から成るこの詞の第二畳の中ほど、「又是一飛流万壑」という一句である。

「たしかにその通りだが、しかし『壑』の字は押韻の所で必ず切れるし、上三字と下四字が続きにくいけれども、まさか『又是一』の三字で切るわけにもいかんだろう」。

「いや、それを切るんだ。句を切るどころか、この詞をここの所で二つに分けてしまうんだよ」。

「えっ、するとどういうことになるんだい」。

「どうなるどころじゃないよ、『飛流万壑』から以下をつぎに並んでいる洞仙歌と比べて見給え」。

そういわれて暫く眺めていた雪舫は、これも詞の素養の深い人だけに、翻然と悟る所があった。

「あっ、なるほど、ぴったりだ」。

「そうだろう。そして『又是一』の所までは通常の醜奴児慢と何等変る所がない。つまりこれは何も特別な一体ではなくて、『又是一』以下が残欠してしまった所につぎの洞仙歌一首がそっくりくっついてしまったというわけさ。汲古閣毛氏の校訂の疎漏もけしからんが、それを見抜けないで、事もあろうに詞譜の中にこれを一体として立てるなんて、古人を冒瀆するばかりか後人を誤るものだ。全く許せない」。

「うん、しかしお見事、お見事。辛稼軒から今まで五百七十年余り経っているが、この詞は今はじめてきれいに顔を洗って再登場というわけだ。こいつは飲まなくちゃ」。

かくて二人は、とっておきの舶来の葡萄酒を汲み交し、心ゆくまで酔ったのである。

それから二年後、万紅友の『詞律』二十巻は呉留村の捐資によってこの地において刊行された。それはすでに萌していた清朝における詞の流行の気運に拍車をかけたばかりでなく、そののち永く詞学の基本文献として重んじられることになった。この書の出現によって、右にみえていた従来の詞譜はほとんど顧みられなくなってしまったのである。

右に述べた紅友と雪舫とのやりとりは決して架空の作り話ではなく、紅友が多年を費やした『詞律』編述の過程におけるひとこまを、その書の注記にもとづいて再構成したものである（ただ経歴の部分は種々の零細な資料を拾綴した）。『詞律』のような書物にこのような注記を加えるのは異例というべきかもしれぬが、この種の挿話や感想、批評などが至る所に散見することが、むしろこの書の大きな特色となっている。ことに巻四「醜奴児」の条にみえる右の一段は、その情景までをもつぶさにしるし、この時の万氏の感激がいかに大きかったかを示している。そしてそこに述べられた彼の指摘は完全に正しかった。今日私たちは毛本『稼軒詞』に脱落していた「醜奴児近」詞の後半や、これとひと続きになっていた「洞仙歌」詞の前書きを全部みることができるばかりでなく、毛本にどうしてこのような混乱が生じたかという、その理由までも容易に知ることができる。現在景印本で流布している元大徳年間刊の『稼軒長短句』十二巻では、第六巻に「醜奴児近」一首に続いて「洞仙歌」七首を収めているが、この巻の第九葉はちょうど「又是一」の所で終り、第十葉はその句の続き「般閑暇」ではじまっている。以下「洞仙歌」二首が間にあって、第三首の前書きの部分で第十葉は終り、第十一葉は「飛流万壑」と第三首の本文から始まっている。すなわち毛本がもとづいた本は、この第十葉がそっくり脱落していたのであり、そのことに気付かずに「又是一」から「飛流万壑」に続けてしまったに違いない。ただし毛本は嘉靖の覆刻本に拠ったらしいので、この誤りも嘉靖本にはじまるのかもしれない。

清末になって『詞律』の増補版を作った杜文瀾は、万氏の功績を讃えたのち、その遺漏を弁護して、「幕游」

の身であったので「載籍」が乏しかったと述べている（「詞律続説」）。たしかに「詞律自叙」に挙げてある文献は、「花菴、草堂、尊前、花間」といった所は当然として、そのほかは『詞統』、『詞匯』といった通俗的な選本が多く、汲古閣の『名家詞』を除けば詞の別集は一点もない。それは杜文瀾の指摘のように旅中であったというばかりでなく、王鵬運（『四印斎所刻詞』）や朱孝臧（『彊村叢書』）などによって詞籍の善本が陸続と覆刻されるようになるのはずっと時代が下ってからのことであって、康熙のころに普通にみられる詞籍はもともと限られていたのである。そしてそのことを思えば、そうした限られた文献によってあの画期的な『詞律』を完成した万樹の識見と努力は、いっそう驚嘆に値する。さきに挙げた毛本『稼軒詞』の脱誤にしても、私たちは景元刻本を容易にみられるからこそ、その混乱の由来まで簡単にわかってしまうのであるが、毛本だけを見つめていてそれを看破した万氏の眼力には全く敬服のほかはない。

最近は典籍の景印複製が続々と登場し、従来稀覯に属していたものまでが容易に入手できるようになったのは有難いことであるが、その一面、つぎつぎと文献を渉猟することに追われ、ひとつの書物をじっくり読みこむという努力がとかくおろそかになっているのではあるまいか。これは『詞律』の中の右の挿話を読んだときに、私自身の感得した反省である。

9　毛沢東主席の詞

中国では、いささかでも教養のある人なら、古典形式の詩を作ることは、さほど珍しいとはいえないのであろうが、詞を作ることは、絶句や律詩ほど普遍的ではないように見受ける。しかし毛沢東主席の場合、これまで発表されているところでは、詞の作品のほうが詩よりも多い。一九五七年に『毛主席詩詞十八首講解』（臧克家）が出版され、一九六一年にあらためて『毛主席詩詞浅釈』（周振甫）が出版されているが、後者に収める二十一首のうち、詞が十七首を占める。それらの作品はいずれも雄渾壮大の気風に満ち、伝統的には、蘇軾、辛棄疾らいわゆる豪放派の流れを汲むものといえよう。試みにその一、二を挙げる。

西行月　井岡山

山下に　旌旗　望《なが》めのうちに在り
山頭に　鼓角　相聞ゆ
敵軍　囲捆すること　万千重なれども

我自《われら》　巋然として動かず
早已《もと》より森厳たる壁塁
更に加う　衆志の城を成すを
黄洋界の上《ほと》り　砲声　隆《さか》んに
報道す　敵軍の宵に遁《のが》るるを
（井岡山は、江西・湖南両省にまたがる大山塊。一九二七年、朱徳とともに紅軍を率いてここにたてこもり、国民政府軍の包囲に対し、数年にわたり頑強に抵抗した。黄洋界は井岡山の五つの登山口の中の一つ。）

水調歌頭　游泳

才《いま》し長沙の水を飲み
又　武昌の魚を食《くろ》う
万里の長江　横ぎりて渡れば
極目　楚天　舒《ひろ》やかなり
風吹き　浪打つに管《かか》わらず
閑庭に　信歩《そぞろあゆ》むに勝《まさ》り
今日　寛余を得たり
子　川の上《ほと》りに在りて曰く

逝《ゆ》く者は斯《か》くの如き夫《かな》と
風檣　動き
亀蛇　静かに
宏図　起る
一橋　南北に飛架し
天塹　通途を変ず
更に西江の石壁を立て
巫山の雲雨を截断し
高峡　平湖を出《いだ》さん
神女　応《おも》うに恙無《つつがな》く
当《まさ》に驚くべし　世界の殊《こと》なれるを

（一九五六年、長江を泳いで渡り矍鑠たるところを示した、そのときの作。一橋飛架は、有史以来最初という長江を横断する橋が完成したことを指し、西江石壁云々は三峡にダムを築こうとの意を表わす。巫山は三峡の一つの巫峡に臨む山、神女の伝説がある。）

過去の中国文学の重要な作家たちの多くが政治家であったという事実は、あまりにも自明のこととして軽視されやすいように私は思う。しばらく前のことであるが、西安を訪れたさる書家が、「弘法大師以来はじめて日本の書家としてこの地を訪れた」と誌しているのを読んで失笑した記憶がある。自らを弘法大師に比する心臓もさることながら、弘法大師が書家として長安を訪れたのだろうかということが私にはひっかかったのである。王羲之にしても顔真卿にしても、書家として生活していたわけではあるまい。同様のことが文学についてもいえる。中国文学史上名のある人々は、文章家といい、詩人といっても、原稿料で生計をたてていたわけではない。唐宋にかぎっても、韓愈・白居易・欧陽修・王安石・蘇軾などは、みな宰相もしくはそれに近い枢要の地位に在った人たちであり、そのほか官位に高下はあっても、在世当時は官僚として一生を過ごした人が中国文学史の大部分を占める。そしてこれはけっして世界に普遍的な現象ではあるまい。このことは中国文学の特質を形成する一つの要素となっているであろうし、同時に中国における政治家のあり方を規定するにもあずかっているであろう。さらには中国文化全体の特質を考えるに一つの手がかりを与えるのではあるまいか。

現代ではもちろん事情は異なるけれども、人民共和国政府の枢要な地位に立つ人々の中には、郭沫若氏のように、文学、史学に多くの業績をもつ人が存在するし、最高指導者たる毛沢東主席にしても、革命を推進する指針を与えた論文が、深い哲学的思弁にもとづいており、思想家・哲学者としても大きな存在であることはすでにひろく知られているであろうし、さらに余暇にはここに示したような古典詩詞をものするだけの幅を備えているという事実は、中国文化の伝統が、どこまでも広く深いものであることを考えさせる。

第二部　中国文人論

10　白居易と杭州・蘇州

はじめに

白居易が刺史《しし》として杭州に在任したのは、長慶二年（八二二）の十月一日から四年の五月末まで、五十一歳から五十三歳の間、ついで一年足らずの洛陽勤務を隔てて、やはり刺史として蘇州に在任したのは、宝暦元年（八二五）の五月から翌二年の十月まで、五十四、五歳の時であった。どちらも実質一年半前後のこと、彼の約四十年に及ぶ官僚生活の中ではごく短い一時期にすぎない。しかしこの合せて三年ほどの杭州蘇州勤務は、彼の生涯において極めて意義の深い、格別の一時期であったようで、そのことは、在任中に当地で作られた数々の詩、更には晩年における回想の詩の到る処に窺《うかが》うことができる。特に蘇州を離れて十年余りのち（開成三年、八三八）、洛陽において作られた「憶江南詞三首」（『白氏文集』巻六十七・作品番号3366～3368）は殊のほかに有名である。

〇江南好、風景旧曾諳。日出江花紅勝火、春来江水緑如藍。能不憶江南。

江南の好《よ》き、風景旧《もと》曾《かつ》て諳《そら》んず。日出《い》づれば江《かわ》べの花は紅きこと火に勝り、春来《きた》れば江の水は緑《あお》きこと藍の如し。能く江南を憶わざらんや。

○江南憶、最憶是杭州。山寺月中尋桂子、郡亭枕上看潮頭。何日更重遊。

江南の憶い、最も憶うは是れ杭州。山寺の月中に桂子を尋ね、郡亭の枕上に潮頭を看《み》る。何《いず》れの日にか更に重ねて遊ばん。

○江南憶、其次憶呉宮。呉酒一杯春竹葉、呉娃双舞酔芙蓉。早晩復相逢。

江南の憶い、其れに次ぎては呉宮を憶う。呉酒一杯　春竹葉、呉娃双《なら》び舞う酔芙蓉《すいふよう》。早晩《いつ》か復《ま》た相逢わん。

この三首は通常の詩の形式とは異なり、詞すなわち長短句の歌辞形式で詠じられており、詞という様式のごく初期の作例としてよく引用されるものであるが、これらが有名なのは、そうした韻文形式としての特殊さの故だけではあるまい。そこに江南の好風景と、かつてその地で経験した優雅な生活とがみごとに映し出され、またそれらを懐かしむ気持ちがいっぱいにあふれているからに違いない。

白居易の経歴を概観するに、貞元十九年（八〇三）、三十二歳のとき、秘書省校書郎に任ぜられたのを振り出しに、会昌二年（八四二）に七十一歳で刑部尚書を以て致仕するまで、およそ四十年にわたる官僚生活であったが、その大部分を長安と洛陽で過ごしており、それ以外の地方勤務はつぎの五次、合わせて約九年間である。

（1）盩厔《ちゅうちつ》（陝西省）尉、元和元年（八〇六）～二年（三十五～六歳）約一年半。

（2）江州（江西省九江）司馬、元和十年（八一五）～十四年（四十四～四十八歳）、約三年半。

（3）忠州（四川省忠県）刺史、元和十四年（八一九）～十五年（四十八～九歳）、約一年間。

（4）杭州（浙江省）刺史、長慶二年（八二二）～四年（五十一～三歳）、一年八ヶ月。
（5）蘇州（江蘇省）刺史、宝暦元年（八二五）～二年（五十四～五歳）、一年五ヶ月。

右のうち、（1）の盩厔の尉は、制科に及第して、いわば幹部候補生として都に近い県（畿県）の尉を経験させられるというお定まりのコースであるから、とりたてて論ずるまでもないが、他の四次の外任はそれぞれに特別な体験であり、生涯における意味を考えてみる必要がある。（2）の江州司馬は、よく知られているように次を越えての直言を咎められての貶謫であった。それまで官僚の出世コースを比較的順調に歩んできたのが一頓挫に遭遇し、受難の一時期を過ごすことになったのであり、この時期については多くの人の論考がある。（3）の忠州刺史への転任は、伝記などに往々にして貶謫が終わったようにしるされていることがあるが、そうではなくいわゆる量移とみなすべきである。つまり処分を軽減された意味はあるが、完全に正常コースに復帰したのではない。のちの回想の詩文では、しばしば江州司馬と忠州刺史を合せて受難期としてしるしている。「曲江に秋に感ず」（巻十一・0572）詩の序に「元和二年、三年、四年、……予 左拾遺・翰林学士為《た》り、何《いくば》くも無く江州司馬・忠州刺史に貶せらる」と述べ、詩の中でも、「元和二年の秋、我れ年三十七。長慶二年の秋、我れ年五十一。中間十四年、六年 讁黜に居る。」と詠じている。江州忠州在任期間六年を合せて「讁黜」と称しているのである。

従ってこの転勤はそれなりに有難いことであったに違いないが、積極的にプラスの意味をもつものではなかった。この転勤に尽力してくれた宰相崔群に贈った詩は、謝意を述べながらも表現は微妙である（「忠州に除せられ、崔相公に寄せ謝す」巻十七・1090）。「提抜出泥知力竭、吹嘘生翅見情深。（提抜して泥より出だすに力を竭《つ》くせるを知る。吹嘘して翅《つばさ》を生ぜしめ情の深きを見る）」と、はじめはこの時の異動が崔群の尽力によるものであったことを明確に述べて謝意を表しているが、結び二句は「忠州好悪何須問、鳥得辞籠不択林。（忠州の好悪何ぞ問うを須《もち》いん、鳥の籠を辞するを得るに林を択《えら》ばず）」となっている。崔群はこの前年に宰相（中書侍郎同中書門下平章事）を拝しているが、白居易と同年齢で、かつて元和二年（八〇七）には同時に翰林学士に任ぜられ、四年ほど同僚として勤務した仲、のちには洛陽の履道里に隣あわせて邸を持ち、その逝去のあと白居易は心のこもった祭文を書いている（「崔相公を祭る文」巻六十一・2945）。さきの詩の結びは、宰相に対する謝礼の詩としてはかなり忌憚《きたん》のない表現であるが、二人はこの時点での地位の差にかかわらず、生涯を通じての親友であったからこそ、本音を遠慮なく述べたのである。

因みにこの忠州への転勤を以て左遷が終わったようにみるのは、おそらく刺史という地位にまどわされてのことであろう。同じく州といっても唐代では雄、望、緊、上、中、下というランクがあり、更に個別的に千差万別であって、その長官＝刺史も、肩書は同じようにみえても実質はたいへんな差がある。「通典」には、「（戸）二万に満たざるを下州と為す」とあるが、「唐書地理志」によれば、忠州は「戸六千七百二十二」とあり、いわば下の下、はじめて刺史という肩書を頂戴したものの、それは名ばかりのものであったことを白居易自身詠じている。

○山上巴子城、山下巴江水。中有窮独人、強名為刺史。時時窃自哂、刺史豈如是。（下略）

　山上巴子の城、山下巴江の水。中に窮独の人有り、強いて名づけて刺史と為す。時々窃《ひそ》かに自ら哂《わら》う、刺史は豈《あ》に是《かく》の如からんや。（「南賓郡斎即事、楊万州に寄す」巻十一・0533）

（4）、（5）の杭州蘇州への赴任は、右の江州忠州へ赴いたのとはおよそ事情を異にする。一言でいえばそれはみずから望んでの赴任であったし、かつそこでは、さきの「憶江南詞」に示されるように、後になって懐かしく回想されるような生活を送ることができた。その体験は、貶謫の体験とは別の意味で、彼の人生観、文学観に大きな影響を与えたように思われる。

一　杭州赴任の事情

白居易があまり快適ではなかった忠州に刺史として在任したのは一年余り、元和十五年（八二〇）の夏には召還の令が降り、忠州を離れる。「六年譴黜に居る」の生活に終止符をうつことができたのである。都に還るとまず尚書司門員外郎に任ぜられ、その年の末には主客郎中知制誥に昇進、更に翌長慶元年（八二一）十月には中書舎人という枢要の地位に就任する。進士科、制科という二段階の試験を突破したエリート官僚としてのコースに復帰したのである。しかし白居易はこの地位に在ること一年に満たず、翌二年の七月には外任を求めて杭州刺史に転出することになった。

この転出は通常の人事異動ではない。まわりくどいようではあるが、これが異例の転出であったことを具体的に検証しておこう。この問題を考えるには、中書舎人という地位の唐代官僚機構における位置づけと、白居易がそこに到った経歴を承知しておかねばならない。

中書舎人という地位がいわゆる三省六部の官制の中でいかに枢要な位置を占めたかということは、礪波護氏の『唐代政治社会史研究』に一節を設けて余すところなく説かれている。該書の第Ⅱ部「行政機構と官僚社会」の中の「中書舎人と給事中」と題する節で述べられていることの要点をしるしておくならば、中書省は「天子の意志を表示して、これを宣下することを掌《つかさど》る処であって、いわば天子の秘書官たるの性質を有する」のであり、その中で中書舎人こそが実際に制誥の起草を管掌するのであるから、「天子の秘書たるの実は中書舎人に帰し」たし、三省の序列は本来は尚書省、門下省、中書省の順（『大唐六典』）であったが、「しかし、玄宗時代にはすでに中書省の最優位は確立し、門下省がこれにつぎ、尚書省の格は降下し、中書門下の命を聴従して全国に伝達施行する機関となっていた」。すなわち中書舎人とは、官位からいえば正五品であって、各部の尚書（三品）侍郎（四品）より下であるが、いわば天子の秘書長として、実質的に三省六部の体制をとりしきる枢要の地位であり、宰相に到るエリートコースの眼目となる一階梯だったのである。

『封氏聞見記』および『唐語林』にみえるいわゆる「八儁」と呼ばれる典型的エリートコースは、誤脱があるようでわかりにくいが、礪波氏はつぎのように整理されている（前掲書一五八頁）。

進士―校書―畿尉―監察御史―拾遺―員外郎―中書舎人―中書侍郎

そこで白居易の経歴をこれに重ね合わせてみると、中書舎人までに経験していないのは監察御史だけ、途中曲折があり、貶謫まで経験するが、けっきょく員外郎に復帰、郎中を経て中書舎人に到っていたのであった。

つぎに中書舎人からどのような官に遷るのが通常であるかといえば、礪波氏の右の書に孫国棟氏の綿密な実例調査が紹介されている（『唐代中書舎人遷官途径考釈』）。それによれば、両『唐書』などにみえる二七九例のうち「尚書省の六部侍郎になったものが一六五例で圧倒的に多く、刺史の二十二例、中書侍郎と御史中丞の十三例を断然引き離している」とのことである。右のうち中書侍郎、御史中丞は、六部侍郎に勝るとも劣らぬ中央政府の重要ポストであるから、ほとんど等質とみなしてよく、中央政府での昇進と刺史転出という対比でみれば、実に一七八対二十二ということになり、刺史転出がいかに異例のものであるかがわかる。いま右の二十二例の実態を調べるいとまがないが、おそらく失脚左遷に当るものがかなり含まれているのではないかと思われる。友人たちもこの転出を不審に思ったに違いない。このとき張籍は詩を寄せて「三省比来名望重し、肯《あえ》て君の去りて漁樵を楽しむを容《ゆる》さんや」（「白二十二舎人に寄す」）と詠じている。

そこで、なぜこのような異例の転出をことさらに希望したかということが問題になるが、陳振孫の『白文公年譜』ではつぎのように説明している。

旧史云、時河朔復乱、数上疏論其事、天子不能用、遂求外任、蓋穆宗荒縦、宰相王播・蕭俛・杜元穎・崔植等皆齷齪無遠略、宜公之不楽居朝也、

旧史に云う、時に河朔《かさく》復《ふた》たび乱れ、数《しば》しば上疏して其の事を論ずるも、天子用うること能わず、遂に外任を求む。蓋《けだ》し穆宗《ぼくそう》は荒縦にして、宰相の王播・蕭俛・杜元穎・崔植等皆な齷齪《あくせく》として遠略無し。宜《むべ》なり公の朝に居るを楽しまざるや。

その後現代に到るまで、各種の年譜、伝記の類はみな概ねこの線に沿って説いている。もとより朝における情況が意に満たぬものであったということは、転出を希望する理由として当然考慮すべきことに違いないが、さきにみたようにこの転出が甚だ異例のものであったことを考えると、それだけでは余りに単純すぎるように感じられる。

更にもしそのような理由だけであれば、天下国家の行方について深刻な憂慮があるはずだし、また個人的にもこの転出は、せっかく復帰したエリートコースからはずれる——いわばエスカレーターを途中で降りるようなものであるから、そのことに対する懊悩もしくは憂悶のような感情がないはずはないと思われるのだが、この前後

の詩作には、そのどちらもいっこうに示されてはいない。詩によって窺《うかが》うかぎり、むしろ晴ればれと足取りも軽く旅立って行くという感じなのである。

この時、長安から杭州へ向かう途上の詩作はかなり多い。杭州刺史に除せられたのは長慶二年の七月十四日、そして杭州到着は十月一日（「杭州刺史謝上表」巻四十四・2006）、出発の日はさだかでないが、任命されて即日出発などということは考えられないので、およそ二か月ほどの旅かと思われるが、その間の作は、『長慶集』に収録されているものだけで、古体近体合せて四十首を数える（巻八および巻二十）。それはやはり彼にとってこの時の旅が殊のほかに感慨深いものであったからに違いない。そして中書舎人から地方転出という、事情によっては悲壮な心情で出発することにもなりかねない旅であるのに、四十首の詩の全体に流れる情緒は、そうした悲壮とか憂悶などとはおよそ無縁である。巻八の巻首に録する詩「長慶二年七月、中書舎人より出でて杭州に守たり。路に藍渓に次《やど》りて作る」（0335）は、この時の事情と胸中とを総括的に述べたかのようである。

「太原の一男子、自ら顧みるに庸にして且つ鄙」と歌い出されるこの詩は、五言四十句に及ぶが、まず杭州刺史に転出することになった事情を述べたあと、「寛懐　寵辱斉しく、委順　随って行止す」と運命の成り行きにまかせる超越の心境を述べ、ついで行く手の杭州について次のように詠ずる（17～28句）。

余杭乃名郡、郡郭臨江汜。已想海門山、潮声来入耳。昔予貞元末、羈旅曾遊此。甚覚太守尊、亦諳魚肉美。
因生江海興、毎羨滄浪水。尚擬払衣行、況今兼禄仕。

余杭は乃ち名郡、郡郭　江汜《こうし》に臨む。已に想う　海門の山、潮声　来りて耳に入るを。昔　予　貞元の末、羈旅曾て此に遊べり。甚だ覚ゆ　太守の尊きを、亦諳《そら》んず魚肉の美なるを。因りて生ず　江海の興、毎《つね》に

羨む　滄浪の水。衣を払って行かんことを尚擬《ねが》う、況《いわ》んや今禄仕を兼ぬるをや。

ここにはかつて訪れたことがあり、かつ憧れを抱いた土地への赴任に心をはずませることが詠じられており、そのあとは長安から東へ向って大運河を南下するのでなく、直に南下して長江を下るルートをとったことを述べ、そして末尾はつぎのように結ばれる（35～40句）。

○聞有賢主人、而多好山水。是行頗為愜、所歴良可紀。策馬度藍渓、勝遊従此始。

聞く賢主人有りて、好山水多しと。是の行頗る愜《かな》うと為す、歴《ふ》る所良《まこと》に紀すべし。馬を策《むちう》ちて藍渓を度《わた》る、勝遊　此より始まる。

杭州は風光明媚の地、かつ昔からすぐれた長官が在任したところ、何焯によれば「此の聞の字は亦た趁の字の意と作《な》して用う」、つまり歴代の賢太守に見習おうとの意であるという。そして、「此行頗為愜」以下の結びの四句こそがこの時の心情を端的に表明している。「愜」は「愜意（意に愜う）」、思いどおりになり満足すること、「適意」というに近い。だからこそ「所歴良可紀」、多くの詩がうまれるに違いないのである。結び二句、今こそ「勝遊」、すばらしい旅が始まったという。さきに「晴ればれと足取りも軽く」と述べた所以である。実は白居易が長安から直ちに南下して藍渓から秦望山を越えるルートをたどったのはこれがはじめてではない。七年前（元和十年、八一五）江州に赴くときも同じ道を通っている。その時の詩の結び四句にはいう、「潯陽　僅かに四千、始めて行くこと七十里、人は馬蹄の跙《なや》むに煩《わずら》う、労苦已に此の如し」（「初めて藍田の路を出づる作」巻十・0490）。同じ道の旅行きであるが、心情の違いは歴然たるものがある。

このように晴ればれと出発することができたについては、やはり「朝に居るを楽しまず」、朝廷の情況に不満であったというだけでは不充分で、更に白居易の内面に立ち入って考える必要があろう。右の詩から、私は二つのことを指摘できるように思う。ひとつはさきの「寛懐斉寵辱、委順随行止」の二句に示されるように、すでに超越的な心境に達していたこと、この「委順」なることばには留意すべきである。運命に委ねてさからわない意であろうが、それがかつて若いころから信条とした「諷諭」の精神と背馳することはいうまでもない。そして白居易がこのころになると「委順」なる語に深い共感を覚えていたことは「無可奈何」篇（巻二十二・1431）に明らかに示されている。(1) そのことは、「諷諭」詩をほとんど全く作らなくなってしまったことと表裏の関係にあると思う。

もうひとつは赴任する行く手が杭州であったこと、この点も決して軽視するべきではない。白居易はもともとこの地に格別の思いを抱いていたのである。

さきの詩に「羈旅曾遊此」とあったように、白居易が杭州に赴いたのはこの時が初めてではない。彼の家柄は自らも称するように太原の白氏、今の山西省太原を本籍とする北方系の家であるし、彼自身も鄭州新鄭県（河南省）で生まれているのだが、実は少年時代、十歳台の大部分を江南で過ごしている。そしてその間に杭州蘇州を訪れており、この両地の刺史という地位に強い憧れを抱いたことを、のちになってみずからしるしている。この時の赴任先が杭州であり、のちに蘇州に赴任することになったのは決して偶然ではなく、彼自身の強い希望が容れられたものと考える。彼が「晴ればれと足取りも軽く」旅立ったのは、この赴任が、一面では宿願を果す意味があったとすれば、いっそうよく納得できる。蘇州刺史在任中に少年時代の回想をしるした文章を録しておく（「呉郡詩石記」巻五十九・2916）。

○貞元初、韋応物為蘇州牧、房孺復為杭州牧、皆豪人也、韋嗜詩、房嗜酒、毎与賓友一酔一詠、其風流雅韻、多播於呉中、或目韋房為詩酒仙、時予始年十四五、旅二郡、以幼賎不得与遊宴、尤覚其才調高而郡守尊、以当時心言、異日蘇杭苟獲一郡足矣、及今自中書舎人、間領二州、去年脱杭印、今年佩蘇印、既酔於彼、又吟於此、酣歌狂什、亦往往在人口中、則蘇杭之風景、韋房之詩酒、兼有之矣、豈始願及此哉、（下略）

貞元の初め、韋応物は蘇州の牧（刺史）為《た》り、房孺復は杭州の牧為り、皆な豪人なり。韋は詩を嗜み、房は酒を嗜み、毎《つね》に賓友と一酔一詠し、其の風流雅韻、多く呉中に播す。或いは韋・房を目して詩酒の仙と為す。時に予　始めて年十四五、二郡に旅し、幼く賎しきを以て遊宴に与《あずか》るを得ざるも、尤も其の才調高くして郡守の尊きを覚ゆ。当時の心を以て言う、異日蘇杭の苟《いやし》くも一郡を獲《う》れば足れりと。今に及び中書舎人より、間して二州を領す。去年杭の印を脱し、今年蘇の印を佩ぶ。既に彼に酔い、又た此に吟じ、酣歌の狂什、亦た往々にして人の口の中にあり。則ち蘇杭の風景、韋房の詩酒、兼ねて之れ有り。豈《あ》に始めより願いて此に及ばんや。……

　この一文、宝暦元年、蘇州刺史在任中に、かつて蘇州刺史であり、韋蘇州と呼ばれる韋応物の詩に自分の詩を添えて石に刻し、その由来をしるしたもの、かつて蘇州の韋応物と杭州の房孺復に憧れ、どちらかの刺史になれたらそれで本望とすら思ったのに、その双方を歴任することができたという感激がありありと語られている。

　さきに杭州、蘇州への赴任が彼自身の希望によるであろうことを述べたが、中書舎人という地位の重さを考えれば、失脚して追放されるのでない限り、そのくらいの選択は当然許容されたことであろう。そして中書舎人という地位にもはや未練はなかったとすれば、このたびの赴任は「是行頗為愜」となるのが当然だったのである。

二　杭州刺史

「天に天堂、地に蘇杭（天上天堂、地下蘇杭）」とは、南宋、范成大の『呉郡志』にみえる俗諺であるが、長江（揚子江）下流の平地、いわゆる長江デルタ地帯の経済的優位と、それに伴う文化的優位とは、唐代後半にはほぼ確立されていたとみてよく、蘇州と杭州はこの地帯の二つの中心として繁栄した。(2)それは宋元明清を通じて、近代になって上海が異常な発展を遂げるまで続くのであるが、その基礎が確立されたのは唐代であった。さきに忠州が「戸六千七百二十二」の下州であったことを述べたが、杭州は『唐書』地理志に「戸八万六千二百五十八、口五十八万五千九百六十三」と記録されている（因みに忠州の口は「四万三千二十六」）。開元の勅令に「四万戸以上を上州と為す」とあり、堂々たる上州である。属する県は八、そのうち六県までが上県より格の高い望、緊の県であった。

白居易は気候温暖、風光明媚、そして物産豊富な大州の長官として、三年にわたり、実質一年と八か月ほどを過ごした。さきに杭州赴任途次の作が、その期間のわりに多いことを述べたが、到着後も詩作の意欲は滞在中を通じてずっと活発であった。杭州在任中の作は、ざっと数えただけで約百五十首に及ぶ。

さきの「蘇州詩石記」に「韋は詩を嗜み、房は酒を嗜み、毎に賓友と一酔一詠し、其の風流雅韻、多く呉中に播す」とあり、かつ「蘇杭の風景、韋房の詩酒、兼ねて之れ有り」と称している。尊敬する先輩に倣って、「風流雅韻」の生活を楽しんだのである。のちに「最も憶うは是れ杭州」と懐かしんだ杭州の風光とその中での生活は多くの詩作にありありと描き出されている。

○余杭形勝四方無。州傍青山県枕湖。遶郭荷花三十里、払城松樹一千株。夢児亭古伝名謝、教妓楼新道姓蘇。独有使君年太老、風光不称白髭鬚。

余杭の形勝　四方に無し。州は青山に傍《そ》い県は湖に枕す。郭を繞《めぐ》る荷《はす》の花は三十里、城を払う松樹は一千株。夢児亭は古くして名は謝と伝え、教妓楼は新たにして姓は蘇と道《い》う。(3) 独り使君のみ年の太《はなは》だ老いたる有りて、風光　称《かな》わず　白き髭鬚。

（「余杭の形勝」巻二十・1373）

○望海楼明照曙霞。護江堤白踏晴沙。濤声夜入伍員廟、柳色春蔵蘇小家。紅袖織綾誇柿蔕、青旗沽酒趁梨花。誰開湖寺西南路、草緑裙腰一道斜。

望海楼は明らかに曙霞に照る。(4) 護江の堤は白くして晴沙を踏む。濤声　夜に入る　伍員の廟、柳色　春に蔵す　蘇小の家。紅袖　綾を織りて柿蔕を誇り、(5) 青旗酒を沽《う》りて梨花を趁《お》う。(6) 誰か開きし湖寺西南の路、草緑　裙腰　一道斜めなり。(7)

（「杭州の春望」、巻二十・1364）

現在も杭州といえば観光名所西湖が有名だが、白居易にも西湖を詠じた名作が多い。

○孤山寺北賈亭西。水面初平雲脚低。幾処早鶯争暖樹、誰家新燕啄春泥。乱花漸欲迷人眼、浅草纔能没馬蹄。最愛湖東行不足、緑楊陰裏白沙堤。

孤山寺の北　賈亭の西。水面初めて平らかにして雲脚低し。幾処にか早鶯　暖樹を争い、誰が家の新燕ぞ春泥を啄《ついば》む。乱花漸《よう》や く人の眼を迷わさんと欲し、浅草纔《わず》かに能く馬蹄を没す。最も湖東を愛して行けども足らず、緑楊の陰《かげ》の裏《うち》　白沙堤。

（「銭塘湖の春行」、巻二十・1349）

ここで特記しておかねばならないのは、白居易と西湖とのゆかりである。彼は決して在任中ひたすらに宴遊に耽ってばかりいたのではなく、一面では士大夫としての使命感を充分に備えていた。そのことを証する事実として、彼は西湖の治水に尽力し、大きな成績を挙げているのである。

もともと杭州の地は、銭塘江の河口に土砂が堆積したもの、いわゆる河口デルタであって、ここに都市が成立したのは中国の長い歴史の中ではあまり早くない。紀元前五世紀、春秋時代に呉（今の蘇州）と越（今の浙江省紹興）とが争ったころ、ちょうど両国の中間に当る杭州の地はまだ形成の過程で、不毛の地にすぎなかった。現在も杭州湾は深く入りこんだ地形であるが、太古では更に西へ深く食いこんでおり、西湖ももともとは海であって、土砂が堆積して行く過程で取り残され、淡水化したのである。その東側の堆積地に人が住むようになったのはせいぜい漢代あたりからららしく、隋唐に至って都市が形成される。そうした土地柄であるから地下水に塩分が多く、井戸を掘っても塩水が出るので、住民たちは常に生活用水、潅漑用水の確保に苦しんでいた。唐代後半に入って徳宗のころに刺史となった李泌が、すでに淡水化していた西湖の水を城内に導いて六つの井戸を設け、以来杭州は都市としておおいに発展することになるのである。

西湖の湖中に蘇堤、白堤と呼ばれる二つの堤があって、湖面を三分していることはよく知られているが、この蘇堤は宋代に蘇軾（東坡）が杭州の知事であったときに大規模な改修工事を実施し、湖底をさらえた土砂を積み上げて作ったものである。(8) 一方、白堤は白公堤ともいい、白居易の造営のようにも伝えられているが、実はそうではなく、さきに引いた「銭塘湖春行」の末句に「白沙堤」とあるのがそれで、ということは白居易が赴任したときにはすでに存在していたのである。しかし白沙堤↓白堤↓白公堤として白居易に結びつけられるようになったのはやはり理由がある。この堤とは別に白居易は西湖の治水に功績を挙げ、このことが語り伝えられて行くうちに混乱したものと考えられる。

　白居易は自分の治水事業の成果には相当の自信をもっていた。杭州を離れるに際して、彼はみずからの経験にもとづいて、将来この地の刺史為《た》る者の心得ておくべきことをまとめ、石に刻して残しているのである。「銭塘湖石記」（巻五十九・2918）と題するその文章は、「銭塘湖事、刺史要知者四条、具列如左、（銭塘湖の事、刺史の知るを要する者四条、具さに列すること左の如し）」と書き出されており、その中には「大抵此州春多雨、夏秋多旱、若堤防如法、蓄洩及時、即瀕湖千余頃田無凶年矣、（大抵此の州は春に雨多く、夏秋に旱《ひでり》多し。若し堤防　法の如く、蓄洩《ちくえい》時に及べば、即ち湖に瀕《のぞ》む千余頃の田は凶年無し）」とあり、ついで「今年修築湖堤、高加数尺、水亦随加、即不啻足矣、（今年湖堤を修築し、高さ数尺を加え、水も亦た随って加う。即ち啻《ただ》に足るのみならざるなり）」とある。始めの方に「凡放水漑田、毎減一寸、可漑十五余頃、（凡そ水を放ちて田を漑するに、一寸を減ずる毎に、十五余頃を漑す可し）」とあるので「高加数尺」によって相当のゆとりができたに違いない。そしてその管理について具体的に注意すべきことをしるしたあと、つぎのように結ばれる。

○予在郡三年、仍歳逢旱、湖之利害、尽究其田、恐来者要知、故書於石、

予郡に在ること三年、仍歳《じょうさい》旱に逢い、湖の利害、尽く其の由を究む。来者の知るを要せんことを恐れ、故に石に書す。

　なおさきの李泌の六井についてもつぎの記載がある。

○其郭中六井、李泌相公典郡日所作、甚利於人、与湖相通、中有陰竇、往往堙塞、亦宜数察而通理之、則雖大旱、而井水常足、

其郭の中の六井は、李泌相公の郡を典せし日に作りし所、甚しく人に利あり。湖と相通じ、中に陰竇有り、往々にして堙塞す。亦た宜しく数《しば》しば察して之を通理すべし。則ち大旱と雖も、井水常に足れり。

つまり暗渠の部分があるのでいつも手入れが必要だと述べており、当然在任中は行きとどいた管理を実施したに違いない。『新唐書』の本伝はこれらのことをつぎのようにしるしている。

○遷為杭州刺史、始築堤捍銭塘湖、鍾洩其水、漑田千頃、復浚李泌六井、民頼其汲、

遷《うつ》りて杭州の刺史と為る。始めて堤を築きて銭塘湖を捍《ふせ》ぎ、其の水を鍾洩し、田千頃を漑す。復た李泌の六井を浚《さら》え、民其の汲に頼る。

なおその後宋代になってこれらの水利施設が荒廃していたのを、抜本的な大改修を実施したのが蘇軾であるが、彼は先人の功績をしるすことも忘れてはいない。

○……凡今之平陸皆江之故地、其水苦悪、惟負山鑿井、乃得甘水、而所及不広、唐宰相李公長源始作六井、引西湖水以足民用、其後刺史白公楽天治湖浚井、刻石湖上、至于今頼之、

凡そ今の平陸は皆な江の故地にして、其の水苦《はなは》だ悪し。惟だ山を負いて井を鑿《うが》てば、乃ち甘水を得るも、及ぶ所広からず。唐の宰相李公長源（李泌）始めて六井を作り、西湖の水を引きて以て民の用を足す。其後刺史白公楽天　湖を治し井を浚《さら》い、石を湖の上《ほと》りに刻す。今に至りて之に頼る。（「銭塘六井の記」）

さきの「銭塘湖石記」に示されているように、白居易は西湖の水利事業の成果に充分な自信をもっていた。離任するに当たって州民につぎのような詩を残している。

○耆老遮帰路、壼漿満別筵。甘棠無一樹、那得涙潸然。税重多貧戸、農飢足旱田。唯留一湖水、与汝救凶年。

耆老帰路を遮《さえぎ》り、壺漿《こしょう》別筵に満つ。甘棠一樹無し、那《な》んぞ涙の濟然たるを得んや。税重くして貧戸多く、農飢えて旱田足《おお》し。唯だ一湖の水を留め、汝が与《ため》に凶年を救わん。

（「州民に別る」巻五十三・2353）

三　蘇州刺史

長慶四年（八二四）、白居易は杭州刺史の任期を終え、五月末に杭州を出発、秋に洛陽に到着する。太子左庶子、分司東都というのが新しい肩書きである。政府機構の中枢からは遠い閑職に違いないが、おそらくそうした地位を希望したのであろう。間もなく白居易は、洛陽の履道里に邸宅を購入し、翌年には家を建てなおしている。けっきょく終《つい》の住家となった邸である。南隣には崔群、東隣には王起の邸があった。どちらも宰相を経験した、または経験することになるトップクラスの高級官僚である。ということはみな相当にりっぱな邸であったに違いない。白居易の性格からいって、地方長官として強欲な貪官であったはずはないが、富裕な江南の大州の長官を勤めれば、たとえ清官であっても、おのずから相当の蓄財ができたのである。かつての中国の地方官とはそういうものだったのであり、昨今しばしば話題となる政治家や高級官僚の汚職事件などとは次元を異にする。

この年、長慶四年の冬、親友の元稹が『白氏長慶集』五十巻を編定し、序を書いている。友人の編定とはいえ、実質は自編に準じて考えるべきで、特にはじめ二十巻の詩を諷諭、閑適、感傷、律詩という独特の四部編成としたのは、かつて江州においてみずから編定した十五巻の詩集の体裁を襲ったものである（「元九に与うるの書」巻二十八・1486参照）。その後白居易は何度かその続編をまとめ、七十五巻に達するが、周知のように五十一巻以下の後集ではこの四部編成を放棄してしまう。その理由は簡単で、彼は江州を離れるころから諷諭と称し得るものをほとんど作らなくなってしまうが、諷諭詩を抜きにしては、この分類は意味を成さないからである。このことは、その間に人生観、文学観に重大な転換があったことを物語っているが、江州を離れて、いいかえると諷諭詩を作らなくなってすでに五年を経たこの時期、杭州刺史の任を終えたこの時期に、依然として詩集をかの四部編成としたのは何故であろうか。私はそれなりの意味があると思う。推測をも加えつつあえていえば、江州滞在中からすでにこの認識の転換は徐々に始まっていたと思われるが、中書舎人、杭州刺史などを歴任するうちに明確に自覚的なものとなったということではあるまいか。この時期に到ってかつての認識にもとづく分類の詩集を編定したことは、それを精算し、訣別するという意味があったのではないかと考える。

さてこの時の洛陽勤務は短期間で、翌宝暦元年（八二五）の三月、蘇州刺史に任命され、二十九日出発、五月五日に到着している。さきの杭州赴任のときは、騒乱のために大運河を利用できず、長安から直ちに南下し、鄂州、今の武漢を経て長江を下るルートを採ったが、このときは汴《べん》州、今の開封から大運河を経由しており、やはりこの方が速いようである。

『唐書』地理志によれば、蘇州は州の格としては最高の雄州、「戸七万六千四百二十一、口六十三万二千六百五十」となっている。杭州に比べると戸数は若干少なく、(9)人口は逆に多く、ほぼ同規模とみなされるが、雄州というのは、規模だけではなく、政治的な重要性を示す意味もあるらしい。そのこともあってか、杭州と違って、長官はかなり多忙だったようである。かつて杭州の刺史に着任したとき、隣州である蘇州湖州の刺史に寄せた詩の結びに「霅《しょう》渓（湖州）は殊に冷僻、茂苑（蘇州）は太《あま》りに繁雄。唯だ此の銭塘郡（杭州）、閑忙恰《あたか》も中を得たり」

（「初めて郡斎に到り、銭湖州・李蘇州に寄す」、巻二十・1328）とある。この四句は題下に「聊《いささ》か二郡の一笑を取る、故に落句（結び）の戯有り」とあって、冗談めかして述べたのであるが、杭州よりも蘇州の方がはるかに忙しいというのは現実であったらしい。蘇州に着任して間もなくの詩に題して、「郡斎に到りてより、僅かに旬日を経たり。方《まさ》に公務を専らにし、未だ宴遊に及ばず、閑を偸みて筆を走らせ、二十四韻を題す。云々」（巻五十四・2422）といい、やっと旬暇を得て部下たちと宴遊することができたときの詩（「郡斎の旬暇に宴を命じ、座客に呈し、郡寮に示す」巻五十・2194）には「……況んや劇郡の長と為り、安《いずく》んぞ閑宴の頻りなるを得ん。下車より已に二月、開筵今晨に始まる」とあって、到着後二か月を経ていたことがわかる。そしてたまの休養、ゆっくり楽しもうではないかと結ぶ。

○……衆賓勿遽起、郡寮且逡巡。無軽一日酔、用犒九日勤。微彼九日勤、何以治吾民。微此一日酔、何以楽吾身。

衆賓遽《にわ》かに起つこと勿かれ、郡寮且《しば》らく逡巡せよ。一日の酔を軽んずること無かれ、用《もっ》て九日の勤めを犒《ねぎ》らわん。彼の九日の勤め微《な》かりせば、何を以て吾が民を治めん。此の一日の酔微かりせば、何を以て吾が身を楽しうせん。

この詩をみれば、白居易が強い義務感、使命感をもって勤務していたことが窺われるし、同時に仕事一辺倒ではなく、休暇を楽しむことも大切にするまことに円満な人柄であったことがわかる。つぎの詩などは閑日のゆったりした気分を表すと同時に、繁栄を誇る蘇州の情景をありありと描き出している。

○黄鸝巷口鶯欲語、烏鵲河頭氷欲銷。緑浪東西南北水、紅欄三百九十橋。鴛鴦蕩漾双双翅、楊柳交加万万条。

借問春風来早晩、只従前日到今朝。

黄鸝《こうり》巷口に鶯は語らんと欲し、烏鵲《うじゃく》河頭に氷は銷《と》けんと欲す。(10)緑の浪は東西南北の水、紅き欄《てすり》は三百九十の橋。(11)鴛鴦蕩漾たり　双《なら》び双ぶ翅、楊柳交加たり　万万の条《えだ》。借問す春風の来《きた》れるは早晩《いつ》ぞと、只だ前日より今朝に到る。

（「正月三日の閑行」巻五十四・2454）

しかし白居易は、この蘇州刺史の任期を全うすることができなかった。着任後一年に満たない宝暦二年の二月末に落馬して負傷するという事故に遭い、ついでに五月末には眼病と肺傷の故を以て百日の長暇を請うている。ただその後も行楽に出かけたりしており、ずっと寝込んでいたというのではなく、この百日の長暇というのは任期途中の辞任に形をつけるという意味があったらしい。九月初めに休暇が終わると辞任を認められ、十月初めには蘇州を離れている。蘇州在任中も詩作は活発で百数十首の詩を残しており、この土地が杭州と並んでたいそう気に入っていたことが窺われるが、一面、先述のように勤務は多忙で、いささかうんざりしていたふしがある。百日の長暇ももとより身体の調子がすぐれなかったからであろうが、それもかなり精神的な要素があったと考えられる。

蘇州刺史を辞して洛陽に戻ったとき、白居易は五十五歳になっていた。彼は七十五歳という、当時としてはたいへんな長寿を保った人であるから、この時なお二十年の人生が残されていたのであるが、あらかじめそのことがわかるはずはない。五十五歳といえば当時の意識では充分に老境といえるし、宿願であった杭州蘇州という二つの名郡の長官を歴任したことだし、今後は文字通り余生という心境になっていたに違いない。百日の長暇が終る少し前、離任がほぼ決まったと思われるころ、その心境を次のように詠じている。

○蘇杭自昔称名郡。牧守当今最好官。両地江山踏得遍、五年風月詠将残。幾時酒盞曾抛却、何処花枝不把看。白髪満頭帰得也、詩情酒興漸闌珊。

蘇杭昔より名郡と称す。牧守当今《いま》や最も好官なり。両地の江山　踏み得て遍《あまね》く、五年の風月　詠将《まさ》に残せんとす。幾時ぞ酒盞を曾て抛却せし、何処ぞ花枝を把《と》りて看ざる。白髪に満ちて帰り得たり、詩情　酒興漸《ようや》く闌珊たり。

（「詠懐」巻五十四・2481）

この詩、白居易の前後五年にまたがる杭州蘇州における生活の総結として深い感慨がある。彼はその後の二十年の多くを洛陽で、一部を長安で過ごすことになるが、折りに触れて江南の生活を懐かしく回想するのであった。はじめに挙げた「憶江南詞」もその例であるが、更に長安における七律一首を挙げて結びとする。友人の殷堯藩が江南に遊び、その思い出を詠ずる三十首の詩を寄せたのに答える作である。

○江南名郡数蘇杭。写在殷家三十章。君是旅人猶苦憶、我為刺史更難忘。境牽吟詠真詩国、興入笙歌好酔郷。為念旧遊終一去、扁舟直擬到滄浪。

江南の名郡　蘇杭を数う。写して殷家の三十章に在り。君は是れ旅人なるに猶お苦《はなは》だしく憶う、我は刺史為《た》り　更に忘れ難し。境は吟詠を牽く　真に詩の国、興は笙歌に入る　好き酔郷。旧遊を念うが為に終《つい》に一たび去り、扁舟直ちに滄浪に到らんと擬《ほっ》す。

（「殷堯藩侍御の憶江南詩三十首を見る。詩中多く蘇杭の勝事を叙す。余嘗て二郡を典せり。因りて継ぎて之に和す」巻五十六・2638）

注

(1)「無可奈何」篇につぎのようにある。

〇……彼造物者、于何不為、此与化者、云何不随、或喣或吹、或盛或衰、雖千変与万化、委一順以貫之、………是以達人静則闇然与陰合迹、動則浩然与陽合波、委順而已、孰知其他、時耶命耶、吾其無奈彼何、随（宋本作委）耶順耶、彼亦無奈吾何、夫両無奈何、然後能冥至順而合大和、……

(2) 拙著『蘇州・杭州物語』（集英社、一九八七年）参照。

(3)（原注）州の西なる霊隠山上に夢謝亭有り、即ち是れ杜明浦の謝霊運を夢みし所、因りて客児と名づけしなり。蘇小小は本《もと》銭塘の妓人なり。

(4)（原注）、城東の楼は望海楼と名づく。

(5)（原注）、杭州　柿蔕花（織物の名）なる者を出だす、尤も佳なり。

(6)（原注）、其の俗　酒を醸し梨花の時を趁《お》うて熟す、号して梨花春と為す。

(7)（原注）、孤山寺路は湖洲中に在り、草緑なる時に望めば裙腰の如し。

(8) 蘇軾の西湖治水事業については（注2）の『蘇州・杭州物語』の中にやや詳しく述べておいた。

(9) ただし白居易および友人劉禹錫の蘇州を詠ずる詩ではしばしば「十万戸」と称しており、概数であろうけれども白居易のころは通常そのようにいわれていたことがわかる。

(10)（原注）、黄鸝は坊名、烏鵲は河名なり。

(11)（原注）、蘇の官橋の大数なり。

11　白居易の杭州赴任をめぐって

長慶二年（八二二）、五十一歳の白居易は中書舎人から杭州刺史に転じて赴任する。この転勤が当時の官僚の異動として決して常識的なものでないことは、かつての拙稿「白居易と杭州・蘇州」（『白居易研究講座』第一巻、一九九三年、本書第10章）においてかなり詳しく述べたので多くはくり返さないが、多少補足を加えつつ要点をしるしておく。中書舎人は制誥の起草に当る天子の秘書の如き地位であるとともに、政治機構の中枢である中書省の要ともいうべき存在でもあった。宰相は中書堂（政事堂ともいう）において執務したが、舎人院もここに在った。天子と宰相たちの会議が当時のいわば国家最高の意思決定機構であったが、中書舎人はこの会議に対して意見を述べることができた。そのことを具体的に示す例が白居易の文集にみえている。白居易が中書舎人の時の「論左降独孤朗等状」と題する奏状は、巻首の注記や内容から、独孤朗等四人を外任に貶する制の起草を命じられた際に呈上した意見書であることがわかる。この状にいう「左降」の原因となった事件は当時大きな話題となったらしく、諸処に関連の記載がみえる（『旧唐書』「穆宗紀」の記事は後出）。大要は史館において飲酒した官僚のひとりが酔に乗じて宰相を「謾罵」したというもので、「其同飲四人又一例左降」と処分がきまり、制の起草を命じられたのであった。これに対し白居易は貶官は重すぎるので罰俸にとどめてはいかが（然皆貶官、即恐太重、…伏惟宸鑑、更賜裁量、免至貶官、各令罰俸）と述べている。そして末尾には文章は起草し了ったけれども、手許にとどめて御指示を待ちます（「其独孤朗等四人出官詞頭、臣已封訖、未敢撰進、伏待聖旨」）とある。この件、結果としてこの意見は容れられず、四人の赴任が発令されることになっているが、それにしても天子と宰相の協議できまったことに対して、制の起草を命じられた中書舎人が、考えなおしてはいかがかと異見を具申しているという点で、なかなか興味深い事例であると思う。当時の官僚社会において中書舎人がどのように認識されていたかを示すエピソードを一つ紹介しておく。唐代後半になると科挙の進士科が尊重されるようになり、それに伴ってさまざまな慣習が生まれるが、新及第の進士たちがまず為すべきセレモニーとして、最初に知貢挙に対する謝礼の儀があるのは当然として、そのつぎは知貢挙に引率されて中書堂に参上して宰相に合格報告、そしてそれに続いては同じ建物にある舎人院を訪ねて中書舎人に挨拶することになっていたという（『唐摭言』など）。この行事は制度上のことではないが、中書舎人の官僚社会における位置づけを象徴的に示しているといえよう。

官僚となるからにはその頂点である宰相をめざすのは当然であり、宰相に達する典型的なエリートコースとして「八儁」と呼ばれる八つの階梯が俗間に伝えられていた。いくつかの説があるが、その最終段階はいずれも中書舎人から中書侍郎となっている（『封氏聞見記』・『唐語林』など）。中書舎人は宰相に至るまでに必ず経るべき重要な一段階であり、実例からいってもここから外任に出ることは少なく、中書侍郎もしくは六部の侍郎に昇進する例が圧倒的に多い。侍郎職は宰相に最も近く、機会があればそのまま（守本官）同中書門下平章事を加えられて宰相となる。中書舎人から侍郎に昇進して直ちに宰相となる例も時折りみられる。

白居易の経歴をみると、進士及第に始まって校書郎、畿県の尉、拾遺を経験しているのはさきの八儁の前半にほぼ相当し、また天子のブレインともいうべき翰林学士をも経験しており、いわばトップクラスのエリートコースを歩んでいる（翰林院の同僚五人はのちにみな宰相になっている）。その後江州・忠州と外任に出たのはわき道であったが、員外郎として中央に戻り、郎中を経て中書舎人となったのはエリートコースに復帰したといえる。従ってここからは侍郎職をめざし、宰相となる機会をまつというのがいわば常識であって、外任に出るなどはエスカレーターを途中で降りるようなものとすらいえよう。

この転勤について『旧唐書』「白居易伝」は「…河朔復た乱る。居易累ねて上疏して其の事を論ずるも、天子用うること能わず。乃ち外任を求め、七月杭州刺史に除せらる（乃求外任、七月除杭州刺史）」としるし、『唐書』の伝もほぼ同様で、「居易忠を進むと雖も、聴かれず。乃ち外遷を丐い、杭州刺史と為る（乃丐外遷、為杭州刺史）」としるす。つまり両唐書ともに自分の方からことさらに外任を求めたとしており、その理由として河朔の騒乱についての上疏が用いられなかったことを挙げている。この両唐書の記載に対し、白居易の嗣子景受の依頼を受けて執筆したという李商隠撰の墓碑銘（「唐刑部尚書致仕尚書右僕射太原白公墓碑銘」）では、「公又た上疏して河朔の畔岸を列言するも、復た報ぜず、又た杭州に貶せらる（又貶杭州）」としるす。「又」とあるのはこの前に江州貶謫のことがしるされているからで、それに続く二度目の貶謫としているのである。

杭州赴任ということは同じでも、自ら希望しての赴任であるか、処罰として行かされたのかでは、人生における意味は大きく異なる。およそ出処進退は人生における一大事である。私はこの赴任は白居易の主体的な選択であって、その生涯における一段階を刻むものと考える。もしこれが貶黜であるとするならば、主体的な選択の問題ではなく、単に処分をどう受けとめたかという問題に矮小化されてしまうが、そうではあるまい。

この杭州赴任について貶謫説を強く主張される芳村弘道氏は、李商隠撰の墓碑銘は嗣子景受・未亡人楊氏に、おそらくは資料の提供を受けて執筆したものであるから、「記述内容の信憑性は甚だ高い」と述べられているが(1)(『唐代の詩人と文献研究』、第二部「白居易研究」、第三章「知制誥・中書舎人から杭州刺史への転出」、二〇〇七年)、必ずしも一概にそうとはいえない。たしかに墓碑銘の類は伝記資料として貴重なものであるには違いないが、公式の記録ではなく私撰の文章であるから、「諛墓の文」ということばに象徴されるように、執筆者が故人や遺族と関係があるために、かえって客観性を欠くこともあることを考慮しなければならない。たとえば白居易が親友元稹の墓誌銘を執筆していることはよく知られているであろうが、元稹が宰相となった事情について、制誥の文体を一新して評判をとったことから穆宗の知遇を得、「数しば召して与に語り、其の才有るを知」り、中書舎人に抜擢、やがて工部侍郎同中書門下平章事に到った、という風にしるしている。これに対し『旧唐書』「裴度伝」には「時に翰林学士元稹、内官と交結して宰相と為るを求む」とあり、『唐書』「元稹伝」では宦官たちの名(崔潭峻・魏弘簡)を挙げてその交流を具体的に述べ、その結果として祠部郎中、中書舎人そして宰相と進んだとし、末尾には「朝野雑然として軽笑す」と、当時の世評をしるしている。もし白居易の記述こそ正確であるとするならば、両唐書の記述は誹謗中傷に近いが、そのようにいえるかどうか。逆に両唐書の方が事実を伝えているとしても、白居易の文章を曲筆として非難する人はいまい。墓誌銘の類にはこのような問題があるということを承知しておかねばならない。李商隠のしるす「又貶杭州」をどう理解すべきかは後に述べる。

さて、墓誌銘の類に対し正史の記述は後になっての編纂ではあるが、必ず実録等の公的な記録を用いているに違いない。そこでこの種の記録には記載の体例というものがあるはずで、『旧唐書』の本紀は半ば高級官僚の人事記録のごとくであり、そこでの記録のしかたには特に留意する必要がある。たとえば韓愈の潮州刺史任命については、「刑部侍郎韓愈上疏極陳其弊、癸巳、貶愈為潮州刺史」（「憲宗本紀」）とあるが、このように貶謫のことを記載するには「貶（名）為（官名）」とするのが最も一般的で、「貶（名）（官名）」もしくは「（名）貶（官名）」となっていることもある。つまり概ね「貶」の字を用い、前後にその事情がしるされていることも多い。さきに紹介した白居易の奏状にみえる四人の場合も「穆宗本紀」には「貶員外郎独孤朗韶州刺史」以下四人を列挙し、後に理由がしるされている（原文は後出）。そこで同書の白居易の杭州赴任についての記載をみると、「（長慶二年七月）壬寅、出中書舎人白居易為杭州刺史」とあり、それに続いて四日後のこととして「丙午、貶李愿為随州刺史」という記事があって、両者の記載のしかたには明らかな違いがある。また李愿の方は貶黜の理由もこの少し前に記事としてみえている（「汴州軍乱、逐節度使李愿、立牙将李㝏」）。なお芳村氏は李商隠撰墓碑銘に「上疏列言……又貶杭州」とあるのについて「ここにいう〈上疏〉とは〈論行営状〉を指すと考えて誤りなかろう」と述べられるが、私はそれはほとんどあり得ないと考える。さきの韓愈の潮州左遷は仏骨奉迎批判が理由のようにいわれるけれども、その時の憲宗のことばをみるとそうではなく、天子の寿命について不吉なことばを述べたので怒りを招いたのである（「上曰、愈言我奉仏太過、我猶為容之、至謂東漢奉仏之後、帝王咸致夭促、何言之乖刺也、愈為人臣、敢爾狂妄、固不可赦」『旧唐書』「韓愈伝」）。また白居易の江州左遷にしても上疏が理由のようにいわれるけれども、それは宰相を不快にしただけで、たまたま白居易の詩が「甚だ名教を傷つく」と讒言した者があり、それを理由に貶謫となったのであった（「宰相以宮官非諫職、不当先諫官言事、会有素悪居易者、掎摭居易言浮華無行、其母因看花堕井而死、而居易作賞花及新井詩、甚傷名教、不宜置彼周行、執政方悪其言事、奏貶為江表刺史、……追詔授江州司馬」『旧唐書』「白居易伝」）。つまりどちらも意見を呈上すること自体が貶謫の理由とはなっていない。また「論行営状」の内容は後に紹介するが、天子にかかわる文言は一切無く、どこが「逆鱗に触れ」るのか理解し難い。そもそも政務について意見を述べることは中書舎人の職務であり、天子宰相の協議でいったん定ったことに対してすら異見を呈上することもあったことはさきに紹介した。もし中書舎人が奏状を呈したことを理由に（しかも半年余りをさかのぼって）処罰されたとなれば、官僚社会における一大事件であるから、その理由をも含めて記録が残らないはずはない。両唐書において本紀列伝を通じてその根迹すら一切無いということは、そのような事実は無かったと考えざるを得ないのである。

ちなみに芳村氏は杭州貶謫の例を四件挙げておられるがこのうち『旧唐書』の本紀に「貶」と明記されているのは京兆尹からの杜済だけで、「典選に坐するなり」と理由もしるされている（「代宗紀」）。他の三例はそれぞれ問題があって一概にはいえない。于邵については『旧唐書』の伝に「与宰相陸贄不睦、（貞元）八年出為杭州刺史、以疾請告、坐貶衢州別駕」とあって、あとの衢州司馬に「貶」されたのと明らかに表記に違いがある。徐元弼は新旧両唐書ともにその名を載せず、『冊府元亀』に「（開成）四年七月、貶襄王傅徐元弼為杭州刺史」とみえるが、『旧唐書』によればこの時は李宗閔が杭州刺史として在任中である（「〈開成三年二月〉以衢州司馬李宗閔為杭州刺史」、「〈開成四年十二月〉以杭州刺史李宗閔為太子賓客分司東都」、「文宗紀」）。もともと宰相から司馬に貶された世間注目の人であるから、この記載に誤まりがあるとは考えられず、『冊府元亀』の方に問題があるとみなければならない。裴夷直の場合は複雑で、武宗即位の当初二人の宦官が誅された時に連坐して二人の宰相とともに外任に出たのであるが、二人の宰相は使職を荷っての転出であり（楊嗣復は潭州刺史・湖南観察使、李珏は桂州刺史・桂管観察使）、これと並列して「御史中丞裴夷直為杭州刺史」とあり、三人ともに「貶」とはしるされていない。つまり三人が政変によって政府中枢から追われたことは確実だが、この段階では形式上は通常の異動の如くに発令されたのであろう。宰相から使職を伴う大州の刺史に出ることは多くの例がある。そして名実ともに貶黜となるのは当人たちが都を離れたあとのことで、改めて次のようにみえる。

（会昌元年三月）貶湖南観察使楊嗣復潮州司馬、桂管観察使李珏端州司馬、杭州刺史裴夷直驩州司戸。

（『旧唐書』「武宗紀」）

この二段階の異動は記載のしかたに明らかな違いがある。さきに挙げた杜済の場合は、京兆尹はさすがに格が高く、杭州刺史へは「貶」と明記されるが、御史中丞ではそうともいえないようである。

およそ唐代官制の中で、州刺史という地位ほど実質がさまざまであるものは他にあるまい。上中下の三段階があり、望、雄などの特別な格付けがあることなどは常識であろうけれども、三百を越える州がそのような簡単な分類で整理できるはずはない。京官から刺史へというとかく「貶謫」と考えられがちであるが、そのような単純なことではなく、どのような官からどの州に赴任するかを具体的に考察しなければならない。杜牧が吏部員外郎という将来が期待される地位にいながら、家族の為に特に願い出て湖州刺史に転出したことはよく知られていようが、実はこれに先んじて杭州刺史を求めてかなえられず、改めて湖州を願い出たのであった。この時の杜牧の外任を懇願する四通の啓（「上宰相求杭州啓」、「上宰相求湖州第一啓」、「第二啓」、「第三啓」、『樊川文集』）は京官と外任の関係を考える上でたいへん参考になる。ここに到るまでの杜牧の経歴をたどってみると、進士及第ののち、いったん膳部員外郎まで進んでいながら外任に出て黄・池・睦三州の刺史を歴任し、在外七年のあと司勲員外郎に復帰し、吏部員外郎に転じていた。員外郎というのはさきの「八儁」のひとつ、将来を期待される地位で、吏部員外郎はその中でも最右翼といってよく、やがて郎中・中書舎人という階梯が前に見えているようなものであった。実際に杜牧は湖州刺史の任を終えてこのコースに復している（但し中書舎人となって間もなく病を得て卒した）。ここで想起されるのはさきの白居易の奏状にみえる独孤朗らの一件で、『旧唐書』「穆宗本紀」には次のようにしるされている。

（長慶元年十二月）貶（都官）員外郎独孤朗韶州刺史、起居舎人温造朗州刺史、司勲員外郎李肇澧州刺史、刑部員外郎王鎰郢州刺史、坐与李景倹於史館同飲、景倹乗酔見宰相謾罵故也。

つまり員外郎三人と起居舎人一人が一斉に州刺史に「貶」されたのであった。これに対し杜牧の「求杭州啓」では杭州刺史について次のように述べる。

今天下は江淮を以て国命と為す。杭州は戸十万、税銭五十万、刺史の重きは、以て殺生す可くして、厚禄有り。朝廷多く名曹の正郎の名望有りて為政に老ゆる者を用いて之と為す。某今官は外郎為り、是れ官位未だ至らざるなり（某今官為外郎、是官位未至也）。

つまり杭州刺史という地位は、郎中を経験した名望ある人が任じられるもので、員外郎の自分にはその資格がないといい、以下はそれを知りながら宰相の知遇にすがって敢てお願いする、と続くのであるが、結局この願いは聞きとどけられなかった。そして改めて湖州を求め、執拗に三たびくり返してやっと与えられたのである。つまりかつて三州の刺史を歴任した員外郎が懇願しても与えられない州、三たび懇願してやっと与えられる州がある一方で、同じ員外郎（起居舎人もほぼ同格）が左遷されて赴任する州もあるということを実例が示している。杜牧の場合も白居易からそれほど時を隔てているわけではなく、杭州刺史を求めたのは大中三年のことである。

杜牧の「求杭州啓」では、刺史であった時には兄弟妹を何とか養うことができた、員外郎に呼び戻されたのはたいへん名誉な有り難いことであったが、一族が困窮することになった、という次第をつぶさに述べ、「是れ刺史と作れば、則ち一家骨肉、四処皆な泰く、京官と為れば、則ち一家骨肉、四処に皆な困しむ」という。この例からみても京官と外任の関係について大わくとしていえることは、権力や名誉からいえば京官、実益からいえば地方官ということになろう。そのことは杜牧の例ばかりでなく、さまざまな記録が示している。『唐書』「李泌伝」には李泌が宰相のとき、「州刺史の月奉《ママ》は千緡に至り、方鎮の取る所は藝無し。而して京官の禄は寡薄にして、方鎮より八座に入るを、罷権と謂うに至る」という風に「外太重、内太軽」の状態であったのを改めようとしたことをしるす。しかし李泌はその後間もなく亡くなっている。ここには方鎮から中央の顕職（八座）に入ることがきらわれたといっているが、中央顕職から収入の為に外任を求める例は諸処にみえる。たとえば工部尚書鄭権は「家に姫妾多く、禄薄く贍《みた》す能わず」だったので、宦官の王守澄に通じて節鎮を求め、嶺南節度使を得たといい（『資治通鑑』長慶四年）、兵部侍郎の薛放は「家貧にして毎に給贍せず、常に俸の薄きに苦しむ」という状態だったので拝謁の機会に外任を懇求し、江西観察使を授けられたという（『旧唐書』「薛戎伝」）。

外任における実益ということになると、さきの「李泌伝」では俸禄に差があることをいっているが、それだけのことではあるまい。俸禄は基本的に品階によって定まっているものであり、地方官はわりに品階が高いので（下州の刺史でも正四品で侍郎職に匹敵する）有利ということはあるが、それだけのことでさきに示したように八座に位置する高官が外任を求めるようなことが起るはずはない。『通典』や『会要』などは制度上のきまりをしるすものであり、従来の研究も概ねその範囲にとどまるようであるが(2)、地方官僚には表面には出ない収入、それも時には莫大なものがあったに違いない。

『唐書』「裴垍伝」に従来の賦法三種、上供・送使・留州のうちの送使を限定する、具体的には観察使は自らの治所（観察使は大州の刺史を兼ねた）の租調を用いるのを原則とし、不足の時に限って支郡から取るべしと提案したことがみえる(3)。この案がどれだけ実行されたかは疑問で、節度使が半ば独立しているような地域では無視されたであろうけれども、江南地方などではそれなりに行われたであろう。いずれにせよ留州の分は刺史の宰領の下に在る。更に通常の賦課の他に中唐は塩の榷法が次第に徹底した時期で、その管理は刺史・県令に委ねられていた。『資治通鑑』長慶二年の条には戸部侍郎判度支の張平叔が、塩の売上げの多少で刺史県令の評価をすることを提案し（「請以糶塩多少、為刺史県令殿最」）、韓愈・韋処厚らが反対したことがしるされている。更に地域によっては通商貿易などの賦課金もある。これらはいわば公金であるが、公金を管理することと官僚自身の収入とは関係ないと考えるのは近代的な発想で、かつては金銭物資が動けばその周辺の官僚が潤うのは当然のことであった。もとより余りに極端な、強欲なことをすれば悪評が立ち、処罰を蒙ったりもするし、そのような記録も到る処にみられるが、おのずから常識的な線があり、その範囲であればいわば当然の権利として問題になることもなかったのではあるまいか。この種の収入は公式のものではないので表面に現れることはなく、その実態を知ることは難しいが、周辺的なさまざまな資料からそうしたものが存在したことは間違いない。そしてそれらは定額の俸禄とは異なり、各地方の経済力がまともに反映することになり、富裕な地方であれば、俸銭などは問題にならないような大きな利得をもたらしたかと思われる。

杭州が富裕豊饒の地であることはいまさらいうまでもあるまい。隣接の越州・蘇州に比べると歴史は古くないが、隋唐以降江南運河が開通したこともあって急速に発展した。白居易に少しく先んじてさきの李泌が刺史となり、いわゆる「六井」を拓いて治水問題を解決して一段の発展をみたといわれ、白居易もこの六井や更には西湖の改修を実施してこの地の繁栄に貢献している。越州が都督府、蘇州が雄州であるのに対し杭州は上州で政治的な格付けは及ばないが戸口において遜色はなく、運河のターミナルであり、かつ海上交通にも開けていることを考えれば、経済的には両地を上まわっていたのではあるまいか。やがて五代の乱世時にはこの地域だけで呉越という一国を形成することになるのもそうした経済力を背景としてのことであろう。

白居易が強欲な守銭奴であったとは考えられないが、清貧を標榜するような偏屈人でもなく、いわば常識人であったから、杭州に在任することによって応分のものは取得して北帰したと思われ、そのことは洛陽に戻るや直ちに一等地に宏壮な邸宅を営むことになった所に示されている。白居易が自分の家を持つのはこれが初めてではなく、中書舎人になる前、主客郎中であった時に長安の新昌里に邸を購入している。しかしその邸があまりりっぱなものではなかったことはいくつかの詩に示されている(4)。これに対して杭州から帰って取得した邸は宏壮なもので、このお気に入りの邸を詠じた詩は枚挙に暇がないほどだが、中でも「池上篇并序」ではその邸宅の様子がありありと具体的に、かつ自慢げに述べられている(5)。楊憑の旧宅といわれているが、楊憑は湖南・江西の観察使や京兆尹などを歴任した人で、『旧唐書』の伝には「尤も奢侈を事とす」とするされ、かつ「貞元より以来方鎮に居る者は、徳宗の姑息する所となり、故に僭奢を窮極し、畏忌する所無し」と評されている。憲宗が即位してから失脚した為であろうか、この邸は田家にわたり、のち白居易の購入する所となった。更に北宋になると半ばは大字寺園、半ばは張氏会隠園となっていたことが『洛陽名園記』などにみえており、以てその豪壮さがしのばれる。洛陽に戻った時の詩に「三年郡を典して帰り、得る所は金帛に非ず。天竺の石両片、華亭の鶴一双」（「洛下卜居」）と詠じているが、これこそ詩における修辞の甚だしいものというべきであろう。更にこの詩には「履道の宅を買うに、価不足し、因りて両馬を以て之を償う」と注があるが、これも事実とは考えられない。というのは、この楊憑旧宅を購入したのは長慶四年の秋のことだが、翌年春には建物を新築しているからである。田家の希望によって両馬を代金の一部に充てたのは事実かもしれないが、決して不足を補ったのではなかった。新居に題する詩に「弊宅須らく重葺すべきも、貧家羨財に乏し」というのも、これに続けて「橋は川守に憑りて造り、樹は府寮に倩んで栽す」とあり、橋や樹木を贈られたことを感謝する意を強調する前おきとして読める（「題新居呈王尹兼簡府中三掾」）。杭州から洛陽への帰途の詩に「三年俸禄を請い、頗る衣食を余す有り」（「自余杭帰、宿淮口作」）とあり、履道の新居に移った時の詩に「家を移して新宅に入る、郡を罷めて余資有り」（「移家入新宅」）とあるなどがつい本音を漏らしたといえるのではあるまいか。ちなみにこの洛陽の邸を構える時に長安新昌里の旧宅を手離すことはなく、のちに秘書監・刑部侍郎などとして長安に勤務した時にはこの邸に住んでいる。手離したのはずっと後、大和九年、六十四歳になってからで、この年同州刺史に任ぜられたのを辞退した時の詩に「新昌の宅を売却し、聊か老を送るの資に充つ」（「詔授同州刺史、病不赴任、因詠所懐」）の句がみえる。もはや長安に出仕することはないと思い定めたのであろう。

洛陽の東南の一角、履道里のあたりはいわば高級住宅地であったらしく、同じ履道里の南隣には崔羣、西に隣接する「相去ること百三十歩」の集賢里には裴度、北に隣接する履信里には元稹、(6)その東北帰仁里には牛僧孺の邸があった。みな宰相を勤めたあと節度使または観察使に任じられている。つまり外任を経験した大官が洛陽の勝地に邸宅を営むのがステイタスシンボルのようになっていたかと思われる。白居易は宰相に升ることなく、使職に任ぜられることもなかったけれども、杭州刺史を経験したことで経済的にはそれに匹敵するものを得たらしい。当初からそのことを目的として外任を求めたわけではあるまいけれども、中書舎人の時の詩に「終に出でて一郡を求め、少しく漁樵の費を聚めん」（「衰病無趣、因吟所懐」）の句があるなどをみると、秘かに期待する所はあったかもしれない。

次に、両唐書において白居易が外任を求めた理由として挙げている上疏とは、文集にみえる「論行営状」がそれに当ると考えられている。その内容は河朔の地、現在の河北省の辺りの騒乱の平定について、方策を提案するものである。五道より成り、一は「専ら李光顔に東面討逐を委ね、裴度に四面の臨境招諭を委ぬるを請う事」、二は「魏博・沢潞・易定・滄州四道の兵馬を抽揀して光顔に分付するを請う事」と題される。諸道の兵馬十七八万を動員したのに「王師功無く、賊勢猶お盛」であるのは、「兵数太りに多くして、反て用を為し難く、節将太りに衆ければ、則ち心斉しからず」だからで、「諸道の勁兵」を抽出して李光顔に「専統」させ、「招諭」のことは裴度に委ねよ、というのである。裴度と李光顔に委ねるというのは五年前、元和十二年に淮西の呉元済を平定した時の態勢を想起させるが、この時点でもこれが最善であったかもしれない。ついで三、四道は「魏博等四道の兵馬を勒し、本界に却守せしむるを請う事」、「行営の糧料を省するを請う事」と題する。大軍を動員した為に「国用将に竭きんとし、軍費充たず」となったのが切実な問題となっており、李光顔に精鋭を委ねてあとは「本界」に復帰させれば解決すると、いわば前条と併せ、一挙両得の提案である。そして第五道は叛将幽州の朱克融と鎮州の王庭湊のうち、長慶元年の十二月には朱克融を許して盧龍軍節度使を与えたので、残る王庭湊を速かに討てというもの（「朱克融に節を授くるの後に因りて、速かに王庭湊を討つを請う事」）である。しかし状の末尾には「長慶二年正月五日」とあるが、その翌月には王庭湊をも許して成徳軍節度使を与え、軍を解くことになった。節度使に任命することによって叛旗を収めさせたというときこえは良いが、ありていにいえば地方政権を認めたようなもので、『資治通鑑』には「遂に朱克融・王庭湊を幷せて節を以て授く。是より再たび河朔を失い、唐の亡ぶるまで復た取ること能わず」としるされている。そしてここに至る経緯として、穆宗即位の当初経費節約の為に兵力を削減したので、いざとなると「臨時招募の烏合の衆」ばかりだったことや、中央から監軍として派遣された宦官が横暴を極めたことなどが述べられており、説得力がある。白居易の奏状はそれなりに筋が通っているけれども、所詮は机上の論で実行不可能であったと思われる。かくて「諸道十五万の衆、裴度は元臣宿望、烏重胤・李光顔は当時の名将を以てすと雖も、幽鎮万余の衆を討ちて、屯守逾年、竟に成功する無く、財竭き力尽く」（『資治通鑑』長慶二年）となったのである。

いずれにせよ、白居易にとってこのような河朔の乱の結末は無念至極であったろうし、自分の意見が無視されたことは不満であったに違いないが、それが中書舎人辞任に直結するとは思えない。そもそも右の奏状の呈上は正月五日であるのに杭州刺史任命は七月半ばで半年余りが経過しており、その間に中央政界においてはさまざまなことがあった。中書舎人辞任という人生における重大事を決意するに到る理由を考えるには、右の河朔騒乱の不本意な結末をも含めて当時の政界の状況すべてが考慮されねばなるまいし、更にはこの時の白居易自身の内面の問題、処世観や思想信条にも立入って考究する必要があると思う。

白居易がみずからの処生の姿勢として「志在兼済、行在独善」と述べ、詩作においても「諷諭詩」を「兼済之志也」、「閑適詩」を「独善之義也」とし、兼済・独善の両面が備わっていることを表明したのは元和十年、四十四歳、江州司馬に貶謫されて間もなくのころであった（「与元九書」）。しかしその後次第に独善の方向に傾斜して晩年に到ることは、ほとんど周知のことといってよいかと思う。こうした処生の姿勢の転換がある日突然にということは考えられないが、中書舎人を辞任して外任を求めたことは人生における極めて重大な選択であって、そうした転換のひとつのふしめとなるものとみてよいであろう。そしてその姿勢は杭州在任中に次第に確固たるものとなっていったと考えられる。杭州を離任する前に編定された『白氏長慶集』五十巻では江州謫居中に自ら編定した十五巻の集に倣って詩を諷諭・閑適・感傷・雑律の四類に分けていたが、その後に編定された『後集』等ではこの分類は放棄される。それは諷諭詩と称するべきものをほとんど作らなくなり、この分類の意味が失われてしまったからに違いない。こうした詩集編纂の変化にもこの間の処世観の転換の消息が示されていると思う。

かつて吉川忠夫氏は、このように独善に重きをおく姿勢が江州司馬在任中にすでに萌していることを指摘された（「白居易における仕と隠」『白居易研究講座』第一巻、一九九三年）。そのことをよく示しているとして吉川氏が採り上げたのは「江州司馬庁記」で、そこに現れる「吏隠」なる語に着目されている（「〈吏隠〉が兼済の立場を放擲した独善の立場であると意識されていた消息は〈江州司馬庁記〉についてよくうかがうことができるであろう」）。たしかにこの文章では、まず司馬という地位が名目だけのものとなっていることを述べたあと、「兼済に急なる者之に居れば、一日と雖も楽しまず」、「独善に安んずる者之に処れば、終身と雖も悶無し」といい、江州は佳境に富むが、それを楽しむことができるのは閑職の司馬だけだとし、「苟くも吏隠に志有る者、此の官を捨てて何をか求めん」とまでいう。この文章は末尾に「元和十三年七月八日記」とある。さきの「与元九書」が書かれたのは元和十年、江州着任当初のこと、両者の内容の隔たりは小さくないが、どちらも表現のあやなどとは考え難く、三年を江州で過ごすうちに処世の姿勢に明らかな変化が認められるといってよいであろう。しかし皮肉なことに、この「司馬庁記」を書いた半年ほど後に量移によって忠州刺史に遷り、更にその翌年には中央に召還され、員外郎・郎中そして中書舎人と、エリートコースに復帰することになった。

「江州司馬庁記」によればこの地位に「吏隠」の境地を見出し、安らぎを得たかのごとくであったが、中央に復帰すると一転して制誥執筆などの職務に精励し、たびたび奏状を呈上している。もともと江州司馬へは自ら選んだ道ではなく、「与元九書」にいう「時の来らざるや……身を奉じて退く」の致す所であった。そして中央に復帰して中書舎人に到ったのは、「時の来れるや」、すなわち「天下を兼済する」時節到来かと思われ、「勃然突然、力を陳べて以って出だす」として活動したので、その間に矛盾はない。しかし、当時の政治の推移は白居易を失望させるものでしかなかった。中書舎人は、政務の頂点である天子宰相を補佐する地位であるが、宰相に人を得ないではどうにもならない。さきに紹介した役所内飲酒の一件で、名指しで「謾罵」された宰相というのは、崔植・杜阮穎・王播の三人であるが、史書における評判も頗る悪い。白居易が外任を求めたことをしるすに当たって『旧唐書』は「執政其の人に非ず」といい、『唐書』では「宰相才下」というが、『資治通鑑』では更に具体的に崔植・杜阮穎については「皆な庸才にして遠略無し」といい、王播については、「専ら承迎を以て事と為し、未だ嘗て国家の安危を言わず」とまでいう。少なくとも河朔の騒乱に際し、曖昧なかたちでの終息をはかった責任者と目されるのはこの三人である。

さきに述べたように「論行営状」が「不省」（『資治通鑑』）という結果に終ったことが中書舎人辞任の直接の原因とは考え難いけれども（時期的にも合わない）、中央政界に失望し、転身を考え始めたとは言えるように思う。そして崔植は長慶二年二月に、王播は三月に罷めているが、代って宰相に就任したのは元稹と裴度であった。白居易にとって元稹は官途に就いた当初からの親友であることはいうまでもないし、裴度は尊敬する先輩であり、やはり親しい交遊があった。もしこの二人が協調して政権を担当することになれば、白居易が外任を求めることはなかったかもしれない。残念ながら二人は反目し、二か月ほど後の六月には両成敗のようなかたちでともに宰相の座を去る。これについて白居易はどうすることもできなかった。その経緯は白居易にとってたいへんつらいことだったに違いない。しかも代って登場したのは陰険な策謀家として知られる李逢吉であった。白居易はこの人と特に対立したり憎み合ったりした形迹はないが、性格的に親しく交わる相手ではなく、この宰相の下で中書堂に勤務することには堪え難いものを感じたことであろう。李逢吉にとっても白居易のような人物は、いわば煙たい存在であったに違いなく、外任を希望してくれれば願ってもないことだったと思われる。このように河朔騒乱以来の一連の事態の推移を通覧すると、中書舎人という枢要の地位を辞して外任を求めるという、常識を越えた選択に一つの必然性すら感じられる。中央に復帰する時には「兼済天下」の意気に燃えていたかもしれないが、いざ政事堂の一角に座を占めてみると、失望させられることばかり、かくて兼済の意気が萎えることになると、「独善」への指向に回帰するのは当然であり、中書舎人辞任はその転換の具体的な現れと解される。さらに、吉川忠夫氏が「江州司馬庁記」における「吏隠」なる語に着目されたことを紹介したが、氏は更に「吏隠」を一歩進めて「中隠」と表現したとされ、「そのようなあり方をもっともよく保証してくれたのが分司東都の官であったろうことは〈中隠〉の詩によく示されている。」と述べられている。たしかにこの詩は分司東都という地位を、自らの理想とする「中隠」の境地をもっともよく具現するものとしており、人生における自らの選択が誤っていなかったことを宣言するかの如くである（「大隠住朝市、小隠入丘樊。丘樊太冷落、朝市太囂諠。不如作中隠、隠在留司官。……人生処一世、其道難両全。賤即苦凍餒、貴則多憂患。惟此中隠士、致身吉且安。窮通与豊約、正在四者間」）。この詩が作られたのは、大和三年五十八歳、刑部侍郎を辞して太子賓客分司東都となっていた。「中隠」なる語が登場するのはこの時が初めてであるが、その境地をめざす指向性は早くからのものであり、中書舎人を辞して外任を求めたということは、その方向へ一歩を踏み出したと位置づけられるのではあるまいか。想像を加えるならば、中書舎人を辞任したのは政府中枢のトップをめざすことをやめたといってよいが、その時点ではそれに代る地位として州刺史しか思いつかなかった、東宮官分司東都という地位に思い到らなかったのではないかと思う。外任を求めることすら常識を越えているのに、分司東都という閑職を求めるのは更に飛躍がある。白居易がそれを得たのは長慶四年、杭州刺史の期満ちて帰任したときで、これもことさらに求めて得たものであることは、「求分司東都寄牛相公十韻」詩が示している。そして太子左庶子分司東都という地位を得たのであった。つまり杭州刺史在任中に自らの処世観（「吏隠」からやがて「中隠」に至る）にいっそうふさわしい地位として分司東都に想到し、杭州離任に際して特に希望したと考えられる。この時点で政府中枢に復帰することもあり得たと思うが、あえてその道は選ばなかったのである。その後も白居易はその人望の故であろう、たびたび起用されようとするが、すべて任期を全うすることなく病と称して辞任して東宮官分司東都に復している。病気辞任をいいたてなかったのは、蘇州刺史のあとの秘書監だけで、これは一年足らずで刑部侍郎に遷ったからであろう。その刑部侍郎も一年ほどで病気辞任し、最後の同州刺史は赴任することなく辞退した。致仕後の詩に官歴をふり返って「五たび官を棄てし人」と詠じている（「酔中得上都親友書、以予停俸多時、憂問貧乏、偶乗酒興、詠而報之」詩、注に「蘇州、刑部侍郎、河南尹、同州刺史、太子少傅皆以病免也」）。右の中で注目すべきは、宰相に近づいたともいえる刑部侍郎をも移病辞任していることで、先述のように中書舎人辞任、杭州赴任は吏隠から中隠への方向にはっきり踏み出したといってよいが、刑部侍郎辞任のころにはその思想はいっそう確固たるものとなって来たのであろう。かくて間もなく「中隠」の詩が詠じられたのである。この前後の詩にも留意すべきで、たとえば「帰履道宅」詩には「往時多暫住、今日是長帰」と詠じられている。事実これ以後洛陽を離れることはなかった。河南尹は洛陽勤務だからこそ応じたのであろうが、それすらも任期を待たずに辞任しており、同州刺史は赴任するまでもなく辞退した。さきに紹介したようにこの時新昌里の邸を「売却」したのは、もはや長安に出仕することはないという決心の表明とも見られる。これ以後も「兼済之志」、政治への関心が失われてしまったわけではあるまいけれども、それを越えて、自らの選択が誤ってはいなかったという思い、いいかえると「中隠」の思想は、晩年の履道里における生活を詠ずる数多くの詩の到る処に窺うことができる。

そこで李商隠がなぜ「貶杭州」としるしたか、という問題が残っているが、この墓碑銘自体の中にそれを考える手がかりがひそんでいると思う。その末尾近くに白居易と嗣子景受との問答が録されているが（「景受嘗跪曰、大人居翰林、六同列五具為相、独白氏亡有、公笑曰、汝少以待」）、翰林学士の同列六人のうち五人は宰相になっているのにという景受のことばには、「何故ですか」と不満の気が感じられる。それは白居易の処世観、中隠の思想が、景受には全く理解されなかったことを示している。白居易の「笑って曰く」の「笑」は微妙である。科挙、制科と試験を順調に乗り越え、エリートコースに乗った白居易は一族の期待の星であったに違いない。しかしその期待に最後まで応えて宰相に到ることはなかった。「しばらく待て」という中味は白敏中がいずれなるからということに違いあるまいが、しかしそのように答える白居易の心中は複雑である。白敏中が一族の期待に応えてくれることを見通していたであろうし、敏中のような生き方[7]を否定するつもりもないが、自分自身の信念が揺らぐこともない。自分は自分だと思うと同時に、その間の消息は到底お前にはわかるまいという心境がこの「笑」の背後にあるように思う。理解できないという点では執筆者の李商隠も同様であったろう。中書舎人という地位の重さは初めに述べたが、官途における出世を求めてあがいていた李商隠にとって、その地位を辞任するなどということが理解できるはずはない。中書舎人から外任に出るとなれば「貶謫」以外には考えられなかったであろうし、景受もあるいはそのように思いこんでいたのかもしれない（白居易の杭州赴任の当時、景受はなお幼年であった）。この時には両唐書は未だ存在せず、実録は公開されるものではない。もうひとつ考慮すべきは、墓碑銘の類は単なる記録ではなく、文集において一類を占める著述という一面があり、修辞について心を配るのは当然である。この「復不報、又貶杭州」の二句は、その前の江州貶謫のことをしるした「不得報、即貶江州」と呼応し、リズムが調っている。墓碑銘の表現はこのような点をも考慮しなければならない。

次に、芳村氏はかつて白居易の杭州赴任の日程について、「初出城留別」詩の「朝従紫禁帰、暮出青門去」の句を挙げて任命当日出発の証とされ、その傍証として韓愈の「一封朝奏九重天、夕貶潮州路八千」（「左遷至藍関示姪孫湘」詩）の句を挙げられていた（「白居易の杭州刺史転出」『学林』二十一号、一九九四年）。のちにいずれも訂正されたが（前掲著書）、この韓愈の場合は貶謫決定の経過が比較的よくわかり、こうした問題の参考になると思うので、改めてそれをたどっておくことにする。もともと五品以上の官僚の人事は天子と宰相の最も重要な協議事項であって、天子といえども上疏を読んで憤慨したからといって直ちに処罰の指示が出せるわけではない。『旧唐書』「憲宗紀」によれば、法門寺の仏骨を招来したのは元和十四年の正月八日、そして「留禁中三日」、三日間宮中に留められたといい、「韓愈上疏極諫其弊、癸巳、貶愈為潮州刺史」と続く。この癸巳は十四日で、韓愈の「潮州刺史謝上表」に「以正月十四日蒙恩除潮州刺史」とあるのと符合する。そして韓愈の伝には「疏奏、憲宗怒甚。間一日、出疏以示宰臣、将加極法」とあり、憲宗は死刑を提示したのだが、宰相の裴度と崔羣が説得して「潮州刺史」となったのである。この発令が十四日だったのだから右の協議は十三日のことであろう。そして「間一日」をさかのぼれば、憲宗が上疏を読んだのは十一日ということになり、仏骨が宮中に迎えられたのと時間的な矛盾はない。そこで憲宗が上疏を読んだのは十一日、宰相たちに提示したのは十三日とすると、唐代の制度を考える上でなかなか意味がある。というのは、天子の「視朝」、政務を視るのは隔日、奇数日となっていたらしいので、右の経過はそれを実証することになるからである。(8)つまり憲宗は十一日に上疏を読んで憤慨したが、それを宰相に示すには中一日を置いた十三日を待つしかなかった。「一封朝奏九重天、夕貶潮州路八千」という詩の表現の背後にはこのような事情がひそんでいたのであり、詩の表現をそのまま事実と解してはならないのである。

なお芳村氏は貶謫説の根拠として、杭州赴任途次の詩に「謫臣」、「左宦」などの語が見えることを挙げられているが（「謫臣心都慣」「路上寄銀匙与阿亀」詩、「左宦各朱輪」「贈江州李十使君員外十二韻」詩）、これらの語彙は譴黜ならずとも都を遠く離れた官僚がその心情を比喩的に表現するものとして特別ではない。まして白居易は天下経営の中枢である中書堂を出たのであるから、自らの選択ではあっても淋しさを感じないはずはなく、その複雑な心境がこの種の語彙に託されたものと考えられる。また「合当鼎鑊之誅、尚忝藩宣之寄」の二句について芳村氏は「死罪を赦されて刺史に任命されたといっているからには」と説かれているが、この種のひとつながりの表現は概ね後の句に力点・主旨がおかれるもので、(9)この二句は「杭州刺史謝上表」、つまり杭州刺史任命を感謝する上表に見え、「有難い任命を頂いた」という後の句を強調する為に「死刑になっても然るべきところを」と前の句が添えられているのである。この種の文章は散文であっても特に修辞を重んじるもので、はじめの方に赴任の旅のことを「水陸七千里、昼夜奔馳、今月一日至本州」とするが、その旅程をたどってみると寄り道をしながらの旅で、格別に急いだとは考えられないことは後に述べる。芳村氏の挙げられているその他の詩句についても概ね同断で、総じていえることは、この種の表現は一両句を取り出してそのまま事実としてはならないので、一連の文脈の中でその意図を理解しなければならない。

そこで右に関連して杭州赴任が「昼夜奔馳」の旅であったかどうかを検討しておこう。この問題は唐代における官僚の赴任旅行の実態を示す例としても興味深いものがある。さきの「杭州刺史謝上表」によれば、任命は長慶二年七月十四日、杭州到着は十月一日であることがわかるが、出発の日はしるされていない。しかし途上内郷県における詩（「商山路有感」）の序に「七月三十日」とあるから、二十日ごろには出発していたと思われる。とすると杭州までおよそ七十日ほどの旅であった。三年後の宝暦元年に白居易は蘇州に赴任するが、この時の「蘇州刺史謝上表」には出発到着の日が明記されていて、三月二十九日洛陽発、五月五日蘇州着となっている。杭州赴任がさきに触れた汴州叛乱の為長江経由であったのに対し、蘇州赴任は洛陽から大運河経由ということもあるが、それにしても三十六日というのは格別に速い。これに少しく先んずる元和四年の旅行記録として李翺の『来南録』があるが、(10)これによれば正月十九日洛陽発、蘇州到着は三月六日となっていて、およそ四十八日かかっている。「蘇州刺史謝上表」には任命は「三月四日」とあるので、おそらく何らかの事情で出発が異常に遅れ、その為に途中寄り道をせずひたすらに先きを急いだ結果であろう。杭州へ七十日というのは比較すべき他の例を知らないが、江陵経由の回り道とはいえ、こちらはこちらで当時の幹線ルートであり、しかもおおかたは長江順流の船旅であるから、その日数からいって特に急いだとは考えられない。七十日といえば、韓愈の潮州赴任も「潮州謝上表」によればちょうど七十日ほどで達しており、広州から更に離れた辺地であることを考えれば、こちらは文字通り「昼夜奔馳」の旅であったと思われる。

宋代になると陸游『入蜀記』、范成大『呉船録』のような詳細な旅行記があって、官僚の旅行の実態をつぶさに知ることができるが、それらをみると彼等の官費旅行は優雅なもので、友人の赴任地に逗留して交歓したり、名所旧蹟を訪ねたりするのは当然のこととなっていたようである。思うにこうした情況は唐代でも基本的には変わらないのではあるまいか。劉禹錫は蘇州刺史赴任に際して長安を出発したあと洛陽の白居易の許に十五日も逗留している。雪に阻まれたということらしいが、白居易の「与劉蘇州書」に「税駕十五日、朝觴夕詠、頗尽平生之歓」とあるなどをみると、半ばはそれを口実にしてのように思われる。元稹が浙東観察使として越州に赴任する時には杭州刺史であった白居易の許に逗留した。「答微之詠懐見寄」詩に、「分袂二年労夢寐、並牀三宿話平生」とあるが、この「三宿」は必ずしも三泊の意とは限らないであろう。白居易の杭州赴任の際にも途上の州の刺史に贈った詩があり、逗留して交歓したことをしのばせる。ひとりは郢州の王鎰、この人はさきに紹介した友人の飲酒暴言に連座して罰せられた四人の中のひとりで、刑部員外郎から郢州刺史に左遷されたのであった。中書舎人として制を嘱された白居易は罰の軽減を進言している。もともと刑部員外郎に任ぜられる制も、また刺史に出てのち朝散大夫に昇格する時の制も白居易が執筆していたという因縁があり、歓待されたに違いない。白居易もこの人に好意を持っていたらしく、詩に「郢城君莫厭、猶校近京都」というのは左遷の境遇を慰める意である（「郢州贈別王八使君」）。もうひとりは、江州刺史李渤、この人は直言を以て知られた人であり、おそらく互に親近感を抱いていたであろう。江州はまたかつて司馬として四年を過ごした地であり、格別の感慨があったに違いなく、四首の詩がある（「重到江州感旧遊題郡楼十一韻」、「贈江州李十使君員外十二韻」、「題別遺愛草堂兼呈李十使君」、「重題」）。この中に遺愛草堂を訪ねて宿泊したことを示す詩があることは注目すべきで、今でこそ九江から廬山は車を走らせれば日帰りの観光コースのようになっているが、かつてはそうはいかない。興味深いことに宋代になれば江州滞在中に廬山を訪ねることは官僚の旅行の常道のごとくになっていたらしく、范成大（『呉船録』）も陸游（『入蜀記』）もそのことをしるしており、二人とも白氏草堂を訪ね、東林寺に宿泊している。このようにいわば途中脱線して宿泊するなどは、謫黜の旅においてできることではあるまい。杭州赴任途上の寄り道はこれだけにとどまらない。「登商山最高頂」なる詩があるところをみると、商州滞在中に商山の頂峰をきわめたらしい。商山とは商州の東一帯に連なる山なみの総称だが、地形図をみると最高は蟒嶺一、七四四米となっている。白居易のいう「最高頂」がそれを指すのかどうかはわからないが、その程度の山ではあるだろう。詩に「高高此山頂、四望唯煙雲」とある。相当な高山でも頂上近くまで車で登ってしまう現代ならばともかく、千七百米級の山に登るのは容易なことではあるまい。白居易は登山の趣味があったらしく、江州時代にも草堂から香炉峰を仰ぎ見るばかりでなく頂上に登っており、「登香炉峰頂」の詩がある。詩によればけわしい山道に同行の半ばは脱落したらしいが、白居易は登り切っている（「攀蘿蹋危石、手足労俯仰。同遊三四人、両人不敢上。上到峰之頂、目眩心怳怳」）。長安から東南に向う商山路を白居易は初めて通ったのではない。かつて江州へ赴く時に通り、商山を仰ぎ見て詩を詠じている（「仙娥峰下作」にいう「我為東南行、始登商山道。商山無数峰、最愛仙娥好。」）。詩題にみえる「仙娥峰」がさきの詩の「最高頂」であるかどうかはわからないが、とにかく江州赴任の途次では商山の諸峰を仰ぎ見ながら通過し、登りたくてもそのようなゆとりはなかったと思われる。そして今次の旅ではそれを実現することができた。同じく赴任の旅とはいえ、両者では明らかに事情が異なると考えねばなるまい。これらを総じていえば、杭州赴任の旅は格別に急ぐこともない悠悠たるものであり、「謝上表」にいう「昼夜奔馳」はこの類の文章におけるおきまりの修辞に過ぎないと考えざるを得ないのである。

注

（1）　この書は芳村氏の永年の研究成果を結集した、極めて優れた大著であるが、この章の貶謫説に限っては賛同し難い。

（2）　たとえば筑山治三郎『唐代政治制度の研究』の「官僚の俸禄と生活」。

（3）　先是天下百姓輸賦於州府、一日上供、二日送使、三日留州、……及垍為相、奏請天下留州送使物、一切令依省估、其所在観察使、仍以其所莅之郡租賦自給、若不足、然後徴於支郡、（『旧唐書』「裴垍伝」）。

（4）　「卜居」詩に「且求容立錐頭地、免似漂流木偶人。但道吾廬心便足、敢辞湫隘与囂塵。」とあり、「題新昌所居」詩に、「院窄難栽竹、牆高不見山。唯応方寸内、此地覚寛閑。」とあるなど。

（5）「都城風土水木之勝在東南偏、東南之勝在履道里、里之勝在西北隅、西閈北垣第一第即白氏叟楽天退老之地、地方十七畝、屋室三之一、水五之一、竹九之一、而島樹橋道間之、（下略）」「池上篇序」。

（6）元稹は浙東観察使の任を終えて帰り、早くに亡くなった先妻韋氏の実家の邸を購入した。ただその後武昌軍節度使として赴任し、任地で卒したので長くは住まなかった。なお元稹は生前に白居易に墓誌銘を予託する際に六七十万銭相当のものを贈っている。白居易は辞退し切れず、受けたあとそっくり香山寺に施入したという（「修香山寺記」）。元白両氏の裕福なことが窺われる一事である。

（7）従弟の白敏中は白居易卒後永く宰相の座を占めて失脚することがなかった。

（8）『資治通鑑』「唐紀五九」に「遊戯無度」だった敬宗に対して文宗が勤勉だったことをしるして次のようにしるす。敬宗之世、毎月視朝不過一二、上（文宗）始復旧制、毎奇日未嘗不視朝、（注、唐制、天子以隻日視朝）……其輟朝放朝皆用偶日、中外翕然相賀、以為太平可冀。

（9）後の方に力点がおかれるということは詩全般についていえることで、たとえば絶句においては一篇の主旨は転結の二句に表現されることが多く、通俗的な作詩法において絶句は後半から作るのがよいと説かれたりするのもその為である。長篇の詩においても概ね同様であり、芳村氏（前掲書）が「路次藍渓作」を引き、「伏閣三上章云云」の前半に力点を置いて「窮境意識の反映云云」と解されているのはいかがなものか、この詩の主旨、何を詠じようとしているかは「余杭乃名郡」以下の後半に在るので、前半は極端ないい方をすればそれを導き出す前おきとすらいえないではない。貶謫を前提とした解釈と思われるが、先入観にとらわれることなく読みなおして頂きたいと思う。

（10）李翺は嶺南節度使楊於陵の招きに応じて広州に赴いたが、洛陽から大運河を経て杭州から西に向い、洪州から南下するというコースを採っている。その旅行記『来南録』は節略本（『説郛』など）を存するのみだが、幸いに衢州あたりまでは逐日の行程がわかる。

（11）この種の詩に「郡楼」とあれば刺史の招宴があったと考えてよい。

12　東坡詩札記

――「鄭州西門」について――

東坡居士、蘇軾がみずから編定したと考えられる『東坡集』四十巻の開巻第一首の詩は、つぎのように題されている。

辛丑十一月十九日、既に子由と鄭州西門の外に別れ、馬上にて詩一篇を賦して之を寄す、（辛丑十一月十九日、既与子由別於鄭州西門之外、馬上賦詩一篇寄之）(1)

辛丑は嘉祐六年（一〇六一）、東坡二十六歳、官僚として最初の任地である鳳翔（陝西省）に赴くことになり、弟の蘇轍、子由と別れた直後の作である。

この時までのこの兄弟の経歴をふり返ってみると、幼少時代、眉山（四川省）の故家で共に育ったことはいうまでもなく、嘉祐元年（一〇五六）、東坡二十一歳、子由十八歳の時、共に父の蘇洵に伴われて都の汴梁（河南省開封）に赴き、翌年共に進士及第を果たしたが、母の死に遭って帰郷服喪、嘉祐四年に喪があけるとふたたび父子三人で京師、この年すなわち嘉祐六年、やはり共に制科（賢良方正能直言極諫科）に及第、東坡は鳳翔府簽書判官に任ぜられて汴梁開封を離れることになったのである。

　つまりこの時の別れは、幼少よりずっと共に過ごして来た兄弟にとって最初の訣別だったのであり、このあとは、時折り邂逅することはあっても、それぞれに別の道を歩むことになる。そのことはこの時点で既に予測されていたであろうし、情愛に厚い兄弟にとっては、この時の別れは生涯忘れ難い一大事であったろう。また東坡にとっては、同時に官僚としての新しい人生の門出でもあった。この時に弟に寄せた詩を自編の集の巻首に掲げたのは、やはり格別の思い入れがあってのことに違いない。

　ところで、東坡の生涯に一時期を画することになったこの訣別の場所、右の詩題にいう「鄭州西門」であるが、東坡の詩をはじめて編年に集大成し、註を加えた労作、査慎行の『東坡先生編年詩』（五十巻、乾隆二十六年、一七六一年）では、この「鄭州」をそのまま開封の西約七十キロほどのところにある鄭州（河南省）として註を加えており、その後このいわゆる「査注」を継承発展させた馮応榴の『蘇文忠公詩合註』（乾隆五十七年）、および王文誥の『蘇詩編註集成』（嘉慶二十四年刊）なども、みなそれをそのまま受け継いでいる。

　汴梁、今の河南省開封から、今の陝西省の、西安より更に西にある鳳翔に向うには、現在の朧海鉄路がそうであるように、ほぼ真西に向って鄭州を通過して行くほかはなく、蘇轍はそこまで同行して見送ったとするのである。

　これに対し、つとに異をとなえたのは沈欽韓である。その『蘇詩査注補正』（道光二年、一八二二年識語）では、『東京夢華録』などによって、開封城の西辺三門の一、順天門が、俗に新鄭門、もしくは単に鄭門と呼ばれていたことを証して「鄭州西門」はこの門のことであるとし、
　査（慎行）は竟に鄭州滎陽郡を以て之を解す。是に非ず。（査竟以鄭州滎陽郡解之、非是）

と述べている。

東坡と同時に制科に及第した子由は、やはりこのころ商州軍事推官に任ぜられたが、父蘇洵がこれに先んじて霸州文安県主簿の肩書きで、開封において礼書の編纂に当っていたので、任官を辞退して父と共に開封に留まることにしたのであったから、沈欽韓は開封の西門で見送るのが当然と考えたのであろう。

近年の中国及び日本で出版された少なからぬ東坡詩の註解の類をみると、(2)多くは文字通り素朴に「鄭州」の西門と解しているが、それらのほとんどは沈欽韓の説を検討した形迹はなく、おそらくはその説の存在にすら気づいていないのではないかと思われる。

これらに対し、沈欽韓の説にいちはやく着目されたのは小川環樹博士で、一九六二年刊の『蘇軾 上』（岩波書店、中国詩人選集二集五）において、この詩を釈するに当って沈説を採り、その後、山本和義氏との共著に成る岩波文庫の『蘇東坡詩選』（一九七五年）、筑摩書房の『蘇東坡詩集 第一冊』（一九八三年）においても、一貫して「鄭州西門」を開封の西門（順天門＝新鄭門）と解しておられる。

中国でも陳邇冬氏は、旧版の『蘇東坡詩選』（筆者が見たのは一九七六年、香港大光出版社刊）では他の諸書と同様に文字通り「鄭州」の西門と解していたが、一九八四年の新版（『蘇軾詩選』と改題）では沈欽韓の説を引いて開封の西門と改めている。(3)

沈欽韓の『蘇詩査注補正』は、その書物の性格上、つまり東坡詩の独自の注釈としてでなく、査慎行の注の「補正」という形式に徹しているためにあまりめだたないけれども、査注の遺漏を補訂する適確な考証が少なくないし、また右に挙げた小川博士の諸書は、現在見られる東坡詩の注解の中で、きわだって優れたものであるが、右の「鄭州西門」の解についてはいささか疑問を感ずる。ということは、結局は平凡に「鄭州」の西門と解するのがかえってよいのではないかと思うので、その所以を率直に提出して批判を乞う次第である。

まず別れた場所を開封の西門とした場合に感ずる疑問の一は、詩の第二句、第三句に「帰鞍」、「帰人」の語があることで（二、此の心已に帰鞍を逐うて発す、此心已逐帰鞍発、三、帰人すら猶お自ら庭闈を念う、帰人猶自念庭闈）、これが別れて帰って行く子由を指すことは疑いを容れないが、開封で別れたとすると、たとえ門外まで見送ってくれたにしても、開封に住む子由を指してこのようないい方をするかどうか、やはり西を指して旅立つ東坡に対し、子由は子由で鄭州から開封へ「帰」って行くとする方が自然ではないであろうか。ただしこの点は、門外から城内の家へ帰って行ったとする解が絶対に成立しないとはいえないので、単なる疑問でしかないであろう。

つぎに問題なのは、これと同じころに作られた子由の詩である。『東坡集』の開巻第一首は右の詩であるが、その次の第二首は「子由の澠池旧懐に和す（和子由澠池旧懐）」と題されており、それは蘇轍、子由の『欒城集』巻一に「澠池を懐いて子瞻兄に寄す（懐澠池寄子瞻兄）」と題してみえている一首[4]に次韻して返した作である。子由の原唱は、西へ向った東坡が澠池（河南省、洛陽の西、約七十キロ）のあたりをよぎっていることを想定して寄せた詩であり、やはり別離の場面から詠じはじめられる。その冒頭には

相携えて別を話《かた》る　鄭原の上《ほと》り、共に長途を道《い》いて雪泥を怕る。（相携話別鄭原上、共道長途怕雪泥、）

とあり、訣別の場所はやはり鄭州であることを思わせる。開封の西門を鄭門と呼ぶことはあっても、それを「鄭原の上り」と表現することは考え難いからである。

更にこれに続く三、四の句は

帰騎還た尋ぬ　大梁の陌《みち》、行人已に渡る古嵴の西、（帰騎還尋大梁陌、行人已渡古嵴西、）となっている。「行人云々」は東坡が嵴山（澠池の西にあり、伝説が多い）のあたりを西へ向っていることをしのぶのであり、一方「帰騎」は子由自身をいうに違いなく、さきの東坡詩の「帰鞍」と対応するが、「大梁」は開封を指すのであろうし、「還た尋ぬ大梁の陌」という表現は、門外から城内へ引き返すことをいうとは到底考えられない。また次の句の「已に渡る古嵴の西」と対を成しているので、やはりある程度の時間の経過を想定しないわけにはいかない。

以上を綜合するに、兄弟が訣別したのはやはり文字通り「鄭州」の西門であり、東坡がそこから西へ向かう一方、子由は東へ「大梁への陌」をたどって開封へ「帰」って行った、と考えるべきであろう。

唐宋のころ、遠くへ旅立つ人を送って当初の道行きを共にし、宿泊を共にして別れを惜しむというのは、その例が少なくない。東坡の身近かな例を挙げるならば、これより十三年後のことになるが、東坡が杭州通判の任を終えて密州に移るとき、杭州に隠棲していた親友の張先（子野）は遠く湖州を経て呉江まで同行して見送っている（筆者はかつてその間の経緯を紹介したことがある（5））。

沈欽韓は開封の西門の一つ（順天門）が新鄭門または鄭門と呼ばれていたことを知り、蘇轍は開封に在住していたのであるから、そこで見送るのが当然と考えたのであろうけれども、深い情愛で結ばれていたこの兄弟の最初の別れであったことを思えば、むしろ鄭州まで同行し、おそらくは宿泊を共にしてなごりを惜しんだとする方が、いっそう自然ではあるまいか。またそれでこそ、この兄弟の強い心の絆をうかがうことができると思う。

注

（1）詩の全文を掲げておく。
不飲胡為酔兀兀、此心已逐帰鞍発、帰人猶自念庭闈、今我何以慰寂寞、登高回首坡壟隔、但見烏帽出復没、苦寒念爾衣裘薄、独騎痩馬踏残月、路人行歌居人楽、僮僕怪我苦悽惻、亦知人生要有別、但恐歳月去飄忽、寒燈相対記疇昔、夜雨何時聴蕭瑟、君知此意不可忘、慎勿苦愛高官職、

（2）近藤光男『蘇東坡』（集英社、一九六四年）、劉乃昌『蘇軾選集』（斉魯書社、一九八〇年）、呉鷺山・夏承燾・蕭涓『蘇軾詩選註』（百花文芸出版社、一九八二年）など。

（3）旧版『蘇東坡詩選』では「他的弟弟轍……送他到鄭州就打転回京裏去了、」と註していたが、改題新版『蘇軾詩選』では、「他的弟弟轍送他到鄭州（州字疑衍）西門（当時開封城門之一、即西門、亦被称鄭門、即通向鄭州門、説見沈欽韓《蘇詩査注補正》）」と改めている。

（4）詩の全文は次の通り。
相携話別鄭原上、共道長途怕雪泥、帰騎還尋大梁陌、行人已渡古崤西、曾為県吏民知否、旧宿僧房壁共題、遙想独遊佳味少、無言騅馬但鳴嘶、

（5）「詩と詞とのあいだ——蘇東坡の場合」（『東方学』第三十五輯、一九六八年、のち『宋詞研究　唐五代北宋篇』に「東坡詞札記、六客詞本事考」として再録、一九七六年）。

13　詩にみる蘇東坡の書論

本誌（『書道研究』）が蘇東坡の特集を企画するのは、東坡が宋代を代表する書家、中国流にいえば書法家のひとりであるからにちがいあるまいが、ご承知のように、東坡は宋代を代表する詩人でもあり、文章家でもある。また、書ほど有名ではないが、墨竹など、画をも善くした。つまり「詩文書画」、いいかえると、中国の伝統的な知的教養のすべてにすぐれていた。さらに、『易経』や『書経』に関する著述をもつ学者でもあったし、何よりもまず、本業としては高級官僚、政治家であって、当時の政界に大きな影響力をもっていた。

みずからが近代中国の生んだ第一級の文人であった林語堂は、英文で著した蘇東坡の伝記に「華麗なる天才」(The Gay Genius) と題した。長い中国の歴史に登場した数多くのすぐれた人物の中でも、多才という点では蘇東坡は格別にきわだった存在であり、まさに「華麗なる天才」であった。

従って、東坡の詩なり文章なり、書画なりを理解し、鑑賞しようとすれば、彼が他の表現様式においてもきわめてすぐれていたことに対する眼くばり、いわば複眼的視座というものがなければならない。つまり、詩なら詩、書なら書は、彼の人格表現のほんの一面にすぎないのであって、極端ないいかたをすれば、多方面に発揮された彼の才能のすべてを視野におさめるのでなければ、その一面すらも、ほんとうには理解できないのではないかと思う。

しかしながら実際には、あらゆる文学芸術の分野において表現された彼の作品世界は、そのひとつひとつの分野ごとに実に豊饒なもので、そのひとつを見きわめることすら容易ではない。

わたしは、かつて蘇東坡の文学についてつぎのように述べたことがある。

「蘇東坡の文学の根底となり、その性格を特色づけているのは、つきつめてみれば人間存在そのものに対する深い関心、興味と、暖かい愛情であると思う。それは蘇軾のすべての作品の奥に常に流れている基音《ハウプトトーン》といってよい」

（角川書店刊『鑑賞中国の古典／蘇軾・陸游』解説）

詩についていえば、現存する東坡の詩はおよそ二千四百首。右に述べたような基音の上に奏でられるその詩の世界は、きわめて多様豊饒であって、それぞれがそれぞれに魅力的であり、東坡の詩についていかに紙数を費やしても、常にそのほんの一面を語ることにならざるを得ないであろう。

本稿では、詩と書との交錯するところ、つまり書について詠じた東坡の詩を、取り上げてみたい。東坡が書についての見解を記した文章は、『東坡題跋』などにまとめられているものをはじめとしてきわめて多く、またさまざまな興味深い内容を含んでいて、それらは宋代書論史の中で重要な存在となっている。従って、東坡の書論に眼を向けようとすれば、まずはそれらの文章をみるべきであるかもしれないが、時には凝縮した表現を尚《たっと》ぶ詩の中にこそ、かえってその思想の尖鋭な切り口が示されることもある。またそうした書論を展開するような詩が、詩としてもすぐれているということも少なくないので、そこには唐詩などとはちがった宋詩の特色が、きわだって示されることになっていると思う。

　東坡がその生涯を通じて、弟の蘇轍（字は子由）と多くの詩を応酬していることはよく知られているが、比較的若いころに、書を論じた唱和の作がある。治平元年（一〇六四）二十九歳の東坡は、三年前に任官し、最初に赴任した今の陝西省《せんせい》の、西安の西にある鳳翔になお在勤していた。そのころ、この地方の古碑（の拓本）を都の開封にいる蘇轍に届けたのに対し、蘇轍は「子瞻、岐陽の十五碑を寄示す」と題する詩を詠じた。これに唱和したのがつぎの詩である。

　　子由に次韻して書を論ず

吾　書を善くせずと雖《いえど》も
書を暁《さと》るは我に如《し》くは莫《な》し
苟《いやし》くも能《よ》くその意に通ずれば
常に謂《い》う　学ばずして可なりと
貌《ぼう》　妍《あでや》かにして　容《よう》に顰《ひそ》みあり
璧《へき》　美《び》なれば　何ぞ橢《だ》を妨げんや
端荘に流麗を雑《まじ》え
剛健に婀娜《あだ》を含む

これを好みて毎《つね》に自《みずか》ら譏《そし》る
謂《おも》わざりき　子《きみ》もまた頗《すこぶ》るならんとは
書成れば輒《ただ》ちに棄て去るも
繆《あやま》りて旁人に褒《あつ》めらる
皆《みな》　本《もと》　闊落《かつらく》というも
結末は細公《さいよう》に入《い》る
子《きみ》が詩にまた推さるるも
語　重くして　未だ敢えて荷《にな》わず
邇来《じらい》　また射《しゃ》を学ぶも
力　薄くして　官笴《かんか》を愁う
好《こう》　多ければ　竟《つい》に成すなく
精《せい》ならざれば　安《いずく》んぞ夥《おお》きを用いん
何当《いつ》か尽《ことごと》く屏《しりぞ》け去り
万事　懶惰に付せん
吾古の書法を聞くに
駿《しゅん》を守るは跛《は》に如《し》く莫《な》し
世俗　筆　苦《はなは》だ驕《おご》り

　　衆中強《し》いて嵬騀《かいが》たり
　　鍾（繇）・張（芝）忽ち已に遠く
　　この語　時と左《そむ》く

初句に「吾　書を善くせず」というのはもとより謙遜の辞、あとのほうに「子《きみ》が詩にまた推さるるも、語重くして未だ敢て荷わず」——きみの詩に推称されているが、おおげさすぎて背負いきれない——とあるのは蘇轍の原唱に「吾が兄自《おのずか》ら書を善くし、取る所　可ならざるなし」とあるのに応ずるもので、蘇轍は決して礼儀的にほめたわけではあるまい。またその前に「繆《あやま》りて旁人に褒《あつ》めらる」というのは、「繆りて」と謙遜してはいるものの、人々がしきりに東坡の書跡を収蔵しようしていた事実をいうにちがいなく、二十九歳の蘇東坡はすでに書において名声があったことがわかる。

そして初句に「書を善くせず」といいながら、つぎの句では「書を暁《さと》るは我に如《し》くは莫《な》し」と、書について得る所があることを堂々と述べている。

書に対する見識として興味深いのは、「貌妍かにして」以下の四句である。「顰」はかの西施を想起させる表現、すばらしい美貌も眉をひそめることによっていっそう深みのある美しさとなる、りっぱな璧玉はまんまるである必要はなく、楕円形の方がむしろおもしろい。そして「端荘」、端正荘厳のなかに「流麗」をまじえ、「剛健」の中に「婀娜」、なまめかしさをひそめる、という。わたしの、素人なりの理解を述べておくならば、書というものは一方に偏した単純なりっぱさというのは上乗のものとはいえず、反対の要素を含んだような複雑さ、いわばひねりを加えてこそ個性的な、完成されたものとなり得る、というようなことではないかと思う。

その前に「学ばずして可なり」というのも、おそらく修練をしないで、でたらめに書けばよいというのではなく、究極的には個性を発揮することが大切なので、その段階になれば、「学ぶ」ということなどはどうでもよくなる、問題にならない、というのであろう。

東坡はみずからの文学を評して、「万斛《ばんこく》の泉源の如く、地を択《えら》ばずして皆《みな》出《い》ずべし」、大きな泉源のように、どこにでも湧いて出る、といい、「常に当《まさ》に行くべき所に行き、常に止まらざるべからざるに止まる」と、述べている（「文の説」）。東坡の詩文の全体を掩う特色として、自由闊達、融通無礙、何ものにも拘束されないのびやかさ、といったことがまず挙げられる。しばしばみずからそれを常形のない水にたとえている。そしてその精神は、おそらく彼の書にも通ずるであろうし、この詩をみれば、書においてもそれが自覚的であったことがわかる。

南宋の詩論家、葛立方の『韻語陽秋』に、東坡の息子の蘇過が、この詩のあとにしるした跋がみえており、東坡の書について興味深い情報を伝えている。

東坡の「子由に与えて書を論ず」にいう（詩略）。その子叔党（蘇過の字《あざな》）、公の書に跋《ばつ》していう、「吾が先君子豈に書を以て自《みずか》ら名《な》せんや（自分では書家だなどとは思っていない）。特《た》だその至大至剛の気を以て、胸中に発してこれに応ずるに手を以てするのみ。故にその刻画嫵媚の態《たい》あるを見ずして、端乎たる章甫（正装の冠）の犯すべからざる色あるが若し。少年のとき二王を喜《この》み、晩《ばん》には乃《すなわ》ち顔平原を喜む。故に時に二家の風気あり。俗手は知らずして、妄《みだ》りに徐浩を学ぶと謂《い》えるは、陋なり」と。これを観《み》れば則《すなわ》ち初めより未だ嘗《かつ》て規規然として翰墨の積習に出《い》でざるを知るなり。

石蒼舒の酔墨堂

人生　字を識《し》りて　憂患始まる
姓名　粗《ほぼ》記《き》すれば　以て休むべし
何ぞ用いん　草書の神速を誇るを
巻を開けば惝恍《しょうこう》として人をして愁えしむ
我　嘗《かつ》てこれを好み　毎《つね》に自《みずか》ら笑う
君にもこの病あり　何ぞ能《よ》く瘳《いや》さん
自《みずか》らいう　その中に至楽ありて
意に適すること逍遥の遊びに異なるなしと
近者《ちかごろ》　堂を作りて酔墨と名づく
美酒を飲みて百憂を消《しょう》するが如しと
乃《すなわ》ち知る　柳子（柳宗元）が語の妄《もう》ならざるを
病めば土炭を嗜《たしな》むこと珍羞の如し
君　この芸において　まだ至れりと云う
墻《しょう》に堆《うずたか》き敗筆《はいひつ》は山丘の如し
興《きょう》じ来《きた》りて一《ひと》たび揮《ふる》えば百紙も尽《つ》く
駿馬　倏忽《しゅくこつ》として　九州《くしゅう》を踏《ふ》む

我が書は意造《いぞう》にして　本《もと》　法なし
点画　手に信《まか》せて　推求《すいきゅう》を煩《わずら》わす
胡為《なんす》れぞ　議論　独《ひと》り仮《か》されて
隻字《せきじ》　片紙《へんし》も　皆《みな》　蔵収せらる
鍾（繇）・張（芝）に減《げん》ぜざるは君自《おのずか》ら足《た》れり
下《しも》　羅（暉）・趙（襲）に方《くら》ぶれば我また優なり
須《もち》いず　池に臨んでさらに苦学することを
絹素《けんそ》を完取《かんしゅ》して　衾裯《きんちゅう》に充《あ》てよ

熙寧二年（一〇六九）東坡三十四歳、父をなくして喪に服したあと、復職して、開封に勤務していたころの作。
石蒼舒は草書にすぐれていたと伝えられ、詩にもそのことが詠じられている。初句「人生　字を識りて　憂患始まる」は、それだけで箴言として通用する。しかしすぐれた文人たちは、そう思いながらも、ひたすらに文学芸術の洗練を追求してやまない。それは宿業の病いと観ずるのである。

この詩の中で注目されるのは、「我が書は意造にして本法なし」の一句であろう。「意造」とはみずからの意のおもむくままに造り出すこと。さきの「子由に次韻して書を論ず」の詩に「苟《いやし》くも能くその意に通ずれば、常に謂う　学ばずして可なりと」とあるのもほぼ同じ意かと思う。ただ誤解してならないのは、これは勝手気ままに書きなぐればよいというのではあるまい。さきに引いた息子の蘇過の跋に「少年のとき二王を喜《この》み、晩には乃ち顔平原を喜む」とあったように、東坡は王羲之・献之を学び、顔真卿を学んでいた。「意造」といっても、実はそうした修練が基盤となっているのである。

なお、ここにも「隻字　片紙も　皆　蔵収せらる」とある。これからしばらくのち、東坡は新法党の迫害を受け、その著述が禁書となったばかりでなく、その手蹟を所持することも厳禁された。それにもかかわらず、今なお少なからぬ真跡が伝わっているのは、その愛好者の層が厚く、いかなる禁令も徹底することができなかったからである。

孫莘老　墨妙亭の詩を求む

蘭亭の繭紙《けんし》　昭陵に入《い》りしも
世間の遺跡　なお龍の騰《おど》るがごとし
顔公（真卿）法を変じて　新意を出《い》だし
細筋　骨《こつ》に入りて　秋鷹の如し
徐家の父子（徐嶠之・徐浩）　また秀絶
字の外に力を出だし　中に稜《りょう》を蔵《ぞう》せり
嶧山の伝刻（秦の始皇帝の石刻）　典刑在り
千載　筆法　陽氷（李陽冰）に留まる
杜陵（杜甫）は書を評して瘦硬《そうこう》を貴《たっと》べども
この論　未だ公ならず　吾は憑《よ》らず

短長　肥瘦　各《おのおの》態《たい》あり
玉環（楊貴妃）　飛燕（趙飛燕）　誰か敢《あえ》て憎まん
呉興（湖州）の太守　真に古を好み
断欠を購売して縑緗を揮《ふる》う
亀趺は坐に入《い》り　螭は壁に隠《よ》る
空斎　昼静かにして登登たるを聞く
奇蹤　散出《さんしゅつ》して　呉越に走り
勝事　伝説《でんせつ》して　友朋に誇る
書来って詩を乞い　自《みづか》ら写《しゃ》せんことを要《もと》むれば
為《ため》に栗尾（筆）を把《と》って渓藤（紙）に書す
後来の今を視《み》ることなお昔を視るがごとく
過眼　百世　風灯の如し
他年　劉郎（劉禹錫）　賀監（賀知章）を憶《おも》わば
また道《い》わん　時を同じうせば須《すべか》らく服膺すべしと

熙寧五年（一〇七二）東坡三十七歳、王安石の新法改革に批判的な東坡は、中央政府勤務をいさぎよしとせず、地方勤務を志願しこの前年から通判、準知事として浙江省の杭州に在勤していた。そのとき友人の孫覚、字は莘老が知事として隣の湖州にいた。孫覚は東坡とちがって書はさほどでなく、共通の友人、李之儀に「孫莘老は作字（字を書くこと）至りて工みならず」とまでいわれているが、きわめて熱心な書蹟のコレクターで、湖州に墨妙亭という建物を建てて碑刻のコレクションを収めた。東坡は前年にこの陳列館のために「墨妙亭の記」という文章を書いて贈ったが、この年、さらに詩を求められてこの詩を贈ったのである。

この詩の中で興味深いのは、「杜陵　書を評して――」以下の四句である。杜甫の「李潮の八分小篆《はっぷんしょうてん》の歌」に「書は瘦硬《そうこう》を貴ぶ　方《はじ》めて神に通ず云々」とあるのに対する批判で、東坡は杜甫の詩を尊敬していたはずであるが、その書に対する見解、「瘦硬を貴ぶ」という考え方には、承服できなかったのである。

ここでも東坡の融通無礙、『論語』にいう「固なく必なし」のような柔軟な精神が示される。それを美人にたとえて表現しているところがおもしろい。フェミニスト、女権論者の方々には申し訳ないのであるが、楊貴妃と趙飛燕、豊満な美人とほっそりした美人、どちらもすてきではないかといわれると、たいていの男性は返すことばがない。ここにも東坡の、ひとつのことに固執しない柔軟な姿勢が示され、しかもそれがユーモラスに表現されている。

東坡と孫莘老の風雅の交わりは、「墨妙亭の記」とこの詩とにとどまってはいない。さまざまな交流のあとがみられるが、中でも興味深いのは「孫莘老　墨を寄す」と題する四首の連作である。つまり孫覚から墨を贈られ、そのお礼として詩を作って返したのである。

筆、墨、硯、紙、いわゆる文房四宝に対する趣味は、長い中国の歴史から考えると、そう古いものではない。唐代の人はほとんどそういうことを問題にしないし、たとえば硯は瓦硯が主流だったといわれている。これを綿密に吟味し、精巧なものを作らせ、文房趣味の基を開いたのは、唐が滅んだあとの五代の乱世における地方政権、いわゆる十国のひとつの南唐、三代で宋に併合されてしまうこの国の、あとの二代の国主、中主李璟と後主李煜とであった（通説としては後主のみがこの方面で有名だが、実はその趣味は中主を継承するものであった）。おかかえの墨工、李庭珪の墨、中主・後主の書斎の号を冠した澄心堂紙などは、後世の文人たちの珍重して措《お》かない名品である。また、歙州に硯務という硯石を管理する役所をおき、硯工に官位を与えたという。だいたい職人というのは、唐代では賎民とされ、どうかすると奴隷あつかいにされたくらいなので、硯の職人に官位を与えたとすれば、その意義は小さくない。そこで、おおまかにいって、文房趣味は南唐の宮廷にはじまり、北宋の文人の間で定着したといってよいであろう（拙著『李煜』＝岩波書店刊『中国詩人選集』参照）。

北宋といっても初期はさほどでなく、東坡の先輩格の欧陽脩や梅尭臣になってにわかに詩や文章の中で文房四宝のことを取り上げるようになる。東坡は当然それを継承し、おおむねはものにこだわらぬ性格のはずであるのに、文房四宝に対する執着はかなりなものがあり、多くの詩や文章の中にその趣味のほどをうかがうことができる。

中でも東坡は、墨に凝っていたらしく、「数百挺を蓄」えていたとみずから記しているし、このころになると南唐の宮廷御用であった李庭珪の墨は、ずいぶん偽物が出回っていたらしいが、東坡はひとめで真贋がわかると自信のほどを述べている。

東坡のころの墨工としては、潘谷という人物が有名で、東坡も常々この墨を愛用しており、詩を贈ったりもしているが、このとき孫覚は秘書少監、つまり宮廷図書館の副館長という地位にあり、潘谷が天子御用に献上した特製品を下賜されて、それを東坡に譲ったらしい。墨に格別の趣味を有する東坡がよろこんだことは、想像に難くない。

孫莘老　墨を寄す四首その一

徂徠に老松なく
易水に良工なし
珍材を楽浪に取り
妙手　惟《た》だ潘翁のみ
魚胞　万杵に熟し
犀角　双龍　盤《わだか》まる
墨成りて敢て用いず
進めて蓬萊宮に入る
蓬萊　春昼永く
玉殿　房櫳　明らかなり
金箋に飛白を洒《すす》ぎ
瑞霧に長虹を縈《まと》う
遥かに憐れむ　酔常侍《すいじょうじ》
一笑　天容開く

はじめの四句は、このころ高麗の松煙煤が墨の材料として珍重され、潘谷もそれを用いていたことをいう。第四句に東坡の自註があって、「潘谷　墨を作るに、高麗煤を雑《まじ》え用う」とある。第一句は『詩経』に「徂徠之松」

とあるをふまえ、第二句は唐代では今の北京に近い易水が墨の産地で有名であったことにもとづく。ついでながら、南唐の名工李庭珪も、一説ではもともとは易水の出身であるともいわれている。そこで、「徂徠之松」も易水の名工もみな昔話となり、今は松煙煤は高麗（楽浪）、名工は潘谷だけだというのである。以下、その潘谷の献上品を孫覚が拝領したことを述べるのが第一首である。

このように墨を酷愛し、コレクションを持っていた東坡だが、晩年海南島に流され、ゆるされて帰るときに船の事故のため、そのすべてを水中に失い、最後の数年は息子たちからもらった三つの墨だけを用いたという。そしてそのうちの二つは、やはり潘谷の墨であった。このことは、陸游の『老学庵筆記』をはじめ、いくつかの記載があって、事実にちがいない。

「東坡　儋耳（海南島の流謫地）より帰り、広州に至りて舟敗《やぶ》れ、墨四篋《きょう》を失い、平生宝とする所　皆尽《つ》く。僅かに諸子の処において李（李庭珪か？）墨一丸、潘谷墨両丸を得たり。これより毘陵にて館舎を捐《す》つるに至るまで（常州で亡くなるまで）、用うる所　皆この三墨なり。此れ之を蘇季真（東坡の孫）に聞けり」

（『老学庵筆記』五）

14　蘇東坡と陸放翁

乾隆帝勅撰の『唐宋詩醇』は、採録する僅か六人に限定したところに特色があるが、その前言はつぎのように書き出されている。

唐宋の人の詩を以て鳴る者、指　屈するに勝《た》えず。その卓然として名家なる者すら、なお数十人を減ぜざらん。ここに独り六家を取るのみなるは、謂《おも》うにただ此れのみ大家と称するに足ればなり。大家と名家とは、なお名将のごとく、その体段　正に自ら同じからず、云云。

そして六人の大家とは、ほかならぬ唐の李杜韓白、すなわち李白、杜甫、韓愈、白居易、それに北宋の蘇軾、東坡と南宋の陸游、放翁とであった。これらの人々を特別に遇することは、それぞれいろいろなかたちで古くからあるが、ここにおいてほとんど定論になったといってよいであろう。そしてそれは決して乾隆帝の権威によるのではなく、歳月を経た、歴代の批評の総結というような意味があったからこそ、多くの人々の支持を得て定着したのである。

ところで右のうち宋代の二人は、南北宋の別をいえば北宋の蘇東坡、南宋の陸放翁というほかはないのであるが、東坡は北宋でもその後半を生きた人であるし、陸放翁は実は北宋の末に生まれているので、その隔たりはそれほど遠いものではない。数字を挙げるならば、蘇東坡が世を去ったのは徽宗皇帝の建中靖国元年（一一〇一）のことであるが、その二十四年後、同じ徽宗の宣和七年（一一二五）に陸放翁が生まれている（その翌年がいわゆる靖康の変で、北宋は亡びることになる）。また宋代における文人官僚の家柄というのは、北宋の後半になるとほぼ定着し、それはほとんどそのまま南宋に引継がれるので、陸放翁は蘇東坡に対し、詩を善くし、書をも善くした先輩として深く敬愛していたが、そればかりでなく、この二人の間はさまざまなきずなで結ばれている。

放翁の祖父陸佃は、徽宗の宣和年間に尚書左丞、宋代の他の時期でいえば参知政事つまり宰相に準ずる地位に至った人であるが、若い頃王安石の門に学びながら新法の実施には反対し、王安石に面と向って諌めたりした。そのため新法党と旧法党のはざまにおいて複雑な立場に立たされるが、それはともかくとして、蘇東坡より六歳若く、格別に親しかったとはいえないが、官僚としてのつきあいはあった。放翁は東坡の陸佃宛の書簡を珍蔵し、つぎのようにしるしている。

○先大父左轄（尚書左丞であった祖父）、小宗伯（礼部侍郎、『宋史』では権知礼部尚書となっている）より自ら請うて穎（州）に守たり。年を踰《こ》えて南陽に移る。而して蘇公、北扉（翰林学士）より穎を得、大父と代を為す。これ当時往来せし書なり。書は三幅あり。前後二幅は叔父の房に蔵さる。その一幅は則ち従伯父彦遠これを得、亡兄次川また伯父に得たり。此れ是れなり。伝授明白なれば、以て疑わざるべし。而るに或る者その摹倣に出づるかと疑う。真を識る者寡なきは、前輩の歎ぜし所なり。

（「跋坡谷帖」、『渭南文集』巻三十一）

陸佃が潁州の知事から南陽、鄧州に移ったとき、蘇東坡が代って潁州に来任した。元祐六年（一〇九一）東坡五十六歳のときのこと、その交替の際に東坡が寄せた書簡三通が陸家に秘蔵され、その中の一通が従伯父、ついで亡兄を経て放翁の手に帰したのである。但し東坡の陸佃宛書簡というのは現在全く知られておらず、これらは真蹟そのものはもとより、その文面も伝わっていない。

右の末尾に「摹倣に出づるかと疑う云々」とあるが、東坡の手蹟は宋代においてすでに甚だ珍重され、それだけに多くの偽物が出まわっていたらしい。東坡の没後まもなく書かれたと考えられる黄山谷の文章に、「高述と潘岐はみな能く東坡の書を贋作す」と名前まで挙げて偽物作りがいたことを述べており（「跋偽作東坡帖」）、南宋になって朱熹（朱子）や周必大などが東坡の真蹟に附した題跋は少なくないが、ほとんどがまずその真偽を論じている。そういう情況を考えると、右の「伝授明白」というのは、些か自慢した表現であることがわかる。

蘇東坡の手蹟は、そのものが珍重されたばかりでなく、早くからしばしば石に刻され、法帖として通行した。徽宗朝の初めに旧法党の名簿を石に刻した、いわゆる元祐党籍碑が各地に建てられるが、王明清の『揮麈録』にこのときの興味深い逸話が録されている。江州いまの江西省九江に住む技倆優れた碑工が、州の知事からこの碑を刻むよう命ぜられたところ、その碑工は、自分の家はひどく貧しかったのに、蘇東坡や黄山谷らのおかげで大変豊かになれた、その人々の名を奸人として刻むことなど到底できないと断った、というのである。その知事は「賢なる哉、士大夫も及ばざる所なり」といって酒を与え、辞退を認めたという。その恩義を忘れぬ心ばえを称揚したのであるが、同時に東坡や山谷の文字を石に刻むことがいかに流行したかを示している。自らも書を善くし、東坡を尊敬すること深かった陸放翁には、それらの法帖についてもさまざまな記述があって、貴重な資料となっている。

まず放翁とほぼ同時期の汪応辰が編刻した『成都西楼帖』は大変有名であるが、放翁はこれを早くに入手し、更に精選して『東坡書髄』と名づけて珍重していた。

○成都の西楼の下に石刻せし東坡法帖十巻あり、其の奇逸なる者を択びて一編と為し、「東坡書髄」と号す。三十年間、未だ嘗て手より釈かず。去歳都下に在りて脱敗すること甚しければ、乃ちふたたびこれを装緝せり。嘉泰三年、歳在癸亥、九月三日、務観老学菴北窓に手記す。（「跋東坡書髄」、『渭南文集』巻二十九）

嘉泰三年（一二〇三）は放翁七十九歳のとき、三十年前といえば乾道九年、ちょうど蜀に滞在していた時期に当る。『西楼帖』には乾道四年の汪応辰の跋があり、放翁は完成して間もないこの帖を成都において入手していたのである。

更に当時すでにいろいろ比較検討ができるほど各種の東坡帖が存在したことが、放翁のつぎの一文によって知られる。

○此の碑はけだしいわゆる横石小字なる者ならんか。さきごろまた嘗て豎石本を見たり。字また絶大ならず。数箇の行筆（何通かの書簡の運筆）、尤も奇妙にして貴ぶべし。成都西楼帖十巻中に書する所の郭熙が山水の詩と頗る相甲乙す。紹熙甲寅十月二十三日。（「跋東披帖」、『渭南文集』巻二十八）

更に放翁は、すぐれた東坡帖を入手した友人に、それを更に石に刻して世に広めることを勧めている。

○成都の西楼の下に汪聖錫（すなわち汪応辰）が刻せし所の東坡帖三十巻有り。その間の呂給事陶に与うる一帖は、大略此の帖と同じ。……予謂えらく、武子当《まさ》に善工と堅石とを求めてこれを刻し、西楼の帖と天下に並び伝うべし。当《まさ》に独り私に嚢褚し、見る者をして恨み有らしむるべからず。（「跋東披帖」、『渭南文集』巻二十九）それにしてもやはり『西楼帖』が常に比較の標準になっているようである。なお、『西楼帖』が十巻とあったり、三十巻とあったりするが、汪応辰の跋には「三十巻」と明記されているので、元来三十巻であったものを、放翁が更に精選して『東坡書髄』十巻とし、その方も『西楼帖』と称することがあったと考えるべきであろう。この帖はさまざまな経緯ののち、清末に端方の所蔵に帰し、コロタイプ印刷に付された（端方は別に『東坡七集』をも刻している）。現在その原拓は所在不明となり、端方のコロタイプ版すら稀覯となっているが、長尾雨山先生御遺愛のものが、かつて令息正和氏の解説とともに『墨美』に紹介されたことがある。

なおさきの文中に「武子」とあるのは施宿なる人の字《あざな》、その父の施元之こそ『注東坡先生詩』、いわゆる『施注蘇詩』の撰者であり、それを刊行したのはほかならぬこの施武子、施宿であった。そして陸放翁は施宿に請われてこの本の序文を書いている。「施司諫注東坡詩序」（『渭南文集』巻一五）という文章がそれである。この書、久しく再編本のみが世に行われていたが、少しく以前にその相当部分の原刻本の存在が知られ、景印本が出されたことは周知のとおりである。

つぎに、蘇東坡が筆禍事件、烏台詩案のために湖北省の黄州（いまの黄岡）に流謫となったのは、元豊三年（一〇八〇）のこと、それから元豊七年まで、つまり四十五歳から四十九歳までの間この地に滞在した。その間、壬戌の秋七月既望、つまり元豊五年七月十六日に舟を泛べて赤壁に遊んだのである。それから八十八年ののち、乾道六年（一一七〇）に陸放翁は蜀に赴く途中この地に立ち寄り、親しく東坡の遺跡を訪ねている。この年、四十六歳の放翁は夔《き》州通判、いまの四川省奉節の副知事として赴任するが、このとき郷里の浙江省紹興からこの地に至る五ヵ月余りの舟旅の日紀が有名な『入蜀記』で、その中に東坡の遺跡を訪問したことが詳細にしるされている。
　この年の八月十八日、放翁は黄州における東坡の旧居、臨皋亭のほとりに舟を泊し、翌十九日は終日東坡の遺跡をめぐったあと赤壁の上に立ち、二十日に黄州を離れて赤壁の下を通過する。東坡の赤壁の雅遊は南宋のすべての文人の欣慕するところであったろうし、まして心から東坡を敬愛した放翁にとって、殊の外に感銘の深い体験であったに違いない。また蘇東坡が自ら開墾して「東坡」と名づけた土地、そのほとりに築いた雪堂などについて、比較的近い時代の詳細な記述は、おそらくこれ以外にはあるまい。

(乾道六年八月)十九日、早《つと》に東坡に遊ぶ。(黄州の)州門より東すれば、岡壟高下し、東坡に至れば則ち地勢は平曠開豁せり。東に一壟起りて頗る高し。屋の三間一亀頭なる有り。居士亭と曰《い》う。亭下の南に面せる一堂は頗る雄にして、四壁みな雪を画く。堂中に蘇公の像有り。烏帽紫裘、横に笻《きょう》杖を按ず。是れ雪堂為《た》り。堂の東の大柳は、伝えて以て公の手ずから植えしと為す。正南に橋有り。榜して小橋と曰う。「小橋流水を忘るること莫かれ」の句を以て名を得たり。その下は初めは渠潤無く、雨に遇えば則ち涓流有るのみ。旧《もと》は止《た》だ片石その上に布《し》けり。近ごろすなわち増広して木橋と為し、覆うに一屋を以てす。頗る人意を敗る。東の一井を暗井と曰う。蘇公の詩中の「走りて報ず　暗井の出づるを」(「東坡」八首の二)の句を取る。泉寒くして歯に熨《なじ》む。ただし甚だしくは甘からず。また四望亭あり。正に雪堂と相直《あた》り、高阜の上に在り。江山を覧観するに一郡の最為《た》り。……

　このあとその近辺のことをしるし、更に州の知事の主宰する宴会の記事があるが、「酒味殊に悪し」と正直に述べているのがおもしろい。そしてそのあとで赤壁磯の上に立っている。

楼の下やや東すれば即ち赤壁磯なり、また茅岡のみにして、ほぼ草木無し。故に韓子蒼（韓駒）待制の詩に云う、「あに危巣と棲鶻と有らんや、また陳迹無くただ飛鷗のみ」（「赤壁磯に登る」詩、危巣、棲鶻は東坡の「後赤壁賦」にみえる語、そんなものは今は何もない、の意）と。此の磯、図経及び伝うる者みな以て周公瑾（周瑜）の曹操を敗りし地と為す。然れども江上に此の名多く、考質すべからず。李太白が「赤壁の歌」に云う「烈火点に張《みなぎ》りて雲海を照らし、周瑜此に於て曹公を敗る」と。指して黄州に在りと言わず。蘇公尤もこれを疑う。賦（赤壁賦）に云う、「此れ曹孟徳の周郎に困《くる》しめられし者に非ずや」と。楽府（念奴嬌の詞）に云う、「故塁の西辺、人は道《い》う是れ当《か》の日周郎が赤壁なり」と。けだし一字も軽々しくは下さざることかくの如し。韓子蒼に至りては云う、「此の地能く阿瞞（曹操）をして走らしむ」と。則ち直ちに指して公瑾が赤壁と為せり。また黄（州）の人は実は赤壁を謂いて赤鼻と曰う。尤も疑うべきなり。……

現在ではこの黄州の赤壁（赤鼻磯）は三国時代の古戦場ではないというのが定説となっているが、右をみれば放翁もそう考えていたようであるし、更に東坡がすでに疑いを抱き、「赤壁賦」にしても「念奴嬌」の詞にしても、そのことを充分に配慮した表現になっていることを指摘している。

放翁は蜀に滞在すること八年ののち、淳熙五年（一一七八）に江を下って東帰するが、このときにも黄州に立ち寄り、「雪堂より四望亭に登り、因りて蘇公の遺跡を歴訪して安国院に至る」、「月下に歩みて臨皐亭に至る」などの詩を作っている。また蜀に滞在中の詩に、成都においては「玉局観にて東坡先生の海外の画像を拝す」の作があり、更に東坡の郷里、眉州を訪ねたときには「眉州の披風榭にて東坡先生の像を拝す」の作がある。前者の末四句にはいう、「我が生　公に後《おく》ると雖も、妙句　吟諷するを得たり。衣を整えて遺像を拝し、千古　正統を尊ぶ」、以てその尊敬することの深きをみるに足るであろう。また蜀では処々に東坡の遺像が祀られていたことがわかる。

東坡と放翁との縁故をもう少ししるしておこう。放翁の母は唐氏の出で、ついでにしるしておくならば、この母の祖父唐介は、神宗のとき王安石に先んじて参知政事（準宰相）の職に在り、王安石を抜擢することに反対して、ついに憤慨して卒したと伝えられる人である。それはさておき、この放翁の母の母、つまり外祖母は晁氏から唐氏に嫁した人で、蘇東坡の門人、いわゆる蘇門四学士のひとりとして有名な晁補之（无咎）とはいとこに当る。ちなみにこの外祖母の弟、晁沖之の子が『郡斎読書志』で有名な晁公武で、つづめていえば、晁公武は放翁の母のいとこという関係になるのである。

つぎに東坡の曾孫に当る蘇嶠、あざなは季真なる人は『東坡集』を刻したことで知られ（『直斎書録解題』など）、その際に孝宗が賜わった賛はそののち『東坡集』の巻頭を飾っているが（「御製文忠蘇軾文集賛」、末尾に「乾道九年閏正月望、選徳殿書賜蘇嶠」とある）、陸放翁はこの蘇嶠と交遊があった。放翁晩年の随筆集『老学庵筆記』には、蘇東坡に関する逸話が少なくないが、その中の数条には蘇嶠から聞いたと明記されている。一例を挙げておこう。

> 東坡儋耳《たんじ》（海南島の儋県）より帰り、広州に至りて舟敗れて墨四篋を亡《うし》ない、平生宝とする所みな尽《つ》く。僅かに諸子の処に於て李の墨一丸と潘谷の墨両丸を得たり（李・潘谷は墨工の名であろう）。これより毘陵（常州）に至りて館舎を捐《す》つるまで、用うる所はみな此の三墨なり。此れ之を蘇季真に聞けり。

これなどは身内の人に聞くのでなければ到底窺い知るを得ないところであろう。

最後に陸放翁の詩集の刊刻と蘇氏一族とのゆかりを述べて結びとする。放翁の詩集の基本テクストとして現在通行しているのは、明末に毛晋の汲古閣が刊行した『剣南詩稿』八十五巻であるが、これは放翁の卒後十一年目、嘉定十三年（一二二〇）に放翁の長男、陸子虡が刊刻したものを底本としている。しかし『剣南詩稿』という題で放翁の詩集が出版されたのはこの陸子虡によるものがはじめてではなく、実はこれより三十年以上も前、淳熙十四年（一一八七）といえば放翁六十三歳のとき、放翁は権知厳州、つまり厳州、いまの浙江省建徳の知事であったが、この地で一度刊刻されている。汲古閣本には嘉定十三年の陸子虡の跋とともに、淳熙十四年の鄭師尹なる人の序が併載されているので、その事情を知ることができる。それによれば蘇林なる人がこの鄭師尹に『剣南詩稿』（初編本）の編集を依頼したとある。

　太守、山陰陸先生の剣南の作は天下に伝うるも、眉山の蘇君林、収拾尤も富めり。たまたま属邑（厳州に属する県）に官す。本に鋟して此の邦（厳州をいう）の盛事と為さんと欲し、乃ち纂次を以て師尹に属《しょく》せり。

そこでこの蘇林という人であるが、古くから『剣南詩稿』に関する記載は無数といってよいくらいであるのに、これまで目睹するところ、この人についての言及は全くない。私はこの人こそ、東坡の弟の蘇轍の玄孫に当る蘇林と同一人物に違いないと思う。『宋史翼』にみえる蘇林の伝には、その時期はしるさないものの、かつて厳州建徳県の知事であったことがみえており、鄭師尹の序に「たまたま属邑に官す」とあるのとぴったり符合する。世代的にいって蘇嶠が東坡の曾孫であることと、蘇林が蘇轍の玄孫であることとは、一世代の差であるから、放翁がその双方と交遊があったとしても、一向におかしくはない。ついでながら、この時の『剣南詩稿』初編本の巻数は、汲古閣本に欠字があって詳らかでなく、銭大昕以来二十巻であったと推測されているが、私は十九巻であったと考える。のち数次の増補を経て卒後八十五巻に編定されたのである。詳細は近刊の拙著『陸游』を参照されたい。

すでに述べたように、東坡詩の優れた注を放翁の友人が刊行し、放翁はその序を書いているのであるが、それに十五年ほど先んじて（「施司諫注東坡詩序」は嘉泰二年、放翁七十八歳のとき）、放翁の詩集を東坡の族玄孫が刊行していたとすれば、両大家の因縁いよいよ浅からずといわねばなるまい。

15　皇帝と文房趣味

一　清朝皇帝の文治政策

中国各地、ことに江南の名所旧跡を訪ね歩くと、いたるところで乾隆帝御筆の碑や扁額にお目にかかる。中には王羲之ゆかりの蘭亭におけるように、りっぱな建物（御碑亭）で囲われている例も少なくない。乾隆帝は生涯に六度江南巡行に赴いているが、おそらく各地で出迎える地方長官などが、書法自慢の帝におもねって執筆をお願いしたのであろう。「強《た》っての願いとあらば致し方あるまい」とか何とかいいながら、内心はニコニコで書いていたというような光景が想像される。

江南巡幸六度というのは、帝の尊敬する祖父康熙帝の先例に倣《なら》ったものらしいが、満州族の清が中国全土を征服してまもなく即位した康熙帝にとって、漢人の指導的人材を輩出する江南に親しく赴くことは、政策上の必要性があったと思われるのに対し、全国平定から時をへて即位した乾隆帝の巡行にそのような意味がどれほどあったか、いろいろ名目を掲げたにせよ、その根底には帝の江南の風物・文化に対する憧憬の念があったに違いない。帝が空前の大叢書『四庫全書』を編纂させたとき、当初は四部を北京の皇城と三か所の離宮に備えさせたが、やがてさらに三部を作らせ、揚州・鎮江および杭州にそれぞれ専用の図書館を設置して希望者の閲覧に供した。膨大な費用を投じてのこの叢書の公開がもっぱら江蘇浙江に集中しているところに、帝のこの地域に対する思い入れの程が示されている。この時の詔勅の冒頭には「江浙は人文の淵薮為《た》り」とある。

乾隆帝は清朝の開祖、太祖ヌルハチから数えると六代目にあたるが、中国全土を支配する安定した王朝を築いたのは四代目の康熙帝であろうから、実質的には三代目とも言える。太祖・太宗の二代は東北地方で勢力を築いたに過ぎず、この二人は漢字が読めたかどうかすらも疑わしい。長城を越えて北京入りを果たした三代目の順治帝は、文事に関心が深く書画を善《よ》くしたと伝えられるが、惜しむらくは二十四歳で早世した。

漢民族の文化の外にあった少数民族が、圧倒的多数を占める漢民族を支配するには、武力で制圧するばかりでなく、心服させるのでなければなるまい。従来のように蛮族視されているのでは、それはとてもおぼつかない。昔から漢人の王朝ですら武力制覇の後は必ず文治政策に切りかえ、それに成功したものだけが長期政権として存続している。まして満州族の清朝にとっては、このことは一層切実な問題であった。だからこそ康熙帝は内外において軍事的政治的に多大の成果を収める一方で、『康熙字典』や『全唐詩』の編纂などの文化事業にも大変熱心であり、さらに自らが漢民族的教養を身につけることを成し遂げた。何年か前のことになるが、東京で開催された清朝宮廷文化展に康熙帝が自作の詩を書いた条幅が展示されたが、詩書共に見事なもので、祖父の代まで漢字が読めたかどうかなどとはとても考えられず、そこにはこの帝の卓越した天賦の才とともに、並並ならぬ努力があったことを窺わせる。帝が早年から勉学に熱心であったことは、数々の逸話がそれを伝えている。未開の蛮族というような認識を改めさせるには、皇帝自身が高度の教養人になりきってみせることが早道であるに違いない。これら政治的軍事的、さらに文化的な事業の成功、そして自らが教養人となることなど、あらゆる面において康熙帝が目指したものを受け継ぎ、更に歩を進めたのが乾隆帝であった。

康熙帝の在位六十一年は中国史上最長記録となっているが、雍正帝の十三年を挟んで、乾隆帝の六十年がそれに次ぐ。そればかりか実は祖父と並ぶのを憚《はばか》ってか、六十一年になるところで嘉慶帝に譲位したのであって、その後も四年にわたり太上皇帝として君臨した。ちなみに昭和天皇の在位期間は康熙帝を凌ぎ、古今東西を通じての記録と言えそうだが、乾隆帝は太上皇帝の期間を加えると更にそれを超える。この康熙・雍正・乾隆三帝の治世百三十余年は、清朝の最も華々しい興隆期であって、康熙帝即位の当初は明の残存勢力の抵抗や例の三藩の乱(1)などがあったが、それらを平定した後は概《おおむ》ね天下太平で経済的にも繁栄を極め、世に「康乾之治」と称されている。対外的にも勢威を振るった時期で、乾隆帝は「十全武功」、すなわち十度の外征に一度の失敗もなかったことを誇り、晩年は「十全老人」と称している。東北は黒龍江、西はパミル、南はヒマラヤを界とする空前の大版図を確定し、現在の人民共和国の広大な国土は、実は康乾両帝の遺産を引き継いでいるのである。

このように内外の治世において、ヨーロッパ流にいえば大帝《ザ・グレート》と称してもよい輝かしい成功をおさめた乾隆帝であるが、一面では高度の学識・教養を備えた文人でもあった。この点でも祖父に範を取りつつ更に磨きをかけたといってよいであろう。

二　乾隆帝の文化事業と文物収集

乾隆帝の御筆は大字の扁額や碑もみごとであるが、小字にも堪能で、御碑には小字の詩文を刻させたものもあり、また勅撰の書の刊本に御筆の序を冠するものが少なくない。更に故宮所蔵の書画の名品にしばしば帝の識語がみえるが(2)、歴代名人のそれに伍して遜色はない。帝の書法に対する執心は並大抵のものではなく、法書碑帖の収集に対する情熱はたいへんなもので、その書斎の号「三希堂」の由来となった王羲之、王献之、王珣の三帖をはじめとして、唐では褚遂良、顔真卿、宋では東坡（蘇軾）、山谷（黄庭堅）、徽宗皇帝等等、各代の名人の真跡をずらりと貯えていた。そればかりでなく、魏の鐘繇から明の董其昌に至る百三十五家の名品を選んで入石させ、『御刻三希堂石渠宝笈法帖』（三希堂帖）として世にひろめることをはかった。

一九八三年、まだ文化大革命の余燼が随処に感じられる北京に入った私は、気になっていた旧跡のひとつ、北海公園の一隅に在る閲古楼を訪ねた。楼はまるで何事もなかったかのように、公園の賑わいをよそにひっそりとたたずんでいた。清朝の滅亡以来、北伐、日本軍の占領、内戦、そして文化大革命と、幾多の動乱を経ながら乾隆帝の執念の為せる奇跡ともいうべきであろうか、『三希堂法帖』の四百九十五塊の刻石のすべてが整然と保存されているのを眼の当たりにして、私は深い感動を覚えた。

歴史をふり返ってみれば、文房趣味の元祖のようにいわれる南唐李後主の収蔵した文物は、南唐の滅亡に際して後主自身とともに開封に運び去られた（拙稿「南唐李後主と文房趣味」参照、荒井健編『中華文人の生活』所収、平凡社）。この李後主の収蔵を基礎としたといわれる北宋宮廷の文物は、風流天子の名を恣《ほしいまま》にした徽宗によっていっそう充実したに違いないのだが、それらは金の侵攻によって徽宗自身とともに北辺に運び去られた。

現在の北京の故宮の建物は、基本的には明代の造営にかかるというが、順治帝が入城したのは李自成の軍が半年ほど占拠したあとで、永楽帝以来十五代にわたる明の宮廷の収蔵した文物は、李自成が逃亡する際に略奪の限りを尽し、その慌《あわただ》しさのゆえに取り残されたものだけになっていた。その後、康熙・雍正の二帝は文事に関心は深かったものの、文物の収集に格別に熱心であった様子はない。現在、北京と台北の二つの故宮博物院に蔵される清朝宮廷の文物、殊にその中の精品の多くは、概ね乾隆帝一代の収集にかかるという。これらの文物は、日本軍の侵攻に際して転々と移動するという過酷な運命に耐えて今は丁重に保存されており、『三希堂法帖』の刻石に至っては、乾隆十八年にこの刻石の為に建てられた建物、閲古楼とともに厳然と存しているのである。

この彪大な書跡のコレクションをわがものとした乾隆帝のお気に入りは、いうまでもなく王羲之『快雪時晴帖』、王羲之『中秋帖』、王珣『伯遠帖』の三点である。帝はこれらを珍蔵したばかりでなく、しきりに臨模に励んでいたことは、三希堂という斎号の由来とともに『快雪帖』の跋《ばつ》にみえている。

> 王右軍の「快雪帖」は千古の妙蹟為《た》り。大内養心殿に収め入るること年《ねん》有り。予 幾暇に臨仿すること数十百過に止まらず。而して愛玩して未だ已《や》まず。因りて子敬の「中秋」・元琳の「伯遠」二帖と合して之《これ》を温室中に貯え、顔《がん》して「三希堂」と曰《い》い、以て希世の神物の、尋常の汁襲の並ぶ可《べ》きに非ざるを志《しる》すと云う。

この三希堂は、皇帝の日常生活および平常の執務の場である養心殿の一隅に設けられた書斎で、主室は日本流にいえば三畳ほど、次の間を合わせても七畳ほどしかない。乾隆帝は好んでこの小室に籠って読書や手習いを楽しんでいた。あの豪華な紫禁城の中に在りながら、独特の文雅な空間を演出していたのである。それは偉大なる皇帝と洗練を極めた文人とをひとつの人格の中に体現したこの帝の、唯一の憩いの場であったに違いない。

乾隆帝は書跡以外についても自らの収蔵品を図録にすることに熱心で、その顕著なものに『西清古鑑』(古銅器)、同『銭譜』、同『硯譜』などがある。この『西清硯譜』に録された名硯の多くは現在も伝存しているが、文具についていえば、皇帝ともなれば収集ばかりでなく、精品を製造させることにも力を入れている。南唐後主の澄心堂紙や李廷珪墨はすでに伝説的存在となっていたが、帝はこれらを研究させ、いわゆる「乾隆仿製」を作らせている。(3)墨などは李廷珪の仿製でなくとも、乾隆時代の貢墨(献上品の墨)といえば精品の評が高いことは今さらいうまでもあるまい。(4)また故宮所蔵の書画の名品にしばしばみえる乾隆帝の御印、「乾隆御覧之宝」「乾隆御玩」「三希堂精鑑璽」、七十歳のときに刻させた「古希天子」、八十五歳で譲位して以後「太上皇帝」等々――これらの印璽も相当数が伝存しているが、いずれも黄金より高価といいわれる田黄石などを用いた堂々たるものばかりである。

三　洗練を極めた文人皇帝

乾隆帝の詩文は、二十五歳で即位した当初に皇子時代の作品をまとめた『楽善堂全集』がすでに三十巻という規模を持っていたが、その後、御製詩集、文集をつぎつぎに編定し、詩文集および余集、文三集および余集を合わせて五七六巻に達する。詩の総数は四万三千余首というから驚くほかはない。古今多作の詩人といえば南宋・陸游『剣南詩稿』の九千余首が有名だが、それを遥かに越える。もっとも中国では高級官僚が幕賓に詩文を代作させるなどは当たり前のことになっているから、皇帝ともなれば詞臣の作もかなり含まれているであろう。ただし『楽善堂全集』は別、というのは雍正帝は生前に皇太子を立てることをせず、その没後に密勅を開封して乾隆帝の襲位がきまったので、それまでは皇子のひとり（第四皇子）にすぎず、詩文を代作させるようなこともなかったはずである。この二十五歳までの三十巻の詩文はすでに充分な熟達を示しており、また帝の性格からいっても、夥《おびただ》しい詩文の相当部分は自作とみてよい。これらの詩文は、とかく歴史的な資料としかみなされていないようであるが、清朝文学の一成果として、もっと関心が寄せられてよいと思う。従来は稀覯の書に属していたが、しばらく前の影印本が出版されたので、今後研究が進むことを期待したい（『清高宗〈乾隆〉御製詩文集』、中国人民大学出版社、一九九三年）。

乾隆帝は作詩作文に熱心であったばかりでなく、その文学に対する見識が並々ならぬものであったことは何よりも『御選唐宋文醇』同『詩醇』の二書に示されている。通常は勅撰の書というと、天子はいわばスポンサーのようなものにすぎないが、これらの書は決してそうではあるまい。というのは、『四庫全書』のような大規模な編纂事業ならば、どういう組織でやっても編纂すること自体に意味があるが、この両書のようないわゆる選本は、作者や作品を選別し評価を加える、いわば編者の文学的見識を示すところに意味があるので、そうしたことを全く人任せにするくらいならば、はじめから編刊そのものを意図することはなかったであろう。だから御筆の序には「梁詩正等数儒臣」に任せたようなことをしるしてはいるが、それは一種のカモフラージュであると思う。

両書の内容を詳論するゆとりはないが、『詩醇』について若干のことを指摘しておく。この書は各詩人、作品に対する評、いわゆる御批もそれぞれに興味深いものがあるが、何よりも先ず例の「大家」「名家」の論を提起し、唐宋に名家は数多いが、大家と称するに足るのはこの六人だけとして、唐の李白、杜甫、韓愈、白居易、宋の蘇軾、陸游という、たったの六人に絞り込んだところに卓抜な見識が示されている。特に唐の四人の中に韓愈を列したのは、当時においては極めて独創的であったといえる。というのは、「李杜」に続けて「韓白」と並称する例は、この書以前には意外に見出し難いのである。たとえば、明・胡震亨の『唐音癸籤』に「唐人の一時《いちじ》に名を斉《ひと》しくする者」を列挙する中に、「李杜」「韓柳」「元白」「劉白」などがみな並んでいるのに、「韓白」というのは見当たらない。つまり「李杜韓白」と並列することが常識のように普及するのはこの書によるものであって、この一事だけでも後世に対する影響は小さくない。そして韓詩に対する概評は本社の御批の中でも出色の一文で、「詩も亦《ま》た卓絶」という推称が決して一時の思いつきなどではないことを示している。

　このように、もともと塞外の少数民族であった清の皇帝だが、順治帝以後の諸帝はにわかに漢人的教養を身につけ、乾隆帝に至っては押しも押されもせぬ一流の文人に成長した。それかあらぬか、この帝は実は漢人の血筋だとする俗説がある。雍正帝がまだ一皇子雍親王であったころ、漢人官僚陳元龍の一家と親交があり、両家で同日に出産があった。間もなく陳家の子は親王邸に呼ばれて行ったが、返されてみると男の子が女の子に変わっていた。陳家ではびっくり仰天したが、あまりの事の重大さに何も言い出すことができず、そのままになったというのである。乾隆帝の生母、聖賢太后は八十六歳の長寿を保って栄華を極めるが、子供をひとりしか生んでいないので、もしそれが女の子であったらこの福徳を享受することはなかったであろう。この俗伝の元はそんな想像からかとも思われるが、更に考慮すべきことがある。この陳家は明代以来、高級官僚を輩出する江南（浙江海寧）の名族である。この俗伝の根底には、満州族からあのように優れた文人が出るはずがないという差別意識、その満州族に支配されているルサンチマン、それらの入りまじった漢人の屈折した心情が潜んでいるように思われる。

注

（1）雲南の呉三桂、広東の尚之信、福建の耿精忠らによる反清の大乱。康熙十二年（一六七三）、呉三桂の挙兵に続いて、陝西の提督王覇臣、広西の将軍孫延齢、耿精忠が起ち、一時は勢いを増して揚子江以南を戦乱にまきこんだが、やがて清軍が勢力をもりかえし、康熙二十年（一六八一）、呉三桂の孫世璠の自殺をもって収束した。清朝の中国征服に対する最後の反動で、この乱の後、清朝政権は安定し、康熙・乾隆の全盛時代を迎えることになった。

（2）写本・刊本の本文の前や後に、書写、入手の来歴や年月を記したもの。多くは後人の筆に成る。

（3）南唐の後主李煜が作成させた紙。澄心堂は李煜の書斎の名。李廷珪の墨、歙州の龍尾石硯と並んで天下の冠と称された。北宋になって珍重され、文人の詩や詩話にしばしば言及されている。「滑らかなること春氷の如く密なること繭の如し」（梅堯臣「永叔寄澄心堂紙二幅」）などから、なめらかな硬質の紙であったことがうかがわれるが、現在現物で確認するのは難しい。乾隆仿製澄心堂は清朝になって乾隆帝が模造させたもの。黄、薄緑、薄紫、薄紅などの地色の紙に、金銀で梅花、蘭、竹などの散らし模様を施している。一説に、本来、薄い紙であった澄心堂紙が、仿製では厚手に作られたというが、もともと薄手であったという記事自体も疑わしく、仿製がどの程度本来の様相を伝えるものであるか詳細はわからない（村上哲見「南唐李後主と文房趣味」に詳しい）。

（4）李廷珪は南唐の人。易水の墨造りの名家に生まれ、父超《ちょう》とともに唐末の混乱を避けて江南に渡り、製墨を業として南唐に仕えた。その墨は大体松煙墨で非常に堅く「文理を為さず、質は金石の如し」（陳師道『後山談叢』）、「其の堅きこと玉の如く、其の紋は犀《さい》の如く、写すること数十幅を逾《こ》えて一、二分も耗《こう》せざるなり」（蘇易簡「文房四譜」）などと形容されている。澄心堂紙、歙州龍尾石硯とともに李後主に愛用され、天下の冠として後世に珍重された。

（注は幸福香織氏執筆）

第三部　日本漢詩論

16 『懐風藻』の韻文論的考察

日本人が漢字に接し、文字によってことばをしるすことを知った時、その方法としておのずから二つの方向を生じた。ひとつは漢字本来の用い方、つまり中国人と同じように記述し、表現しようとする方向、もうひとつは漢字音と和語を対応させ、漢字によって和語をしるすという方向である。やがてそのそれぞれの方向において相当のまとまりを持った述作、後世からいえば文献が登場する。すなわち『日本書紀』と『古事記』である。草創期のことで両者ともに文章は未熟であるが、『日本書紀』は前の方向、『古事記』は後の方向をめざしていたといえよう。後の方向はついで『万葉集』を生み、更にかな文字に進化し、平安朝になると日本文学最初の黄金時代を現出した。

もうひとつの方向においては『日本書紀』に続いて『懐風藻』が登場する。二つの方向それぞれにおいて、最初に現れるのは散文による歴史（創世神話を含む）、次に韻文集と軌を一にしていることは興味深い。また散文による歴史文献の登場は、国家組織の整備にともなう政治的意図が濃厚であるのに対し、これに続く韻文集はそのような意図とは無縁であることも共通している。つまり格別な政治的意図のない、自然な精神的発露としての最初の述作はいずれも韻文集だったのであり、そこには一の必然性があると思う。

口頭語を文字に写し取っても文章にはならないことはいうまでもあるまい。『古事記』は太安万侶の序文によれば稗田阿礼の誦する所を録するといいながら、続けて「然上古之時、言意並朴、敷文構句、於字即難」と述べ、結局は和漢取りまぜた奇妙な文体となっている。もともとこの書は国家意志によって強引に成立させられたものであった。これに比べれば口承の段階から型を有している韻文は文字化に強い。音を如何に表記するかの工夫さえ有れば、文体の問題は初めから存在しない。散文の文体が確立されるには時間がかかり、平安朝を待たねばならなかった。紫式部ら平安朝文人の功績は、単に物語を生み出したことに在るのではなく、それと共に和語による散文の文体を確立したことを挙げるべきである。

もうひとつの、いわゆる漢文体の方はすでに完成された文体を有していたが、もともと外国語であるからこれに習熟することは容易ではない。『日本書紀』はやはり国家意志によって成立したものであるが、最近の研究によれば、正格漢文で書かれた部分と、到る処に和習が目につく変則的漢文の部分とが、巻によってかなりはっきり識別され、前者は渡来唐人の、後者は日本人の仕事であろうという（森博達『日本書紀の謎を解く』、中公新書）。その説は充分の説得力がある。時代が下って漢文が日本の知識人の間に普及するにつれて、ほとんど中国人同様に詩文に習熟した人も出てくるが、もとより誰でもというわけではなく、また相当に習熟した人でも時に和習を混ずることはなかなか完全には免れないが、多少の瑕瑾は問題にしないことにして、少なくとも中国の知識人と文章の上で応酬ができるというようなレベルで考えるならば、その程度の日本の知識人は、平安時代から近代に到る間に厖大な数にのぼるであろう。

このような特異な現象を生じたのは、日本人の中国文化に対する憧憬の念と勤勉さもさりながら、中国の文言文のもつ一種の普遍性による所が大きいと思う。中国の文言文は漢字の成立発展とともに書写言語として成長して来たものであり、口頭語と別個のものというといい過ぎになるが、口頭語の変化によってかつての口頭語が文語と化したというようなものではないことは間違いあるまい。もとより口頭語と交錯があるのは当然だが、中心的な部分は本来的に書写言語であったことによる、時間空間を超えた一貫性と普遍性を備えている。隔絶された海外に在った日本人が、紀元前の文章ですら多少の習練によって相当程度に読解可能となるのは、この故であると思う。

さて『懐風藻』はわが国最初の漢詩集ということで、早くから註釈や論文が少なくないが、その詩に対する評価は必ずしも香しくない。極端な例として久保天随博士は、「懐風藻の詩を読んで見ると、如何にも幼稚で、さっぱり面白くない」から始まって、ほとんど罵倒に近いような酷評をしている（『群書類従』本『懐風藻』解説）。しかしこれは『懐風藻』に対してばかりでなく、「その以後の詩に於いても、依然として認めらるるところの特質である」とし、更に「漢文は柴野栗山の頃、詩は梁川星巌前後に至りて、はじめてどうやら見られるので云云」とあり、草創期と成熟期とを同一平面に並べ、かつそこにみずからの好みをも加えた独断偏見の説といわねばなるまい。

とはいえ、この種の極論は別としても、『懐風藻』の詩があまり評価されないのは、私たちが中国の古典詩、いわゆる漢詩なるものを考える時、唐風であれば李白や杜甫、宋風であれば蘇軾、陸游というような、いわば頂峰に位する詩人たちをすぐに思い浮かべ、無意識の中にそれらと比べてしまうからではないかと思う。今更いうまでもないが、かつての中国においては詩人という特別な職業人が存在するわけではなく、詩は知識人の普遍的な教養の一部であり、社交の一手段であった。後世詩人として称される人にしても、そうした状況の中から詩によって名を残す人が現れたということなのである。考えてみれば唐宋の知識人たちがすべて李白や杜甫のような、もしくは蘇軾や陸游のような詩を作っていたわけではない。大多数の人は何よりもまず教養として、そして社交の手段として詩を作っていたのであり、『懐風藻』の作者たちのめざす所もそこに在ったはずで、評価はそれをどれほど達成したかという視点から為されるべきであろう。

更に『懐風藻』の作者たちは、盛唐の詩についてはほとんど知る所がなかったと考えられる。確かに時代的にはほぼ横並び、『懐風藻』の序にしるされる天平勝宝三年は七五一年、唐の天宝十年に当り、詩人たちの多くは唐でいえば開元年間のころに活躍した人々である。しかしいかに唐代文化の輸入吸収に努めていたとはいえ、文学の風潮が即時的に伝わるはずはないので、これはしばしば指摘されている所であるが、『懐風藻』の作者たちが範としたのは六朝末から初唐の間の宮廷詩であった。それはまた宮廷を中心とする貴族社会の社交の手段としての詩という性格からいって、誠に受け入れ易いものであったに違いない。彼等は実によくお手本を学び、吸収して自分のものとした。その限りにおいて、成果はみごとなものであったと評価すべきである。これらの点について吉川幸次郎博士は次のように述べられている。

〇……私の印象は、これらの詩（『懐風藻』と『文華秀麗集』を指す）のできばえが、私の予想をこえて、上手だということである。……いろいろ興味ある話題……まず第一は、当時の中国の詩壇の潮流（盛唐詩を指す）からは、五十年ないし百年おくれていることである。

（岩波版『日本古典文学大系六十九、懐風藻他』月報）

『懐風藻』の序によれば、日本における宮廷詩の最初の開花は近江朝に在るが、それらの作品は戦乱によって失われたという。

○及至淡海先帝之受命也、……旋招文学之士、時開置醴之遊、当此之際、宸翰垂文、賢臣献頌、雕章麗筆、非唯百篇、但時経乱離、悉従煨燼、言念湮滅、輒悼傷懐、

そして実際に現在見られる近江朝の詩は『懐風藻』に録される大友皇子の二首だけで、それが日本人漢詩の嚆矢とされている。

近江朝より前に日本において詩が全く作られなかったとも思えないが、現存しないものについて論ずることはできないし、少なくとも宮廷の宴席などで詩を応酬するような情況はさほど古いこととは考えられない。そこでこの序にいうように近江朝からとすると、近江朝は六六七年から六七二年の五年間に過ぎず、一方『懐風藻』の詩の多くは奈良朝初期のもので、平城奠都七一〇年を基準とすると近江朝の終焉、壬申の乱から三十八年、近江奠都から数えても四十数年間に過ぎない。そのことを考えるならば、『懐風藻』の詩のレベルは異常に高いというべきではあるまいか。私の見る所、そのすべてとはいえないまでも、かなりな部分は、六朝末、唐代初期の宮廷詩に伍して、それほど遜色があるとは思えない。ということは『日本書紀』の、森氏のいわれる日本人の述作と考えられる諸巻の文章に比すれば、遙かに高い水準に在るとしなければなるまい。そしてこの差は、韻文と散文の違いによる所が大きいと思う。さきに中国の文言が、本来的に書写言語であるが故に日本人にとっても習得が比較的容易であったことを述べたが、文言の中でも一定のわく組みを有する韻文は、散文に比べて更に模倣が

容易であると思う。もとよりここで「容易」といっているのは、労せずして簡単にという意味ではない。しかし渡唐ということがごく限られた人にしか許されず、日本と唐とがほとんど切り離された別世界であった時代に、他の世界の言語を、更に文学を模倣し、本国のレベルに近づこうとする時、書写言語であり、かつ韻文であるということは、有利な条件として作用したに違いない。

ただそこには煩瑣な韻文の規律を習得するという関門は依然として立ちはだかっているのであり、当時の知識人たちはこの関門を通過するために並々ならぬ努力を積み重ねたに違いない。『懐風藻』はそうした努力の跡を示すという一面を備えているのである。そこで以下は『懐風藻』の作者たちが、中国古典詩の韻文形式について、どの程度習熟していたかを、具体的に検証することにしたい。

中国の古典詩を韻文論（prosody, verskunst）の視点から見ると、その韻文形式を成り立たせる要素として、押韻法、句法、声律、対偶法などがある。そのすべてにわたって論ずるゆとりはなく、ここでは『懐風藻』の詩における句法、声律、押韻法について、若干の知見を述べる。

まず句法については、従来の諸研究においてすでにさまざまな指摘があるので、多くは述べない。五言詩が圧倒的に多いことは一目瞭然で、具体的にいえば現存一一六首（『群書類従』所収本は二首多いが、後人の付加と見なされる。なお序および目録によれば、本来は一二〇首）の中の一〇九首を占め、残り七首は七言である。

ここで一言加えておきたいのは、この五言が多数を占めることについて、詩法において未熟であったからとする考え方に対してである。日本漢文学史の研究に大きな足跡を残された岡田正之博士は、この点について次のように述べられている（『近江奈良朝の漢文学』、昭和四年初刊、二十九年復刊）。

○七言と五言の難易は容易に判ずべからず、……されども、初歩の人にありては、五言の詩の字の少きだけ、力を労すること少きことは争ふべからざる事実なり。懐風藻の作者が、専ら五言の詩を作りしものは、六朝の影響に本づけるも、一は詩学の初歩たるに原由せざるはあらず。

この説、その後の研究者にも概ねそのまま継承される（たとえば杉本行夫『懐風藻』、昭18）。更に博士は一首の句数についても、

○且又八句の詩多くして、十句以上の詩の極めて少きも、充分に其の筆を暢達するの力なきに因れるものならん。

と述べられるが、おそらくそうではあるまい。五言が圧倒的多数を占めるのは、何よりも六朝初唐の宮廷詩を範としたからに他ならず、五言の中でも一首八句が七一二首を占め、四句の十八首、十二句の十首がこれに次ぐのも、完全に初唐の風を反映している。もし初唐の宮廷において七言詩が流行していたならば、詩法において未熟であるかどうかにかかわらず、それを模倣したに違いない。

次に七言七首の中、藤原宇合の「秋日於左僕射長王宅宴」がほぼ律詩の体を備えていることは注目すべきである。対偶を中心とした八句の構成は律詩そのものであり、声律において若干の違式はあるが、この程度の違式は唐の律詩においてもしばしば見られる所で、七言律詩と称することを妨げない。周知のように七律の体の確立、そして流行は、五律に比してかなり遅れるので、通常は初唐後半、沈佺期、宋之問、杜審言らによるとされている。そして右の宇合の詩は、その題からいって長屋王が左大臣に任ぜられた神亀元年（七二四）からその死、

天平元年（七二九）の間の作であろうから、沈・宋・杜らの活躍した時期とさほど隔っていない。三人の卒年は沈七一三、宋七一二、杜七〇八であり、最も早い杜にしても、神亀元年の十六年前までは生存していたのである。『懐風藻』は全体としてみれば、さきに吉川博士が述べられていたように「中国の詩壇の潮流からは五十年ないし百年おくれている」といえるかもしれないけれども、中にはこのように、彼の地の新しい流行をいち早く採り入れている部分もあることを見落としてはならない。当時の交通の情況などを考慮すれば、それは驚異に価するというべきであろう。なお宇合のみに七律の作があることは、彼がこの作に先んじて渡唐経験があることと無関係ではあるまい。宇合は養老元年（七一七）に遣唐副使として派遣されている。留学生とは違って翌年帰国しているけれども、得る所は少なくなかったであろう（ちなみにこの時の入唐留学生の中には吉備真備や阿倍仲麻呂などがいた）。ただ『懐風藻』の作者たちの中には渡唐経験をもつものが何人かいるが、七律の作者は宇合ひとりである点は、この人の並々ならぬ才能を示しているといえよう。その作を左に掲げておく。題下の数字は岩波版『日本古典文学大系六十九』所収本（以下単に「大系本」とする）の作品番号、○は平声、●は仄声を示す。以下同じ。

秋日於左僕射長王宅宴90　藤原宇合

帝●里●煙○雲○乗○季●月●、王○家○山○水●送●秋○光○。
霑○蘭○白●露●未●催○臭●、泛○菊●丹○霞○自●有●芳○。
石●壁●蘿○衣○猶○自●短●、山○扉○松○蓋●埋○然○長○。
遨○遊○已●得●攀○龍○鳳●、大●隠●何○用●覓●仙○場○。

右に見るように八句のうち五句までは声律において欠陥は認められないが、第三句は第五字平声であるべき所が仄声、第六句は第五字仄声であるべき所が平声である為に拗句となっており、いずれも一字の失である。末句は声律無視といってよいが、ひときわ調子の高い結びになっており、声律にかかわらずこのように結びたかったのであろう。

そこで次に声律、平仄律についてであるが、この点については従来とかく『懐風藻』の作者たちが声律について無関心であったかのような誤解があるように思われるので匡しておきたい。まず岡田博士は次のように述べられている（前掲書）。

○抑々近体に必要なる条件は、平仄を諧ふるに在り。然るに……平仄の諧ひたるもの極めて少なし。純然たる五律の諧調を具へたるものとしては、石上乙麻呂の飄寓南荒贈在京故友の一首あるのみ。……五絶としては、左の詩なり（藤原宇合の「奉西海道節度使之作」を掲げる）。

その後の諸書も、おそらくはこれを承けて次のように述べる。

○……一体に古風を模したものであって、近体の影響は受けていない。（沢田総清『懐風藻註釈』、昭8）

○近体詩形の律詩に絶体《ママ》的に必要な声律を研究する域に達してゐなかった為に平仄の諧調が取れてないのである。（杉本行夫、前掲書）

この考え方は、さかのぼれば岡田博士が引用されている江村北海の『日本詩史』に行きつく。北海はいう、

○懐風・凌雲二集所収五言四韻、世以為律詩非也。其詩対偶雖備、声律未諧云云。

しかしこの論はその前に、

○我邦与漢土相距万里、画以大海、是以気運毎衰于彼而後盛于此者、亦勢所不免、其後于彼、大抵二百年、

とあり、各代の詩風の対応を述べたあとに、

○我元禄距明嘉靖亦復二百年、則七子詩当行於我邦、気運已符、

とある所をみると、詩風の伝播が常に二百年遅れるというアイデアに酔ったような所があり、また七子の詩の日本における流行を説くことに主眼があって、その他についてはいわば附随的に述べたまでで精密な立論ではない。そしてさきに挙げた岡田博士以下の述べる所は、先入観にとらわれて検証を疎略にした感がある。

まず五律、五絶の「平仄の諧ひたるもの」として、岡田博士は石上乙麻呂と藤原宇合の各一首にとどまると述べ、澤田氏もそれを繰り返しているのであるが、これは甚だしい失検で、私が草卒の間に点検しただけでも、近体の声律に照らして違式のないものは、右の他に五絶三首、五律三首、五言排律一首を数え、右の二首を加えて合計九首に達する。更に後に次韻の例として挙げる五十八年を賀する詩二首のように、ごく僅かな違式にとどまるものを加えれば、この数は相当に増大する（どこまでを許容範囲とするかは一概にいえないので、数字を挙げることはひかえる）。左に声律において違式のない九首を列挙しておく。

1　釈辨正、在唐憶本郷27
2　境部王、秋夜宴山池51
3　藤原宇合、奉西海道節度使之作93
4　民黒人、独坐山中109　以上五絶
5　山田三方、七夕53

6 長屋王、於宝宅宴新羅客68
7 百済公和麻呂、七夕76
8 石上乙麻呂、飄寓南荒贈在京故友115 以上五律
9 百済公和麻呂、初春於左僕射長王宅讌75 五言排律

右の中でも末尾に掲げた百済公和麻呂の一首は五言六韻の排律の体を備え、かつ声律においても間然する所がない。五言六韻の排律は、四韻八句の律詩に次いで六朝以来、唐詩にも比較的よくみられるもので、殊に科挙の試帖詩において最も頻繁に用いられる形式であったことが知られている（拙著『科挙の話』、講談社学術文庫参照）。左にその全首を掲げ、平仄を示しておく。

初春於左僕射長王宅讌75 百済公和麻呂

帝●里●浮○春○色●、上●林○開○景●華○。
芳○梅○含○雪●散●、嫩●柳●帯●風○斜○。
庭○燠●将○滋○草●、林○寒○未●笑●花○。
鶉○衣○追○野●坐●、鶴●蓋●入●山○家○。
芳○舎●塵○思○寂●、拙●場●風○響●譁○。
琴○樽○興○未●已●、誰○載●習●池○車○。

また長屋王の作は題下に「賦得煙字」とあって、席上分韻の作でありながら平仄に破綻はない。

於宝宅宴新羅客 賦得煙字68 長屋王

高旻開遠照、遙嶺靄浮煙。
有愛金蘭賞、無疲風月筵。
桂山余景下、菊浦落霞鮮。
莫謂滄波隔、長為壮思篇。

なお先述のように平仄がほとんど調っていながら僅かに違式があるものもしばしば見受けられ、唐詩にも拗体の律絶が少なくないことを思えばほとんど問題にするまでもないであろうが、更にこの書が刊刻されたのはその成立から九百年余りを経た天和四年（一六八四）であることを考慮すれば、その中には筆写の誤りによるものが有り得ると思う。

もうひとつ考慮すべきは、一句ごとの平仄は調っていながら句と句の相互関係、いわゆる粘法を無視した失粘の作が少なくないことで、これは粘法がまだ確立されていなかった六朝末、初唐の詩を範とした為と思われる。一例を挙げる。

春日於左僕射長王宅宴84　大津首

日華臨水動、風景麗春墀。
庭梅已含笑、門柳未成眉。
琴樽宜此処、賓客有相追。
飽徳良為酔、伝盞莫遅遅。

これらの一群は、完成された近体の詩律からいえば拗体と見なさざるを得ないのであるが、決して「古風を模したものであって、近体の影響は受けていない」とはいえまい。

総じていえば、もとより声律無視の作も少なくはないが、相当部分については声律を相当に意識して作られているといわねばならない。

次に押韻法についてであるが、わが国の文芸にはみられないこの韻文の技法を、『懐風藻』の作者たちは実によく習得し、駆使していると思う。おそらく余りにも異質である為に、かえって熱心に学習し、研究したのではあるまいか。なお早くから韻書の類がもたらされていたと考えられるが、それについては知る所がなく、博雅の指教を俟ちたい。

押韻についても岡田博士は真韻と尤韻が多いことを指摘され、その理由として、

〇其の押韻も、多くは真尤等の二、三の韻に止まれる如きも、詩題との関係もあらんも、幾多の韻を駆使する技倆の少きに因らざるはあらざるなり。

と述べられ、杉本氏などもこの説をそのまま引用されているが、如何であろうか。右の「詩題との関係もあらん」という点をもう少し掘り下げたならば、結論は違っていたのではあるまいか。

まず上平十一真（『広韻』では十七真、十八諄、十九臻。『広韻』二百六韻は、同用を一韻と見なせば平水百六韻と大差はない。以下は簡便を期して平水韻の韻目で表示する）の韻であるが、この韻を用いた詩には春をテーマにする作がきわだって多い。その詩題と韻字とを左に列挙する。

A　題に春の字を掲げるもの

1　春日侍宴応詔30（藤原史）　浜、人、新、宸、
2　又42（采女比良夫）　隣、仁、陳、春、塵、辰、
3　又55（息長臣足）　新、紳、民、仁、
4　又70（安倍広庭）　春、陳、新、鱗、貧、
5　春日応詔14（紀麻呂）　春、人、陳、塵、民、
6　又24（美努浄麻呂）　春、鱗、新、陳、塵、仁、
7　又43（安倍首名）　春、塵、筠、新、
8　初春侍宴44（大伴旅人）　新、人、春、仁、
9　春苑応詔38（田辺百枝）　陳、浜、身、人、春、
10　又40（石川石足）　春、人、新、巡、塵、民、
11　初春於作宝楼置酒69（長屋王）　春、新、浜、筠、

B　題には掲げないが、内容から見て春日の作に違いないもの

12　侍宴35（刀利康嗣）　春、麟、仁、陳、新、真、
13　又41（山前王）　辰、淳、春、塵、
14　又78（守部大隅）　春、新、津、民、
15　又87（藤原総前）　垠、塵、新、春、蘋、浜、
16　侍宴応詔37（大石王）　春、臣、浜、均、

17 従駕18（大神高市麻呂） 塵、春、新、賓、
18 元日応詔29（藤原史） 民、宸、新、春、人、塵、
19 元日宴応詔67（長屋王） 春、新、巾、仁、

右にみるように真韻の詩には春をテーマとする詩が十九首に及んでいる。いうまでもなく真韻は春の字の属する韻目である。

次に下平十一尤韻の詩を見ると、「七夕」と題する詩が五首有って一群を成している。七夕は秋の節日であり、尤韻は秋の字の属する韻目である。左にその五首と韻字を示しておく。

1 七夕33（藤原史） 秋、猷、浮、愁、
2 又53（山田三方） 秋、流、舟、憂、
3 又74（紀男人） 秋、遊、流、浮、
4 又75（藤原総前） 秋、遊、流、楼、
5 又56（吉智首） （留）、秋、洲、流、愁、悠、

以上の諸篇は、春・秋というテーマに即して韻を選んだ限韻の作と考えられ、更に後に述べるように依韻ということが当時すでに行われていたとするならば、右の中には同じ席上における依韻の唱和が何組か含まれているのではあるまいか。特に「七夕」の五首は、後に示すように藤原史の作を首唱とする吉野における依韻の唱和の例があり、かつ五首みな「秋」の字を以て韻を起している（という点も共通で（吉智首の「留」は起句押韻、また十句一首で他とやや異なる）、やはり史の作を首唱とする依韻の唱和である可能性は高いと思う。

詩が社交の手段として広まったとすれば、詩作に酒令的要素が加わるのは当然の成り行きで、右のように韻を定めて同席の人々が同じ韻で競作するのもその一種であろうが、いろいろな文字を割り当てて作り合う、いわゆる分韻（探韻、賦韻）もすでにその例がある。「賦得……」と注記する長屋王宅の宴の作八首がそれであろうということは、岡田博士にすでに指摘がある。さきに挙げた長屋王の作はその中の一首である。左にその八首を列挙しておく。

1　於宝宅宴新羅客、賦得煙字68　長屋王
2　秋日於長王宅宴新羅客、賦得風字60　背奈王行文
3　又、賦得稀字63　刀利宣令
4　又、賦得前字65　下毛野虫麻呂
5　又、賦得流字71　安倍広庭
6　又、賦得時字77　百済公和麻呂
7　又、賦得秋字79　吉田宜
8　又、賦得難字86　藤原総前

更に右の八首のほか、左の二首も題目、内容から見て同じ席の作かと考えられ、「賦得……」の注記が脱落したのかもしれない。

1　秋日於長王宅宴新羅客52　山田三方
2　初秋於長王宅宴新羅客62　調古麻呂

次に岡田博士は、韻字のすべてを指定されて詩を作る、いわゆる勒韻の先蹤として梁の曹景宗および陳後主の例を挙げ、題下に韻字を注してこれを勒韻と称することは唐の王湾に始まることを述べられた上で「懐風藻にも、其の名なきも、其の実あり」として左の詩を挙げられている。

秋宴、得声清驚情四字23　紀古麻呂

明離照昊天、重震啓秋声。
気爽煙霧発、時泰風雲清。
玄燕翔已帰、寒蟬嘯且驚。
忽逢文雅席、還愧七歩情。

この詩は確かに王湾の「麗正殿賜宴、同勒天前煙年四韻、応制」と比べて勒の字が見えないだけで実質は全く同じ、わが国における勒韻の作の濫觴としてよい。王湾は開元年間に活躍した人であり、古麻呂はこれとほとんど同時代で、こうした技法の伝来の速さに驚かされる。

更にこの詩については、題を同じくし、かつ韻字を同じくする一首がみえていることにも留意すべきである。左の一首を見られたい。

秋宴49　道公首名

望苑商気艶、鳳池秋水清。
晩燕吟風還、新雁払露驚。
昔聞濠梁論、今弁遊魚情。

芳筵此僚友、追節結雅声。

この詩の韻字は、古麻呂の作と全く同じであるが、順序が違っている。従っていわゆる用韻の関係にあるといえるが、通常の用韻とも違って、韻字を規則的にひとつずつずらして用いている所がきわだっており、これは偶然ではなく、意図的にそのようにしたものと思われる。詩作において押韻をいろいろに工夫することは、宴席における酒令と密接な関係があり、ゲーム的要素を含むものであるから、さまざまな約束ごとが考えられるはずで、これもそのような約束のもとに作られたと考えてよいであろう。想像を加えるならば、これに続けて更に「驚、情、声、清」、「情、声、清、驚」と韻を踏んだ作があったのかもしれない。

さて、さきに真韻、尤韻の多くの作品の中には依韻の唱和が含まれている可能性があることを述べたが、題および注記によって、依韻の唱和に違いないことを確認できる例がある。藤原史の作を原唱とし、和詩二首があることは、岡田博士に指摘がある。その三首を示し、韻字を附する。

1　遊吉野32（藤原史）　新、賓、逡、仁、

2　和藤原大政遊吉野川之作、仍用前韻83（大津首）　仁、鱗、煙、塵、

3　奉和藤太政佳野之作、仍用前韻四字119（葛井広成）　親、鱗、陳、津、

右の「藤原大政」、「藤太政」が史を指すことは疑いを容れず、「仍用前韻」とあるが、果して史の作と同じく真韻を用いている。なお岡田博士は後者に「前韻四字」とある所から四字を全く同じくする次韻の作で、もともと史にもう一首、この四字を用いた作があったのであろうと述べておられるが、この点は必ずしもそうはいえまい。真韻の四字を「前韻四字」ということもあろうかと思う。

また次の二首は唱和の作であることを掲げてはいないけれども、テーマと韻を同じくする所をみると、同時の唱和の作かと思われる。

1　遊吉野川98　藤原万里　賓、仁、新、浜、
2　遊吉野山99　丹墀広成　新、鱗、塵、津、

なお岡田博士は右に続けて張九齢の「奉和聖製次瓊岳韻」を和韻の早い例として挙げられるが、玄宗の原作が見られず、かつ同時の李林甫の作は全く別の韻なので、なお確とはしがたい（張作の韻字は心、陰、臨、禽、これに対して李林甫の「奉和聖製次瓊岳応制」の韻字は回、来、開、台）。博士は更に「唐初には用韻の格も少なからず」として二つの例を挙げられる。ひとつは玄宗の「過大哥山池、題石壁」（七絶）と張説の「奉和聖製同玉真公主遊大哥山、題石壁」がともに上平十灰の韻を用いること、もうひとつは同じく玄宗の「送張説巡辺」（五古）に対する臣十人の唱和の中、三人が玄宗の作と同じく下平七陽の韻を用いることである。これらはみな同じ韻でも文字は違っているので、さきの「用韻」は「依韻」と改めるべきであるが、いずれにせよ和韻の唱和の早い例として注目すべきである。但し玄宗を挙げて繰り返し「唐初」と述べられているのは訂正されねばなるまい。ちなみに「送張説巡辺」詩の唱和は張説が朔方郡節度大使赴任の時であろうから開元十年（七二二）のこと、また張九齢の場合も張九齢と李林甫が並んで宰相であった時とすれば七三三年から七三六年の間、いずれもさきの藤原史を中心とする吉野川の依韻の唱和より後のことになる（史は養老四年、七二〇、に死去）。

次に岡田博士は「四十の年を賀することは、我が邦に創」まるとして後に示す二首を挙げ、「其の韻礎の同じきより看れば、同一時の作なるべし」と述べられている。この二首は、さきに述べた概ね声律に従いながら僅か

に違式がみられる作品の例でもあるので、平仄をしるしておく。

賀五八年64　刀利宣令

縦賞青春日、相期白髪年。
清生百万聖、岳出半千賢。
下宴当時宅、披雲楽広天。
茲時尽清素、何用子雲玄。

賀五八年宴107　伊支古麻呂

万秋長貴戚、五八表遐年。
真率無前後、鳴求一愚賢。
令節調黄地、寒風変碧天。
已応螽斯徴、何須顧太玄。

右二首はともに貴人（小嶋博士は長屋王であろうとする）四十歳の賀宴の作、韻字（年、賀、天、玄）は完全に一致する。なお平仄についていえば、前首は第三句の「百万聖」が下三連の忌を犯しているほかは完全に声律に適っている（下三仄は可とする説もあるが採らない。拙著『唐詩』参照）。後首は第四句第四字、仄声であるべき所が愚字は平声、更に後半は失粘、二首ともに小瑕に止まる。

実は右のほかにも、絶句ではあるが二首の詩の韻字が完全に一致する例がある。左の二首である。

遊吉野川72　紀男人

万丈崇巌削成秀、千尋素濤逆折流。
欲訪鍾池越潭跡、留連美稲逢槎洲。
吉野之作100　丹墀広成
高嶺嵯峨多奇勢、長河渺漫作迴流。
鍾池超潭異凡類、美稲逢仙同洛洲。

右の紀男人の作に対し、小嶋憲之博士は「韻は秀、流、洲」と注されているが（大系本頭注）、正しくない。流・洲が下平十一尤の韻であるのに対し、秀は去声二十六宥、後世の歌曲などでは平仄通押ということもあるが、この当時の詩についてはそれは考えられない。従って両首は完全に韻字を同じくする例である。

右の二例はいずれも完全に同題ではないが、テーマを同じくし韻字を同じくする点、決して無関係ではあるまい。注記がないので、いずれか一方を首唱とする次韻の唱和であるのか、もしくは勒韻、韻字のすべてを与えられてそれぞれ並行して作られたものかは不明であるが、いずれにせよ韻字をそろえての作に違いなく、広い意味で和韻と称し得ると思う。

以上押韻について、限韻、分韻、勒韻、和韻など、さまざまな技法が見られることを概観したが、これらは奈良朝の知識人たちが詩法に相当に習熟し、宴席などにおいて種々のルールを設けて詩作を競い合い、楽しんでいたことを示している。近江朝以後わずか半世紀ばかりにしてこのような情況を現出したことは驚異に価すると思う。殊に和韻の応酬がいろいろなかたちで見られることは注目すべきである。

中華本土における和韻の習は、従来とかく『滄浪詩話』にみえる「此風始盛於元白皮陸云云」の記述などによって中唐の元白に始まるかのように説かれることが多く、確かに盛唐辺りまでは、文人たちの間の普遍的な慣習となってはいなかったらしく、たとえば賈至の「早朝大明宮」の詩に対して王維・岑参・杜甫らが唱和したことは一世の佳話として有名だが、みな韻についての格別な配慮はない。この点について吉川幸次郎博士は杜甫の和作に対し次のような解説をされている（『杜甫詩注』五）。

○なおこの詩、人の原作に〔和〕したのであるけれども、のちの元稹と白居易の唱和のごとく、賈至の原作の韻字をそのまま使った「和韻」「次韻」ではない。のちに示す王維、岑参の和作もおなじ。「次韻」のいとなみは、「中唐」期の元白にはじまり、宋の蘇軾、黄庭堅に至って、いよいよ頻繁であるが、杜甫の「盛唐」期には、なおなかったのである。

この説、必ずしも確とせず、さきに示したように玄宗の周辺に僅かながら依韻の先蹤とみられるものがあり、更に元白に先んじて、大暦十才子を中心とする中唐前期の詩人たちの間において和韻の習が相当に広まっていたに違いないことは、さきの拙著『唐詩』（講談社学術文庫）において縷縷述べた所である。従って元白に始まるの説は訂正されねばならないが、それにしても『懐風藻』の作者たちの活動は先述のように概ね唐の開元年間に相当するので、大暦の詩人たちよりはかなり早く、僅かに十二の例を伝える玄宗とほぼ同時代に位置する。つまり本土において萌芽的に見え始めていたこの技法をいち早く取り入れて駆使していたことになる。この事実は、日本人といわゆる漢詩文とのかかわりを考える上で多くの示唆を含んでいるように思う。

17 『三体詩』の抄物

抄物なるものの存在を知ったのは、京大文学部に入学したその年だったかと思うが、遠藤嘉基先生の国語学の講義においてであった。そしてその翌年には、先生の『毛詩抄』（清原宣賢）の演習に出席したが、それは抄物に格別の関心があったからではなく、そのころ同級生と語らって、『毛詩正義』の自主会読を始めていたので、何か参考になるかと思ってのことであった。しかし、中文専攻の新米学生が、そういう関心の持ち方で出席してみても、国語学の、むしろ大学院生中心（余談だが、その中には寿岳章子特研生がおられた）の演習について行けるはずがなく、何が何だかわからないままに一年が過ぎて、単位だけは頂戴したというお粗末なことであった。縁というのはいろいろあるもので、後年の一時期、奈良女子大学において先生の御子息（遠藤邦基教授・国語学）に同僚として親しくして頂くことになった。

限られた範囲ではあるが、抄物を本気で読むことになったのは、それから十年余りを経て、『三体詩』の訳注に取り組んだからである。吉川幸次郎・小川環樹両師の企画された『新訂中国古典選』（朝日新聞社）の中で、『三体詩』を担当することになったのだが、内容は唐詩とはいうものの、『三体詩』という書物について特別な蓄積があったわけではないので、担当がきまってからにわかに勉強を始めるという、いわばレールを敷きながら列車を走らせるようなことで、ふり返ってみるとかくおはずかしいことばかりである。しかしそのお蔭でいろいろなことが勉強できたのはありがたいことであった。

そこで、『三体詩』の五山版を中心とする諸本の複雑な関係を検証することから始まって、旧来の訳注の総ざらいをする中で、当然抄物に行き当ることになり、各地の図書館・文庫を探訪するうちに、『三体詩』の諸本とともに、その抄物の各種が処々に蔵されていることを知った。『三体詩』の抄物で版になっているのは、『行雲流水抄』（塩瀬宗和）と『素隠抄』（説心素隠）とに元和年間の古活字版があるのを筆頭として、みな江戸時代に入ってからのものであるが（拙著『三体詩』〈前述〉の解説参照）、室町時代の古写本が各処に存しているのである。しかしそれらを精査するゆとりはなく、訳注に当って参考にしたのは、抄物ではほとんど『素隠抄』だけにとどまった。数々のりっぱな古写本を眺めるだけに終ったことは、今だに心残りである。

その後、内閣文庫蔵『幻雲抄』の影印本が出版され、いささかその渇をいやすことができた（中田祝夫編『抄物大系』勉誠社、一九七七年）。底本は大永七年（一五二七）の撰者幻雲の識語を存し、わずか九年後、天文五年（一五三六）の伝写にかかる。幻雲とは建仁寺一華院の開山、月舟寿桂の号、すなわち『中華若木詩抄』の撰者如月寿印の師である。

『幻雲抄』は月舟寿桂の講義の記録ではなく、各詩または語句、語彙などについて、五山の学僧たちのさまざまな講解を、その名を挙げつつ列記するもので（もとより「幻按」として自説をもまじえる）、さながら『三体詩抄集成』と称すべきものである。影印本の坪井美樹氏の解説によれば、そこに所説を引かれる学僧は三十数人というから、五山においていかに『三体詩』が流行したかがわかる。しかもその中には、この書を初めて日本にもたらしたと伝えられる中巌円月をはじめ、義堂周信・絶海中津・万里集九・希世霊彦・桃源瑞仙といった錚々たる学僧たちがずらりと名をつらねている。またこのうち万里集九（『暁風集』）と希世霊彦（『聴松和尚抄』）には別に独自の抄物が存するし、そのほかに湖月信鏡の抄もあるという。そして坪井氏も附記されているように、写本としてのみ伝わる『三体詩』の抄物は、決してこれらにとどまるものではないので、私がかつて目睹した静嘉堂文庫・大東急文庫・東洋文庫などの所蔵は右には含まれていない。

　『三体詩』各抄の所説のヴァリエイションや伝承について、その一端を紹介しておこう。かつて森川許六の『和訓三体詩』なるものを見て、例の張継の「楓橋夜泊」詩に対する俳文に「鞆《トモ》の夜泊の楫《カヂ》枕、室《ムロ》のうき寐の波の床」とはじまって、「空《ソラ》約束に待ち侘《ワビ》る……只独寐の床寒く云々」と、舟旅の夜のわびしさを述べるについて、港で遊女を呼んだのにすっぽかされてのひとりねという設定をおもしろく読んでいたが、『素隠抄』を見ると、まず慈氏和尚すなわち義堂周信の通釈を紹介したあとに、別説を「古ノ抄ノ義ニ云フ」として、「ヨイニ妓女ト約セシニ、思ヒノ外ニ彼ノ妓女ヲ他船ニウバハレタリ、然ルヲ張継ハシラズシテ、イツクルカ〳〵ト終夜ヲ待チタレドモ云々」とあって、許六の俳文はどうやら『素隠抄』に想を得たものらしいことを知った。そして『素隠抄』には「抄の義理十説アルゾ、……十説ハ皆ナ妓女ノ事ニ付ケテ義ヲ設ケタゾ」とあるので気をつけていたところ、やがて三雲義正の『和語抄』に「又一説」を見出した。そこには「一二ノ句ハ妓女暁ニナリタリトテ、帰ラント催スルナリ、三四ノ句ニテ張継イマダ夜ハフカシ、姑蘇城外ノ夜半ノ鐘ヲ今ツクナリト、妓女ヲ留メシ言バナリト云ヘリ」とある。更に『幻雲抄』の影印本が出たので調べてみると、「如心（中恕）の義に云う」として（もと漢文体）、「妓他人の家に奔《はし》らんと欲し、偽《いつわ》り告げて曰く、月落ち烏啼いて霜天に満つ、夜已に明けたり、……妓乃ち暇を請い、継之を許せり、妓去りし後、初めて夜半の鐘を聞き、継臍《ほぞ》を噬《か》むのみ」という別の説を見出した。またそのあとに「観中管見抄に云う」として（やはり漢文体）、「官妓と約せしに、官妓他人の為に奪い去らる云云」とあり、『素隠抄』の「古ノ抄ノ義」は、観中中諦から出るらしい。近年になって京大附属図書館所蔵の室町時代と思われる古写本二種の写真を入手したが、そのうちの一種（谷村文庫本）に「第一二句妓女言也、第三四句張継言也」として、以下さきの『和語抄』に載せる「又一説」と同趣旨の解がしるされており、『和語抄』自体は元禄年間のもので、かなり時代が下るけれども、載せる所の説は古い由来をもつことがわかる。

（右の諸説については拙著『漢詩と日本人』〈講談社選書メチエ〉参照）。

なおこの京大蔵谷村文庫本の『三体詩抄』は、『幻雲抄』に比べて量が少なく、右のように『幻雲抄』に見えない説を載せたりもしているが、重複も多く、無関係とも思えない。特に『幻雲抄』で「幻按」として載せる月舟寿桂自身の説を、この本では「某謂」として録しているのは気にかかるが、今のところ定見を得ず、説をひかえる。

京大蔵のもう一種、清家文庫本は、詩の本文を略し、題だけをしるすところは『幻雲抄』と体裁を異にするが、抄そのものはほとんど一致するようで、『幻雲抄』の異本とみなしてよいかと思われる。ただし諸説を引く順序がかなり入れ替わっており、錯雑しているので、詳細にみれば出入があるかもしれない。いずれにせよこれら諸本の相互関係は、今後の検討にまつほかはない。また私が見たのはさきに挙げたような公開の図書館・文庫所蔵のものに限られているが、建仁寺をはじめ処々の寺院にそれぞれ相当の所蔵があるものと思われる。

現在のところ抄物といえば、主として国語史の資料として関心が持たれているようであるが、右に挙げた例が示すように、日本人の漢詩受容の歴史、もしくは唐詩解釈史といった面からも、さまざまな興味深い内容をもっている。いずれにせよ豊かな内容を持つ多くの資料が各処に眠ったままになっているのは残念なことで、組織的な悉皆調査が実施されることを切に希望する。

18 許六『和訓三体詩』をめぐって

はじめに

蕉門の高足、森川許六に『和訓三体詩』の著があることは、研究者の間に知られていないはずはないが、話題にされることは甚だ稀であるように思う。およそ俳文学を論じ、蕉門を語るとなれば、許六に言及しないわけにはいかないであろうが、そうした数多くの著書論文の中に、『和訓三体詩』という書名を見かけることはめったにない。それはかつて「俳諧文庫」第五篇として『許六全集』(1)が刊行された時、編者の大野洒竹が、『和訓三体詩』については「不幸にして未だ一覧だにせしことなし」としるして収録しなかったように、伝本が稀であったことにもよるであろうけれども、むしろその書名から、単なる漢詩（唐詩）の訳解の書と見なされ、従って「俳文学」の研究者たちの関心の外におかれているのではないかと思う。

そうした中で、管見によるかぎりほとんど唯一のものとして、鈴木重雅「俳人許六の研究(2)」につぎのような紹介がある（第五章、俳歴）。

○正徳四年……この秋、和訓三体詩成る。これは三体詩を俳文に和訳したもので、訓詁註釈を主とせずして、詩のもつ気分情景を世話にくだいて訳出しようと企てたものである。「此絶句和訓は文字言句の沙汰をいはず。文字は詩を学ぶ人に習ふべし。只作者の腸を捜し、かくれたる意味を和文に述べる」(3)ことを主として居る。

これは、明治四十四年頃に出た活字本もあるさうであるが見たことはない。漢土の風物、習慣、衣服調度、人物、風景などは、全く日本と異なるにも係らず、これを世話にくだき、原文に対して、即かず離れずして、巧みに之を咀嚼し、換骨奪胎、毫も生呑活剥の弊なく、甚だ脱洒蕭散の態あり。軽洒なる俳趣、楮表に横溢し、筆端に流露して、一誦三嘆、再読三読して飽くことを知らぬ、実に神品といふべしである。俳文の上乗なるもので、これを、かの也有の鶉衣流の俳文の、わざとらしき滑稽、ことさらに人の笑を呼ばうとするやうな不自然味、強ひて故事や典故を臚列して、時には衒学の臭気さへも帯びてゐるものに比較すれば、遙に勝れてゐる。滑稽の気味もあるが、不自然に陥らず、淡雅なる趣致、その間に写して、朗々誦すべく、才気縦横の許六が、自在に漢字を駆使せる点は、見るだに気持が宜いのである。支考輩の文に比して、許六の文は、斬然、頭角を見している。

右の一文、やや身びいきな口吻が感じられないでもないが、少なくともこの書が、たとえばしばらく遅れて登場する『唐詩選国字解』などのような単なる訳解ではなく、一種の俳文集と見なすべきであるという点はその通りに違いあるまい。その一面、単なる俳文ではなく、唐詩を下敷きにして綴られている点に非常な特色があり、俳諧文学中の一種独特の成果であるとともに、江戸時代における唐詩受容の一形態として、看過すべからざる事例であると思う。

一　成立および出版の事情

この『和訓三体詩』なる書は、『三体詩』三巻（七絶・七律・五律）のうちの第一巻七絶のみについて、一首ごとにまず語釈や内容説明を簡略にしるしたあと、「詩意」と題して、その詩を下敷きにした、もしくはその詩から想を発した俳文を録している。もとより百数十首のひとつひとつに対応するものであるから、スタイルも原詩にぴったり即したもの、みずからの体験にシチュエイションをおきかえるもの、自在にイメージの飛翔を楽しむものなどさまざまである。また出来ばえも、さきの鈴木重雅氏の称揚にそむかぬものから、単なる訳解と大差ないものまで、相当な差があるが、それは次に述べるように、完成に到らないままに出版されたこととも関係するであろう。

なお『和訓三体詩』と題しながら絶句のみにとどまっているのは、当時の風潮からいって、何等異とするに足りない。『三体詩』流行の中で、特にひろく読まれたのは第一巻の七絶であり、鎌倉・室町以来の伝統をふまえる抄物も、江戸時代になってからの注釈なども、絶句のみのものが少なくないのである。(4)それはいうまでもなく、七言絶句が日本人にとって最も親しみ易い詩型だったからに違いあるまい。

出版の時期は、巻首の許六の自序には正徳四年九月とあるが、末尾に門人の森野治天の跋があって、こちらには正徳五年（一七一五）三月とあるので、この年に入ってからのことであろう。版元については末尾の刊記に

「大坂南久太郎町心斎橋／書林 安井弥兵衛／蔵版」とある。この正徳五年というのは、許六が長い闘病生活ののちに世を去った（八月）、その年に他ならない。封面には中央に書名（和訓三体詩）、左右にはそれぞれ「五老井菊阿先生著」、「門人雲茶店治天校」と掲げており、かつ治天の跋には「和訓三体詩は五老先生の書置るを、是を乞うけ、書写して書林にあたふ」とあり、この書の出版はもっぱら門人治天の宰領によって実現したものと考えられる。そして処々に欠落を残し（5）、また老熟した俳文が並ぶ中に、時おり単なる梗概をしるしただけの、いわば未定稿の如きものがまじっているのは、全体としてなお未完成であるように感じられる。

そこで、本書の成立刊行については、およそつぎのような事情が考えられる。

許六は『三体詩』第一巻の七絶一七四首について、語釈解説はすべて完成していたが、かんじんの「詩意」（俳文）は完成に到らなかった。それは、当初から原本の順序にはとらわれず、興をもよおし、もしくは着想を得たものから随時書き綴って蓄えて行ったのであるが、処々に欠落あるいは充分に推敲を経ていないものを残したまま、病いが進行して筆が進まなくなったのであろう。そして治天の請を容れて未完成のままの刊行を認め、序を書いたものと思われる。

なお正徳五年の初刻本のほか、鈴木氏は「明治四―四年頃に出た活字本があるさうであるが見たことはない」としるしているが、拙蔵の「木村架空校訂、広益図書株式会社発行」の活版本は奥付に「明治三十二年」とあり、岩波書店の『国書総目録』にも同様の著録がある。四十四年の活字本は未見、おそらく鈴木氏の伝聞の誤りかと思われる。

この明治三十二年の活版本は不完全で、もと一七四首のうち、一一三首の「華陽巾」詩までで、末行に「和訓三体詩終」としるしており、以後の五十一首が欠落している。この書、もとは『三体詩』の第一巻に注釈や詩意を加えて七巻に分けており、現在は合訂した一冊本や三冊本などがあるが、原装は各巻一冊、全七冊であった。(6)明治活字本の欠落はちょうどその第六・七冊分に当る。おそらく末二冊を欠いた不全本を、それとは知らずに底本としたのであろう。

この書の著述の意図は許六の自序に示されている。そこではまず和漢の差異が説かれる。

○愚按、唐の景気と、日本の景気とは、相違あると見えたり。われ多年絵をこのむ。唐の山水の筆法を以て、和の山水をゑかく事ならず、和の山水の筆意をもつて、唐の山水を写す事難し。是を以てこれを見る時は和漢たしかに相違あると見えたり、（中略）和詩は唐詩に及ずといへり。日本は和歌を宗《ムネ》とする国なれば、さもあらんか。

しかしそのように述べながら、末尾は次のように結んでいる。

○此絶句和訓は、文字言句の沙汰をいはず。文字は詩を学ぶ人に習べし。只作者の腸を捜し、かくれたる意味を、和文に述て、もろこしうとき人の為にとて。

思うに、ここに「作者の腸」といい、「かくれたる意味」というのは、今様にいえば、言語や表現様式を超えた、作品の根底に横たわる詩情《ポエジイ》とでもいうべきものに他なるまい。そしてこの末尾の一段の前にはつぎのようにもいう。

○詩人は詩を能せんとするゆへに詩欲あり。歌人は秀歌読んと案するゆへに歌の欲あり。今の俳諧する人は、詩歌得せざる故に、人欲の私なし。詩歌を見るに神の如し。むかし伯牙が調も、鍾子期が耳あればこそ、名今の世まで残れり。詩歌のための鐘子期ハ今のはいかいするもの也。

ここには「俳諧する人」こそ無心無欲、邪念なきがゆえに、詩をも歌をも真に理解することができるのだという自信のほどが感じられる。とすれば、さきの「文字は詩を学ぶ人に習べし」の一節も、漢詩の専家たちは詩の心をそっちのけにして、文字語句の解釈にばかりとらわれているという嘲りにも読める。そして各詩ごとの俳文の前に掲げている「詩意」という二字が殊の外に重い意味をもっていることが知られるのである。

二「詩意」の諸相

前節で述べたように、この『和訓三体詩』の精髄は、その「詩意」と題する俳文にあるのだが、百数十首の詩の一首ごとに添えた文章が一様であるはずはなく、おのずからいくつかの型、パターンがある。基本的には詩に詠じられた場面、情況を日本におきかえる、いわゆる「見立て」の趣向が主要な役割りを果しているのだが、それにしても、（a）原詩に即してすらりと翻案したもの、（b）想像をめぐらせ、脚色を加えてドラマチックな仕立てになっているもの、（c）みずからの体験と重ね合せてなぞらえるもの、などがある。もともと原書が多くの詩人のさまざまな作品を収録する選本である上に、先述のように、着想を得たものから随意に採り上げ、思いつくままに書き綴って蓄積して行ったと考えられるので、その時その時の着想が一様でないのは当然のことといえよう。以下右に述べた三つの型について、それぞれ若干の例を挙げる（原詩の返り点送りがなは省略し、書き下しを添える。詩意のカタカナのルビは原書のまま）。

（a）原詩に即してすらりと翻案したもの

旅懐　杜荀鶴（37＝作品番号、以下同じ）

月華星彩坐来収　岳色江声暗結愁
半夜灯前十年事　一時和雨到心頭

（月華星彩坐来収まる。岳色江声暗に愁を結ぶ。半夜灯前十年の事、一時に雨に和して心頭に到る。）

〔詩意〕草臥て宿かるころの藤の花、月のたそかれ星の隈《クマ》、雲に収《ヲサマ》る峰の色、闇《ヤミ》の川音すさましく、旅の枕に寐覚たり、夜半の灯掻《カキ》立て、十とせ余りの流浪の身、居を移す事七所、一時に浮ぶ胸の上、降り出す雨にまじへたり、

長渓秋思　唐彦謙（42）

柳短莎長渓水流　雨微煙暗立渓頭
寒鴉閃々前山去　杜曲黄昏独自愁

（柳短く莎長くして渓水流る。雨微かに煙暗くして渓頭に立つ。寒鴉閃々として前山に去り、杜曲の黄昏に独自《ひとり》愁う。）

〔詩意〕難波堀江の秋の風、柳禿《カブロ》に葉あらはにして、春の姿も三ツ輪ぐむ、蘆の枯葉は夢なれや、現《ウツヽ》に生《アフ》の松原と、きけとも更にあはざ堀、田蓑の島の雨にたつ、寐に行方の山鴉、三つ四つふたつあと先に、浦の苫屋の秋のくれ、かなしき時の眼には、花も紅葉もなかりけり、

宿武関　　　李渉（67）
遠別秦城万里遊　　乱山高下入商州
関門不鎖寒渓水　　一夜潺湲送客愁
（遠く秦城に別れて万里に遊ぶ。乱山高下して商州に入る。関門鎖さず寒渓の水、一夜潺湲として客愁を送る。）

〔詩意〕宮古をは霞と共に立出て、万里にあそぶ旅ころも、伊豆の御崎《ミサキ》ははる〳〵と、乱山高下海に入る、鎖さぬ関の箱根路を、越して一夜の旅まくら、犀の河原の水の音、寐られぬ袖をしほりけり、

（b）想像をめぐらせ、脚色を加えてドラマチックに仕立てたもの

経汾陽旧宅　　趙嘏（87）
門前不改旧山河　　破虜曾軽馬伏波
今日独経歌舞地　　古槐疎冷夕陽多
（門前改めず旧山河。虜を破って曾て馬伏波を軽んぜし。今日独り歌舞の地を経れば、古槐疎冷にして夕陽多し。）

〔詩意〕安土《アヅチ》山は、信長将軍の古城にして、七重の鯱《シヤチホコ》は、天守の始り成しも、代変りぬれば寺となりて、法名の想（相）見院も寺号と変し、門前の山河はむかしに替らず、数度の軍功は漢の馬伏波にも超へ、治承の重衡《シゲヒラ》が、南都の仏法を焼き亡したるは物かはにて、多くの寺料を没収《モツシユ》し、武威飆《ツジカセ》の如くなりしも、光秀が為に弑《シイ》せられて、蚊防箕物《カセゲハミノモツ》の名額のみ残り、大竹薮にむなしく夕陽を帯て、まのあたりなる荒廃は、郭氏が旧宅もさもあらんか、

（補「汾陽」は安禄山の乱の平定に活躍した将軍郭子儀を指す。汾陽王を授けられ、栄華を極めた。馬伏波は漢の将軍の名。）

経賈島墓　　鄭谷（103）

水繞荒墳県路斜　耕人訝我久咨嗟
重来兼恐無尋処　落日風吹鼓子花

（水は荒墳を繞て県路斜なり。耕人我の久しく咨嗟するを訝る。重来兼て恐る 尋ぬるに処無からんことを、落日の風は鼓子花を吹く。）

〔詩意〕兼好法師は伊賀守業忠《ナリタヽ》に招かれ、程なく身まかりければ、業忠が処地に葬り、古墳伊賀の国に残れり、畛《アセ》道を伝ひ水近き所なれば、年《シ》〱の押《ヲシ》水に流され、あるかなきかの墓印《シ》、知る人なければさたかならず、爰かしこ咨嗟となげき廻れば、田を鋤く農夫ども不審におもふ顔つきしたり、年歴て爰に尋ね詣んとおもふ志有て、目印を残し置んとすれど、漸春の草生茂り、たんほゝの花に入日残りて、西風の空く滔〱と吹通りたる音のみにて、再《フタヽ》ひとむらふべきよすかもなき事を歎て、なく〱其所を詠やりて去ぬ、

（c）みずからの体験に重ね合せてなぞらえるもの。以下は許六の経歴と照合した解説を附する。

西帰出斜谷　　雍陶（84）

行過険桟出褒斜　出尽平川似到家
無限客愁今日散　馬頭初見米囊花

（険桟を行き過ぎて褒斜《ほうや》を出ず。平川を出で尽せば家に到るに似たり。無限の客愁今日散ず、馬頭初めて見る米嚢花。）

〔詩意〕年経て流浪したる人木曾路を経て故郷に帰る、険路の桟《カケハシ》に魂を失ひ、岩頭のはね橋に足を峙《ソバタ》つ、河に聞あく旅枕、峠を打こして美濃の国、各務野《カヽミ》といふ広野に出たり、古郷近き山〳〵は、みな見知りたる高根なれば、ひたすら親族に対する心地して、家に入たるおもひをなせり、さればいくとせの旅の愁は、此所にて打わすれ、只嬉しとおもふ一念の外は他事なし、此程の険路に引かえ、馬背おだやかにうち眠りて、幾里〳〵の過るをしらず、蹶《ツマツ》く馬の蹄《ヒツメ》に驚き、不図《フト》目を覚《サマ》して見れば、罌粟《ケシ》の花の白妙に咲きたるを初めて見たり、都の近寄たるうれしさは、只この米嚢花に尽たり、

この原詩は、蜀（今の四川省）の出身の雍陶が、長官として蜀に赴任することになり、長安から南下して褒斜谷の険道を通り抜け、漢中の平地に出て故郷に近づいた喜びを詠じた作である。許六はそれを木曾路を抜けて美濃の平野に出たときの思いにおきかえており、それはおそらくみずからの体験にもとづく実感であったと思われる。というのは、許六はたびたびの江戸出仕の帰途には、東海道よりも中山道経由、木曾から美濃へ出るコースをとることが多かったことが知られるからである。(7)『韻塞』に収める「甲州紀行」につぎのようにいう、

○又むさしかむつけを経て、碓氷の雪にまよひ、木曾の落葉を分入事、已に六度に及ふ、東西南北に奔走する事、合て十一度也。

そして李由選の発句の方にも、「木曾路」の冒頭に、

○桟や　あふな気もなし　蟬の声　許六

とある。なお元禄六年に許六が最後となった江戸出仕から帰途につくときに、芭蕉および一門の俳人たちが離別

の辞や句を贈ってはなむけとしたことはよく知られているが、芭蕉の離別の辞には、

〇木曾路を経て、郷里にかへる人は森川氏許六といふ。

とあって、このときも木曾街道経由であったことがわかる。右の「詩意」は、雍陶の詩をみずからの体験におきかえて感慨を述べたものに違いない。

酬曹侍御過象県見寄　柳宗元（66）

破額山前碧玉流　騒人遙駐木蘭舟
春風無限瀟湘意　欲採蘋花不自由

（曹侍御の象県を過《よぎ》りて寄せらるるに酬ゆ）

（破額山前　碧玉の流れ。騒人遙に駐む　木蘭の舟。春風　無限なり　瀟湘の意、蘋花を採らんと欲すれども自由ならず。）

〔詩意〕石山の麗、勢多の流に、木蘭舟をつなきて、夜泊せる俳諧の翁いませりと遙に聞けり、其風を慕ふもの、あるは官袴につなかれ、儘《マヽ》ならぬ身の恨に春風の限り無きを添たり、江東筑广《ツクマ》江には蓴菜《シュンサイ》いたづらに肥て、五老井の新茶はむなしく壺に朽たりとて、相訪《トム》らはざるうらみを述たり、

この原詩は、柳州（広西省）の刺史であった柳宗元が、近傍の象県に立ち寄った友人の曹侍御から詩を寄せられ、それに答えた作、せっかく近くまで来ているのに、会うことができない残念さを述べている。これに対し、許六の「詩意」は、芭蕉が彦根から程遠からぬ膳所《ぜぜ》に滞在したのに、ついに会えなかった残念さにおきかえて述べているのである。

許六が芭蕉と緊密に接したのは、許六が江戸に在勤した元禄五年から六年にかけての一年足らずの間だけで

あった。六年の五月には許六は江戸を離れて彦根に帰っている。そして芭蕉は翌元禄七年、つまり逝去するその年に江戸から西上する。このとき芭蕉は彦根の許六のもとに立ち寄ろうとすればできたはずであるが、実際には名古屋から郷里の伊賀を訪れ、そのあとは宇治・伏見を経由して大津に到り、膳所に逗留する。芭蕉にとっては三年ぶりの西上に郷里に立ち寄るのは当然であろうが、許六にとっては残念だったに違いない。更に、琵琶湖の南端に位置する膳所から湖東の彦根へは約六十キロの距離で、それほど遠くはないが、芭蕉の彦根訪問はついに実現しなかったし、また許六の方から膳所に会いに行くこともできなかった。許六は膳所滞在中の芭蕉に彦根来訪を懇請しているし、芭蕉の方もいずれはと考えていたらしいが、実現しないままに、この年のうちに芭蕉は大阪で客死することになる。この間の経緯について、荻野清・今栄蔵編「芭蕉年譜」(『校本芭蕉全集』第九巻所収)から関係事項を摘録しておく。

(元禄七年) 五月二十五日　名古屋を発つ。
　　　　五月二十八日　伊賀上野着。
閏五月　十六日　伊賀上野を発つ。
閏五月　十七日　宇治伏見経由、大津に至り、乙洲宅に泊る。
閏五月　十八日　大津から膳所に移り、以後二十一日まで逗留。
閏五月　十九日　当日付の許六書簡を受信。彦根来遊のことを強く懇請した文。
閏五月二十二日　膳所を出、洛外嵯峨の落柿舎に移る。
六月　十五日　許六宛書簡、在京都筆。許六からの招きに対する返信。近況や、西上の途中彦根に寄れなかった事情を報じ、彦根へは今年中か来春江戸下向の途次立寄るとの予測を語る。

同　　　京都より膳所に移る。以後七月五日まで湖南に滞在、その間、義仲寺無名庵を本拠とする。

さきの「詩意」における「俳諧の翁」は芭蕉を指すに違いなく、芭蕉の膳所滞在中に対面できなかった残念さを、柳宗元の詩に托して述べたものに違いない。そして許六の方から会いに行くことができなかったのは、公務に束縛されてのことであったらしいことがわかる。

三　「楓橋夜泊」詩の「詩意」

数多くの唐詩の中でも、張継の「楓橋夜泊」は、『三体詩』のみならず『唐詩選』にも採られていて、日本人にとって最もなじみの深い唐詩の一首であるが、『和訓三体詩』におけるこの詩の「詩意」は、さきの分類でいえば（b）、すなわち「想像をめぐらせ、脚色を加えてドラマチックに仕立てたもの」という部類にはいるであろうが、その脚色が出色のできばえであるのみならず、それがさまざまな背景を有している点、日本における唐詩受容の一事例として、極めて興味深い問題を含んでいると思われるので、少しく詳細に述べることにする。

楓橋夜泊　　張継

月落烏啼霜満天　　江楓漁火対愁眠

姑蘇城外寒山寺　夜半鐘声到客船

（月落ち烏啼いて霜天に満つ。江楓　漁火　愁眠に対す。姑蘇城外の寒山寺、夜半の鐘声　客船に到る。）

〔詩意〕鞆《トモ》の夜泊の楫《カヂ》枕、室《ムロ》のうき寐の波の床、汐馴衣《シホナレコロモ》ひと夜妻、かさねて寐んと漕よせて、上りくだりの舟懸、近付ぶりにかいま見の、空《ソラ》約束に待侘《ワビ》る、門《ト》のじやらつき、階子《ハシコ》の轟《トヽロ》き、胸つぶるゝ折からに、田舎渡りのわけ知らず、まかれて人に曬はるゝ、只独寐の床寒く、月落かゝる淡路島、生《イク》田の森の村烏、秋の霜夜の明けかねて、海士のあさり火行違ひ、寐覚の多葉粉くゆらせて、すこし晴行うき眠り、松の嵐の一の谷、須磨寺につく鐘の声、波の枕に伝ひ来て、舟は湊を押出しける、

右の原詩はいまさらいうまでもなく、作者が江南大運河の舟旅の途次、蘇州西郊の楓橋に舟を留めて一泊し、旅寐の憂愁を詠じたものだが、その「詩意」をみるに、大運河の舟旅に対し、日本での舟旅といえば、まずは瀬戸内海ということになり、「鞆」「室」はそれぞれ鞆の浦、室津を指すであろう。博多、下関、広島あたりから大阪方面へ向う、当時の海上交通のメインルートの寄港地である。そして当時は主要な船着き場には遊廓がつきものであった。そこでこの詩の主題である「ひとり寐のわびしさ」は、せっかく室津の遊廓に上ったのに、遊女にふられてひとり寐をする羽目になったという設定となり、寒山寺の鐘は「須磨寺につく鐘の声」、烏は「生田の森の村（群）烏」という風に附近の景物を点綴し、首尾とぎれることなく、なだらかに読み下せる一文となっている。

この『和訓三体詩』の刊行（正徳五年）から九年後、享保九年（一七二四）に服部南郭校定の『唐詩選』が江戸嵩山房から刊行されて爆発的な人気を呼び、やがて基本テキストばかりでなく、和語による訳解がいろいろ現れ

る。その代表的なものとして、「南郭先生辨」と掲げてやはり嵩山房から刊行された（寛政三年、一七九一）『唐詩選国字解』における、この詩の講釈を示しておく。

○旅泊ノ事ナレバ、通宵寐ズ、暁カト驚タ体ヲ云フ、山ニカヽル月カゲガ森ヘサシコンダユヘ驚テ烏ガ啼ヲ聞テ、是ハ夜ガ明タソウナト思テ、舟カラ顔ヲ出シテミタレハ、月モ入リ空モキラメイテ、川ハタノ楓ノ間カラ、漁火ノ、スナドリスル火ガ、愁眠ノ、一《ト》ネイリシテ、サツハリトサメヌ目ニ、ウチ対シテミユル、サテハ夜カ深イ、但シ夜ノアケタノカト疑テキケハ

姑蘇城外ノ山寺ノ鐘ノ声カ、手前ノ乗テイル船ヘキコヘルカラ、夜ガアケヌヲ知ル、

もとよりこの『国字解』も、江戸時代における唐詩の講釈のひとつのすがたを示していて興味深いが、許六の『和訓三体詩』の「詩意」における趣向のおもしろさをここに求めることはできない。『和訓三体詩』が、こうした『国字解』の類、通常の訳解とは異質な、極めてユニークなものであることは歴然たるものがあり、くだくだしい説明の必要はあるまい。

ところで右の「楓橋夜泊」の「詩意」の内容であるが、このように流暢な文章に仕立て上げたのは許六に違いないのだが、遊女にふられてわびしくひとり寐という傑作な着想は、決して許六の独想とはいえない。たとえば許六と同じく彦根藩の武士で俳人仲間でもあった直江木導の「出女の説」（『風俗文選』巻四）にも、

○もろこしの楓橋にて月落烏啼の吟も、此君にあはぬうらみをのべ、……

というひとくだりがあり、当時風流な一解として通行していたことがうかがわれる。そしてこの種の解釈の根源を溯ってみると、興味深いことに、室町時代あたりの禅林の講義に行きつくのであり、例の「抄物」と呼ばれる

講義録の各種にそのあとを留めている。

『三体詩』は鎌倉・室町時代にいわゆる五山十刹などの禅宗寺院が学問の中心であったころ、処々の寺院で行われていた学僧の講義のテキストとして、最も流行した外典のひとつであった。そこで当時の講義の記録である「抄物」の中に、いろいろな「三体詩抄」がある。写本としてのみ伝わるものも少なくないが、出版されたものもあり、その中で最も流行したと考えられるのは、雪（説）心素隠の、いわゆる『（三体詩）素隠抄』である。この『素隠抄』の「楓橋夜泊」のところにつぎのようなくだりがある（中心となる講解は省略し、又の説のみを示す。また時に返り点付き漢文をまじえるが、書き下しに改める。かなづかいは原文のままとする）。

○コノ詩ニハ、抄ノ義理十説アルソ、イツレモ、サモアリサウモナキ義ソ、（中略）サテ又古ノ抄ノ義ニ云、張継楓橋ニ夜泊シテ、ヨイニ妓女ト約セシニ、思ノ外ニ、彼ノ妓女ヲ他船ニウバワレタリ、然ルヲ張継ハシラズシテ、イツクルカ〱ト終夜待《ヲ》タレトモ、ツイニ来ラザルホドニ、アマリノ事ニ此ノ詩ヲ作テ、客中ノ愁寂ヲノベタト云ヘリ、（中略）十説ハ皆《ナ》妓女ノ事ニ付テ義ヲ設ケタソ、ソノ義ハ、出家ノ講スルニハ似合《ハ》ヌソ、

右には「妓女ノ事ニ付テ義ヲ設ケタ」「十説」があるというが、管見によるところ、つぎの二説を見出した。それぞれ内容が違っている。

○如心の義に云う、張継本より色に淫す、故に楓橋に泊して、妓と同《とも》に臥す、妓、他人の家に奔らんと欲し、偽り告げて曰く、「月落ち烏啼いて霜天に満つ、夜已に明けたり、漁人も亦た魚を釣らず、空しく火を焼きて休息するなり」と、妓乃ち暇を請い、継　之を許す、妓去りし後、初めて夜半の鐘を聞きて、継　臍《ほぞ》を噬《か》むのみ、（月舟寿桂『三体詩幻雲抄』、原文は漢文体、書き下しに改めた）

○又一説ニ楓橋ハ妓女ノ多キ処ナリ、張継旅懐ノ慰ニ妓女ヲ呼テ遊シナリ、一二ノ句ハ妓女暁ニナリタリトテ帰ラント催スルナリ、三四ノ句ニテ張継イマダ夜ハフカシ姑蘇城外ノ寒山寺ノ夜半ノ鐘ヲ今ツクナリト妓女ヲ留メシ言ハナリト云ヘリ、
（三雲義正『三体詩絶句和語抄』）

以上の三者は、刊行もしくは書写の年代からいえば、『幻雲抄』（写本のみ、大永七年、一五二七識語）、『素隠抄』（元和八年、一六二二初刊）、『和語抄』（元禄十年、一六九九刊）の順であるが、『幻雲抄』に「如心ノ義ニ云フ」とあり、『素隠抄』には「古ノ抄ノ義ニ云」とあるように、こうした講義はつぎつぎに受け継いで講じられるものであるから、説そのものの前後関係がどうであるかは知り難い。いずれにせよみな荒唐の説であり、『素隠抄』では「サモアリサウモナキ義ソ」、「出家ノ講スルニハ似合ハヌソ」と評し、『和語抄』では「用ユルニ足ラズ」と述べている。おそらく元来は講義の合い間に、興を添えるためにあれこれと想像の説をさしはさんだものが、時代を経るうちに「古ノ抄ノ義」、「又一説ニ」という風にまつり上げられてしまったのであろう。ただ許六の「詩意」の筋立てを右の三者と比べてみると、『素隠抄』にいう「古ノ抄ノ義」とぴったり合致することには留意すべきである。

さきに触れたように日本における『唐詩選』の流行は、享保九年（一七二四）の和刻本出版以後のことであり、それ以前は、明版が輸入されてはいたが、おそらく一部の漢学者などが知っていただけで、一般の知識人が接する機会はほとんどなかったと思われる。これに対し『三体詩』は、南北朝時代の五山版が、日本中国を通じての最古の刊本として現存しているのをはじめ、室町時代にすでにたびたび翻刻が重ねられ、江戸時代にはいってもその流行は衰えることなく、各種の版本がある。(8) 室町時代はもとより、江戸時代でも、『唐詩選』の和刻本が登

場する以前は、知識人が唐詩に親しむには先ず『三体詩』を読んだのであり、芭蕉やその門人たちも例外ではあり得ない。だから許六の著が『和訓三体詩』であって、『和訓唐詩選』でないのは、必然的にそうなのである。そして『三体詩』の各種の抄物の中で、『素隠抄』が最も流布したと述べたが、この書は古活字本二種（元和八年、一六二二、寛永三年、一六二六）が出版されたあと、寛永十四年（一六三七）に改めて整版で刊行され、これは現在でも各地に所蔵があって、相当に流行したことが窺われる。版木一種にしては多過ぎるようで、おそらく伝本の中には覆刻本があると思われるが、詳細は調査されたことがないので不明である。従って許六のような教養人は、室町時代から江戸時代を通じて最も流布したいわゆる増註本の『三体詩』のほかに、『素隠抄』を読んでいたとしても何等異とするに足りず、むしろ当然読んでいたものと考えてよいであろう。とすればおそらくさきの「詩意」は、直接『素隠抄』から着想を得て綴ったものに違いない。もとよりそれをみごとな俳文に仕上げたのは許六の力量に違いないが、このように、趣向を楽しむ唐詩の読み方には、すでに長い伝統が存したことをも考慮すべきであると思う。

注

（1）明治三十一年、博文館発行。つぎの七種を収める。許六句集、韻塞、へんつき、俳諧問答、宇陀の法師、歴代滑稽伝、風俗文選。

（2）昭和七年、俳書堂発行。

（3）許六の自序からの引用。

（4）抄物では撰者未詳の『賢愚抄』、塩瀬宗和の『行雲流水抄』、三雲義正の『絶句和語抄』、江戸時代の漢文註釈では大槻磐渓の『三体詩絶句解』、大塚弘の『唐三体詩絶句』など、みな第一巻絶句のみの訳解または註釈である。
（5）詩意が完全に欠落しているのは三十三首、どの部分というのではなく、処々に散在する。
（6）例えば京都大学文学部蔵の一冊本は、小口を見れば原装は七冊であったことが歴然としている。
（7）彦根・江戸間の経路は東海道・中山道の両様があった。たとえば大名の参覲交代の経路は幕府によって指定されていたが、「江州彦根井伊掃部頭」は、東海道・中山道のいずれでもよいことになっていた（児玉幸多「中山道の宿駅」、筑摩書房『江戸時代図誌十、中山道一』所収、一九七七年）。
（8）『三体詩』の版本や訳註等については拙著『三体詩』（朝日新聞社、上下二冊本一九六六～七年。のち文庫版四冊、一九七八年）の解説を参照されたい。
　なお二冊本の上巻には許六の『和訓三体詩』を附録している。語釈、内容説明は省いたので原本のままではないが、「詩意」はすべて収録した。文庫版では割愛せざるを得なかった。

19 『唐詩選』と嵩山房
――江戸時代漢籍出版の一側面――

江戸時代中期以降の『唐詩選』の流行は、十八・九世紀のころに外国の古典文学が大衆レベルにまで広く深く浸透していたという点、世界の文化史の中で極めて稀な、特異な現象といってよいであろう。この現象については、従来とかく日本人の漢籍に対する嗜好、知的水準の高さというような面にのみ目が向けられがちであるけれども、この種の書物を大量にかつ持続的に供給する出版・流通のシステム、およびそれを動かして行くいわゆる「本屋」なる存在に支えられていたことにも留意する必要があると思う。江戸中期以降の『唐詩選』およびその関連書籍の出版は、江戸の嵩山房・須原屋小林新兵衛なる本屋にほとんど独占的に握られていた。須原屋はこれによって江戸屈指の大店にのしあがり、かつその地位を明治に到るまで維持し続けた。それには江戸中期における出版・流通のシステムの整備がまず基盤としてあり、その上に数代にわたる嵩山房の当主、小林新兵衛の絶え間なき企業努力があったことを認めねばなるまい。

『唐詩選』が量的にどのくらい印刷発行されたかを正確に知ることはもとより不可能であるが、その改版のあとをたどることによっておおよそのことは推測できる。版木一枚で印刷できるのは三千枚から五千枚といわれており、『唐詩選』の場合、磨耗した版木でむりに印刷した本はほとんど見かけないので、一版で三千部までとみてよいと思う。そこで、注釈・訳解それに画本・書道の手本の類などを除き、基本テキスト的なものに限るとして、これにも訓点付きを中心に全く白文のもの、逆に総かな付き、これにも片かな平かなの両様があるが、一応ここまでを基本テキストとみなすこととし、何版あるかを検討する。なお版型もよく知られているように小本《こほん》（半紙本の半分）が主流とはいえ、半紙本・大本《おおほん》（美濃版）もあるが、版の大小にはこだわらないことにする。

嵩山房[1]が享保九年（一七二四）に服部南郭考訂、荻生徂徠跋の小本の『唐詩選』を発行してからつぎつぎに版を重ねたことは、半世紀を経ない明和七年（一七七〇）の序をもつ南川維遷『閑散餘録』につぎのようにみえる。

○四十年来ニ板行セル書籍ノ内ニ、大ニ行ハレタルコト唐詩選ニ及ブモノナシ。原板享保九年甲辰正月、再板寛保三年癸亥正月、三板延享二年乙丑五月、四板宝暦三年癸酉九月、五板宝暦十一年辛巳五月、六板明和二年乙酉三月、此ノ如ク度々改刻セリ。

今田洋三氏の「江戸の出版資本」（『江戸町人の研究』第三巻）では、右の一文を引いた上で「その後も明和六年、安永四年、九年と板を重ね」と三種を加えられている。更に日野龍夫氏の「『唐詩選』の役割」（『徂徠学派』所収）では、「最も普及した小本について寓目し得た版」として享保九年版より万延元年版までの十四種を列挙されている。また朝倉治彦・大和博幸編『享保以後江戸出版書目』（以下『江戸書目』と略称）には享保十二年（一七二七）から文化十二年（一八一五）に至る間の「割印帳」＝江戸本屋仲間の出版承認の記録が収録されているが、これには『唐詩選』の基本テキストと目されるもの二十種がみえている。船津富彦氏の「古文辞派の影響――近世日本の唐詩選ブームを追って（唐詩選版本考）」（『明清文学論』所収）には『江戸書目』にみえるものに自ら目睹された所を加えて二十七種を列挙される（但しそのうち二種は問題があって[2]、二十五種とすべきであろう）。

以上がこの問題についてこれまでに発表されている所であるが、筆者が諸処の図書館等を調査した結果、目睹し得た『唐詩選』の版本の種類は三十一種にのぼり、また各種の目録や論文にみえるもののうち筆者未見のものを数えると十四種、すなわち可能性としては四十五種を挙げることができる。そこでまず既見三十一種を刊年順に列記する。片かな付き、平かな付き・白文は片・平・白と注記する。これのないものは訓点付きである。また小本・半紙本・大本の別を小・半・大として示す。なお版元の注記のないものはすべて嵩山房刊、他の本屋と連名、いわゆる相合版のかたちをとるものもあるが、すべて嵩山房が末尾に在り、主版元であることがわかる（「小林新兵衛」の下に「梓」、他の本屋の下に「弘所」とするものもある）。

（1）享保九年小　（2）寛保三年小、白　（3）延享二年小　（4）宝暦三年小　（5）明和四年半　（6）明和六年小　（7）安永五年小、片　（8）天明二年小　（9）寛政四年大　（10）寛政四年半　（11）寛政四年？半（封面に「高山房」とあり版刻粗雑、偽版に違いない）　（12）寛政五年小　（13）寛政八年小、片　（14）寛政十二年小、平　（15）文化十年小　（16）文化十年半　（17）文政元年小　（18）文政九年小、平　（19）天保三年小、片　（20）天保六年小　（21）天保十四年半　（22）弘化二年小（紀州青霞堂刊）　（23）弘化二年？小（封面は（22）と同じ、版心下部には「嵩山房」とあり、版刻粗雑、偽版に違いない）　（24）弘化三年小、片　（25）嘉永七年小（奥付に連記する本屋の名を異にするものがあるが、本体は同版であろう）　（26）安政二年半　（27）万延元年小、平　（28）万延二年半　（29）文久元年小、片　（30）慶応三年半　（31）刊年未詳小（版刻粗雑・偽版に違いない）

つぎに諸処に著録されていて未見のもの十四種を列記する。版型・かな付き等について明記があるものは、さきと同様に注記する。出処について『江戸出版書目』は（江）、前掲今田氏論文は（今）、日野氏論文は（日）としるす。重複する場合は先行のものにとどめる。その他は具体的に注記する。

（1′）宝暦十一年（江）（2′）宝暦八年（巻六・七）、十二年（巻一・二・三）、十三年（巻五・六）（江）片（片かな付きは最初三回に分けて出版されたらしい）（3′）明和二年（江）（4′）安永四年（江）（5′）安永九年（今）（6′）天明七年（日）小（7′）寛政六年（江）小、平（8′）寛政九年（江）小（9′）享和元年（江）片（10′）享和二年（江）小（11′）文化四年（江）小（12′）文化九年（江）小（13′）文化十四年（天保三年刊本の奥付）（14′）文政十三年半（長沢規矩也『和刻本漢籍分類目録』）

江戸時代では、ある時期から版株＝出版権について「本屋仲間」において相互不可侵の申し合せが確立されていたが、それでも人気のある出版物は偽版（海賊版）があとを絶たず、『唐詩選』もしばしば事件を引き起している。蒔田稲城『京阪書籍商史』に大阪で発覚した三件（元文末、宝暦二年、同十二年）が紹介されているが、このほかに『京都書林仲間上組済帳標目』（以下『済帳標目』と略す）をみると、享和二年（一八〇二）および文化六年（一八〇九）に京でも同様の事件があったことがわかる。享和二年の項にはつぎのようにある。

〇唐詩選　重板当地仲間銭屋吉兵衛板行彫候ニ付、江戸板元小林新兵衛殿より被申出候ニ付、江戸行事より書状到来

右の一条を皮切りに、それを取り扱った京都、大阪の本屋が摘発され、「仲ケ間作法之通取斗候」とあり、更に「江戸行事中へ唐詩選一件落着始末申遣シ候処、挨拶返書到来之事」とある。京都・大阪・江戸、いわゆる三

都の本屋仲間は緊密に連携していたのである。

右に挙げた既見三十一種のうちの（11）は、版式などはすっかり嵩山房刊本を模しているけれども版刻の技術は著しく劣り、一見して偽版と知られる。非合法出版であるから一流の彫師が手がけるはずはなく、また時間や手間をかけるゆとりもなかったであろう。封面に「高山房」とあるのは御愛嬌である。（31）は封面も奥付もない粗雑な偽版である。（22）はこれらとは別に考えるべきで、青霞堂、帯屋高市利兵衛といえば和歌山随一の本屋で、こそこそと非合法出版などをするはずはなく、刊刻もりっぱで、嵩山房と話し合いの上でのことと思われる。「紀藩志賀孝恩」の跋が附されており、紀州藩の後楯があったのかもしれないし、須原屋一門の総本家、須原屋茂兵衛は紀州の出であるから、その仲介があったということも考えられる。興味深いのは早速その偽版が出ていることで、（23）は紀州版の封面をそのまま模刻している。しかし本体はというと、版心下部に紀州版は「青霞堂」とあるのに「嵩山房」となっていて馬脚を露わしており、版刻も粗雑である。のちに述べるように嵩山房は偽版類版の追求に殊の外に熱心であったから、紀州版を装うことによってそれを逃れようとしたのかもしれない。結局嵩山房以外の刊は四種、一種は紀州版、他は素姓不明である。

つぎに嵩山房の『唐詩選』関連出版についてであるが、明治八年の奥書きのある『嵩山房蔵版目録』（『近世後期書林蔵版書目集』所収）には先ず最初に『唐詩選』関係の出版物をずらりと列挙しており、最も網羅的であると思う。以下の通りである。

①唐詩選小本　②同古版　③同薄葉摺　④同無点　⑤同片仮名附　⑥同古版　⑦同平仮名附　⑧同古版　⑨同大字新版　⑩同古版　⑪同唐音附　⑫同掌故　⑬同解　⑭同国字解　⑮同古版　⑯同講釈　⑰同増補新版

⑱同和訓　⑲同五律　⑳同四和訓　㉑同箋註　㉒同除（餘）言　㉓同頭書　㉔同画本五七言古詩　㉕同律　㉖同続　㉗同七言律　㉘同五言絶句　㉙同七言絶句　㉚同続（『唐詩選画本』の編成や出版順序は複雑だが、原本の順序に合せて整理している）　㉛同かるた五言五十首　㉜同七拾四首　㉝同七言七十首　㉞同百首　㉟同夷考　㊱同草会　㊲同児訓　㊳同弁蒙　㊴同事略　㊵同解雋　㊶同通解　㊷同草章　㊸同五体東洲先生書　㊹同草書　石摺東江先生書　㊺同草書烏石先生書　㊻同三体石摺東江先生書　㊼同字引　㊽同事証　㊾同匀解　㊿同餘師　51同薄葉摺

このように関連出版も多岐にわたるが、嵩山房の独占態勢はこれら関連出版にも及ぶものであった。もともと江戸時代初期までは類似出版もあまり問題にならなかったが、しだいに版株擁護の意識が高まり、寛延四年（一七五二）から宝暦七年（一七五七）までの六年間にわたる訴訟事件――江戸の本屋が二派に分れて対立し、しかもその一方を京の本屋仲間が後押しをするという一大訴訟事件が事態を決定的にした。それは重版（同一内容の出版）類版（類似出版）をともに禁止しようとするグループと、類版は認めようというグループとの対立であり、前者は概ね京都の本屋の出店、後者は大方が江戸の地店であった。もともと出版は京都にはじまり江戸に発展して来たので、京都の本屋には多くの版木の蓄積があり、その既得権擁護をはかったとみられ、それに対して新興の江戸地店が異を唱えたのである。従って江戸の本屋仲間同士の対立とはいえ、出店グループに対しては京都の本屋仲間から莫大な資金援助があるなど、実質は京都対江戸の対立となっていた。そして結果はというと江戸地店側の敗訴となり、重版類版ともに禁止が確認されることになった(3)。実は地店グループの中心となっていたのは須原屋茂兵衛を総本家とする須原屋一門（当時は六軒）であり、嵩山房ももとよりその中の一軒であった。従って敗

訴の側となったのであるが、皮肉なことにこの結果は嵩山房に大きな利益をもたらすことになった。すなわち『唐詩選』ばかりでなく、その関連出版までをも一手に握ることになるのである。しかしそれは決しておのずからころげこんで来たのではなく、以下に示すように京都大阪にまで眼をひからせ、機会あるごとに権利主張をくり返して築き上げて行ったものであった。

さきの『蔵版目録』にみえる関連出版のうち⑫『唐詩選掌故』と㉓『頭書唐詩選』とは、はじめ他処で出版されたものを苦情を申し立てて版木を譲り受けたのであり、⑬『唐詩選解』と㊲『唐詩児訓』とは、その経緯は明らかでないが、やはり他処で出版されて譲り受けたものである。また㉛以下の『唐詩選かるた』と㊻『三体唐詩選』とは他処で一部が出版されはじめた時に「まった」をかけ、のちに嵩山房から出版されることになっている。『江戸書目（割印帳）』には行事の割印＝出版承認に際して「出入」があった場合にはその経緯が注記されているが、そこには小林新兵衛の名がしばしば登場する。『頭書唐詩選』の場合はつぎの通りである（享和三年五月の条）。

〇右者去戌（享和二年）八月尾州ニ而板行出来ニ付同月十日板元小林より売止之儀申出候然処此度双方対談相済同人より添章願出申候依之其節之行事立合今日添章出ス

かくてこの書は「版元売出し小林新兵衛」として登録されたのである。実は『済帳標目』にこれと呼応する記載がある。享和二年五月より九月迄の所に

〇尾州名古屋表ニテ頭書唐詩選出版致し候由ニテ江戸行事より書状到来、又小林氏より京都ニテ買売無之様頼之口上書写し

とあり翌三年正月より五月迄の所には

〇唐詩選首書尾張板、江戸小林方へ受取売出被申候趣、申来書状

すなわち享和二年八月に名古屋で『頭書唐詩選』が出版されると、その月のうちに江戸で「売止」の申し出があり、かつ京都の本屋仲間にも申し入れがあった、更に翌年版木が譲り渡されて決着すると直ちに京都に連絡があったことなどがわかる。

かるたについては安永二年の条に「唐詩絶句軽多、版元・京・銭屋善兵衛、売出し・西むら源六」とあってつぎの注記がある。

〇右之書須原屋新兵衛方片カナ付唐詩選ニ差障リ候ニ付記文を除売出申候筈也以来右之後篇出来候へ共片カナ付ハ相除双方相対致得心割印出申し候

つまりふりがなを除くということで出版は承認されているが、それではかるたのようなものは売れなかったに違いないし、或いは売り出しを取りやめたかもしれない。いずれにせよやがて嵩山房から各種のかるたが売り出されることになっている。

書道の手本として出版された『唐詩選』も各種があるが、東江書の『三体唐詩選』ははじめ安永七年に「板元売り出し・出雲寺和泉」として『江戸書目』にみえ、つぎの注記がある。

〇右之書五言絶句斗ニ而跡々出板致間敷相対ニ而割印出申候

つまり五言絶句だけにとどめ、あとは出版しないということで承認されているが、のちに嵩山房の『蔵版目録』にみえることになっている。

千葉芸閣の『唐詩選掌故』ははじめ芸閣の塾、松蘿館で出版されたものを、小林新兵衛が執拗に迫って譲り受

けたのである。『江戸書目』明和五年の条にみえる同書にはつぎのような注記がある。

○右之書明和二酉年千葉茂右衛門蔵板出来仕候処新兵衛難儀ニ付再三御訴訟申上右茂右衛門方より世上江広く売弘呉候ハヽ、板木相渡可申旨ニ付則私方江板木受取売弘度段御願申上候処御聞済被成下済口証文差上申候段別紙ニ書付を以新兵衛相届候

なお芸閣はその後『唐詩選師伝講釈』、『同広解』、それに『芸閣先生文集』などを嵩山房から出版している。

つぎに⑬の宇野東山『唐詩選解』ははじめ東山の耕斎塾で出版されたもの、㊲の新井白蛾『唐詩児訓』はもと大阪の吹田屋多四郎が白蛾の塾、古易館の検印を受けながら発行していたものであるが、ある時期から嵩山房が版元になっている。

右の『唐詩選解』は服部南郭の講義を録したものという⑭『唐詩選国字解』と、諸処に違いはあるものの、基本的にはほとんど同一内容であって、両者の関係はかなり微妙である。『国字解』は寛政三年の再刻本にみえる四代目小林新兵衛高英《たかてる》の序によれば、南郭の講述を門人の林元(玄とも)圭なる人物が筆録しており、それを高英の父(三代目新兵衛祐之)が譲り受けて刊行したと称しているが、初刻の発刊天明二年は南郭の没年=宝暦九年から二十三年を経ており、南郭一門と嵩山房との密接な関係を考えるとこの空白は理解し難いし、また林元圭なる人物については、この序文にみえるほかは一切不明というのも不審である。

この『国字解』に南郭の名を繋けるのは偽託とする見解は、早に故神田喜一郎博士が提起されていたことを故吉川幸次郎博士が伝えている。吉川博士の『唐代の詩と散文』に王昌齢の「芙蓉楼送辛漸」詩を解説する中で『国字解』の解釈を紹介し、「この解はことに非である」とした上で「神田喜一郎氏の教えによれば『唐詩選国字

解』に南郭の名を署するのは、偽託だそうである」としるされている。しかしながらその根拠などについては、両博士ともに故人となられた今、窺い知ることができない。

ついで平野彦次郎氏の『唐詩選研究』では巻末の「唐詩選参考書」の項で両書を列記し、

○右の二書は全く同一内容で、いずれか一方は名を偽託したものに相違ない。

と指摘した上でつぎのように述べられる。

○要するに、南郭は唐詩選に関係深い知名の儒者で、すでに物故しておられるので、名を託すには最も都合がよい。その上門人が筆記したといえば責任はない。そういう理由で勝手にその名を偽託したのではあるまいかとも思われるが、解釈の要を得ている点より見れば、或いは南郭の講義に基づいているのではないかとも思われる点もあるので、俄に断定することは困難である。

すなわち偽託の疑い濃厚と指摘しつつ、結論を出すことはひかえておられる。

つぎに日野龍夫氏は平凡社東洋文庫版『唐詩選国字解』の解題において、その内容（詩の解釈）をさまざまな角度から検討した上での結論としてつぎのように述べられている。

○かくして『唐詩選国字解』の原稿は、南郭の講釈の筆録を門人が適当に増補して成った。

そして更に、「本書の偽版ともいうべき」書物の例として、潜龍堂庭川庄左衛門刊の『唐詩選諺解』（『唐詩選解』と同一内容、撰者名を欠く）を挙げてつぎのように述べられる。

○この書物の出版の事情は、庭川庄左衛門が『唐詩選国字解』の原稿の一写本を入手し、それが南郭の講釈を核とする書物であることを恐らくは知っていたため、南郭と縁の深い須原屋を憚って著者名を伏せ、『唐詩選諺解』と題して出版した、というようなことであろう。

しかし果してそうであろうか。実は宇野東山『唐詩選解』、日野氏が挙げられた無名氏の『唐詩選諺解』のほかに、両書と同一内容の『唐詩国字弁』と題する書が京都で出版されており（田原勘兵衛刊、やはり撰者名を欠く）、また宇野東山にはもうひとつ、『唐詩選解』の改訂版ともいうべき『唐詩選弁蒙』と題する著述もある。それらのすべてをあわせて総合的に考察しなければなるまい。まず右の五書[4]の概略を整理しておく。

㈠唐詩選国字解七巻　服部南郭弁　林元圭録　天明二年嵩山房刊、再刻寛政三年、文化十一年
㈡唐詩選解三巻　宇野東山述　天明四年嵩山房刊（実は天明三年宇野耕斎塾再刻本）　再刻寛政八年
㈢唐詩選諺解三冊（第一冊には巻之一・二とあるが第二・三冊には巻数標記がない）　明和四年江戸潜龍堂庭川庄左衛門刊
㈣唐詩国字弁七巻 巻之一・二（第一冊）明和三年、巻之六・七（第三冊）明和四年、巻之三・四・五（第二冊）明和七年京田原勘兵衛刊
㈤唐詩選弁蒙七巻 宇野東山著 天明六年嵩山房刊、再刻寛政二年、嘉永五年（田原勘兵衛と相合板）

右のうち時期的に早いのは相前後して江戸と京都とで出版された㈢『諺解』と㈣『国字弁』とであるが、この両書は同一内容というばかりでなく版面がそっくりで、第二・三冊には本文と和文の解の間に細い横罫がはいる（諺解）、はいらない（国字弁）の違いがあるが、第一冊にはその違いもないので、別々に見たのではほとんど見分けがつかず、同版かと思われるほどである。通常このような場合は、どちらかがどちらかの覆刻と考えられるのだが、双方の刊年からいってそれはあり得ない。ということは両者に共通の祖本があった、つまり両者は親子ではなくて兄弟の関係と考えるべきであろう。

㈡の『唐詩選解』は右両書と行款（字配り）は異なるが文章はほとんど同一、ただ和文の解のあとに時折り出典についての注記が加えられている。

㈠の『国字解』は、平野彦次郎氏は『唐詩選解』と「全く同一内容」とされているが（前出）、そうではなくて随処にさまざまな違いがある。しかし基本的に大差はないことも事実で、どちらかがどちらかに手を加えて成ったに違いないが、その先後を認定するのは容易ではない。和文の解に時に長短の差があるが、削ったか加えたかはにわかにはきめられまい。興味深いのは南郭の名が出てくるところで、冒頭の「序」の和文の解に『唐詩選解』ではつぎのようにある（『諺解』『国字弁』も同じ）。

〇李滄溟カ序ヲカイテ蔣仲舒カ注解シタ唐詩選ト云カアリシヲ、今代南郭カ注ヲヌイテ白文ニシテ出シタ

この部分、『国字解』ではつぎのようになっている。

〇李滄溟カ序ヲ書イテ、蔣仲舒カ注解シタ唐詩選ト云フカアルカ、コレハモト注ハナイハズヂャ、ソレユヘ白文ヲ用ユル

この場合でも、著者として南郭の名を掲げるために前者を後者のように改めたとも考えられるが、その逆が考えられないこともない。そこで内容から先後を定めることが難かしいとすれば、各書の由来をたどる必要があろう。『国字解』については先述の通りであるが、『唐詩選解』については、『諺解』『国字弁』に先んじて、この書の初刻本が存在したことはほとんど疑いを容れない。その証をつぎに列挙する。

⑴天明四年（一七八四）刊『唐詩選解』の奥付には「天明四年、小林新兵衛梓」とあるが、実は巻末に「天明三年癸卯再刻、宇野耕斎塾版」とある。

⑵同書寛政八年（一七九六）版の巻首にみえる東山の「凡例」には「此ノ書塾ニ刻シテ三十余年題号数《シバ〳〵》改ルトイヘドモ異ナルコトアルニアラズ」とある。『国字弁』第一冊の刊行、明和三年（一七六六）がちょうど寛政八年の三十年前に当り、それ以前に『唐詩選解』の初刻は出ていたことになる。

⑶『唐詩選解』（『諺解』『国字弁』も同じ）では李白の「長安一片月」の和文の解に「一片ハ片方ノコト」とあるが、『弁蒙』には「一片ヲカタ〳〵トミルハ沙汰ノ限リ文盲ナルコトナリ予諺解ヲ作リタルハ弱年ノ時ニテ誤テ片方ノコトトセリ」とある。『弁蒙』の刊行は天明六年（一七八六）東山五十二歳、「弱年」というからには三十歳までくらいが考えられ、東山三十歳は明和元年、さきの寛政八年本の凡例に「塾ニ刻シテ三十余年」とあるのとぴったり符合する。

このような事実をみれば、明和元年（一七六四）頃初出と考えられる『唐詩選解』は宇野東山の撰と考えてよいであろう。そうなれば、ずっと遅れて天明二年（一七八二）に登場する『唐詩選国字解』はこれに手を加えて成ったとするほかはあるまい。ただ内容についていえば、南郭が世を去った宝暦九年に、江戸の医家の出である東山は二十五歳であったから、その講義を聴いて影響を受けたという可能性は充分にある。

つぎに㈡『唐詩選解』と㈢『諺解』・㈣『国字弁』との関係であるが、『唐詩選解』（初名は『唐詩選諺解』であったかもしれない）の初刻本はおそらく私塾蔵版であって市中に広く売り出されたものではなかったので、江戸の庭川と京の田原とがそれぞれこれを入手し、著者名を伏せて覆刻したのであろう。実はこの『国字弁』をめぐっては田原勘兵衛と小林新兵衛との間に熾烈な訴訟沙汰があった。この書が『唐詩国字弁』と題し、『唐詩選』という称を避けているのはそれだけの理由があったと思われる。もともと『唐詩選』に先んじて、早に『唐詩訓解《きんかい》』

を出版していたのは田原勘兵衛であり、『唐詩選』出版後の享保十七年（一七三二）に『唐詩訓解素本』なるものを出版しようとしてストップをかけられたという経緯がある。『唐詩訓解』の「訓解」を除けば『唐詩選』とほとんど重なることは周知の通りである。『済帳標目』につぎのようにある。

○唐詩訓解素本 田原勘兵衛より写本被出候、江戸板唐詩選之重板ニ御座候故……勘兵衛急度御叩リ被成、板行御赦免無御座候

ついで明和二年（一七六五）には千葉芸閣の『唐詩選掌故』に対し逆に田原が「指構」を提訴することがあり、翌明和三年から『唐詩国字弁』をめぐる出入がはじまる。『訓解素本』の当時とは両家ともに代替りしているに違いないが、大店同士の宿怨に近く、田原勘兵衛は二度も江戸に下ってやりあっていることが『済帳標目』にみえている。

○（明和七年）十月八日。江戸須原屋新兵衛殿、当地田原勘兵衛方唐詩国字弁之義ニ付及出入、則廿九日就此義勘兵衛江戸表へ出立、則江戸行事中より付状、同江戸行事より到来書状、同十二月帰京、御添翰頂戴ニテ再ヒ江戸へ出立、御添翰御訴訟、江戸行事中へ之添状等之一件

『済帳標目』は出入に関する保存書類の目録であって、天保以前については標目だけしかなく、具体的な内容は不明だが、おおよその経緯は推察できる。結果は田原の敗訴となり、明和九年に「御評定所ニて絶板被仰付」となっている。このころはまだ『唐詩選解』は嵩山房のものとなってはいなかったはずで、とすれば、『唐詩選』そのものの類版というのはかなり強引なようにも思えるが、どういう術策を弄したのか、とにかく押し通してしまったのである。そして『諺解』の方は『江戸書目』に記載がない所をみると、割印、すなわち出版承認を拒否

されたのではあるまいか。(5) この書は伝本甚だ稀である。この庭川庄左衛門は『江戸書目』をはじめ諸種の資料に一切みえず、僅かに井上和雄『慶長以来書賈集覧』にその名がみえるが、そこにしるされているのはこの書の奥付にみえていることそのままで(潜龍堂、明和、江戸湯島天神下同朋町)、おそらくこれに拠ったのであろう。つまりこの書一点を残して忽然と消え去った本屋である。なお田原勘兵衛(文林軒)は京都の由緒ある大店で、嵩山房とはその後和解したとみえ、種々の本を相合版で出版している(前出『唐詩選弁蒙』の嘉永五年版もそのひとつ)。

つぎに『国字解』であるが、嵩山房が『諺解』『国字弁』の押さえこみに成功したとなれば同趣の書の刊行を企画するのは当然である。しかしそっくりそのままというわけにはいかないので、諸処に手を加え、『唐詩選』の権威服部南郭の名を掲げて出版したのであろう。天明二年の初版本が早稲田大学の服部文庫に存しているところをみると、おそらく遺族の了解を得てのことであった。ところが翌天明三年に東山の耕斎塾で再刻本を出した。当惑した嵩山房はさきの千葉芸閣の『唐詩選掌故』の場合と同様に、いろいろ手を尽して版木を譲り受けたのであろう。嵩山房の刊本は版心下部に「嵩山房」の三字を入れるのが常であるが、この本にはそれが無いし(のちの寛政八年再刻本には入っている)、末尾に「宇野耕斎塾版」とあって、嵩山房の名はつけ加えが可能な封面と奥付にしかみえない。従って耕斎塾の刻した版木を譲り受けて嵩山房が売り出したものに違いない。

このようにして『唐詩選国字解』『唐詩選解』、少し遅れて『唐詩選弁蒙』と、内容的にあまり違いのない三書が嵩山房から並行して売られることになった。書名を変え、著者名を変えて関連出版の豊富さを誇ったのであろう。嵩山房の刊行物の巻末に附する広告などにしばしば三書が並んでみえるし、三書ともに版を重ねている。それだけの需要があったということでもあろう。

このようにさまざまな事象を検討してみると、数代にわたる小林新兵衛の『唐詩選』およびその関連出版にかけた執念は驚歎すべきものがあり、それはもとより家業の隆昌をはかることが動機となっているには違いあるまいが、結果的には『唐詩選』の流行を推進して漢詩の普及に多大の寄与をすることになったのである。

注

（1）この家号は荻生徂徠の命名と伝える（『先哲叢談』）。

（2）天明三年版は書道の手本として出版されたもの（赤江先生書）、文化五年版は『唐詩遺』を誤認されたかと思われる。

（3）この紛争については蒔田稲城『京阪書籍商史』、今田洋三「江戸の出版資本」（ともに前出）、弥吉光長『江戸町奉行と本屋仲間』（『未刊史料による日本出版文化』第三巻）などに紹介がある。

（4）日野龍夫氏は寛政三年本を「実質上の初版」とされるが（前出「解題」）、そうではない（天明二年初版本は伝本稀ではあるが、早稲田大学図書館に現存する）。なお氏のいわれる通り天明二年本が『江戸書目』にみえないのは不審であるが、「割印帳」のこの辺りには誤脱があるように思われる。「割印帳」では年に数回割印を出した日付けがはいるのに、安永九年十二月の次ぎは天明二年七月となり、一年半の間日付けの記載がないのはおかしい。

（5）江戸の書林仲間において須原屋一門は大きな勢力を有し、小林新兵衛自身もたびたび行事（世話役）を勤めている。

20　江戸時代の漢籍出版

明治大正のころの新聞雑誌掲載の小説では、漢詩文の引用はたいてい白文だったということをご存じでしょうか。このようなことをわざわざ申し上げるのは、私自身そのことに気がつくのがかなり遅かったからで、たとえば漱石の「草枕」ですが、文庫版などで見ていると引用の詩にはすべてふりがながついており、初めからそのようであったかのように思いこんでおりましたが、全集を見ると全部白文で、それが明治三十九年に『新小説』という雑誌に発表された時の原姿だそうです。また私は目下某書店から刊行中の『鷗外歴史文学集』の仕事に追われておりますが、その中の「伊沢蘭軒」などは到る所に漢詩文の引用があります。これは大正五、六年に東京日日新聞と大阪毎日新聞に連載されたものですが、漢詩文は全部白文、岩波版の全集もそのまま再録しております。目下の私の仕事というのは、これを書き下しの形になおして注をつけることで、「伊沢蘭軒」の第一冊がつい先日発行されました。この二つの小説の中には、陶淵明や王維もしくは菅茶山や頼山陽など、比較的よく知られた詩人の作もありますが、「草枕」には当時未発表だった漱石自身の作が見え、「伊沢蘭軒」では刊行されたことのない蘭軒の詩集からの引用が多数を占めます（ちなみに鷗外が使用したこの唯一の写本はその後行方不明になっておりま す）。明治大正のころの新聞雑誌の読者はそうした詩でも白文のままで読んでいたのです。手前味噌になりますが、今度の『鷗外歴史文学集』は旧版全集に比べて随分読み易くなっていると思います。現在の読者に読んでもらおうとすれば、こういう形にせざるを得ないのです。ここには大正から昭和に移る間に、日本の知識人の教養のあり方がすっかり変ってしまったということが如実に示されていると思います。

明治大正の新聞雑誌の読者が、漢詩文を白文のままでどうということもなく受け容れていたというのは、江戸時代以来の教養の伝統がそのころまでは続いていたということだろうと思います。そのことを作者の漱石と鷗外についてふり返ってみることにしましょう。鷗外は幕末、文久二年（一八六二）の生まれ、津和野藩の藩医の家柄で、幼少のころ養老館という藩校で漢学を学び始めております。漱石は五歳年下で慶応三年といいますから明治になる前年の生まれ、成立学舎という英学塾で英語を習い、英文学への道を歩むことになるのですが、実はその前、十五歳の時に三島中洲の二松学舎に入学して漢学を学んでおります。そして更に調べてみると、二松学舎に入学する時、初級の第三級第三課ではなく第一課に編入され、数か月でこれを卒業して第二級に進んでおります。ということは、二松学舎に入学する時すでに相当の学力を身につけていたということになります。これについては、幼少のころから漢籍に親しんでいたことをみずから語ったという興味深い資料が紹介されております。一九九三年の『漱石研究』創刊号に「全集未収録資料」として掲載されたもので、(補注1)もとは明治四十三年の『新国民』という雑誌です。そこにみえているように、漱石は自分が文章を好むようになったのは、幼少のころから盛んに漢文を読ませられたからであり、「私の父も、兄も、一体に私の一家は漢文を愛した家で、従って、その感化で私も漢文を読ませられるようになった」と語っております。注意すべきは、漱石の家は鷗外とは違って江戸の町家であったという点で、もとより町名主だったそうですから長屋の熊さん八さんなどとは格が違いますが、とにかく明治の初期、ということは江戸時代後期にはすでにそのようであったと思われますが、町家であっても、家によっては家じゅうで漢籍に親しんでおり、子供までが自然に感化されて、幼少のころから漢文を読んでいるというような情況があったのです。漱石のこの談話は、私は極めて重要な証言であると思います。

そこで、このように漢文を読むことが基礎教養として普遍的に行き渡っていたという情況は、江戸時代における漢籍出版の隆盛と表裏一体の関係に在ると思います。本が無ければ本は読めないのは自明の理です。漱石の場合を考えてみても、町家ですら子供の手の届くような所にいろいろと漢籍がそろっていたということが漱石自身の談話から浮かび上って来ます。写本の時代では決してこのような情況はあり得ないでしょう。私はこのところ江戸時代の漢籍出版に興味を持ち、専門ではありませんけれどもぼつぼつ勉強しております。そして調べれば調べるほどその豊饒な成果に驚かされます。

ここで話の順序としまして、日本における書物の印刷出版の歴史をおさらいしておくことにします。奈良時代の例の百万塔陀羅尼は突出した事例なので別格としますと、平安時代後期の奈良を中心とする寺院におけるお経の印刷を印刷の歴史の原点としてよいと思います。中国の場合も唐代における仏典（と暦）の印刷がその濫觴とされております。鎌倉・室町あたりから中心は京都に移り、いわゆる五山版において技術的にも大きく進歩し、更に仏典（内典）ばかりでなく、外典と呼ばれるさまざまな漢籍が出版されます。技術の進歩には中国からの渡来工人の影響が大きかったようです。ついで江戸時代初期には朝鮮の印刷術の影響を受けて活字印刷が流行します。いわゆる古活字版です。但し、江戸時代の出版が古活字版から始まるという記述を見かけますが、これは歴史的な見方とはいえません。歴史の流れとしてとらえるならば、五山版以来の寺院における整板の印刷が江戸時代の印刷出版の主要な源流であり、古活字版は一時の流行と見なければなりません。

そこで江戸時代の出版を出版者の性格からみると概ねつぎの四種に分けられます。

1、寺社版　2、勅版・官版（幕府）・藩版　3、私塾版・私家版　4、町版（本屋の営業出版）

先に申しましたように、1の寺社版が江戸時代以前からの伝統を持つ源流ですが、だいたい元禄あたりから4の町版が優勢になります。ただ歴史的にいえば京都の寺院に雇われていた職人が独立して開業するという所から始まっているようです。書物の出版には文化事業という面と商業活動という面とがあり、歴史的にみれば文化事業から始まってのちに商業活動という面が加わり、やがてそちらの方が主流になったといえます。右の四類についていえば、1、2、3は文化事業としての出版であり、4が商業活動ですが、必ずしも明確に線が引けるわけではありません。町版であっても出版の意義を認めて採算を度外視して出版されることもあり、また1、2、3の出版物が本屋と提携して販売される例も数多くみられます。たとえば、文化五年（一八二八）刊行の『訂正五経』です。その奥付には「養賢堂　御蔵板　御払所／書林　仙台国分町　菅原屋安兵衛」とあります。養賢堂というのは仙台藩の藩校、その出版物（五経）を国分町の本屋が「御払所」として販売を引き受けていたことがわかります。ちなみに国分町というと現在では仙台で一番の飲食店街、歓楽街になっておりますが、かつては奥州街道ぞいの中心的な商店街で、大きな本屋が何軒もあり、菅原屋はその中の一軒で、自前の出版もしておりました。3の私塾版もたとえば京都の古義堂の出版物などは、伊藤仁斎・東涯の著述など、需要が多かったので、本屋と契約して恒常的に販売されていたようで、その契約書なども残っております。個人の詩文集は茶山や山陽など人気の有る詩人は別格として、普通は私家版、今でいう自費出版が多いのですが、はじめ私家版として出版されたものが、後に販売ルートに載せられることもあります。私の知っている例としては、さきの養賢堂の学頭も勤めた大槻盤渓（『言海』の大槻文彦の父）は、幕末から明治の間の有名な詩人でもあり、その詩集は寧静閣蔵版（寧静閣は盤渓の書斎の号）として出版されますが、後刷りのものは奥付に本屋の名が十軒ほどずらりと列記されていて、広く販売されていたことがわかります。

さて、元禄あたりから町版が優勢になると申しましたが、本屋が急速に増えてくることがいろいろな資料からわかります。こうした営業出版の発展は、読書人口の増大とパラレルの関係にあるに違いありません。歴史的にふり返ってみると、平安時代中期ぐらいまでは、本を読むのは僧侶、お坊さんと宮廷貴族、お公卿さんにほとんど限られておりました。平安末期ごろから上級の武士たちがこれに加わり、やがて富裕な商人や農民にもひろまり、そして江戸時代になって平和が続くと世の中全体の文化水準が高くなり、読書人口の底辺は急速に広がることになりました。そこで文化事業として始まった印刷出版が、営業としても成り立つようになったのです。本を買う人がいなければ営業出版は成り立ちません。本屋がどんどん増えたということは、それだけ読書人口がどんどん増えたということです。出版事業の発展と読書人口の増大とは相互に循環的な因果関係にあります。つまり読書人口の増大にともなって出版事業が発展し、その結果、書物の供給が増大するのでいっそう読書人口の増大を促進することになります。江戸時代というのは、この循環的因果関係が極めて順調に進行した時代といえるのではないかと思います。

次に、江戸時代における営業出版の実態を考察するには、本屋仲間というものの存在を無視することはできません。仲間とはいわば同業者組合の組織で、ヨーロッパの伝統的なギルドに相当するといえましょう。江戸時代では業種ごとにいろいろな仲間がありますが、本屋仲間は書物という特殊な商品を扱うだけに、他のいろいろな仲間とは違った独特の役割をはたすことになります。なお幕府は初期においては、恐らく庶民が組織化されるのを嫌った為でしょう、こうした仲間の結成を禁止したりもするのですが、政権が安定してくると町奉行所の支配の下にこれを公認するようになります。その方が業界をコントロールするのに都合がよかったからでしょう。特に出版については、権力者にとっては今でいう思想統制と結びつく特別な意味があります。町奉行所は早くから出版に関する政令を何回か出しておりますが、享保年間に例の大岡越前守が公布したものが有名で、それまでのものを集成した感があり、以後の規準となります。主な内容としては、幕府や徳川家を誹謗するもの、風俗を乱すもの（いわゆるポルノの類）、世道人心を惑わすものなどの禁止ですが、後世に大きな影響を与えたものとしては奥付、つまり巻末に必ず著者・版元・出版年月をしるすことという一条があります。これは江戸時代の間ずっと守られたばかりでなく、現在まで受け継がれて日本の出版物の大きな特色となっております。そして実際に出版物を監視しようとすれば業者組合があった方がよいということは容易に理解できます。このようにして当初はもぐりのような存在であった仲間が公然と活動することになりますが、江戸時代の出版事業に大きな影響を及ぼしたその最も重大な機能は板株の管理です。

板株というのは、ひとくちでいえば各書物ごとの出版権です。現在とは違って江戸時代では著作権というのはほとんど無きに等しいのですが、出版権の方は本屋仲間によって厳重に管理され、お互いに尊重し合って侵犯しないようにしておりました。そのことをもう少し具体的に説明しておきましょう。江戸時代の出版は三都と呼ばれる京・大阪・江戸が中心ですが、この三都それぞれに三つずつ仲間が結成されておりました。そして各仲間ごとに行事（行司）と呼ばれる世話役が複数選出されていて運営に当ります。新規に出版しようとすれば、稿本をこの行事に提出して承認を得なければなりません。行事は先に紹介した奉行所の禁令に触れていないかも見ますが、実際にはこれはほとんど問題にならないので、問題になるのは、重版・類版を犯していないかの点検です。重版は已に出版されているものと同一内容のものというので、これも業者なら周知のことですから、あまり問題になりません。時折り問題になるのは、仲間に届け出ないでこっそり重版するもので、これは発覚すれば業界追放になります。仲間は実質的にクローズドショップであって、仲間に加わらないで本屋を営業することは不可能でした。この種の事件の記録もいくつか残っております。で、行事の審査で最も問題になるのは類版、つまり類似出版で、これは類似ということですから、時に微妙なことになります。時には当事者、つまり既出版物の板元と新規出版を願い出た者とを呼んで、行事立ち合いのもとに話し合いをさせたりします。その結果許可になることもあり、却下になることもあり、時には一部を抜いて許可ということもあります。許可になると割印のある許可証が交付され、割印帳に登録されます。これで板株が成立したことになり、以後はこれに対する重版類版は禁止されます。興味深いのは、板木が焼失したりして無くなっても板株は残るので、同じものを出版したければ板株を譲り受けねばなりません。板木を売買することは本屋の間でよくあることですが、この場合は当然板木と共に板株も譲ることになります。こうした重版類版の審査や板株の管理は、三都それぞれの三つの仲間の行事が定期的もしくは臨時に寄合いを持って運営されるばかりでなく、三都、つまり京・大阪・江戸の間で常に連繋しておりました。

このように板株が厳重に管理されていたのは、本という商品の特殊性、つまり他の商品と違って一点ずつが違った内容、独自性をもつということと、現在のように簡単にプリントができる時代とは違って、書物の出版にはたいへんもとでがかかるということもその要因でしょう。ここで当時の出版の過程を考えてみますと、まず板木からして特別な木を加工したもので金がかかっております。そして板下書き、彫り師、刷り師、装丁と、それぞれ専門の職人がいて、それらの仕事を経て初めて書物が生まれます。また紙も現在からみると相対的に高価なものでした。板元になるにはそれらの費用のすべてを負担することが前提となります。そしてその上に書物という商品の特殊性が加わります。多額の費用をかけて出版しても、売れるか売れないかは出版してみなければわかりません。現在でも新しい企画の出版をどのくらい発行するかは各出版社の大きな問題でしょう。つまり新規の出版は売れない場合のリスクを背負いながら始めているわけで、売れるとわかったとたんに同じものが他から売り出されたのでは間尺に合いません。仲間が結成される以前には、同じ本が並行して売り出され、共倒れのようになった例がありました。そのようなことを避けるために板株というものが考え出されたのでしょう。奉行所も当初は書物の普及のために重版類版の禁止をやめさせようとしますが、それでは業者が立ち行かないという申し分を理解し、これを支持するようになりました。類版の紛争が深刻になりますと行事の手に負えなくなって、最後は訴訟として奉行所に持ちこまれます。

なお個別的な判定でなく、早い段階では類版そのものを認めるかどうかで訴訟沙汰になっております。つぎにその経緯をたどっておきましょう。江戸時代における出版業の発展の一段階を示すことになるからです。先に申しましたように、江戸時代の出版は京から始まって大阪・江戸へと発展して行ったので、初期の江戸の本屋は京の本屋の出店とそれの独立したもの、いわば系列店が主流でしたが、次第に地店と呼ばれる江戸独自の本屋が勢力を伸ばして来ます。江戸の本屋仲間は当初は二つでしたが、ある訴訟事件をきっかけに、江戸地店のグループが分裂独立して三つになるのです。その事件というのは寛文四年（一七五一）のことで、京都で出版されていた『楚辞王逸註』の重版を江戸の本屋が出版したことから始まります。この本そのものについては、江戸の本屋が詫びを入れて決着するのですが、そのあとのこと、江戸の当時は二つの本屋仲間が総寄り合いを持って、重版・類版の禁止を確認しようとしました。というのは、重版は不可というのは早くから業者の間の共通認識になっておりましたが、類版、類似出版の方は曖昧だったからです。ところが一部の業者が類版はよいではないか、その位は認めようと言い出して紛糾し、奉行所に持ちこまれて訴訟になったのです。類版禁止を主張したのは京都出店系で、京都には多くの版木の蓄積がありますから、その既得権擁護をはかったのでしょう。これに対して新興の江戸地店グループが異をとなえたのです。京都の本屋仲間から前者に対して莫大な資金援助をした記録が残っており、実質は京都対江戸の対決になりました。この訴訟は延々六年間にわたり、けっきよく京都側が勝って類版も全面禁止ということになったのです。

ところが皮肉なことに、この結末は敗訴側の江戸のある本屋に大きな利益をもたらすことになりました。分裂して第三の仲間（南組）を作ったのは、千鍾房、須原屋茂兵衛を中心とする須原屋一門が中心でしたが、その中に嵩山房、須原屋小林新兵衛という本屋がありました。この本屋はしばらく前から服部南郭考訂の小型本の『唐詩選』を売り出して着々と業績を伸ばしておりましたが、この類版禁止のおかげで『唐詩選』そのものばかりで

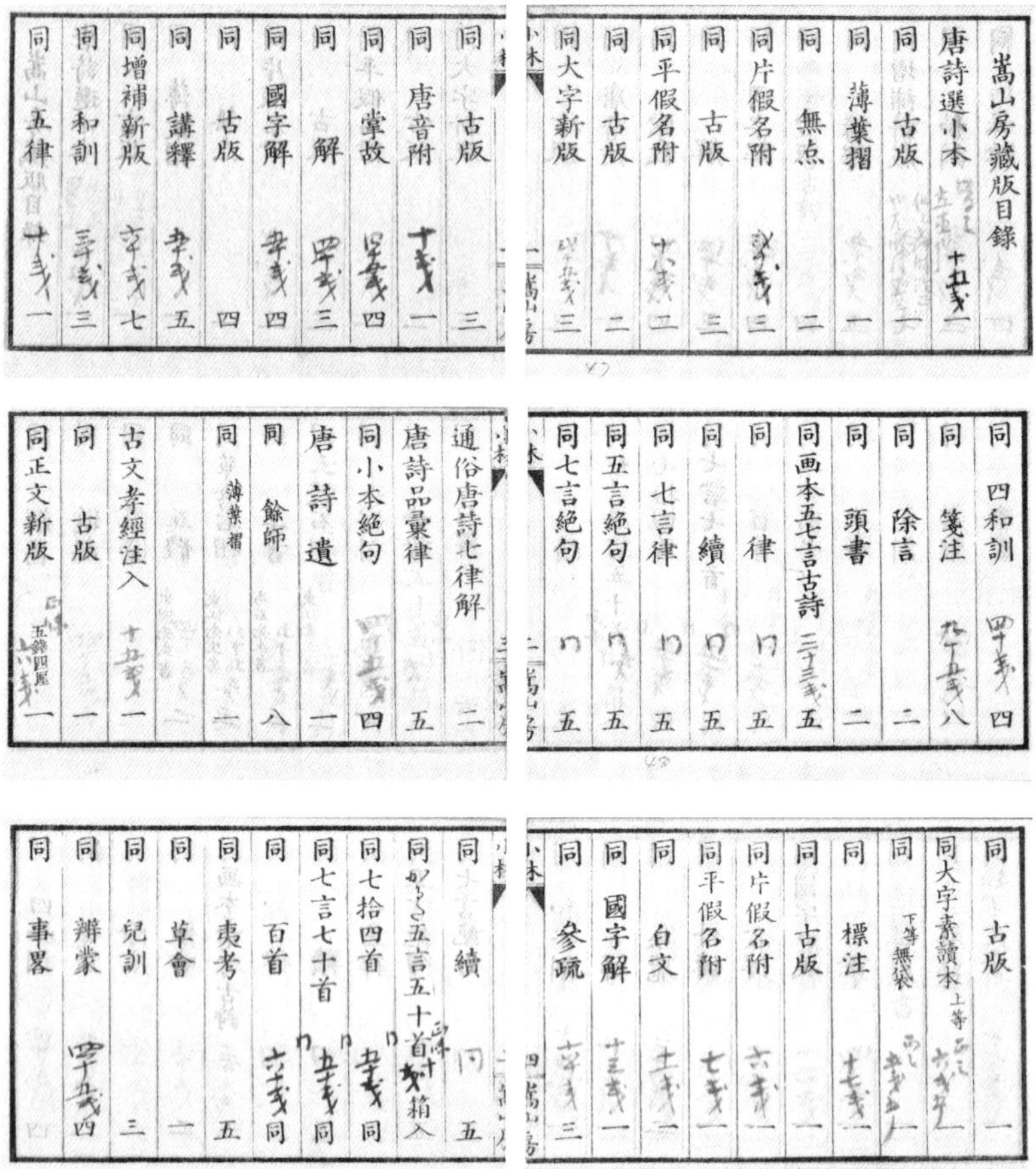
嵩山房藏版目録

唐詩選小本 一
同 古版 一
同 薄葉摺 一
同 無点 二
同片假名附 三
同 古版 三
同平假名附 二
同 古版 二
同大字新版 三
同 古版 三
同 唐音附 一
同 掌故 四
同 解 三
同 國字解 四
同 古版 四
同 講釋 五
同増補新版 七
同 和訓 三
同 嵩山五律 一

同 四和訓 四
同 箋注 八
同 除言 二
同 頭書 二
同画本五七言古詩 五
同 律 五
同 續 五
同七言律 五
同五言絶句 五
同七言絶句 五
通俗唐詩七律解 二
唐詩品彙律 五
同小本絶句 四
唐詩遺 一
同 餘師 八
同 薄葉摺 一
古文孝經注入 一
同 古版 一
同正文新版 一

同 古版 一
同大字素讀本 上等 下等 無袋 一
同 標注 一
同 古版 一
同片假名附 一
同平假名附 一
同 白文 一
同 國字解 一
同 參疏 三
同 續 五
同 五言五十首 箱入
同七拾四首 同
同七言七十首 同
同 百首 同
同 夷考 五
同 草會 一
同 兒訓 三
同 辨蒙 四
同 事畧

書影1　書肆蔵版書目集

なく、数々の関連出版をも独占して巨利を博し、明治まで続く大店の地位を確保しました。嵩山房版の『唐詩選』は四十種を越えておりますし、（補注2）関連出版の豊富さは、明治の初めに出された「嵩山房蔵版目録」に示されております。その封面の種々相を末尾に掲げておきました。（補注3）

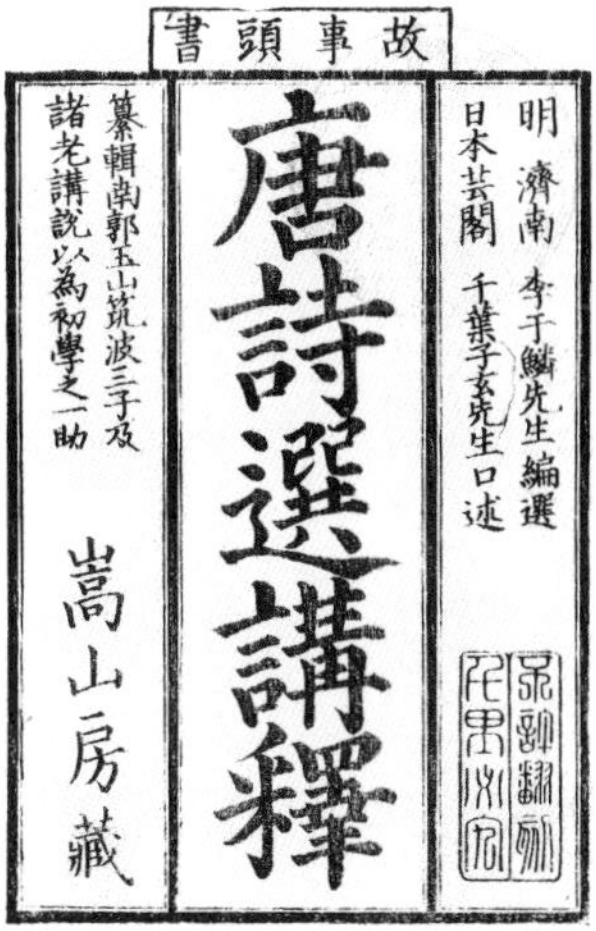

書影2　唐詩選講釈

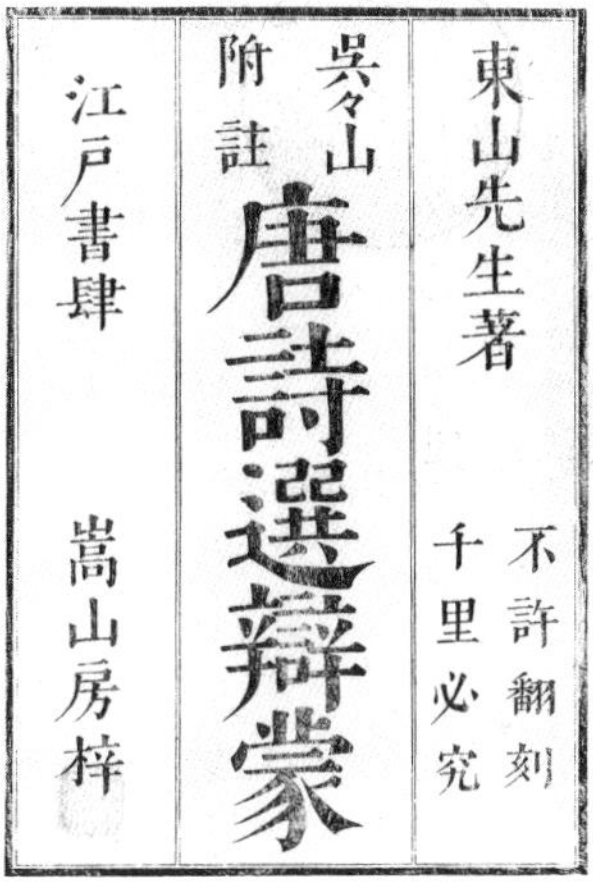

書影3　唐詩選弁蒙

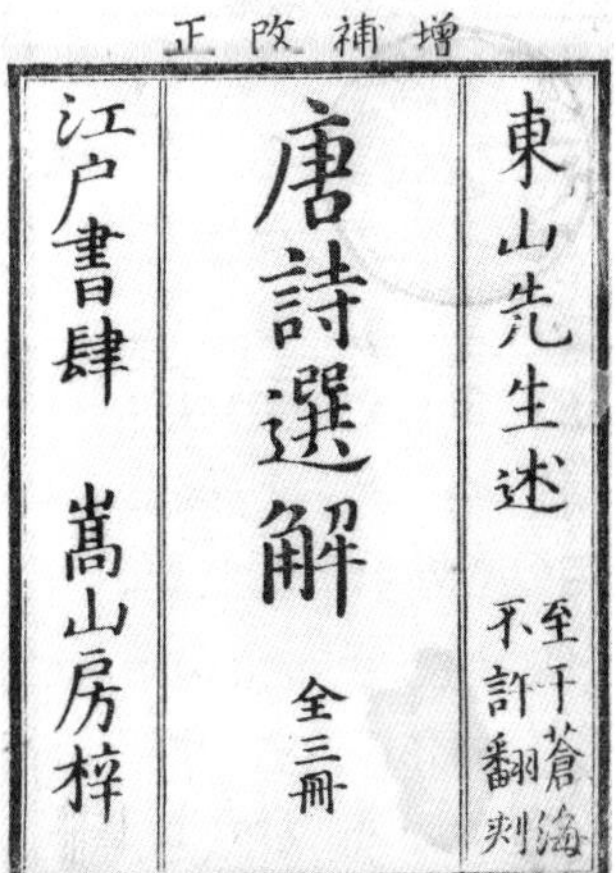

書影4　唐詩選解

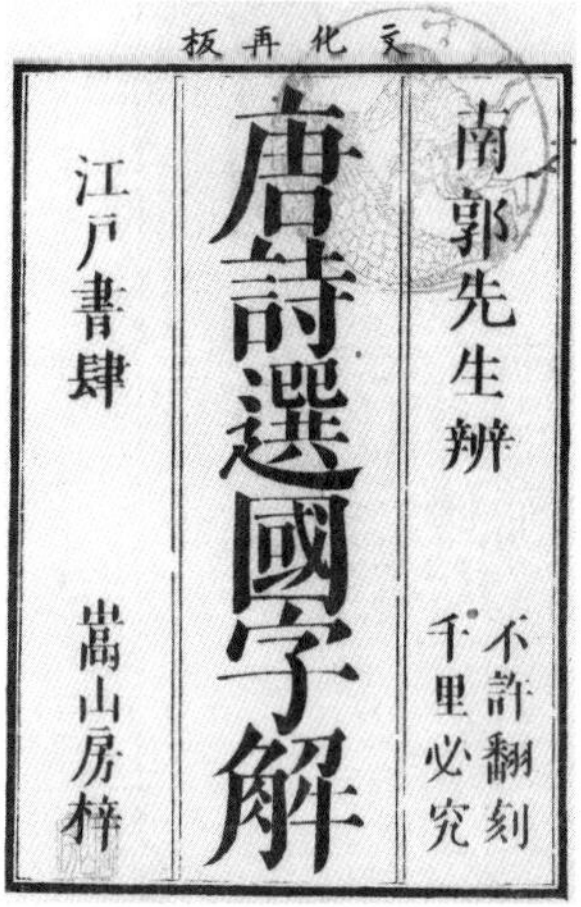

書影５　唐詩選国字解

書影6　唐詩選掌故（松蘿館）

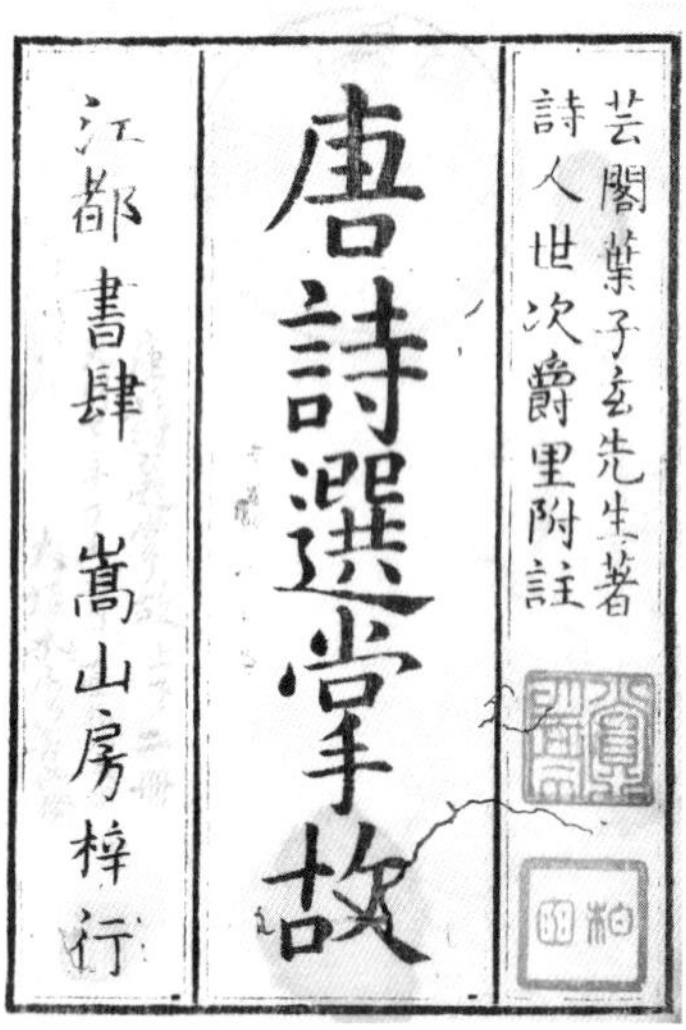

書影7　唐詩選掌故（嵩山房）

なおこうした嵩山房の独占態勢は決して自然にころがりこんで来たものではないということも注意する必要があります。権利というものは、主張しなければうやむやになってしまいます。先に江戸時代には著作権というのは無いに等しいと申しましたが、それは江戸時代に著述をするような人は、印税だの原稿料だのというものは念頭にないので、自分の書いたものが広く読んでもらえればよいぐらいにしか考えていなかったからでしょう。読本や洒落本など、通俗読物の世界では原稿料で生活するような作家が、江戸後期になれば出て参りますが、古典関係の著述ではそういうことはありません。この点についてはここに興味深い例を示しておきました。『唐詩選』関連出版の中で、『唐詩選掌故』は千葉芸《うん》閣の著で、芸閣の塾、松蘿館で刊行されましたが、後に嵩山房が譲り受け、後印本は封面に「嵩山房梓行」とあります。その経緯が本屋仲間の割印帳に注記されて(補注4)おりますが、「新兵衛難儀ニ付再三御訴訟申上」とあるのは須原屋新兵衛がそんなことをされては困ると執拗に迫り（業者であれば仲間の掟で取り締まれるけれども、家塾出版なのでそれはできません）、けっきょく芸閣の方が折れて（茂右衛門は即ち芸閣）「世上江広売呉候ハ、板木相渡可申旨ニ付私方江（嵩山房に）板木受取売弘度御願申上候」となって、嵩山房から申請して割印帳に登録されたことがわかります。この「世上へ広く売れ候わば板木相渡し申す可き旨」という所に当時の著述者と業者の姿勢の違いが表われており、板株ばかりが優先したのも当然と思われます。

ついでのことですが、次の刊記は、出版史の資料として非常に興味深いもので、この『唐詩児訓』というのは大阪の学者新井白蛾の著で、白蛾の塾である古易館で刻され、「浪華書肆、梧桐館」とあるのは大阪の吹田屋多四郎という本屋、ここで板木を預って売り出されたのです。そして右の方に「毎部加朱書為真」とあるのは、その上の印記はコピーではわかりませんが朱印で、つまり発行部数を確認するために「古易館」の朱印を押してあるのです。つまり発行に際しての検印で、検印制度のはしりといってよいかと思います。ちなみに最近は出版社を信頼して、検印は廃止または省略という所が多くなりました。私の著書十数冊の中で、いまだに発行に際して検印を押させられるのは一社だけです。余計なことを申しましたが、この『唐詩児訓』も、いつからか嵩山房の蔵板となっております。先の「嵩山房蔵版目録」の中段の左から三番目に見えております。この板木が嵩山房のものとなった経緯はわかっておりま

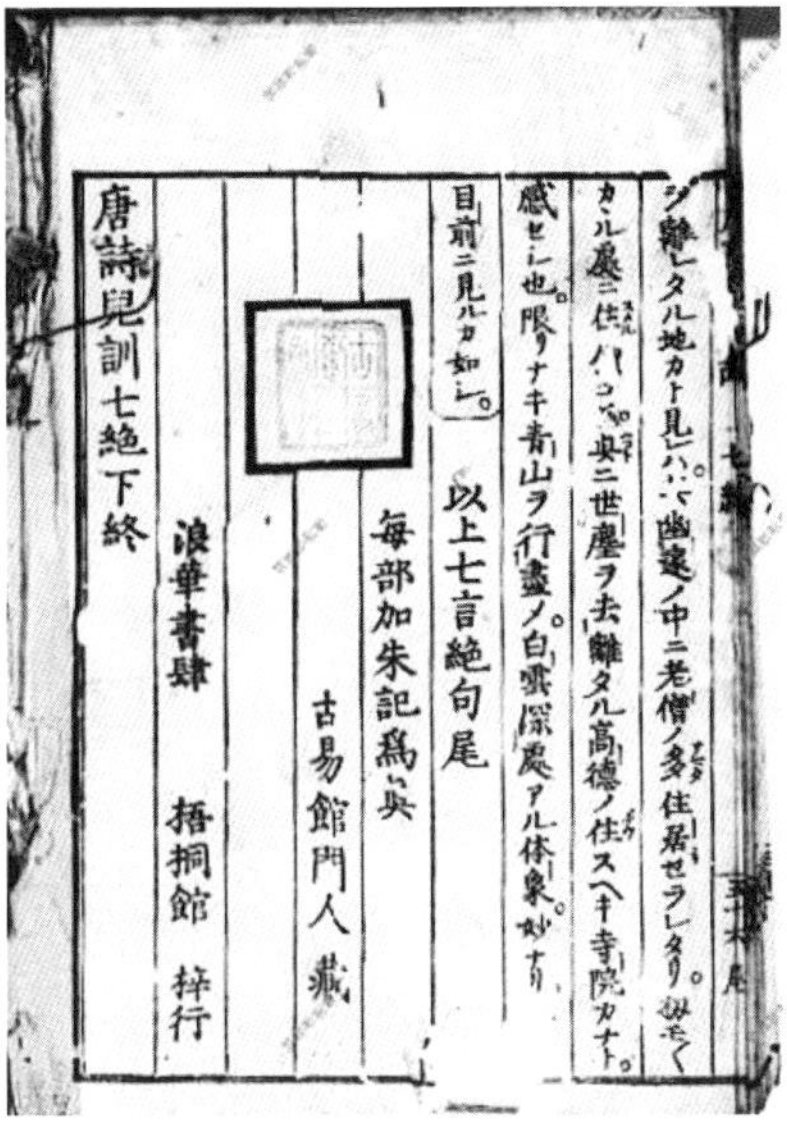

書影8　唐詩児訓刊記

せんが、いずれにせよ『唐詩選』関連出版を独占しようとする嵩山房、小林新兵衛の執念の為せるわざと思います。

次にもうひとつ、嵩山房の『唐詩選』関連出版独占の過程における訴訟沙汰を紹介したいと思いますが、その前に江戸時代の出版事情を調べる際の基本資料について説明しておきましょう。先に申しましたように江戸時代では、ある時期から仲間組織が確立され、三都におけるそれらのさまざまな記録が残されております。この点は私が多少は承知している中国の場合とたいへん違うところで、中国では古典関係の出版は学者自身が資産家であったり政府高官であったりした場合は自費で、そうでない場合は後援者が出資して出版されることがほとんどで、その場合は序跋などによって出版の事情がいろいろわかります。ところが通俗小説などの営業出版となると、日本のような本屋仲間の記録に相当するものがありませんから、出版された本そのものをできるだけ沢山集めて、その刊記や版式などから探って行くほかはありません。日本の場合は、本そのものはもとより根本資料として重要ですが、先述のように本屋仲間の諸種の記織からもいろいろなことがわかります。とはいっても三都の記録がすべてそろっているはずはなく、また記録の性格もさまざまですから、それらからどれだけのことを読み取るかは、それを読む人の視点の据え方と眼識次第ということになります。このたびのお話に関連することで申しますと、先ず江戸の書林仲間については割印帳が完全ではないにしてもかなり残っていて、これが最も重要な資料です。しかしこれは割印を出したものの記録ですから、先の『唐詩選掌故』の例のように、少々普通でない場合の注記があって興味深いところがありますが、割印が出されなかったもの、つまり却下されたものについては全くわかりません。私たちからすれば、どういうものがどういう理由で却下されたかも大いに興味がありますが、この資料からはその点は全く窺うことができません。これに対して京都の場合は「出入済帳」および「済帳標目」というものがあります。「出入」というのは紛争のことで、出版権などについての紛争があった場合、それが解決した段階で一件書類を綴じて後々の参考として保存しておくのが済帳、しかしこの済帳そのものは後期のものしか残っておらず、もう少し早い時期については「済帳標目」しかありません。標目というのは、済帳に対する目録、あるいは索引に当るものですが、しばしば内容の要点が書き出してあるので、それだけでもたいへん参考になります。そこでこれからお話しようとする嵩山房と京の老舗、文林軒田原勘兵衛との『唐詩国字弁』をめぐる訴訟沙汰は、江戸の割印帳には全く表われないので、京の「済帳標目」を繰っている中に経緯が見えて来たのです。田原勘兵衛というのは京の大店で、嵩山房の『唐詩選』(補注5)よりもかなり早くに、これとよく似た内容の『唐詩訓解』という本を出版しておりました。この本は奥付が無いことといい、古風な美濃本（やや大型の本）であることといい、かなり早い時期、恐らくは板株の制度ができる以前の刊行でしょう。そこで『唐詩選』が発刊された時にすぐ「差構」、異議を申し立てるのですが、いろいろ経緯があったようですけれども（標目だけなので詳細はわかりません）けっきょくは取り上げられませんでした。それではというので、勘兵衛は『唐詩訓解素本』というものを発刊しようとしますが、これは企画の段階で行事から却下されてしまいました。その標題からいって、『唐詩訓解』から訓解をはずしたものに違いなく、すると『唐詩選』とほとんど同じになってしまいます。そこで京都の仲間行事は承認しなかったのです。次に勘兵衛は『唐詩国字弁』を、これは一旦京都では承認されて発行するのですが、嵩山房の方から差構が申し立てられます。今度は已に刊行されているので事は大きく、六年がかりの訴訟沙汰となり、勘兵衛は二度も江戸に出向いて争いましたが敗れ、この本は絶版、板木没収という

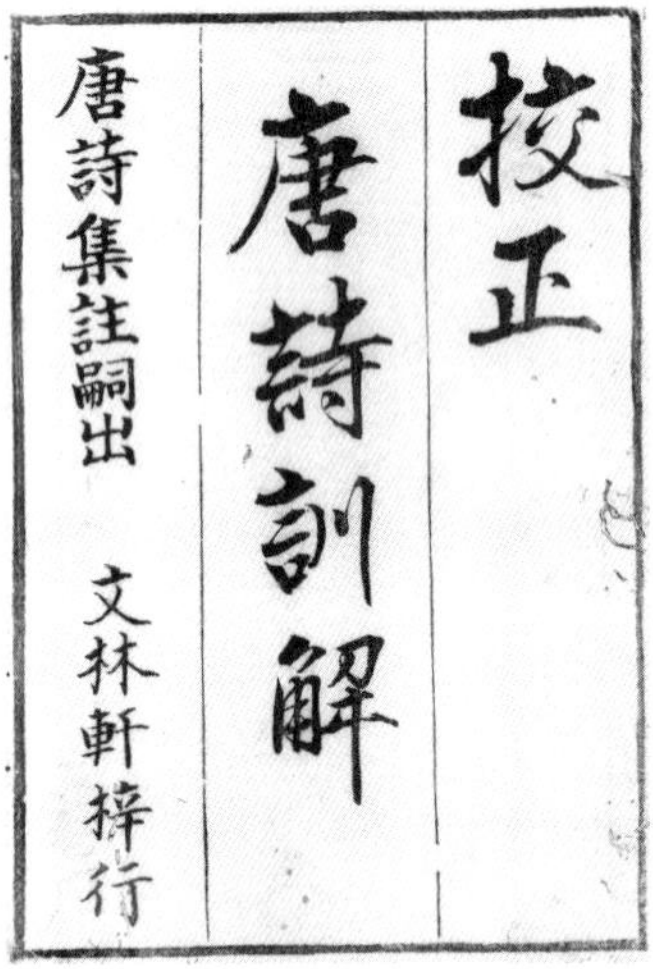

書影9　唐詩訓解

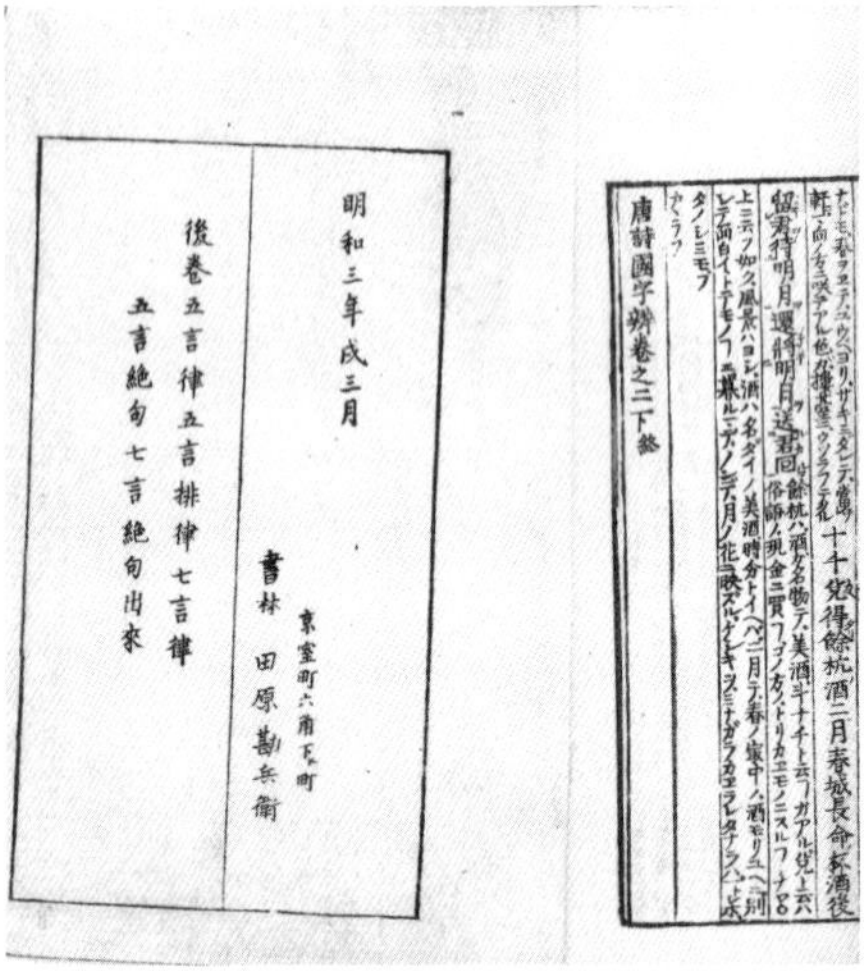

書影10　唐詩国字弁

結果に終ります。ここに示したのは私の所蔵する本の巻末刊記で、絶版になるまでにある程度の部数が刊行されていたことがわかります。(補注6) このように、嵩山房が『唐詩選』およびその関連出版を独占して繁栄したのは、並々ならぬ企業努力があったのです。なお嵩山房と文林軒とはその後和解したとみえて、いろいろな本を相合版（共同出版）で出しております。

さて、最後に特に申し上げたいことがございます。すでに申しましたように江戸時代の本屋というと例の三都、京・大阪・江戸の本屋が大きな比重を占めていることは確かですけれども、その他の地域で出版が行われていなかったわけではありません。先に仙台の例をひとつだけ紹介しましたが、諸藩の藩校や各地の本屋で出版されたものがそれぞれにございます。これらについては、三都の本屋仲間の記録のようなものは無いので、出版物そのものを蒐集整理して探って行くほかはありません。そうした作業は、地域によってはすでに相当に進んでおりますが、全国的にみればまだまだこれからという所かと思います。従って各地域の調査結果を総合して、江戸時代における日本全国の出版状況が見渡せるようになるのは、将来の目標でしかありません。

かつて長沢規矩也先生が、和刻本漢籍総目録の編纂を考えておられたようで、『長編』の稿本が残されておりますが、右のような各地方における出版までも視野に入れると、その完成はまだまだ遠い将来のことになりそうです。そしてこれは個人の努力の及ぶ所ではなく、大規模な組織的調査が必要であろうと思います。なお長沢先生は和刻本漢籍というものを厳密に考えておられ、注釈を含む日本人の著述は度外視されております。書誌学的にいえばそうでしょうけれども、日本における漢学の実態を明らかにするという視点からすれば、国字解の類をも含む漢籍に関する日本人の著述のすべてをも併せて調査すべきだろうと思います。そのように考えると、この漢文教育学会は全国各地の漢文の専門家の集まりでしょうから、各地方の隅々にわたる調査を必要とするこの仕事に最もふさわしい団体ではないでしょうか。最後に申し上げたいというのはこのことで、貴会がこの事業に目を向けられることを期待して、私の拙ないお話を終らせて頂きます。

附記　本講演については左の拙著を参照して下されば幸甚です。

1　『漢詩と日本人』（特に「第四章『唐詩選』の話」）講談社

2　「『唐詩選』と嵩山房」（『日本中国学会創立五十年記念論文集』）

3　「江戸の本屋・京の本屋」（『東方』二一二号）

補注

（1）「文話」（明治四十三年四月一日発行『新国民』第十一巻第一号）。

（2）本書第十九章「『唐詩選』と嵩山房」の『唐詩選』の版本各種（二五七頁）を参照。
（3）寛政二年（一七九〇）刊『唐詩選講釈』（書影2）、天明六年（一七八六）初刊『呉々山附註 唐詩選弁蒙』（書影3）、天明三年（一七八三）再刻『唐詩選解』（書影4）、天明二年（一七八二）初刊『唐詩選国字解』（書影5）、安政六年（一七七七）刊『李于鱗唐詩選唐音』（以上、嵩山房）。明和四年（一七六七）刊『唐詩選諺解』（潜龍堂）。
（4）『江戸書物問屋仲間割印帳』より。「明和五年〈同年十一月十一日〉」に次の記事がある。

唐詩選掌故　全部二冊

右之書明和二年酉年千葉茂右衛門蔵板出来仕候処新兵衛難儀ニ付再三御訴訟申上右茂右衛門方より世上江広く売弘呉候ハ丶、板木相渡し可申旨ニ付則私方江板木受取弘度段御願申上候処御聞済被成下済口証文差上申候段別紙ニ書付を以新兵衛相届候

帳面ニ記申置候者也

（5）田原勘兵衛の刊記のあるものがある（大和文華館所蔵）。ただし刊行年の記載はない。
（6）『唐詩国字弁』には上冊巻末に「明和三年戌三月」、中冊巻末に「明和七年寅七月」、下冊巻末に「明和四年亥十一月」の刊記がある。

21　江戸時代出版雑話

しばらく前のことになるが、「日本出版文化史展」と掲げる大規模な展覧会が京都で開催されたことがあった（京都文化博物館、一九九六年）。上は奈良時代の「百万塔陀羅尼」から始まって平安時代の摺仏、そして春日版、高野版、古活字版などが続き、江戸時代に入ってからの多種多様な出版物、更に現代の活版印刷からコミックの類、最後は電子出版にまで及び、しかもほとんどが写真や複製でなく、国宝や重文・重美などをも含めて実物が出陳され、規模ばかりでなく、かつてない豪華な充実した内容の展観であった。ただ欲をいえばきりのないもので、網羅的であるだけに特定の分野に関心をもって見ようとすれば、もの足りないものを感ずることがあるのはやむを得ないであろう。私はそのころ必要があって和刻本漢籍のことを調べていたので、その方面も何が見られるかと期待していたのだが、江戸時代の出版物についてはいわゆる「草紙」系の方に重点がおかれていたようで、漢籍の和刻は最もポピュラーな数点が申しわけ程度に展示されているにとどまっていた。

いうまでもないことだが、わが国の書籍出版はまず仏典から始まり、ついで漢籍の翻刻、そしてかな文字の古典に及ぶ。そしてこの辺りまでが「物の本」、「本」であって、江戸時代になると通俗読物や絵本などがどんどん出版されるようになるが、それらは「本」ではなく「草紙」と呼ばれ、取扱う業者も本屋と草紙屋は区別され、江戸では業者の組合、いわゆる「仲間」も別々に組織されていた。そして当時の認識としては本、本屋が出版界の主流で、草紙、草紙屋は傍流だったはずであるが、のちに日本文学を研究する立場からみると、むしろ草紙の方に重点がおかれるようになる。しかし当時の情況にさかのぼって考えれば、漢籍の和刻を主として扱う「本屋」が業界の主流であったという事実を忘れるべきではないと思う。

江戸時代にどのような漢籍が和刻本として刊行されていたかについては、故長沢規矩也博士が綿密に調査されて『和刻本漢籍分類目録』を遺されているが、この目録には約二千点の和刻本が著録されている。ただ博士は医書と仏書は別格として除外されており、この両種はそれぞれ相当に豊富な和刻があるはずなので、それらを加えることができればこの数字は更に大きなものになる。また博士は漢籍というものを厳密に考えられ、日本人が注釈や和訳を加えたものは除外されているが、日本の知識人が漢籍をどのように読んで来たかに関心をもつ立場からすれば、その種の出版物の目録も欲しい。そうした漢籍関連出版のすべてを包括する目録ができたとすれば、総点数はどのくらいになるか見当もつかない。

次に江戸時代の多種多様な出版物の一点一点がどのくらい印刷され、発行されたかは資料が乏しく、なかなかわからない。当時の版木板は、一時的な売り上げをねらう読物などは別として、いわゆる物の本になると桜やつげなど固い材質のものを使うので、一枚の版木で数千枚は刷れるといい、それでもよく売れて版木が摩耗して使えなくなると改刻、つまり新しく彫りなおして発行を続けることになり、中にはたびたび改刻をくり返すものも現れるがその例は稀で、多くは第一版だけ、それも数百部というのが通常で、千部売れれば関係者を集めてお祝いをしたともいわれる。さきごろ上梓された拙著『中国文学と日本　十二講』（創文社、中国学芸叢書）の中で紹介した嵩山房の『唐詩選』の場合は、長期にわたって四十種を越える異版を確認できるので、その総発行部数が万単位になっていることは間違いないが、これは和刻本漢籍という範囲にとどまらず、およそ江戸時代の出版物としてめったにない例外というべきであろう。

『唐詩選』がなぜこのように売れ続けたかはいろいろ興味深い問題を含んでいる。荻生徂徠やその門人の服部南郭ら「古文辞学派」の推奨から始まったことは間違いないが、彼らの没後「古文辞学派」が凋落したあとも、『唐詩選』の人気は衰えることなく売れ続けている。それは江戸時代初期までとは違って漢詩漢文に親しむことが格別のことではなくなり、一種の大衆化とでもいうべき情況になって来たということがまずあって、その中で、選ばれた唐詩が時代の好尚に合致し、また五百首弱という規模も普及版として適当であったというようなことが考えられるが、そうしたことでは尽くせない問題がある。というのは、この嵩山房『唐詩選』に先んじて、ほとんど同じ内容の唐詩の選集が翻刻出版されていたからである。文林軒の『唐詩訓解』がその本であるが、『唐詩選』はこの先行の『唐詩訓解』を圧倒して独走的に売れて行くことになっている。この両書を比べると、選ばれた詩はほとんど同じ、詩体別の七巻という編制は全く同じなので、両書の売れ行きの違いが詩選としての内容の為でないことは確かである。さきの拙著の中では江戸の嵩山房と京の文林軒との数代にわたる対立抗争を採り上げ、この問題にも触れたが、そこではこの両書について出版形態の違いを指摘した。具体的にいえば、江戸初期までの和刻本漢籍は美濃版の大型本が多く、『唐詩訓解』も例外ではなかったが、嵩山房『唐詩選』は注釈を除いた簡便な小型本として登場した。そしてこのことは江戸時代の知職人にとって漢詩を読むことが日常化して行ったことに対応すると同時に、相対的にかなり安価に提供することができたであろうと述べた。ここではその点をもう少し具体的に掘り下げてみたい。

江戸時代における書物の出版は今日とは違って印刷にしろ製本にしろみな手仕事であったが、それら職人の手間賃、今日でいう人件費は今日からみて格段に低かった。それに対し材料費、紙や糸などは逆に相対的に高価だったようである。この点を具体的に検討してみよう。江戸時代において書物の出版にどれだけの費用を要したか、つまり書籍出版の原価についての資料はもともと多くないし、更に項目別の費用をしるしたものなどは極めて稀にしかみられない。その中で次に紹介する林子平の『海国兵談』の場合は、その極めて稀な例といえるかと思う。

林子平は天明五年（一七八五）に中椒堂須原屋市兵衛を版元として『三国通覧図説』を出版して好評を得た。続いて『海国兵談』の原稿を完成して出版しようとするが、今度は引き受けてくれる本屋がなかったので自費出版を決意する。しかし一応仙台藩士ではあっても無禄で、兄の家の「厄介」という身分の子平にそのような資金があるはずはなく、協力する人達もいて寄附金を募ることにする。いわば予約出版のようなかたちで、「金二百疋（二分の一両）」を出してくれた人には完成後二部を進呈するというので、その醵金を要請する書簡に費用の見積りがしるされているのである。

そこにはまずこの『海国兵談』は「十六巻、紙数三百五十枚也、是を八冊に造る」、そして千部を仕立てたいと述べ、その上で「書肆を招て千部を仕立候直（あたい）の大略を計量せしめ候其大数（概数）左の如し」とするしているので、決して素人のいい加減な推算ではなく、本屋を呼んで見積らせた概算であって、かなり信頼できる数字と考えてよい。以下の項目ごとの内容は、それぞれの単価などもしるされていて興味深いが、金の両・分・朱と銀の貫・匁・分・厘とが錯綜してわかりにくく煩瑣なので省略し、各項の合計を整理してしるすと次のようになる。

○彫賃　計金二十六両一分
○紙　計金百十三両一分と銀五匁
○表紙　計金三十三両一分と銀五匁
○縫糸　計金十両三分と銀五匁
○摺賃　計金六両二分と銀十匁
○仕立賃　計金十六両二分と銀十匁
○外題料　計金一両二分と銀十匁

そして末尾に「(総計) 銀ニテ十二貫五百二十五匁也、金ニテ二百八両三分也」としるしている。この内訳をみると彫賃・摺賃などの手間賃・人件費よりも材料費・物件費とみられる項目の方がはるかに額が大きく、特に紙だけで総額の半分以上を占めていることがわかる。こうした事情は江戸時代の中で大きな変動があるとは思われないので、となると、大型本と小型本の費用の差は歴然としており、『唐詩訓解』に対して『唐詩選』の方がはるかに有利であったということになろう。そこで文林軒は形勢不利とみて、改めて『唐詩訓解素本』なる書を出版しようとするが、それは『唐詩選』の類版として発行を認められなかった。このようにしてこの両書の競合は

『唐詩選』の圧勝となったのである。

ところでさきの子平の書簡に「書肆を招て……計量せしめ」とあった「書肆」というのはどの本屋かといえば、おそらく『三国通覧図説』の版元であった須原屋市兵衛であろう。市兵術は例の杉田玄白の『解体新書』や森島中良の『紅毛雑話』など、海外にも眼を向けた開明的、先進的な書物を次々に出版したことで突出しており、『三国通覧図説』もそうした中での一点だったのである。だから『海国兵談』についてもその意義を認め、好意的に協力してくれたと思う。ではなぜ版元になってくれなかったのかということになるが、それはこの前後の政情の変化の影響であろう。もともと出版の自由と権力とはとかく矛盾対立するもので、幕府も早くから出版規制のおふれをたびたび出しており、特に享保七年（一七二二）に大岡越前守が公布した条例がよく知られているが、その第一条に「……猥りなる儀、異説などを取りまぜて作り出し候儀は堅く無用たるべきこと云々」とするされていた。その後十八世紀後半になって田沼意次が権勢をふるった時期は、いわゆる田沼時代で万事放任主義となり、こうした規制も有名無実となっていた。市兵衛が開明的な書物をしきりに出版していたのはそのころに当る。ところが『三国通覧図説』が出版された次の年、天明六年に田沼意次は罷免され、やがて松平定信が老中首座となっていわゆる「寛政の改革」が始まり、諸事取締りが厳しくなる。こうした政策の変化に本屋たちが反応しないはずはない。市兵衛ばかりでなく、『海国兵談』の出版を引き受ける本屋が現れなかったのも無理からぬことであった。こうした情勢の中でも自らの著述の意義に自信のある子平は、必ず理解してもらえるものと信じて無理算段して出版にこぎつけたのであった。しかしたちまち咎められて版木は没収、著者は国元蟄居という処分を受けたことはよく知られている通りである。子平は仙台に送還されて兄の邸に蟄居し、一年ほどで病を得て世を去った。伝えられるところでは仙台藩では領内であれば外出しても差支えないとひそかに伝えていたが、子平は頑として一室に終日正座して過し、庭におりることもなかったという。須原屋市兵衛も咎めを受け、既刊の『三国通覧図説』は絶版、重過料を課せられ、以後没落して行くことになる。江戸時代出版史における悲劇の一幕であった。

ちなみに子平はその後天下の情勢の変化にともなって赦免、つまり名誉回復され、『海国兵談』はたびたび翻刻されて流布した。没した当時は墓を作ることも許されなかったが、名誉回復の後は菩提寺龍雲院に墓が作られただけでなく、かたわらに仙台藩主による大きな顕彰碑が建てられ、その所在地は子平町と名づけられている。

22 漢詩の魅力
——夏目漱石と漢詩——

智に働けば角《かど》が立つ。情に棹《さお》させば流される。意地を通せば窮屈だ。とかくに人の世は住みにくい。

御存じ夏目漱石「草枕」の冒頭の一節、主人公が「山路を登りながら」人生についていろいろ考えているところですが、やがて「東洋の詩歌」に思い到り、安らぎを見出します。

うれしい事に東洋の詩歌はそこを解脱《げだつ》したのがある。採菊東籬下《きくをとるとうりのもと》、悠然見南山《ゆうぜんとしてなんざんをみる》。ただそれぎりのうちに暑苦しい世の中をまるで忘れた光景が出てくる。垣の向こうに隣の娘がのぞいてるわけでもなければ、南山に親友が奉職している次第《しだい》でもない。超然と出世間的《しゅつせけんてき》に利害損得の汗を流し去った心持ちになれる。

漱石のいう「東洋の詩歌」とは、いわゆる漢詩のことでした。ここに引かれているのは陶淵明《とうえんめい》の「飲酒」と題する詩の中の二句、有名な詩なので今さらという気がしないではありませんが、一首の全体を挙げておきましょう。「飲酒」と題してあっても、酒そのものをテーマにしているわけではなく、前書きをみますと、毎晩晩酌をしていい気持ちになると気ままに詩の句を書きしるす、それがいつのまにかたまっていた、とあります。もともと二十首連作の中の一首です。

廬《ろ》を結びて人境《じんきょう》に在り
而《しか》るに車馬の喧《さわが》しきこと無し
君に問う　何《なん》ぞ能《よ》く爾《しか》るやと
心遠くして地《ち》　自《おのずか》ら偏《かたよ》ればなり
菊を採《と》る　東籬《とうり》の下
悠然《ゆうぜん》として南山を見る
山気《さんき》　日夕《ゆうぐれ》に佳《よ》し
飛鳥《ひちょう》　相与《あいとも》に還《かえ》る
此の中に真意《しんい》有り
弁《べん》ぜんと欲《ほっ》すれども已《すで》に言《げん》を忘れたり

初めの四句、山奥に隠れ住んでいるわけではないが、心が世俗から遠く離れているので、おのずからへんぴで閑静なところに住んでいるということ、「君に問う」は誰かにたずねるわけではなく、つぎの句を強調する表現法です。そして漱石先生お気に入りの二句、東の籬《まがき》の下で菊の花をつむ、南のかたにかの廬山《ろざん》がそびえている、このゆったりした気分。つぎの二句、山のたたずまいは夕暮れになっていっそうすばらしい、ねぐらを指して帰って行く鳥たち。陶淵明はこの少し前に県知事の職を辞して田舎に帰って来たのでした。ここはねぐらを指して帰る鳥に自分の姿を重ね合せているのでしょう。そして結び、この夕暮れの景色の中にこそ「真意」があるとさとり、それについて述べようと思ったが、もはやことばなど忘れてしまった、というのは、ことばなどを超越した世界がそこに在るということかと思います。

さて、江戸時代から日本人の間でも愛誦されて来たこの詩ですが、考えてみますと、陶淵明は唐代より更に前の、六朝《りくちょう》時代の初期、紀元四百年前後の人ですから、今から千六百年ほどむかし、日本でいえば聖徳太子《しょうとくたいし》や飛鳥《あすか》時代などを飛び越して、まだ歴史がはじまったともいえない古墳時代ということになります。そしてこの詩が作られた陶淵明の郷里、採桑里《さいそうり》は一度訪ねたことがありますが、今の江西《こうせい》省九江《きゅうこう》市からかなり離れた田舎です。南に中国有数の名勝、廬山《ろざん》がそびえており、おりしもよく晴れた日で、夕陽に映える廬山のすがたはたしかにすばらしいものでした。

このように千六百年ほどの隔たり、そして中国の片田舎、時間的にも空間的にもかけ離れたところで作られたこの詩ですが、「菊を採る　東籬の下、悠然として南山を見る」と口ずさんでみると、陶淵明という人に身近な親しみを覚え、ほっとした安らぎを感ずるのは漱石（の描く主人公）ばかりではないと思います。何とも不思議なことです。

「草枕」の主人公の想念はこのあとも続きます。

独坐幽篁裏《ひとりゆうこうのうちにざし》、弾琴復長嘯《きんをだんじてまたちょうしょうす》、深林人不知《しんりんひとしらず》、明月来相照《めいげつきたりてあいてらす》。ただ二十字のうちに優《ゆう》に別乾坤《べつけんこん》を建立《こんりゅう》している。この乾坤の功徳《くどく》は「不如帰《ほととぎす》」や「金色夜叉《こんじきやしゃ》」の功徳ではない。汽船、汽車、権利、義務、道徳、礼儀で疲《つか》れ果《は》てた後、すべてを忘却してぐっすり寝込《ねこ》むような功徳である。

二十世紀に睡眠が必要ならば、二十世紀にこの出世間的《しゅっせけんてき》の詩味《しみ》は大切である。

ここに引かれている「二十字」は、唐の詩人王維《おうい》の「竹里館《ちくりかん》」と題する五言絶句です。ふりがなだけでは読みにくいでしょうから、書き下しにして示しておきましょう。

独《ひと》り幽篁《ゆうこう》の裏《うち》に坐し
琴を弾じて復《ま》た長嘯《ちょうしょう》す
深林　人《ひと》知《し》らず
明月　来《きた》りて相照《あいてら》す

王維は唐代の中でも盛唐と呼ばれる時期の人ですから紀元七百年代、陶淵明よりは三百年ぐらいあと、日本でいえば奈良時代、遣唐使がしきりに往来して唐の文化を輸入し、いわゆる天平《てんぴょう》文化が花開いた時期に当ります。ちなみに王維は阿倍仲麻呂《あべのなかまろ》――「あまのはら　ふりさけみれば　かすがなる　みかさの山に　いでし月かも」の歌で知られるあの仲麻呂と親交がありました。仲麻呂は留学生として遣唐使に伴われて渡唐し、そのまま唐に仕えて高級官僚になったのです。国際的に活躍した最初の日本人といってもよいでしょう。それはさておき、王維も高級官僚でしたから、今の陝西《せんせい》省西安《せいあん》、当時の都の長安の郊外、輞川《もうせん》というところに別荘を持っており、その周辺の景勝を詠じた五言絶句《ごごんぜっく》二十首が「輞川集」として評判になりました。「竹里館」はその中の一首です。「幽篁《ゆうこう》」は静かな竹林、その中でただひとり琴を弾き、深呼吸をする。「嘯《しょう》」は今でいう気功術の一種、音をたてる呼吸法です。そして林の奥深く、自分がここにいることを知る人はなく、つきあってくれるのは明月だけ、と結びます。「乾坤《けんこん》」は天地と同義、「別乾坤」は別天地、別世界といってもよいでしょう。五言絶句一首、二十字の中に別世界がひらけているというのです。そして徳富蘆花《とくとみろか》の「不如帰《ほととぎす》」、尾崎紅葉《おざきこうよう》の「金色夜叉《こんじきやしゃ》」、どちらも当時評判の小説ですが、そうした小説とは全く違った「功徳《くどく》」がある。「功徳」とは神仏の恵み、御利益《ごりやく》というようなもの、ここはもとより比喩的な意味で、そこから与えられるもの、得られるもの、というようなことでしょう。要するにこの別世界から与えられるものは、近代の小説とは全く違うということ、「汽船、汽車……」、近代社会に生きる慌ただしさ、忙しさ、緊張――そういったものを忘れさせ、安らぎを与えてくれるというのです。

「草枕」ではこのあとにもいくつか漢詩の引用がありますが、特に興味をひかれるのは、主人公が漢詩を作る場面が二回出てきて、それぞれ一首ずつ、でき上った詩が録されているところ、第六節と第十二節とで、この作品の二つの山場のようなところです。第六節のその場面はつぎのようになっております。

　葛湯《くずゆ》を練るとき、最初のうちは、さらさらして、箸《はし》に手ごたえがないものだ。そこを辛抱《しんぼう》すると、ようやく粘りが出て、かきまぜる手が少し重くなる。それでもかまわず、箸を休ませずに廻すと、今度は廻し切れなくなる。しまいには鍋《なべ》の中の葛が、求めぬに、先方から、争って箸に附着してくる。詩を作るのはまさにこれだ。

　手がかりのない鉛筆が少しずつ動くようになるのに勢いを得て、かれこれ二三十分したら、

　　青春二三月《せいしゅんにさんがつ》、愁随芳草長《うれいはほうそうにしたがってながし》。閑花落空庭《かんかくうていにおち》、素琴横虚堂《そきんきょどうによこたわる》。蠨蛸掛不動《しょうしょうかかりてうごかず》、篆煙繞竹梁《てんえんちくりょうをめぐる》。

という六句だけできた。読み返してみると、みな画になりそうな句ばかりである。これなら始めから、画にすればよかったと思う。なぜ画よりも詩の方が作りやすかったかと思う。ここまで出たら、あとは大した苦もなく出そうだ。しかし画にできない情を、次には詠《うた》ってみたい。あれか、これかと思いわずらった末とう

とう

独坐無隻語《どくざせきごなく》、方寸認微光《ほうすんびこうをみとむ》。人間徒多事《じんかんいたずらにたじ》、此境孰可忘《このきょうたれかわするべけん》。会得一日静《たまたまいちじつのせいをえて》、正知百年忙《まさにひゃくねんのぼうをしる》。遐懐寄何処《かかいいずこにかよせん》、
緬邈白雲郷《めんばくたりはくうんきょう》。

とできた。

実はここに出てくる五言十四句の古詩も、第十二節の「門を出《い》でて思う所多し」の句ではじまる五言十八句の一首も、ともに漱石の自作、つまり自分の作った漢詩を、小説の主人公が作ったようにしたてているのです。この小説の主人公には、到るところで漱石自身が影を落としているのですが、この部分は最もはっきりしているといえるでしょう。葛湯の比喩も漱石自身の体験を述べたものとして読めます。

ただこの二首は、漱石自身の作といっても決してこの小説のために作ったのではなく、どちらも小説が発表されるより八年ほど前の作、ロンドン留学以前に、第五高等学校教授として熊本にいたころ、しきりに漢詩を作っていたのですが、その中の二首です。このころの五高には長尾雨山《ながおうざん》という有名な漢学者が在任しており、漱石はしきりに自作の漢詩をみてもらい、添削《てんさく》してもらっております。「草枕」にみえる二首も、雨山が朱筆で添削と評語を加えた初稿が残っており、修改のあとをたどることができます。漱石の漢詩はこのころに長足の進歩をとげたといわれております（このあたりのことは一九九五年版『漱石全集』第十六巻の月報および拙著『漢詩と日本人』、講談社選書メチエ、の中にしるしておきましたので、関心のある方はそちらを御覧ください）。

第六節にみえる一首を書き下しにして説明を加えておきましょう。

青春　二三月

愁いは芳草に随って長し
閑花《かんか》　空庭に落ち
素琴《そきん》　虚堂《きょどう》に横たわる
蠨蛸《しょうしょう》　掛《かか》りて動かず
篆煙《てんえん》　竹梁《ちくりょう》を繞《めぐ》る
独坐して隻語《せきご》無く
方寸《ほうすん》　微光を認む
人間《じんかん》　徒《いたず》らに多事
此の境　孰《たれ》か忘る可《べ》けん
会《たま》たま一日の静を得て
正《まさ》に百年の忙を知る
遐懐《かかい》　何処《いずこ》にか寄せん
緬邈《めんばく》たり　白雲の郷

第一句、「青春」の二字で春のこと、青は春を象徴する色です。下の三字、旧暦では一、二、三月を春とし、四月からは夏、「二三月」は春たけなわのころです。第三句はひっそりした庭に、しずかに花が散って行くこと、第四句、「素琴」は飾りのない琴、「虚堂」はひとけのない部屋。五、六の句、「蠨蛸《しょうしょう》」は蜘蛛《くも》のこと、「篆煙《てんえん》」は香の煙です。七、八の句は座禅を連想させます。漱石は若いころしばらく鎌倉のお寺にこもって参禅したことがあります。「隻語」はひとこと、「方寸」は一寸四方、心のことで、無言で坐っていると、胸中にかすかな光がみえた、というのです。十、十一の句、「人間《じんかん》」はこの人の世、俗世間、「孰《たれ》か忘る可《べ》けん」はこの境地を忘れないようにしようと、自分にいいきかせるこころです。「会得」以下の二句は、長尾雨山が「最も精錬なるを推す（磨き上げられた表現ですばらしい）」と絶賛しております。「百年」は人の一生をいい、閑静な一日をすごすことができて、ふだんの忙しさがわかった、一生忙しくしていることがばか〱しくなったというようなことまで含んでいるかと思います。みごとな対句になっております。「遐懐《かかい》」ははるかなるおもい、さきの陶淵明の詩の「心遠し」と近いでしょう。「緬邈《めんばく》」ははるかなるさまを形容する語、「白雲郷」は白雲たなびく仙境、はるかなる仙境に思いを寄せるという結びです。

　ところで、右に引用した「草枕」の中の漢詩ですが、私たちが普通にみる文庫本などでは、これらの詩の全部にふりがな、いわゆる総ルビがついておりますので、迂闊なことに私は漱石がはじめから読みがなをつけていたものと長い間思いこんでおりました。ところがある機会に初版本の複製（短篇小説集「鶉籠《うずらかご》」）をみましたところ、この部分はふりがなどころか、返り点などもついていないいわゆる白文、漢字が並んでいるだけだったのでびっくりしました。この作品ははじめ「新小説」という雑誌に掲載されたのですが、発刊早々たいへん評判になって、その雑誌はたちまち売り切れたといわれており、ということは、一般の読者にひろく読まれたはずです。つまり当時の小説の読者層は、これらの詩は漢字が並んでいるだけで十分で、返り点や送りがななどは必要がなかったということになります。特に右にみえていた陶淵明や王維の詩は、江戸時代以来日本でもひろく読まれてきた詩ですから、ふりがななどつけようものなら、バカにするなというところではなかったかと思われます。

しかし漱石自作の二首になると、かなり事情が違います。漱石は旧作の詩を新作の小説に織りこんだのですが、それまで漱石は自作の漢詩を公表することはなかったので、読者はこれらの詩をはじめて目にしたはずです。ということは、このころの小説の読者は、さきの陶淵明や王維のようなポピュラーな詩ばかりでなく、はじめて見る詩であっても、漢字が並んでいるだけで十分鑑賞することができた、ということになります。

これらの詩にふりがな、ルビを附するようになったのがいつからか、はっきりは知りませんが、つぎのような興味深い事実があります。昭和四十一、二年岩波版の「漱石全集」は、漢詩に限らずすべての漢字にふりがなをつける方針を採っております。ふつう全集といえば、なるべくもとのすがたを残そうとするものですが、この全集ではそれよりは現代の読者に読み易く、という方を選んだのでしょう。それはそれでよいのですが、不思議なことに、何でもない漢字にまでふりがながついている一方で、最も必要と思われる漱石自作の漢詩には二首ともふりがながなく、漢字が並んでいるだけになっております。どうしてこのような奇妙なことになったのでしょうか。おそらく編集部にこれらの詩を読解してきちんとふりがなを施す自信がなかったからだと思います。この全集では、第十二巻に漱石の漢詩のすべてを収め、故吉川幸次郎博士の懇切な訳注がついておりますが、その出版は「草枕」を含む第二巻出版の翌年、昭和四十二年のことでした。

漱石の生誕百年はとうに過ぎましたが、亡くなったのは大正五年、一九一六年のことですから、八十年ほど前のことでしかありません。「草枕」の発表はその十年前ですが、それにしても九十年ほど前のことです。右のような事実をみますと、この八・九十年ほどの間に、日本人の教養のあり方がずいぶん変わってしまったという感を深くします。

ただ「草枕」の中で漱石がいっている漢詩の「功徳《くどく》」なるもの、それは失われてしまったのでしょうか。私は決してそうは思いません。一般の読者が白文のままで漢詩を鑑賞していた時代とは違って、ふりがなや解説が余分に必要になったということはあるでしょうけれども、日本人が「草枕」にみえていたような詩を読んで安らぎを覚えるということは、決してなくなることはないと思います。

漱石のいう「二十世紀」とは、当時においては新鮮な響きをもっていたはずです。漱石がこの小説を発表したのは明治三十九年、一九〇六年のことでした。それから九十年余りを経た今の世の中、当時と比べていかがでしょう。「とかくに人の世は住みにくい」という「草枕」の主人公の嘆き、それは漱石自身の嘆きとしても聞えてきますが、それは解消されたでしょうか。汽船、汽車は明治時代の文明開化の象徴でした。江戸時代の帆掛舟《ほかけぶね》や馬などに代る交通手段として、格段にスピードアップされ便利になりましたが、それだけ人々の生活は慌ただしく忙しくなりました。そして今やジェット機・新幹線の時代、ますます速く、ますます便利になり、そしてますます慌ただしく、忙しくなっております。

間もなく二十一世紀になります。「草枕」の

二十世紀に睡眠が必要ならば、二十世紀にこの出世間的《しゅっせけんてき》の詩味は大切である。

という一節は、「二十」に一を加えて「二十一世紀」としても、そのまま通用するに違いありません。

【座談会】先学を語る——村上哲見先生——

出席　三浦國雄・川合康三
　　　松尾肇子・浅見洋二（司会）
　　　萩原正樹
　　　興膳宏（陪席）

浅見　司会役を仰せつかりました大阪大学の浅見と申します。

わたしは、村上先生が東北大学の文学部に奈良女子大学から転勤されたとき、大学院生でした。その後、一年間、助手として村上先生にお仕えしました。一言で言えば、村上先生の受業生ということになると思います。

直接村上先生のお近くにいたのは数年間に止まるのですが、その後もいろいろな機会でお会いすることもありましたし、著書や論文を通して村上先生の教えを受けてきました。不束ですが司会役を務めさせていただきますので、どうぞよろしくお願いいたします。

村上先生の略歴そしてご業績につきましては、お手元にプリントした資料を配布しております。松尾先生の手を煩わせる形で作成したものです。大変詳しく精密な記録となっております。これをご覧いただければと思います。

それでは、早速今日お越しいただいた方々から簡単に、村上先生との交流なども含めて自己紹介をしていただこうと思います。今日は特別に興膳先生にもご足労いただきました。そのほか、昔からのおつき合いのある三浦先生と川合先生、さらには村上先生から教えを受ける立場にあった松尾先生と萩原先生にお越しいただき、総勢六名で村上先生の人と学問について語ってまいりたいと思います。

東北大学での授業風景（1994年）

では、興膳先生から、お願いします。

興膳　興膳宏と申します。

村上先生は、昭和二十八年（一九五三年）に旧制の京都大学文学部を卒業していらっしゃるのですが、わたしは一九五七年の四月に京大に入学しまして、一九五九年の四月から学部の専攻が中国文学ということになったわけですので、村上先生とは在学中には全くお目にかかっておりませんし、村上先生がご在学中には全くお目にかかったことはありません。

この時期は、旧制大学と新制大学の切り替えのちょうどはざまの時期になっておりますので、誰が何年に卒業されたかということは、後のほうの人間から見るとなかなか分かりにくいのです。だから、年譜に書いてないことを少しだけ申し上げておきますと、村上さんは五三年の三月に旧制の最後の学部を卒業されたのですが、実はほとんど同じ時期に卒業をされた方で新制の方もあるのです。

神戸大学の一海知義さんは、やはり昭和二十八年の卒業なのですが、これは新制なのです。荒井健さん、高橋和巳さんは、その一年後の昭和二十九年の卒業なのですが、やはり新制なのです。村上さんは、年齢は一海さんよりも一つ若いのですけれども、わたしよりは六歳の年上で、一海さんは七つの年上なのです。だからどうも新制と旧制の方が入り混じっているので、大変分かりにくいのです。その中で、村上さんだけが旧制だという、その点が非常に印象的でありました。

わたしはどこで村上さんのお名前を知ったかというと、一番最初は岩波書店から出ました『中国詩人選集』の『李煜』（一九五九年）というご著書なのです。これが出たのはまだわたしが学部生になる前だったので、専門に関する知識も非常に乏しい頃だったのですけれども、これを見て、とにかくびっくりしました。こういう詩余あるいは詞《ツー》という、韻文形式の文学なのだけれども、詩でありながら普通の詩とは全く違う、イメージを連ねながら一つのムードの世界を作り上げていくような詩、それをこの『李煜』によって初めて知りました。そして、そういう詩余に関する研究というのは、従来の日本ではほとんどなかったのだということも知りました。

後に村上さんは、自分の研究の在り方を振り返って、「無人の荒野を歩くようなものだった」と、そういう印象だったということを漏らしておられますが、全くそのとおりだろうと思います。この『李煜』の後書きに小川環樹先生が書かれておりますけれども、誰もやったことのない詩余の研究というものを、ほとんど独学で成し遂げられたということ。それも、この本が出たのが昭和三十四年の一月なのです。だから、まだわたしが学部生になる前で、村上先生が大学院を出ると同時ぐらいと違うかな。そういうことをこういう若い人がやっておられるのだということを知って、大変驚きと感銘を覚えました。

この時期の、先ほどお名前を挙げたような一海さん、高橋さん、荒井さんというような、ほぼ同年齢の方も、この中国詩人選集の著者、ほかの巻の著者になっておられるのですけれども、そういう方の業績を読んで、村上さんに対するのとはちょっと印象が違うけれども、やはりすごいなという感じでした。こういう従来の僕らが漢文の授業で習ったような中国文学にはないような、新鮮な感覚を持った人たち、若い人たちが、この研究をしているのだ、中国文学の研究をしているのだということで、大変大きな感動を覚えました。そういうものを読んで、わたし自身がこの道に入って勉強するのも意義があるのではないかと思いました。

行き届きませんけれども、村上さんとの関係でわたし自身のことを申し上げると、そういうことになるかと思います。あとは、何か後で補うことがあれば申し上げます。

浅見　村上先生の履歴のなかで、今となってはもう分かりにくくなっていた部分を、興膳先生に補っていただきました。村上先生が学問の世界に初めの一歩を踏み出すその瞬間をまさにそばでご覧になっていた興膳先生の言葉は、とても重要な歴史的な意義のあるものだと思います。

興膳先生が最後の方で言われたような、『李煜』をはじめとする村上先生の学問を我々がどのように受け止めるべきかという問題については後半の第二部で改めて語り合ってみたいと思っております。

では、やはり長幼の序に従うのがよろしいかと思いますので、次は三浦先生にお願いします。

三浦 興膳さんとはレベルがガクンと落ちて恐縮なんですが、わたしは村上さんには大恩があります。一九七七年でしたか、東北大学の教養部、今はもうありませんが、そこに呼んでいただき、その後もずっとかわいがってくれはって、こっちも甘えて兄事し続けてきたという経緯です。

こういうことを言うと自分の宣伝みたいになってイヤなんですが、村上さんが四十歳のときに日本中国学会の第二回の学会賞を受けられまして、それが詞《ツー》の、私には正当に評価できませんが物すごく画期的でがっちりした論文だと思うのですが、「詞に対する認識とその名称の変遷」というタイトルで、これは後に高名な『宋詞研究・唐五代北宋篇』（創文社、一九七六年）の序説として編入される論文でした。私はそのとき三十歳ぐらいやったかな、思想部門で賞をもらいまして、そういうご縁もあってか村上さんは何くれとなく目をかけてくれはったんかなと思ったりするのです。ただ、今日の会、こっちは思想史畑で、特に韻文学というのは全く専門外なのでちょっとビビッております。しかしこの『東方学』の読者というのは中国文学の専門家ばかりではなく門外漢もおられますから、わたしはそういう門外漢の立場から何か物を言わせてもらったらいいかなという、そういう気持ちで出席させていただきました。

浅見 三浦先生と村上先生が同時受賞された話は、わたしも村上先生から何度か聞かされました。「三浦君と僕は同時受賞したんだよ。しかも、それが第一回でね」と。後で三浦先生の指摘を受けて確認したところ、第一回じゃなくて第二回でしたが。

では、続きまして川合先生、お願いします。

川合 川合です。自己紹介と村上先生との接点をということですので、それに絞ってお話ししますと、今日いただいた年譜を見ますと、村上先生とわたしはすれ違いの人生という感じで、「君の名は」の春樹と真知子、どっちが春樹か知りませんけれども、そんな感じなのです。

というのは、村上先生は、一九六七年に京都から仙台に移られているのですけれども、この六七年というのは私が浜松から京都大学に入った年なのです。まずこれが最初の入れ違いなのです。

七九年に先生は仙台から奈良女子大に、初代中国文学講座の教授として移られたのですが、この七九年というのはわたしが京都から仙台に移った年なのです。これまた入れ違いです。

八五年に先生は東北大学にまた戻って来られたのですが、その二年後の八七年に私は京都に移ったというわけで、こうしてみると本当に重なっているのは二年しかありません。そういうすれ違い人生なので、わたしは今日ここに来る資格があるのかなと浅見さんにもちょっと相談したのですけれども、あまり適格でない人間が混じってしまったかもしれません。

中身についてはまた後ほど。

浅見　川合先生が村上先生と同僚であったのは、二年だけだったのですね。

川合　二年だけなのです。だから花登正宏さんのほうが長いのですよ。

浅見　そうでしたね、花登先生のほうが長かったですね。

三浦　僕も仙台には五年厄介になったけど、村上さんとは二年間だけやった。

川合　そうですか。三浦さんはもっと長いような気がしていました。

三浦　僕もそう思っていましたけど、調べてみたら村上さんは奈良女へ出はったから。

川合　本当、長く感じる。三浦先生と村上先生の仲のよさというか、それがすごく印象に残っている。

三浦　大変名誉なことです。

浅見　七九年に川合先生が東北大学へ来られたとき、ちょうどわたしも東北大学に入学しています。わたしが入学したときは、村上先生はちょうど転出されたばかりでした。

川合　入れ違いだった。

浅見　ええ、ちょうど入れ違いでした。当時、三浦先生はまだ東北大学に居られました。三浦先生の『新五代史』を読む授業に、いま大阪公立大（大阪市立大）におられる平田茂樹さんたちと一緒に出ていたのを覚えております。

では、次は我々受業生、大体年齢は同じなのですが、松尾先生からお願いします。

松尾　松尾肇子《はつこ》です。よろしくお願いします。東方学会の会員でもないのに、いいんですかと言ったのですけれども、いいということで今日座らせていただいております。

村上先生が奈良女子大学に着任されたとき、わたしは大学二年生でした。東北へ移られたのがドクターの二年生になるときでしたので、村上先生が奈良におられた六年間を一緒に過ごさせていただき、ご指導を受けました。

そのほかにも、中国文学専攻に進んだ後でお話していたら、同じ松山の出身で、わたしは旧制松山中学の後身の県立松山東高校の卒業生だということが分かって、何となくかわいがっていただいたと思います。東北大学へ行かれてからは、ちょっと遠慮していたのですけれども、先生がご退職になってからまた改めてお目にかかるような機会も増えました。ということで、今日はよろしくお願いいたします。

浅見 村上先生が私的な部分も含めて一番頼りにされていた方が松尾先生であると思います。我々男子学生はあまり当てにされてないというか、役に立たないとみなされていたのかもしれません。松尾先生は、特に村上先生が東北大学を退職された後、公私両面に亘って懇切に先生のサポートをされました。それだけに、より深く村上先生のことを理解されていると思います。

では、最後になってしまいましたが、萩原先生、お願いします。

萩原 立命館大学の萩原です。

わたしは直接には何度か村上先生のご講演をお聞かせ頂いただけで、先生の授業を受けたという経験はありません。専ら私淑と言いますか、先生のご著書や論文などで勉強させて頂いておりました。大学院生の頃に、最初に発表した論文を当時奈良にいらっしゃった先生にお送りしましたところ、大変丁寧なご返信を頂きまして感激した覚えがあります。その後、学会でお会いしたときにお話をさせて頂いたり、また日本中国学会で発表した際には司会をご担当下さったりしまして、直接お教えを頂く機会もありました。仲間とともに宋詞研究会（現在の日本詞曲学会）を立ち上げたときには、先生は講演に来て下さって、会の始まりに大きな花を添えて下さったと感謝しています。

東北の大震災の時には先生のお宅の本棚が倒れまして、本を整理したいということで、松尾さんらと一緒に仙台のご自宅に行って本をお預かりし、いま立命館のほうに保存させて頂いております。

詞をやっているということで松尾さんとも親しくさせて頂いており、そのご縁で村上先生とは断片的な接点があるだけですので、今日はここにおりますのも場違いな感じなのですが、先生方のお話をいろいろお聞かせいただくことを楽しみにしております。よろしくお願いいたします。

浅見 萩原先生、どうもありがとうございます。萩原先生は、村上先生のご専門である詞（詩余）の研究者として村上先生と非常に密接な繋がりがあった方ですので、今回来ていただきました。

先ほど少しお話がありましたけれども、萩原先生は松尾先生などとともに宋詞研究会という研究組織を立ち上げられました。これは村上先生にとってとても励みになることだったらしくて、そのことは『宋詞研究・南宋篇』（創文社、二〇〇六年）の後書きで村上先生ははっきり書かれております。ややもすると放置したままで終わってしまいかねなかった『南宋篇』が、萩原先生たちの活動にある意味、後押しされる形で本にすることができた、というふうに書かれています。そういう意味でも、村上先生にとっては萩原先生のような詞学研究者の存在が大きな意味を持っていたのではないかと思います。

一　村上先生の「人」を語る

浅見　以上、皆様から村上先生との関連、関わりを中心にお話しいただきましたが、これからは、村上先生の人と学問のうち「人」のほうに焦点を当てる形で進めます。おおむね村上先生の経歴に沿って先生の足跡を辿りつつ、皆様の印象深いエピソードなどお話しいただければと思っております。

（一）大連・青島時代

浅見　まず初めに、村上先生の少年時代、すなわち中国の大連・青島、そして帰国されてからの松山、これら三つの都市で過ごされた時代のことを振り返ってみたいと思います。ただ、これについては、もちろん我々は直接知ることはできないわけです。けれども、折に触れて先生ご自身が語ってくださったことなどがあると思いますので、そんな話を中心にお話しいただいたらいいのではないかなと思います。

三浦　少年時代の話ということなのですが、村上さんはあんまり自分の少年時代のことを語られない方なのかなと思っています。僕もほとんど聞いた記憶もないし、資料を探してもあんまり詳しい記録はないのですが、ただ、十五歳のとき終戦で青島を引き揚げられたわけですよね。十五年間、大連、奉天、青島におられて、やはり村上さんを考えるときに大陸経験というのは物すごく意味を持っているのと違うかなと思うのです。

大連時代のことで覚えているのは、あれは僕が東北大にいたころだったですかね、村上さんから聞いた話では、つい最近とおっしゃったかな、中国に行く機会があって、家族と住んでいた大連の家を見に行ったら、その家がそのまま残っていたという、そういう話を聞いたことを覚えています。

それから青島時代、青島の日本人中学校時代のことです。このときの体験も直接は聞いていません。ただ、この日本人学校については、実は島田虔次先生が、ひと回り上の卒業生です。島田先生の場合は、国内での閉塞感というか、思想的な圧迫感みたいなのがあって広島の中学校から青島に行かれたというふうに語っておられます（「自述」『中国の伝統思想』みすず書房、二〇〇一年、原載は『飈風』第三十号）。当時の言葉では「内地」ですね、内地ではどうしようもない人間も集まっていたけど、一方で非常に優秀な学生も居たと、そのなかで村上さんの名前も挙げておられる。

村上さんは単身青島にいて、そこで終戦を迎えられたのですが、興味深いのはそのときの引き揚げの話です。そのことは村上さんの『漢詩の名句・名吟』（講談社現代新書、一九九〇年）に書いておられて、ちょっと感激しました。ご両親とか妹さんは北京におられて、村上さんが青島から一人で引き揚げせんとあかんというときに、どこへ帰っていいか分からないんですよね。そのとき北京にいたお父さんが青島に行く人に手紙を託して、ここへ引き揚げよ、ここへ帰れ、というふうな内容の手紙を託したというのです。その託された方は、当時終戦の混乱時ですから、北京から歩いて青島まで行って村上さんに手渡したという。自分にとってこれはまさに杜甫の「家書万金に抵《あた》る」だということを、そこに書いておられます。その後、アメリカの軍艦に乗せられて日本に、四国の松山ですね、無事に帰り着かれたわけです。

浅見　わたしも、村上先生から子供時代はこうだったというような話はあまり聞いたことがありません。川合先生は何か聞いておられますか。

川合　それは聞いていませんけれども、引き揚げの話はよくされたんじゃないですか。おむすび三つだけもらったとかという話。それは何度も聞いたような気がしますね。

浅見　日本に向かう船の中で、おむすび三つを大事に食べたという話ですね。

川合　それだけを引き揚げ者に分け与えられたらしいですよ。

松尾　船の中でもらったのではなく、上陸した鹿児島の港でもらったのではなかったですかね。

三浦　島田先生の場合、青島中学時代にはエスペラント語に熱中しておられ、中国語や中国のことをやる気はあんまりなかったようですが、十五年間、中国で暮らした村上さんの場合、どうでしょうか。僕なんかは後年のご研究と無関係とは思えないんですが。ちなみに、島田先生のその「自述」によると、青島中学のカリキュラムでは、正課としての中国語は二年生で終了だったと語っておられます。

川合　村上先生の場合、竹内実さんみたいに、中国にいたから中国語を子供のときに習われるという、そういう環境ではなかったということは聞いています。それが普通だったみたいです。日本人の中学でしょう。だから中国人とは全然別の生活をされておられたんじゃないですかね。

松尾　それはわたしも伺いましたね。松山に帰って来て、中国から帰って来たのなら中国語をしゃべれるだろうと言われたけれども、僕は一言もしゃべれなかったんだよとおっしゃった。

川合　別世界なんですね。

松尾　そうみたいですね。

先生が子どもだった頃のことは、ほとんどわたしも聞いたことがありません。ご家族の話だと、先生に当時の出来事を記録として残しておけばと勧めたんだそうです。けれども、先生ご自身が、あの頃はみんな大変で、僕なんかより苦労した人はたくさんいるからとおっしゃって、結局書かなかったというお話をこの間伺いました。村上先生は二〇〇三年に愛媛新聞に随筆をしばらく連載なさっています。その中に、ところどころ中国での生活の話が出てきていますね。

のちに中国を旅行して、青島の元のご自宅を訪ねてみたら幼稚園になっていたという話を、聞いたことがあります。そこに行ったら門が閉まっていて、門衛さんは「駄目だ、駄目だ」の一点張りだったのだけれども、中から出てきた幼稚園の先生が「あ、どうぞ、どうぞ」と入れてくれて、折り紙が得意だったので子供たちに折り紙を折って、すごく喜んでくれて交流して帰って来たとかとおっしゃっていましたね。

浅見　わたしもその話は聞かされた覚えがあります。

三浦　折り紙はいつ習いはったん?

松尾　折り紙は、子供の頃病気をしたときにちょっと長く入院していて、看護師さんが子供たちの機嫌を取るために折り紙を教えてくれたって。それが最初とおっしゃっていました。

三浦　これは後で機会があったら話すつもりでしたが、村上さんと酒飲んでいたら、いつの間にか眼の前に折り紙の動物園が現れるんです。器用でね、いろんな動物が眼の前で遊んでいる。あの原点がいま分かりました。

浅見　中国での少年時代のことは、『鷗外歴史文学集』第九巻（岩波書店、二〇〇二年）の月報に書かれていますね。羽子板で撞く羽のような羽の付いた玉を蹴って遊んだこと を。「見踢《けんてき》」と言うらしいのですけれども、そういう遊びが子供時代にあって、「私は子供時代、あれをよくやっていたけど、あれを何と呼ぶか知らなかったけれども、後で鷗外の『伊澤蘭軒』の中にその言葉が出てきて、ああ、あれが見踢だったのかと気づいた」というようなことを書かれておりました。
　萩原さんは、何か聞かれたことはありますか。

萩原　いえ特にそれはお聞きしていないですね。先生の古希のときの「七十自述」という詩を拝見して、先生は中国で苦労されたんだなというふうに思いました。引き揚げのとき、一人でアメリカの軍艦に乗られたというのは、何か信じられないような気もするのですけれども、何か伝《つて》があって乗られたのでしょうね。

三浦　「七十自述」というのは、あとで話題に出ると思いますが、村上さんの古稀記念論集が出た二〇〇〇年七月、受業生などが仙台郊外の秋保《あきう》温泉に集まってお祝いをした際、村上さんがご自分の人生の節目々々を回想して皆さんに配られた詩ですね。

浅見　松尾先生が乗船をめぐるエピソードをご存じのようですので、紹介していただきましょうか。

松尾　この間荷物の整理をしていたら、引き揚げ船に乗る乗船証が見つかったと、ご子息に見せていただきました。そのコピーをここに持ってきましたのでご覧ください。先ほど三浦先生が紹介してくださった青島に住む先生への御父様の手紙、それを届けてくださったのは御父様の職場の同僚の方だそうです。その方が、北平から歩いて届けてくださって、その方が同居人ということにして書類に名前も書いてくれて、それで行き先とか書類の必要事項が全部埋められて、何とか船に乗れたということらしかったです。その方は、満鉄の社員は帰れないということで結局は中国に残られて、先生だけが一人船に乗ったということだそうです。

萩原　村上先生のお父さんも、満鉄関連の会社の社員だったんですね。

松尾　東北大学をご退官の折に編まれた「略年譜」に書いておられます。大連から新京、奉天、青島と転居したのですね。これは先生から酒席で聞いた話で、家族みんなで北平へ行くって言われたんだけれども、血気盛んな若者だったから、北平みたいな田舎に僕は付いて行かん、青島に残ると言って寄宿舎に入って青島中学に残ったんだというようなことをおっしゃっていました。

浅見　引き揚げ船の乗船証を見ていると、何とも言えない気持ちになります。小さな紙切れに過ぎないけれども、これにいろいろな人の思いがこもっているんだと。村上先生の人生のみならず、日本の近現代史を振り返るうえでも、とても貴重な資料だと思います。一人で船に乗ったということですけれども、引き揚げ者の集団に加わっていたのでしょうね。

三浦　それは集団でしょう、引き揚げ船やから。

松尾　そのとき、青島中学はもう十月で閉校になっていて、

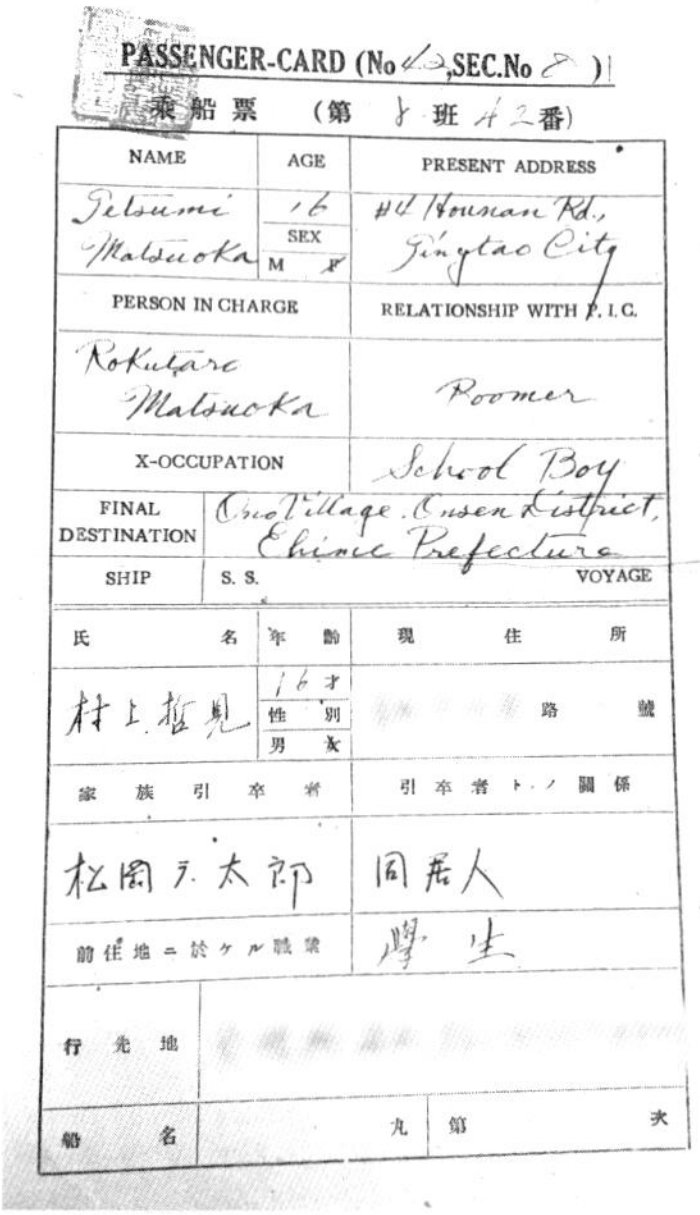
PASSENGER-CARD (No 12, SEC.No 8)
乗船票　（第 8 班 42 番）

NAME	AGE	PRESENT ADDRESS
Tetsumi Matsuoka	16 / SEX M	#4 Hounan Rd., Gingtao City
PERSON IN CHARGE		RELATIONSHIP WITH P. I. C.
Rokutaro Matsuoka		Roomer
X-OCCUPATION		School Boy
FINAL DESTINATION	Ono Village, Onsen District, Ehime Prefecture	
SHIP	S. S.	VOYAGE
氏名	年齢 16才 性別 男	現住所 路 號
村上哲見		
家族引率者		引率者トノ關係
松岡六太郎		同居人
前住地ニ於ケル職業		學生
行先地		
船名		丸 第 次

引揚船乗船票

学校が図書館の本をみんな二冊ずつ持って帰っていいと。大盤振る舞いですね。勝手に好きなもの持って帰れと言われて、二冊もらって、それを布団にくるんで抱えて乗ったというお話を聞いたことがあります。一冊は簡野道明先生の『論語』。もう一冊は、ちょっと分からなくなっているのですけれども、辞書のようなものだったとご遺族からは聞きました。

（二）松山時代

浅見　松山に帰られた後のことはどうでしょうか。先生の受業生でもある九州大学の中里見敬さんから聞いたのですが、松山の高校で濱一衛先生に独自にお願いして、中国語を教わりに行かれたという話を聞いております。

松尾　ご自宅へ押しかけた話を中里見先生が『春水』手稿と日中の文化交流』（花書院、二〇一九年）に書いておられます。これは中里見先生しか聞いてらっしゃらないと思います。

浅見　中里見さんは、九州大学の濱一衛文庫の整理をされて、その目録を村上先生に送ったら、そういう話をされたそうです。「君はいい仕事をしたね。実は濱先生は、わたしの松山時代の中国語の先生だったんだよ」と。日本の中

国文学・中国語学の、小さくささやかではあるけれども、一筋の流れみたいなものが、戦後の日本社会に確実に受け継がれて息づいていたことを示す、とてもいい話だなと思いました。

松尾 京都大学の受験も、濱先生のご推薦だったらしいです。中国文学を勉強したいと言ったら、じゃあ京大へ行きたまえと濱先生がおっしゃったとか。これは中里見先生情報です。

浅見 濱先生は、中国の演劇に非常に詳しい方で、そういうことが村上先生の音楽と文学への関心につながっていったかもしれませんね。

三浦 さきほど興膳さんから新制、旧制の話が出ましたが、村上さんから聞いた記憶があるのは、旧制松山高等学校を卒業すると同時に廃校になって、その旧制松山高校の看板を燃やしたというのです。

浅見 看板を燃やしたんですか。

三浦 写真も見せてもらった記憶があります。聞いてない?

松尾 ご子息から写真を見せていただきました。旧制松山高校だったと思います。学生たちが集まっていて。

浅見 それは、古い体制は廃棄せよということでしょうか。

三浦 学制改革で旧制松山高校が終わってもう廃校になるから、看板はもう要らんというわけやね。村上さんは何というか、旧制と新制、中国と日本といった、狭間で生きてこられたという印象が僕にはあります。それと、漂泊と定住。これは個人的な嗜好というより環境や運命の問題でもあると思いますが、お生まれは異郷の大連、その中国でも、大連、奉天、青島、帰国されてからも松山、京都、それに仙台から奈良、奈良から仙台。仙台でも何回か転居しておられる。定住型というより漂泊の人かな。しかし、最後は仙台で終の棲家を見付けられたようですね。

浅見 旧制高校の看板を記念としてとっておこうという発想はなかったのですかね。

川合 どこかほかでもそういう話聞いたことがあるから、当時はそういう習慣というか、もう古いものは燃やしちゃえみたいなことだったのでしょう。

浅見 松山中学時代は、まだ日本が戦後転換期の混乱の中にあった時代ということですかね。

松尾 十二月に引き揚げて来られて、中学校に転入したのが一月で、もうその翌年の三月には飛び級で修了して松山中学は終わってらっしゃるので、旧制の生徒だったのは、すごく短い期間だったようですね。

浅見　本来、旧制高校は何年だったのでしょう。
松尾　三年ですか。
川合　普通は三年ですよね。松山高校は、今の愛媛大学の前身で教養部ということになりますね。

（三）　京都大学時代

浅見　松山高校を卒業された後、村上先生は濱先生の勧めもあって京都大学に行かれます。京大時代の話は、興膳先生が一番お詳しいと思いますが、いかがでしょうか。

興膳　大学と大学院時代のことは、先ほど申しましたようにわたしは村上さんが在学中には全くお会いしたことがありませんので知らないのですが、最初どこで会ったかなということを考えていたのですけれども、それは恐らく大学の中ではなくて中国文学研究室のコンパの席でちょいちょい会ったというのが最初だろうと思うのです。

　中文研究室というのは、当時よくコンパをやっておりまして、新入生歓迎コンパ、追い出しコンパはもちろんのこと、忘年会があったり、それからまた誰々先生が海外へ出張されるというときには、その壮行会みたいなことを名目にしてコンパをしたりして、しょっちゅうコンパをやっておりました。学部生が幹事をつとめていて、私も何回か幹事をやっています。大学の近くの某所でそういうコンパをやりまして、村上さんはそこによくお見えになっていたと思います。

　当時中文のコンパというのは、卒業生にも案内を出すのですね。現役の学生や先生たちだけでなくて、卒業生にも案内を出しますので、京都近郊にお勤めの大学の先生方はよく来ておられました。

　村上さんは、当時京都学芸大学、今の京都教育大学の先生をしておられたので、地元ですよね。そういう近いということもあったかもしれませんが、その席で何度もお目にかかっていたような記憶があります。

　中でも一番印象が鮮明なのは、あるときのコンパの後、二次会の席でお目にかかったときのことです。場所は京都の河原町三条の朝日会館のあるところからちょっと西の路地を入ったあたりの居酒屋、そこでよく二次会をやっておりました。なぜよく覚えているかというと、そこに村上さんが奥さんと一緒に来られたからです。そのとき奥さんは、まだゼロ歳と思われる赤ちゃんを抱いておられました。何か他のご用があって、たまたま時間があったので二次会に来られたのでしょうね。赤ちゃん入りのコンパというのも大変珍しいことだったので、それは非常によく覚えております。

先日、五月に村上先生ご夫妻の納骨式が京都の泉涌寺でありまして、そのときにご長男の方が来ておられたので、「あなたとはずっと前にお目にかかったことがあります。今日は二回目にお目にかかります」と言ったのですが、六十年ぶりぐらいだったらしいですね。そういうようなこともあります。それが最初にお目にかかった時期の村上さんの印象です。

当時、村上さんについて非常に驚かされたのは、車の運転ができるということです。これはあの世代の方としては非常に珍しいことでした。殊に中国文学の専攻の人で、そういう時代の先端を行くようなことをやっている人は他に誰もいなかったものですから、とても印象的でした。

それともう一つは、空手の有段者であるということ。これはかなりよく知られていたエピソードみたいですね。このように、村上さんは時代の先端を行くような車の運転だけではなくて、伝統的な武芸である空手にも学生時代から親しんでおられました。村上さんの人柄をよくあらわすこととして大変深くわたしの印象に刻まれているところです。

川合 車の運転については、京都から仙台に移られるときに、当時のスバル三六〇という軽自動車に一家四人で乗り、長い距離を延々と走って引っ越しされたということを、聞きました。

三浦 村上さんはどこかで書いておられましたが、京大のコンパで一升瓶二十本を二十人で空けたという話もありますね。

浅見 コンパで大量の酒を飲んだという話は、わたしもよく聞かされました。当時は、そういう気風だったのでしょうね。

川合 京大の入学試験のことについて、何かに書いておられませんでしたか。事前にきちんと準備して、そのとおりの問題が出たというような話をどこかに書かれていたように思います。秀才だなと感心した覚えがあります。

松尾 当初、京大の受験は考えてなかったから猛勉強したという話は、京都学芸大学での教え子の藤田陽三先生から聞きました。

浅見 京大受験のほかに、どのような進路を考えていたかは分からないですよね。

松尾 そこは分からないですね。実は、わたしの手元に村上先生の試験の答案があります。何の試験かは分からないのですが。ここに持ってきました。

浅見 それは貴重ですね。ご遺族から預かった資料の中に入ってたのでしょうか。

松尾　村上先生から送って頂いたものの中に混じっていたようです。もう一つ入矢義高先生から村上先生宛てのご批正のはがきも、なぜかわたしの手元にあります。たぶん、いただいた本に挟まっていたんだと思います。何ページ何行目のここはどうこうとかといった指摘が書かれています。何だか恐れ多くて「怖っ」ていう感じです。

(四)　師弟の交わり

浅見　大学、大学院時代、村上先生は吉川幸次郎先生や小川環樹先生という近代日本の中国文学研究をリードされたお二人をはじめとして、錚々たる先生方の下で学ばれました。その辺の話は、ご自身の学問の歴史を振り返る形でたくさん書かれています。

　ここに吉川先生の写真がありますが、これは村上先生が書斎に置いておかれた写真だそうです。松尾先生がご遺族から預かってこられました。常に吉川先生への尊敬の念を抱き続けておられたことが分かります。興膳先生、村上先生がいた時代の京大の吉川先生や小川先生、お二人と学生との交流に関して、何かエピソードなどはありますか。

興膳　中文は学生と先生の仲がいいというので、かなり学内でも評判になっていたみたいね。先ほども申しましたように、一緒に酒を飲んで騒ぐということでね。酔って杯盤狼藉のような状態になると、学生が先生をからかうようなことまで言って、どっちが大人でどっちが子供か分からないような状態になると。亡くなった尾崎雄二郎先生などは、コンパのすき焼の麩を取って、「こら、幸次郎、これ食え」と言う。そうすると先生が口を開けて、それを本当に食べるというのがまたおかしかったですね。

川合　僕が聞いたのは、生の肉を……。

興膳　東洋史や中哲にはない研究室の雰囲気だったみたい。東洋史の友人からは、「おまえたちは中文家族主義だ」と言ってからかわれていたこともありますけれどもね。

　先生と学生との関係という点では、恐らく村上さんのおられた頃もそうだったんだろうと思います。学問的にはかなり厳しくて、吉川先生の演習というと本当に怖かったですけれども、しかし人間関係としては、いつも畏まっていたわけじゃなくて、非常に寛いだ雰囲気が子弟の間に流れていたということは言えるでしょうね。

川合　そういう面白い伝説はたくさん聞いていますが、大体オフレコの話ばかりで。

浅見　ただ、村上先生の場合、そういう寛いだ雰囲気の中で麩や生肉を先生の口に押し込んだりとか、そういうことはなされなかったのではないでしょうか。多分静かにお酒を飲んでおられた。村上先生がお酒の席で崩れる姿は、まったく見たことないですね。

川合　尾崎先生ならなるほどと分かるんだけどね。

興膳　先生に生の麩を食わせるようなことは絶対されなかったと思いますね。常に端正な感じを崩されなかった。

　奈良女子大学の頃にも私は非常勤講師として呼んでいただいて、松尾さんと大阪大学に行った坂内千里さんともう一人雨森隆子さんがおられて、この三人が第一期生なのですね。だから特に印象が深いのですけれども、その頃、わたしも奈良女の中文のコンパにいつも呼んでいただきました。研究室の前に花梨《カリン》の木があったね。その花梨の実を取って焼酎に漬け込んであるんですよ。それをコンパに行く前に茶碗に注いでくださって、それを飲んでいざ出陣という感じでコンパに行った覚えがある。そういう感じでしたね。

松尾　よく飲みました。

興膳　花梨酒のことは非常に懐かしいですね。

松尾　受業生もみんな懐かしがっています。

川合　その花梨の木を発見したのは村上先生だと、これは聞きました。みんな気がつかなかったのを見つけたと。

興膳　自分が何を教えたかということはもうほとんど覚えてないんだけれども、確か唐詩を読んだんですよね。そういうことはあまりはっきり印象がないんだけれども、飲んだこと、食ったことは非常によく覚えている。コンパでは「万葉鍋」といった、いかにも奈良らしいメニューもありました。

松尾　高適の授業が二年ありました。わたし、酔われた先生と腕組んで歩いた記憶があります。

浅見　そんなこともあったんですか。

松尾　興膳先生と。

浅見　村上先生とは、それはなかったと。松尾さんは、村上先生が酒の席でやや羽目を外されるようなシーンを見られたことはありますか。

松尾　本当に羽目を外されることはなかったですね。ご機嫌がよくなると立って歌い出すくらいでした。よく「青葉城恋唄」とかを歌われましたね。

川合　美空ひばりを歌ったね。「川の流れのように」。

松尾　シャンソンやドイツ語のリリー・マルレーンも歌われたかな。ああ、ご機嫌なのだなと分かりました。それくらいでしたね。

（五）『中国詩人選集』

浅見　話をもどしますと、先ほど興膳先生からもお話がありましたけれども、村上先生が『李煜』を出されたのは二十九歳なのですね。まずその年齢にはびっくりさせられます。二十九歳にしてあれだけのものを書くのかと。『李煜』を手に取ったとき、何よりもそこに驚きました。

そう思って見ると、あの『中国詩人選集』、ほとんどの方は二十代後半ぐらいで書かれているんですね。本当にすごいことだなと思います。まさに吉川先生や小川先生が、そういう後進の育成という点では、本当に大きな力を果たされたのだなというのがよく分かります。あれは吉川先生や小川先生の手は入ってなくて、著者の原稿がほぼそのまま出されたものなのでしょうか。

興膳　原稿ができるたびに、合宿みたいなことをやられて、それで両先生ができた原稿を読んであちこちコメントをされるというようなことがあったみたいですね。

浅見　その場には、興膳先生はまだ参加されてない。

興膳　僕はまだ学部生の頃ですから。

やはりこういう企画自体が、それまでなかったわけですよね。それだけに、吉川、小川両先生も、相当の期待とそれから責任を感じておられたんじゃないでしょうかね。この後、第二集というのが出て、宋詞以降の詩がずっとまた続くでしょう。その時期に至るまでそういう検討のための合宿みたいなものをちょいちょいやられたみたいですよ。泊りがけでね、どこかで。

三浦　この『詩人選集』って、たいへん売れたわけでしょう。僕、知り合いの、全く学問と関係のない伊勢志摩の田舎の家に遊びに行った際、これが揃ってたんでびっくりしたことがあります。村上さんは江戸時代の『唐詩選』のベストセラーぶりを書いておられるけど、戦後はその『唐詩選』に当たるのが京大の『詩人選集』と違うかなと思ったりするんです。

今、村上さんの『李煜』の話が出ましたが、『李煜』の月報に村上さんが自分と詞との出会いを書いておられます。大学に入って間もない頃、この李煜の「望江南」を読んだ時の不思議な感動を今も忘れられないと。この二十七字の小詞に、言いようのない新鮮で清冽な響きを感じて心打たれたと書いておられる。後年のあのがっちりした詞研究の源流には、このようなリリカルな感動があり、個々の作品を解釈する際にも絶えずその原点に回帰しておられたということでしょうね。

川合　『詩人選集』のことなのですけれども、あれはとても企画がよかったですよね。吉川先生が書いておられます。李白の詩の一つの解釈について非常にもめたと。こんなふうに我々は議論をしてやっているんだというようなことを書いておられます。そして、興膳先生によれば合宿みたいなことをされたというのだけれども、僕個人の考えでは、原稿に一々手を入れるとか、そういうことでは絶対なくて、ある種の熱気というか、盛り上がりのようなものがあったんじゃないかなと思うのです。決して原稿を添削してどうこうということではないと思うのです。

さっき『李煜』の話が出ましたけれども、他にも一海先生の『陶淵明』とか、高橋和巳さんの『李商隠』とか、荒井さんの『李賀』とか、今そのまま通用するような非常に成熟したものとなっていますね。ああいったものが本当に三十そこそこで書けるというのは、あの時代の熱気みたいなものが背景にあって、とても羨ましい時代だったと思いますね。当時のものが今もそのまま通用するんですから、すごいです。

浅見 あのシリーズは、京大の中文のチームとしての力を感じさせる。

川合 チームと言うとまた誤解を招きかねないところがあって、やはり個性がすごくよく出ていると思うんです。高橋さんとか荒井健さんとか一海先生、そして村上先生、みんなそれぞれ代替不可能な感じがする。

浅見 おっしゃるとおりですね。村上先生も、例えば高橋和巳先生など他の方との間で、作品の解釈をめぐって論争を交わすこともあったのでしょうね。

川合 それは分かりませんけれども。ただ、訳の仕方について言えば、例えば一海先生と高橋和巳さんとは正反対のところがありますよね。そういう点をめぐって論争みたいなものはあったかもしれません。

浅見 そうですね。あの時代はちょうど一九六〇年の前後ですかね。政治的な熱気に溢れた時代ですので、『中国詩人選集』はそれとも連動し合うような形で、まさに川合先生がおっしゃられた熱気を感じさせるシリーズとなっています。結局は、吉川先生と小川先生の指導力に応えるだけの地力を学生たちが持っていたということだろうと思いますね。やはり学生の地力なくして、あの企画は成り立たないですよね。あれだけの人材が揃ったということ自体がすばらしいと思います。

(六) 仙台と奈良

浅見 ここで、もうちょっと時間軸を進めましょう。村上

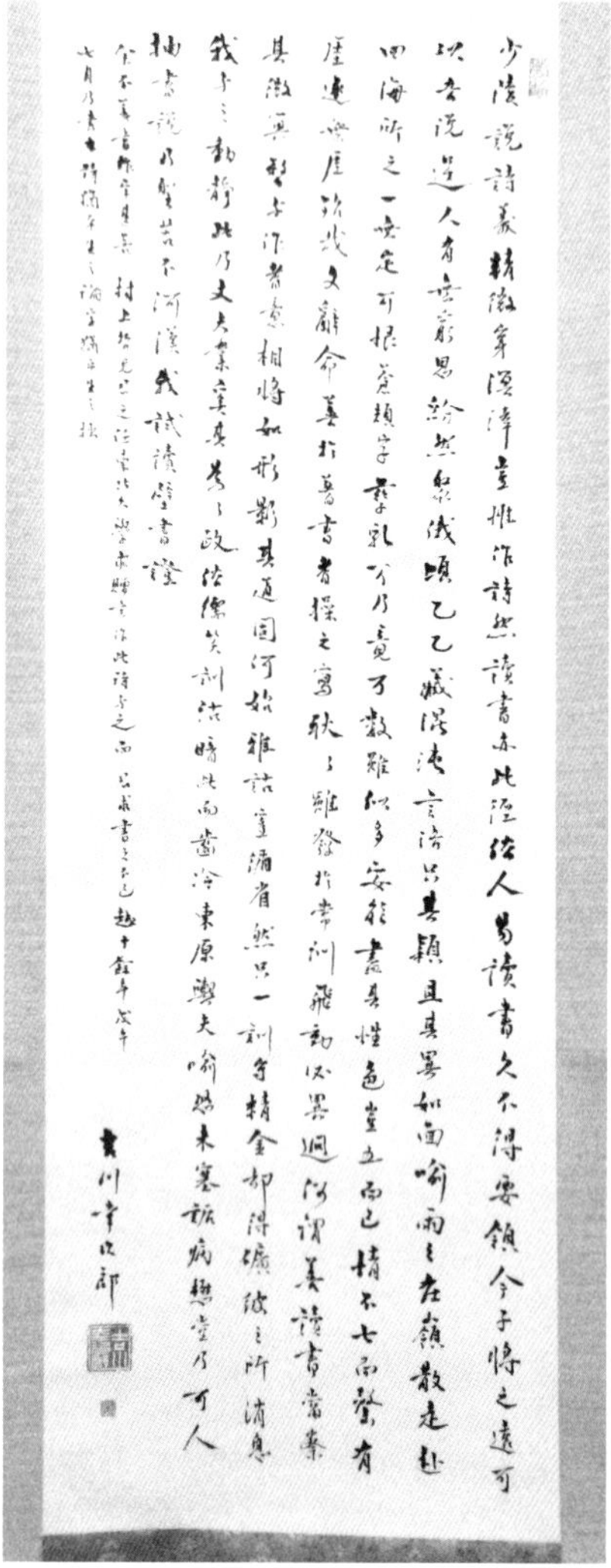
吉川幸次郎選書「村上哲見の任に東北大学に之を送る」

先生は、京都学芸大学から東北大学の教養部に移ったあと奈良女子大学に移りましたが、そのあとふたたび東北大学の文学部に移り、そこで定年を迎えました。仙台と奈良が、村上先生が教師として過ごされた地となりました。

三浦　東北大教養部時代のことで思い出すのは、吉川先生が『読書の学』（筑摩書房、一九七五年）という本を書いておられて、そこの補注に、「村上哲見の任に東北大学に之《ゆ》くを送る」という長い詩を解説付きで掲載されていることです。こんな難しい中身をメタフォリカルポエットリというものがあるにしても典故を踏まえつつよう詩で表現しはるわと、僕なんか感嘆するんですが、そこで吉川先生が言っておられるのは、文字とか言葉というのは限られている、だけどそれを書いた作者の思いというのは、ものすごくたくさんあるから、本を読むということは、その書かれたものの無限の可能性というものを引き出すことだというような、そういう詩なんですね。村上さんはもうその頃は詞研究の大家になっておられたわけですが、いっそう詩詞の読解を深化させるべしという吉川先生の老婆親切と言いますか、そういう愛情がここに現れているように感じられます。

その吉川先生の文章では、村上君の求めに応じてこの詩を作ったもののまだそれを筆で書いて村上君に贈っていない、と書いておられますが、それは結局贈りはったんかな。

松尾 はい。村上先生は、それを立派な掛け軸にされています。ここに写真に撮ったものを持ってきました。

三浦 ああ、やっぱりね。それで思い出すのは、興膳さんからいただいた興膳さんご自身の『中国古典と現代』(研文出版「研文選書」、二〇〇八年)という本です。そこには、吉川先生から揮毫された詩を引いておられます。先生はご自分の学生たちに、こういうふうに自作の詩を筆で書いて贈られることが多かったのですか。

興膳 そうですね。時々何かの折りに、例えばどこかに一緒に旅行するようなときに、詩ができたからこれをあげるというようなことで特別に色紙に書いたものをいただいたことは何回かありますね。

浅見 村上先生も興膳先生も、それだけ期待の弟子だったということだと思います。三浦先生、東北大で村上先生と一緒に過ごされたなかで何かほかにエピソードがありますか。

三浦 僕が勉強しやすいような環境を作ってくださったと、今になって改めて有り難く思い出します。ひとつ印象的だったのは村上さんの政治的能力です。ご自身は部長とか、そういう表立った役職には就かれなかったけれど、能力と人望があって学部運営の裏方として執行部を支えておられました。

それと、さっき武道の話が出てきましたが、一度、研究棟の屋上で、白い道着を着て「京大村上」と刺繡された黒帯を締め、ヌンチャクを豪快に振り回しながら空手の型を演じておられたのを目撃したことがあります。迫力がありました。

浅見 今のお話で、村上先生が学内行政に手腕を発揮されていたというのは、ちょっと意外な感じがしました。

三浦 表へは出なくて、当時の教養部部長の大内秀明さん(経済学者)とか、執行部の人達を支えておられた。だから、あれは金谷治先生やったかな、「村上君というのは敵にしたら怖いよ」というようなことを言うてはったことを覚えています。

川合 村上先生はそういう能力はあるどころか、非常にもったいない人材だと思います。というのは、さっき折り紙の話が出ましたけれども、広く言うと人間って二つあると思うんです。何をやってもうまくできる人と、何か一つのことはできるけれども他のことは全然駄目という人。村上先生は前者なんですよね。どんな仕事をしても第一流まで行ったと思うんです。

学内行政も、大変な能力をもっておられたと思います。ただ、在職期間が短いんですよね。奈良女もそうですけれども、東北大文学部に居られた期間も短かった。だからもっと長く居られたら、学部長とかあるいは副学長とか、そういう能力を発揮できる方だったと思うんですけれどもね。

浅見　学生であるわたしの目には、あまりそういうことには関心がなさそうな方に見えました。

川合　いや、その反対の方でした。

三浦　僕の教養部時代には参謀に徹しておられたけど、そういう能力があったのは事実です。しかし、権勢欲や名誉欲などとは無縁の人でした。

浅見　松尾先生、奈良女子大学時代はいかがでしたか。

松尾　奈良女のときは、ものすごくお忙しかったはずです。新設の専攻で大学院を作って、ドクター・コースもスタートさせてという時期におられたので、めちゃくちゃお忙しかったらしくて、助手さんがよく、あんなにお忙しいのに、自分が訪ねてゆくとコーヒーを淹れてくれるとおっしゃっていました。でも、私たち学生には全然そんなところはお見せにならなくて、何か楽しそうでしたよ。とても楽しそうでした。関西へ帰ってきて、興膳先生はじめ昔の仲間ともよく遊び、よく飲む、それを楽しんでおられたようです。

（七）　奈良女子大学から東北大学へ

川合　奈良女子大学時代の話を受けて言うと、僕の場合、東北大文学部での二年間の接点と最初にお話ししましたけれども、村上先生が着任される数年前に、浅見さんご存じのとおり志村良治先生が亡くなられたんですよね。現役で急に亡くなられました。それまで志村先生からは、雑用は何もしなくていいですと言われていました。勉強だけしてくださいと。勉強もしなかったんですけれども、とにかく雑用をしなかった。ところが、志村先生が亡くなられて、いきなり一人になり、もう大変だったんですよね。

三浦　志村先生が五十七歳の若さで病没されたのは、僕が大阪に戻った数年後のことでした。志村先生には在仙中、学外の禅録を読む会に連れて行って下さるなど、色々目を掛けていただきました。とても柔和でお優しい方でしたが、自分を律するに厳しい、というのが僕の印象です。没後、心の籠もった追悼文集が出されましたね（『白雲遥遥——回想の志村良治』、二〇〇五年）。

川合 とにかく早く、志村先生の後任の教授にどなたか来てほしかったけれども、ただ、誰でもいいというわけにはいかないので、とても困っていたのです。そのとき、これは今でも恩義を感じているんですけれども、寺田隆信先生が何かの会の帰り道で一緒になったとき、「村上君、来てくれないかな」と言って下さったんですよ。僕にはその発想は全くありませんでした。奈良女に行かれたばかりで、また戻って来てくださるなんて思いもしなかった。でも寺田先生がそれを言われたとき、すごく嬉しかったんです。「えっ」と声をあげました。村上先生が来てくださるという、あの喜びは今でも体の隅々まで覚えています。

それで、実際にお願いしてみたところ、意外にもあっさりと来てくださることになりました。村上先生の転任には、このような経緯があった。つまり、村上先生を東北大にお呼びするというのは、寺田隆信先生の発想であるということを、ここで記録に残しておきたいと思います。

三浦 文学部東洋史の寺田さんは一九三一年生まれで村上さんより一歳下でしたが、二〇一四年に他界されましたね。姫路の人で、ちょっとシニカルなところもあったけど、関西弁丸出しで何でも率直におっしゃり、学生にも人気がありました。

浅見 寺田先生の発案があったからこそ、村上先生の招聘が動き出したのですね。

川合 あのとき、寺田先生はすごい発想をするなと感心したんですよ。実際、東北大のことを考えたら、これ以上にない人事だった。

浅見 村上先生が来られることがまだ公にはなっていない時点で、川合先生から「大物」が来られると聞かされました。それで、蓋を開けると村上先生だと分かって、なるほど「大物」だと思いました。まさか村上先生が来られるとは思っていなかったので、嬉しい驚きでした。

松尾 村上先生が東北大学の教養部から奈良女子大学へ来られるときは、本田義憲先生という国文の先生が吉川先生のところへ行かれて、新設なのですがどなたかいい方をご紹介くださいと言ったら、吉川先生が東北大学の村上君がよいとおっしゃったというお話を本田先生が披露されました。ところが、また再び東北へ戻って行かれることとなって……。川合先生が招聘のため奈良へ来られたんでしょう。

川合 いえいえ。

松尾 どなたかいらっしゃった方があったと。

川合 そうでしょうね。学部長かどなたかかもしれないですね。

松尾　村上先生が去られるときに、わたしにぼそっと「僕はね、僕が必要だというところへこれまでも動いてきたから」みたいなことをおっしゃって、行かれたんですね。「先生、わたし、東北大学を受験していいですか」と言ったら、「ええっ」て言われて、結局は諦めたんです。そんなことがありました。

浅見　奈良女は何年間でしたか。

松尾　六年間ですね。

浅見　六年間、少し短いですよね。奈良女としても痛手だったでしょうね。

松尾　学部長候補でした。着任されて三年目からは評議員だったし、学部長候補で。もうばりばりでしたね。

浅見　どうでしたか、当時の研究室の雰囲気は。村上先生がいなくなると知らされたときの学生の皆さんの雰囲気は。

松尾　それは「ええっ」という感じでしたよ。寝耳に水だし。でもごく淡々と話が進んだみたいで。だから何がどうなるんだろうという感じで、助教授だった松尾良樹先生が「松尾さん、村上先生が行ってしまうんだけれども」って、すごい心細そうな感じで、わたしは「頑張りましょう、先生」と言った記憶があるんです。

浅見　それは、転任の数か月前に学生に向けて発表をされたんですか。

松尾　発表は特に。何となく助教授から話がありましたね。

浅見　さぞかし皆さん残念に思ったでしょうね。

松尾　誰も考えてもいなかったので。それはもう助教授も考えてなければ、呼んで来た先生も考えてなかった。残念とかいうよりも茫然としていた感じです。

（八）友と酒

川合　もう一ついいですか。村上先生が東北大に見えてからの話なのですけれども、林田愼之助先生を集中講義にお呼びしたことがあったのです。ついこの間林田先生と電話で話をしていたら、「あれ、呼んだのは君だろう」って、僕が呼んだと思っているんですね。そうじゃないんです。あれは村上先生の発案なんです。そのとき村上先生は、「この頃林田さん元気ないだろうから、呼んでやろうや」と言われたんです。まさに俠気《おとこぎ》ですよ。つまり、世間の風向きとかっていうのと関係なく、友を思いやる。あのとき、林田先生はちょっと落ち込んでおられたんですよ。村上先生は、そういう林田さんを元気づけようとされた。これも、この場を借りて記録しておきたいと思いました。林田先生自身は、僕が呼んだと思い込んでおられるから、事実を正してておかなくては。

三浦　村上さんらしい侠気やね。

川合　いい話でしょう。

浅見　いい話ですね。林田先生のその授業は、私も出ました。確か八六年か七年か、その頃だと思います。

川合　九州大学を辞められて、まだ逼塞しておられた頃ですよね。

浅見　とてもいい話を聞かせていただきました。

川合　寺田先生が村上先生を呼んだということと、林田先生を集中講義に呼んだのが村上先生だと、その二つだけは今日しゃべっておかなきゃと思っていました。これで、もう帰ってもいいくらいです。

浅見　貴重な話ですよね。村上先生がそういう意図の下で林田先生を呼ばれたというのは知りませんでした。村上先生は林田先生を一種の盟友として捉えておられたようで、そのことはよく口にされていました。

川合　ただ盟友は盟友だけど、お二人の間には違うところもあった。村上先生というのは非常に格好いいんですよ。何をやってもそつがない。林田先生は逆に、何かはちゃめちゃですよね。全然違うタイプなんだけれども、仲はよかった。お互いに認め合っていた。

浅見　ほかに認め合っていた方としては、松浦友久先生もそうだったみたいですね。池澤一郎先生が、村上先生の『中国文学と日本　十二講』の書評（『創文』二〇一四年夏号）に書かれていました。松浦友久先生が村上先生を高橋和巳先生と共にライバル視していた、と。

川合　松浦先生も、集中講義で呼ばれたんですよね。

松尾　松浦先生がご在職中に亡くなられた時に、村上先生は「人はいつかは死ぬんだけどね、自分より若い人が先に逝くっていうのはね…」と、とても寂しそうだったのが記憶に残っています。村上先生の盟友と言えば、松浦先生、林田先生、それから北海道大学の中野美代子先生。

浅見　よく四人で日本中国学会の後などに一緒に飲みに行ったりしたようですね。

三浦　林田さん、松浦さん、それに中野美代子さんとの盟友関係は素晴らしいものでしたね。ほかの交友関係については、村上さんの『漢詩の名句・名吟』で知ったんだけど、奈良女時代、春鹿会という会を作っていたという。

松尾　もともとあった会に加入されたようです。

三浦　ああ、もともとあったんやね。地元の名士たち、元興寺のお坊さんとか新聞記者とか、そこに村上さんも入って、春鹿という、これは僕も好きやけど、辛口のええ酒で、それを飲む会を月一回やってはって、いろんな話を交わしたという、そういうことをここに書いておられますね。

松尾　奈良に来られた当初は、単身赴任でした。多分、ご長男がちょうど大学受験だったんじゃないんでしょうかね。それで一人でおられて、美食とお酒を楽しまれて、その結果、痛風を発症して、奥様が「もう、わたしがいないとこれだから」とかおっしゃりながら仙台から飛んで来られた。

浅見　痛風の症状は、それほど重くはなかったんじゃないですかね。どうでしたか。

松尾　でもちょっと入院されましたよ。一週間ぐらい入院されたと思います。

浅見　それはたいへんでしたね。やはり独身だとついつい飲んでしまうのかな。東北大学時代、村上先生は毎日というわけじゃないですけれども、部屋には常にお酒とつまみを置いておられました。研究室でそれとなく飲み会が始まると、村上先生も必ず参加するという、そういう感じでしたね。当時、東北大の東洋史の安田二郎先生が、これがまたお酒が大好きな方で、よく飲み会をやっていました。

三浦　六朝史研究の安田さんね、なつかしいなあ。安田さんとは学生も交えてよく野球などをして遊びました。がっちりした、いい体格をしておられたのに、二〇一八年、八〇になるかならぬかで、他界された。彼も学生から慕われていました。

川合　わたしは七九年に東北大に行ったわけなのですが、その前の年に一度挨拶というか様子を見に仙台に行ったのですよ。七八年の暮れ。三浦先生なんかともそのとき会って、村上先生のお宅で鍋か何かご馳走になりました。

三浦　近くに何か高い鉄柱が建ってるところやったかな。

川合　とにかく三浦先生と村上先生はすごい飲み仲間というか、何かいい感じで、完全に一体と化していた。それで面白かったのは、二階のお部屋でやってたんですけれども、その二階に男性用トイレが作ってありました。宴会をしょっちゅうやっているから、きっと下に下りるのが面倒でそこで用が足せるようになっていた。

浅見　特注のトイレってことですか。

川合　特注というか、ご自分で作ったような感じの。

浅見　管みたいなのをセットして。

川合　そうそう。管が階段に露出していて。

浅見　それはすごいですね。

川合　三浦さん、よく愛用してたんじゃないですか。

三浦　それ覚えてない、記憶ないねん。

川合　村上先生ご自身で作ったんじゃないかな、あれ。

浅見 手先も器用でしたからね。先生がなさりそうなことですね。それは面白い話ですね。何でもうまくこなせる村上先生の幅の広さをよく示しています。

（九） 退休のあと

松尾 先生は晩年も最後まで飲んでおられたそうです。
浅見 ケアハウスに移られてからも。
松尾 はい。
浅見 でも、ケアハウスは原則禁止じゃないですか。
松尾 よかったんじゃないですか。
浅見 お目こぼしということで。
松尾 何か自分で量を決めて、それ以上は飲まないと言って。毎晩、一人で晩酌をしていらっしゃったと聞きました。
浅見 村上先生退官後には、萩原先生との間にも大分接点が増えてくるのではないですか。蔵書の整理などで、萩原先生は村上先生のところに通われましたよね。
萩原 お宅にお邪魔したのは二回ほどだったと思います。本の整理をさせていただいたのは大震災の後ですので、退官直後というわけではないですね。
浅見 立命館大学に村上先生の本を引き取ったのはいつ頃ですか。
萩原 二〇一一年の震災の後に整理して、それをそのまま立命館に送らせて頂きました。その後に目録を作りまして、二〇一一年の十二月に先生にお送りしましたところ、その年末に先生から大変丁寧なお礼状を頂戴しました。
三浦 それは韻文学関係のものですか？
萩原 ほとんど詞の関係のものです。他の関連の本は松尾さんが、先生がお亡くなりになってから引き取られたと思います。
松尾 その前に、日本語の概説書や全集は私の元の勤務先の東海学園大学に入れさせてもらって、専門書を入れても使う人がいないので、それについては萩原さんにお願いして、そうしたら立命館で引き取りましょうということになりました。
浅見 二〇一一年頃というと、退官して大分時間がたっていますね。村上先生が退官されたのが一九九四年、その後奥羽大学に行かれて、その後は近畿福祉大学でした。近畿福祉大学に在籍されていたことは、最近になって初めて知りました。
松尾 新設大学なのでどなたかが紹介されたのでしょうけれども、私も全然知りませんでした。この間も、東北に基本的にはおられましたよね。

川合　二〇一一年と言えば、例の三・一一の震災が起きた年ですね。震災のときのことで、僕が聞いたのは、息子さんが仙台に先生を迎えに行かれて車で脱出されたそうです。給油は仙台ではできず、山形まで行って給油したそうです。こうして、息子さんのお宅に避難されたんですよ。

三浦　たしかサントリーに勤めておられた保之さんやね。当時どこに住んでおられたの？

川合　滋賀県の竜王町です。そこへ僕と副島一郎君、東北大の学部学生だったんですけれども、そのとき同志社に勤めていた。それと、銭鷗さん。銭鷗さんも同志社でした。とにかく三人で息子さんのお宅へお見舞いに伺ったんですよ。僕は浜松から浅蜊と鰻を持っていきました。そうしたら、村上先生は全然避難しているというような感じじゃなくて、格好よく作務衣を着こなして、ゆったりと「やあやあ」みたいな感じで迎えて下さったことを覚えています。四月の初めの頃のことでした。そのとき、吉川先生の本だったかな、それを吉川忠夫先生のところに届けてほしいと言われて、次の日、本を持って行ったことがあります。

　村上先生の学士院賞受賞を記念する会は、いつ頃だったかな。

萩原　二〇〇九年だと思います。

三浦　二〇〇九年六月にゆかりのある者が仙台に集まってお祝いをしました。そのとき村上さんが、こんな賞をいただいて一番驚いているのはわたしです、と挨拶をされたのを覚えています。

川合　震災の前ですね。じゃ、竜王町でお会いしたのが、僕が先生に会った最後かもしれない。

浅見　わたしの場合、最後にお会いしたのは、二〇一五、六年頃です。仙台に行ったときに、同じく受業生の乾源俊さんと和田英信さんと三人でお訪ねして、それが最後になってしまいました。一番最近に会われたのは松尾先生でしょうか。

松尾　昨年の十二月にお会いしました。

興膳　川合さんが仙台にいたときも、一回地震があったわね。

川合　僕が行く前の年です。

三浦　あれは一九七八年六月に発生した宮城県沖地震。僕は当時教養部の研究室で原稿を書いていて、鉛筆を握ったまま四階から階段を駆け下りました。

興膳　僕が最初に集中講義に行ったときだったかな、書架が倒れた話をしておられましたね。村上さんは、そのときには仙台におられたんですか。

川合 おられました。

興膳 今の話は、その後、二〇一一年の大地震ですね。

浅見 いろいろと興味深いエピソードの数々、司会の役目を忘れてついつい聞き入ってしまいました。そろそろ、村上先生の学問についての話に進みたいと思います。

二 村上先生の「学問」を語る

浅見 お手元にお配りした資料に、村上先生の学問をわたしなりに幾つかに分けて整理してみました。村上先生の場合は何といっても宋代の詩余、宋詞研究というのが一つの大きな柱としてあります。そのほか、村上先生ご自身も「詩余だけに限って学問を構想していたわけではない。むしろ大学院時代から韻文学研究というものを構想していた」という趣旨のことを書かれていますように、詩余以外の韻文、大体時期は唐宋が中心になりますが、詩を含めた韻文学研究なども大きな柱となっていると思います。

そこから村上先生は更に範囲を広げて、中国の文人が社会の中でどういう在り方をしていたのか、そういう社会的な文脈の中で文人を捉えるという中国文人研究もなさっていると思います。また、その中国文人研究の一環として科挙文化研究、これも村上先生にとって重要な位置を占める、いわばお得意の分野であったと思います。詩余研究の中にも、科挙研究の成果を踏まえた卓見があちこちにちりばめられています。

あともう一つ、これは比較的晩年のほうのお仕事かもしれませんが、日本の漢文学についても村上先生は力を注いでおられました。今、晩年と申しましたが、実は『三体詩 上・下』(朝日新聞社、一九六六―六七年)のときから、それはスタートしていると考えた方がいいかもしれません。日本漢文学研究、これも先生の研究の主要な柱をなすものでした。

総じて、村上先生の研究は、大変幅広くて、なおかつ重厚、また非常に典雅で安定感のあるものとなっています。

三浦 かつ精密で。

浅見 そう、精密ですね。そういう村上先生のご研究について話していきたいと思います。興膳先生から口火を切っていただきたいのですけれども、いかがでしょうか。

(一) 宋詞研究

興膳 わたしはさっきお話をしたように、まず『李煜』によって詩余というものの存在とその意義について目を開かれたのが第一に非常に強烈な印象を受けたということなのですが、その後『三体詩』の訳注を出されましたね。これは朝日新聞から出された『中国古典選』という、これも吉川先生の監修の一つとして出たものですけれども、あの『三体詩』によってもまた唐詩に関する新しい目を開かれました。従来、唐詩というと『唐詩選』というものの存在を通して何となく唐詩全体のイメージを自分の中で作っていたのですけれども、『三体詩』を見て、同じ唐詩とはいいながら、こういう全く違う世界もあるのだということが、また驚きでしたね。つまり、明人好みの荒々しい、逞しいエネルギッシュな詩がたくさん選ばれているのが『唐詩選』であるのに対して、『三体詩』のほうは肌理細かい優しい感覚、それを主とした選択ですよね。それによって、唐詩の世界というものはやはり『唐詩選』的なものと『三体詩』的なものといろいろな違いがある、そういう総合的な世界なんだという、そこでまた新しい目を開かれたというのが、村上先生の学問に対する第二の驚きでしたね。

　肝心の宋詞研究の方面については、わたしはあまり奥深いところまで入ってないので何も言えないのですけれども、『三体詩』の存在に気づかされたのは、わたしにとっては大きかったです。

浅見　『三体詩』は、日本における唐詩理解に新たな次元を切り開いた重要な成果であるのは間違いないですね。

興膳　村上学の特色としては、やはり繊細さということが一つの大きな特色だと思うのだけれども、『三体詩』に即して言えば、村上さんのその方面の感覚がよく発揮されていますね。

浅見　今、興膳先生から二点まとめていただきましたけれども、共通点は、従来存在は知られてはいるけれどもあまり真正面から取り組まれてこなかった領域を開拓する。まさに「無人の荒野を行く」がごとき村上先生のパイオニアとしての役割ということになるでしょう。興膳先生が挙げられた二点のうち、何といっても詞（詩余）研究が中心となるでしょうから、まずはこれについて話し合ってみたいと思います。萩原先生、いかがでしょうか。

萩原　村上先生の学問は、一言ではとても言うことができないような大きな学問ですので、詞に関してはわたしが感じるところでしかないのですが、非常に考証力といいますか、さきほどおっしゃったように科挙に関する研究とか、『宋詞研究・南宋篇』のほうで特に詳しく登場する辛棄疾の官歴についての考証であるとか、あと呉文英の出自に関しても非常に鋭い分析をされていたりしまして、そういう考証的な面が非常に優れているということがあると思います。また同時に先生は非常に文学的な才もお持ちで、わたしがまだ学部生の頃に読んで、今も忘れられないのですが、中国詩文選の『宋詞』の冒頭で晏殊の詞の「無可奈何花落去」という句について分析されています。この句は晏殊の律詩の中にも入っておりまして、それが詞と詩の中でどういうふうに句として機能しているのか、詞の雰囲気と詩の中での工夫というのがいかに違うのかということについて非常に精緻に分析されていまして、詞《ツー》というのはこんなにすごいものだなというふうに思ったことがあります。

『南宋篇』のほうで言いますと、やはり一番注目すべきなのは「現実派」と「典雅派」という詞派の分類であると思います。これまでは「豪放派」と「婉約派」と言われていたものが、そうではなくて「現実派」と「典雅派」であるというふうに論じられてているのは大変卓見だと思います。現在でも中国では、「豪放派」「婉約派」という言い方がまだ一部では残っています。呉世昌先生の影響でかなり少なくなっているとは思うのですが、いまだに「豪放派」「婉約派」と言ったりもしていますので、そういう点も今後まだまだ先生の学問というのはちゃんと受け継いで広げていかなければならないなというふうに思っています。

村上先生は典雅派のほうの、もちろん姜白石とか周密とか呉文英についても非常に精緻な分析をされているのですが、辛棄疾も大変お好きだったようで、辛棄疾についても本当にすばらしい論文を書いておられます。村上先生は先ほどおっしゃったように無人の荒野を開拓するような感じで詞《ツー》の研究をなさったわけですけれども、その村上先生の先輩といいますか、早くに詞を研究なさっていた方に中田勇次郎先生がいらっしゃって、南宋の詞について「南宋詞の特質」という論文を書いておられます。それを読みますと中田先生の論文の中には辛棄疾のシの字も出てこないのです。辛棄疾については一切無視されていて、中田先生は姜白石一辺倒なのですね。そういう点で、中田先生の好みがよく表れています。中田先生は後に詞から離れて書などの芸術のほうに行かれますが、そうした文人的なところに引かれておられたのだというふうに思います。村上先生にももちろん文人的なところもあると思うのですが、同時に現実派みたいなところにもちゃんとしっかりと足を立てておられて、それを研究されてこられたのだなということを改めて感じました。

浅見　萩原先生から、村上先生の詞学研究の基本的なところを的確に押さえていただきました。「無人の荒野を行く」と村上先生ご自身も言われているような、当時の日本における詩余研究の状況の中で、村上先生のポジションってどのようなものだったのでしょうか。萩原先生は先ほど中田勇次郎先生のお名前を挙げられましたよね。中田先生のほか、詞学研究に携わる方はどのような方がおられたでしょうか。

萩原　吉川先生ももちろん詞に大変お詳しかったと思います。吉川先生の卒論は詞ではなかったですか。

川合　その論文が出てこないそうですね。

浅見　吉川先生自身は、そのことを特に積極的には語りたがらなかった。

萩原　そうですね。当時の京都のシナ学では、狩野直喜先生とか青木正児先生とか、戯曲や俗文学なども盛んに研究されていましたので、その中に詞というのがあって、吉川先生にもそれは受け継がれていたと思うのですが、やはり本格的に研究をされたのは村上先生じゃないかなと思います。中田先生ももちろん研究なさっているのですけれども、やはり趣味的なところがあるというか、文人肌みたいなところがありますので。

浅見　まさに今いみじくもおっしゃられたようなことを、私も感じておりました。中田先生はどちらかというと文人趣味の一環として詞を取りあげていますが、村上先生は根本的に「詞とは何か」を掘り下げるところから出発されていますね。日本中国学会賞を受賞された論文「詞に対する認識とその名称の変遷」は、まさに「詞」という概念そのものを明確にするという、非常に画期的なお仕事だったと思います。それまで漠然と「詞」という言葉が飛び交っていたのを、村上先生は多くの関連資料を精密に整理されて「詞」の概念を明確にされました。あの論文はわたしも学部生の頃に読んですごいなと思いました。

三浦先生はいかがでしょうか。村上先生の詞学研究について。

三浦　僕はもとより門外漢ですが、いま皆さんがおっしゃったように、村上さんの研究ってやはり両面からなされている。詩人のバックグラウンドとしての社会的基盤、そこから出てくる官僚制とか科挙制度、彼らが咲かせた文化としての詩とか詞、その両面からアプローチするところが村上さん独自かなと思ったりするんです。

それと、詞と詩との関係というのをずっと村上さんはテーマとしてやっておられました。例えば、これはあまり詳しくは知りませんけど、森槐南なんかは「詞は詩から生まれた」と述べているようですが、村上さんは「詩と詞が並行しながら、その詩の中から詞のほうが抒情を徹底して南宋にその頂上を極めた」というふうに捉えているという、こういう理解でいいのですか？

萩原　詞の起源についてはいろいろな説がありまして、先生がおっしゃったように森槐南は詩から生まれたということを言っているのですけれども、村上先生はどちらかというと音楽派で、新しい音楽が唐末に入ってきてそこから生まれたのだというお考えだと思います。

三浦　その「音楽派」ということでちょっと思い当たる節があります。さきほど申し上げましたように、二〇〇〇年に村上さんの古稀記念論集が出た時、仙台郊外の秋保温泉で御祝いの会が開かれたのですが、その折、村上さんは「宋詞の遺響」として姜白石の「暗香」を披露されました。そのことについて当日参加された若い方に確認したところ、やはりアカペラで唄われた由です。後日、参加の皆さんにその原譜（音楽出版社『宋姜白石創作歌曲研究』、北京、一九五七年）が送られてきたのですが、物好きな僕は娘にそれをピアノで弾かせて改めて再現してみたところ、クラシックに馴染んだ耳にも結構合うメロディーだったので、妙に納得した記憶があります。村上さんも、事前に娘さんにピアノを弾かせて確認したようです。

人間を「眼の人」と「耳の人」に類型化する考え方があって、村上さんの場合、ひとつの漢語から豊かなイメージを感じ取る「眼の人」であると同時に、そこから韻や平仄は言うまでもなく、音楽性を聴取できる「耳の人」でもあったと思います。

（二）　信頼できる成果

浅見　川合先生はいかがですか。

川合　全体として村上先生のお仕事というのは、一言で言ってしまうと信頼できる。このように言うととても失礼かもしれませんが、頼りになるというか、非常に確かだというのが、一番感じるところですね。特に科挙のことを書かれた本はとても役に立つというか、僕は今でもよく使わせていただいています。

詩余に関しては、昔アメリカ人の友人でマイケル・フラーという蘇軾を研究している方がいて、彼は自分の研究において役に立ったのは例の『北宋篇』だと言っていました。まだ『南宋篇』が出る前の話ですけれども、あれは非常にいい本だと言っていたのを記憶しています。

学士院賞をもらわれたときのお祝いの集まりがありましたよね。あのときに村上先生と話したことを覚えています。受賞者は自分の研究内容を短い時間で天皇陛下に説明するんだそうです。今の上皇ですね。そのとき天皇が村上先生に対して、「何で詞というのは日本であまり知られてないんだ」ということを問われたという。とてもいい質問だと思う。そのときのことを振り返って、村上先生が「そんなこと訊かれてもすぐに答えられるもんじゃないよ」と言われたんですよ。僕はよく知りもしないのに生意気にも、「いや、それは日本の漢文教育ですよ。漢文教育から排除したからですよ」と答えたんですよ。というのは、江戸、明治と、結構日本人は詞をいっぱい作っているわけでしょう。決して知られてないわけじゃないですよね。それが今は知られなくなってしまったのは、漢文は雄々しいものだみたいな考え方を押しつけられたために、そこからはずれた詞は忘れられていたのではないかなと思ったのです。こういう話題については、もっと先生から聞きたかったですね。

それと、思い出すのは、晩年というか定年退職されてから『唐詩選』の研究をやっておられましたよね。あのときに京大に調べに来られたんですよ。『唐詩選』ってべらぼうに本があるわけです。そのとき国文の日野龍夫先生が、『唐詩選』なんかやり出したら八幡の藪知らずで大変だと。村上さんも退職して暇になったのかなとまで言っておられました。でも、『唐詩選』についての村上先生の論文は面白いですね。江戸の本屋について調べられた論文。

三浦　『中国文学と日本十二講』（創文社、二〇一四年）に収められる論文ね。

川合　あれも村上先生ならではの、非常に明晰な気持ちのいい論文ですよね。

萩原　本屋との関わりで『唐詩選』を説かれたというのは本当すごいですね。

三浦　そうですね。あの本は全篇おもしろいですが、特に「江戸時代の漢籍出版」を考察した第九講以下は何度読んでも引き込まれます。あそこでは江戸人の『唐詩選』愛好を書商（本屋）サイドから立証されていて、嵩山房が『唐詩選』の出版・販売権を掌握するに至った経緯が活写されています。第十二講の「文人と書商」では、書商の背後に文人がいて、嵩山房は盛唐の詩を重んじた古文辞派と密接に繋がっていたのに対して、古文辞派を批判し、陸游、范成大、楊万里といった宋詩を称揚した江湖派と青藜閣・須原屋伊八などとの関係が記述されているのです。本書のように中国文学を日本文化にフィードバックしてゆくのも、村上さんの学問の大きさでしょうね。

川合　筋道をきれいに整理してくれて。

萩原　版権の問題でも、複雑なところを解いていただいて、本当に面白かったです。

浅見　今、川合先生から、いみじくも村上先生のお仕事は信頼できるという話がありました。

川合　言い方があまり適切ではなくて、少し失礼なのだけれども。

浅見　いや、わたしもまったく同感です。村上先生のお仕事はまさしく信頼できるものです。決して突飛なことだとか奇矯なことは言わない、本質をものすごくしっかり捉えておられるという感じがしますね。

川合　そこに至るまでには、ものすごくたいへんな苦しい過程があるはずなんだけれども、それを見せない。さきほどの人生の話もそうですが、村上先生は辛かったこととか苦しかったことってあまり言わないでしょう。いつも物静かで格好よかった先生だからね。われわれは結論だけ受け取ってしまいがちなんですが。

三浦　そう、村上さんは決して貧乏くさい苦労話はされない。さっきちょっと申し上げた詞のバックグラウンドとしての官僚社会とか科挙とか、そういう問題を遠景にきちんと置きながら、前景としての詞作品の正確な読みを提示されている。

浅見　その読みという点では、まさにここにおられる萩原先生や松尾先生たちの宋詞研究会がしっかりとした訳注を綿々と作成し続ける形で村上先生の読みの伝統を今も受け継いでおられると思います。

三浦　いわゆる詩よりも詞のほうが俗語なんかも多いわけですよね。

浅見　俗語が多いので、詩のように訓読はあまり有効には使えない。無理に使うとおかしなことになってしまう。詞の読解にあたって村上先生も訓読を用いておられますが、ポイントをしっかり押さえた訓読で、すっと理解できるんですよ。

三浦　ポイントがよう分かる。

浅見　そうなんです。俗語の理解も含めて、練られた中国語力がないと、こういう訓読はできないという訓読ですね。

先ほど村上先生が信頼できるという話がありましたが、これをわたしなりに言いますと、常に全体を見ようとされていることからくる信頼感となります。もちろん神様じゃありませんから、本当の意味で全体なんて誰にも見られないのですが、村上先生のあの視野の広さには全幅の信頼を寄せることができます。わたしなんか、ついつい言葉尻に飛びついてしまうところを、村上先生は全体を見ながら、いやこれはそんな注目するほどの言葉じゃないんだよというふうに窘《たしな》めてくださる。今、窘めると申しましたが、実際、村上先生の書かれたものを読んでいると、従来の研究を窘めているところが少なからず見られます。某氏はこう言っているけれども、これは全体の中に置いたらそういう理解には必ずしもならないよというような。

村上先生からは「おまえは自分の意見を独自のものとして主張しようとしているけれども、立ち止まってもうちょっと考えてみなさい」と、常に窘められているような感じを受けるんですね。印象論で言うと、そんな感じです。

三浦　いま思い出したのですが、浅見さんは東北大で村上さんから教わったあと、山口大学勤務時代、村上さんとの共著で『蘇軾・陸游』（角川書店　鑑賞　中国の古典、一九八九年）を出しておられるから、文字通り親炙されたわけですね。

浅見　あの本については、わたしはほとんど貢献できず、ずっと忸怩たる思いに苛《さいな》まれています。最近、わたしは蘇軾・陸游の研究にそれなりに力を入れるようになりましたが、これには村上先生に対する「償い」というようなところもあります。

（三）詞学研究の可能性

浅見　松尾先生は、いかがでしょうか。

松尾　奈良女の最後の一年、大学院の授業で初めて宋の詞という授業を一年間だけなさったのです。そのときにおっしゃったのが、周邦彦や呉文英のような詞を読むにはまずテーマを押さえること、個々の言葉にこだわりすぎず肝心の言葉を押さえること、いかに表現することによって何を言おうとしているのかを考えること、でした。浅見先生のご発言とはずれるかもしれませんが、全体の中に置くということでは、しきりにおっしゃったのが、韻文文学史の中にどう位置づけるかということを考えなくてはいけないということを何度も繰り返し強調されたので、これが先生の問題意識だったんだろうなというのがあって、最後に本を整理に行ったときも、『散曲叢刊』を手に、「ここまで行けなかったね」とおっしゃったんですよ。それがすごく印象的で。だから村上先生の頭の中では曲まで本当は行きたかったんだろうな、プランはあったのではないかという気がします。そういった詩も詞《ツー》も散曲も全部一緒にした中の詞という、それこそ全体の中のということですよね。そういうことを考えていらしたと思います。

浅見　曲については、村上先生が東北大に転任されて間もない頃、次のようなことを言っておられました。青木正児先生が東北大学におられましたね。だから東北大には戯曲研究の伝統があるし、戯曲関係の文献もそろっている。東北大に来たからには、ぜひ自分も曲を視野に入れた研究をやりたい、と。

中国古典詩を研究する人は、とかく散曲や戯曲を視野の外に置いてしまいがちですが、村上先生はそうではなかった。全体を見ようとする姿勢は、そういうところにも表れていると思います。

三浦　絶えず最初の韻文学研究というところへ戻っていくわけやね。

浅見　そういうことですね。

先ほど三浦先生、あるいは萩原先生がおっしゃったような村上先生の研究態度、考証をしっかりした上で、なおかつ作品そのものの文学性もしっかりと追っていくという姿勢は、二冊の『宋詞研究』を貫いていますよね。この点について、萩原先生、もうちょっと補っていただけるでしょうか。私が一番関心があるのは、村上先生の研究方法は、今の詞学研究の中でどのように位置づけられるかという点です。この点も含めてお願いします。

萩原　今でも日本ではあまり詞の研究が盛んではないのですけれども、中国では本当に盛んでたくさんの論文が出ています。近年は王兆鵬さんらが中心になって詞の受容史であるとか、あるいは俗っぽい面ですが、詞を担った文人たちが給料は幾らもらっていたかとか、官位がちょっと上がることによって生活がどう変わったとか、そうした具体的なところを研究するような方向になりつつあります。

その萌芽的なことは、もう既に村上先生がやっていらっしゃることで、たとえば科挙については、さきほど川合先生がおっしゃったように、これまで宮崎市定先生の明清の科挙に関する本はあったのですけれども、唐宋の科挙に関しては村上先生が非常に詳しく書いてくださっています。そうした綿密な考証から、先ほども触れました辛棄疾についても、中国の学者は辛棄疾の最初の官職である「右承務郎、江陰軍簽判」というのを低級な小官であるとするのですけれども、村上先生は、そうじゃない、科挙出身者ではないのに実は破格の官位だったのだとされて、そうしたところから辛棄疾の生涯と文学について攻めていかれるんですね。

興膳　陸游もそうでしたね。

三浦　先にも申し上げましたように村上さんは科挙とともに官僚制についてもお詳しいのですが、その『陸游』（集英社、一九八三年）なんかは、秦檜に疎まれて科挙を落第したあとの官歴も詳述されていて、陸游の詩と生涯がくっきり彫塑されているという印象を受けます。僕、二回読みました。

萩原　そうですね。中国の学界でも、最近はそうした精緻な考証をするような研究が増えて来ていると思いますので、村上先生の研究というのは今後ますます重視されるのではないかなと思っています。

浅見　考証面についてはもちろんそうだと思うのですけれども、わたしの印象では詞の文学性をどう受け止めるかみたいな研究というのは今あまりされてないと感じます。詞がどう受容されたか、そういう受容研究はたくさんあるのですが、村上先生が取り組まれた作品そのものの文学性をどう位置づけるか、どう分析するか、そういう研究姿勢は今の詞学研究にはあまり多くないという印象を持っています。詞の文学性を正面から論じた研究は、なかなか論文とはなりにくいのかもしれませんが、村上先生の研究を受け継いで、もっと多く現れてもいいのではないかと感じます。

そこで、ここから先は村上先生に対する望蜀の言になってしまうのですが、一言申し上げます。村上先生は詞の文学性を正面から論じようとされているのですが、そのときの方法として、例えば「渾厚」や「清空」といった昔の批評概念をベースにしながら論を組み立てておられますね。私としては、そういう概念は一旦措いておいて、今日の我々の言葉・概念でもって、詞の作品を分析してほしい。ちょっと不穏当な言葉かもしれませんが、ある意味、作品を切り刻んで読み解くような、一歩踏み込んだ姿勢がほしかった。村上先生は詞の作品を、切り刻むのではなくそのまま丸ごと受け止めて解釈されようとしています。そこは村上先生の、信頼できる研究の基盤となっているのですが、もうちょっと踏み込んで、「詞を切り刻むような鋭さ」みたいなものが加わるならば、もっとすばらしい研究になったかなと思います。これは本当に望蜀の言で、村上先生からは、おまえの勝手な思い込みだよというふうに窘められそうですが。

三浦　その際、伝統的な概念でなくて、どういう言葉を浅見さんは持ってくるわけですか？

浅見　それはなかなかむずかしいのですが、簡単に言えば、今日の日本文学や西洋文学の研究にも通ずるような言葉や概念を持ってくるということになるでしょうか。

三浦　そういう研究も、だけど時代がたったら古いと言われてくるのでは？

浅見 いずれはそうなるかもしれません。

三浦 だから結局、村上さんの場合、「渾厚」やったら「渾厚」を分析してゆくという、僕なんかそれは王道ではないかと思いますがね。古いんかな。ただ、その一方で、共通の土俵上で中国文学を論じたなら、新しい発見もあるのではとも思います。

浅見 これは本当に難しい問題ですね。村上先生は、決して自分勝手で奇矯な説は立てない、あるいは自分勝手な概念はあまり持ち込まずに、なるべく昔の文人たちの考え方、感じ方に沿って詞を論じようというところがあって、そこが信頼できるところであるというのは、その通りだと思います。

三浦 どの本だったかな、村上さんの詞の本を読んでいたら、個々の詞作品についてこれはいいとか悪いとか評価しているところがあるでしょう。評価まで行っておられますよね、村上さんの感性に基づいて。

浅見 それはおっしゃるとおりです。詞を論ずる際の方法という問題について、川合先生はどう考えますか。

川合 それはむしろ村上先生に望むのではなくて、今後の我々の課題というふうに考えるべきじゃないかと思うんです。従来の中国の概念を使っていると、その中に入っちゃって、そこから出れなくなっちゃうんですよね。もし突破口があるとしたら、僕は王国維あたりかなと思うのですね。どうでしょうね。王国維の詞学の態度というかな、あれはどこか外へ通じる通路が見つかりそうな気がしますけれどもね。

三浦 川合さんはこの前、大作『中国の詩学』(研文出版、二〇二二年)を刊行されて、僕はまだちゃんと読んでませんが、自分もいろいろ西洋的な文学理論に惹かれたこともあったけれど、結局は詩を精密に読むしかないと思うようになったというふうに述べておられるようですが。

川合 幼稚な結論で。

三浦 とんでもない。

浅見 詞ではなくて詩を論ずる論文などには、作品の一部分を切り取ってきて、それを繋ぎ合わせるような形で作品世界を分析する手法がよく見られますよね。村上先生の詞に関する論文に、そういう一部分を切り取ってくる例はほとんどありません。作品を丸ごと引いて、これはこういう世界だよという形で論じておられる。それはそれで、もちろん我々は安心できるし、村上先生の研究の継承すべき美質ではあるのですが、それを踏まえてもう一段、我々としては進まないといけないのかもしれませんね。

三浦　それは川合さんがおっしゃった、次の世代の宿題。

浅見　我々の宿題ですね。ただ、これは自戒を込めて言うのですが、我々はとかく言葉尻、作品の中の一部分の表現にとらわれがちなんですね。「我々は」と今言いましたけれども、わたしよりも若い世代の研究者が書いたものを見ると、言葉尻にとらわれる傾向はもっと強くなっていると感じます。言葉尻にとらわれ過ぎるあまり、全体が見えなくなっているというところがあって、あまりいい喩えではありませんが、群盲象を撫でるみたいな形で、自分が切り取ってきた言葉以外のところには視野が及ばず、その言葉が全体の中でどういう場所に位置しているのかということを見失っています。

三浦　それは視野の広さというような問題に繋がってくるんかな。

川合　今浅見さんが言われたことで、村上先生に引きつけて言いますと、『魏志倭人伝』の話を雑談の中でされていた覚えがあります。要するに、今の邪馬台国はどこにあるかみたいなのは、本当に重箱の隅をつついている、と。村上先生のそのときの僕の印象は、文献の細部にこだわるのではなくて、昔の人の考え方みたいなもの全体を捉えようとされていた。根拠がある言葉を大事にするわけなのだけれども、かといってそれに目晦ましにされて、他が見えなくなっちゃうというのはよくない。村上先生はそうではなかったところが魅力でしょうね。

浅見　そうです。だから安心できるんですよね。とかく我々は、問題を限定して設定しがちです。限定して、そこから大きなところに出ていければいいのですが、結局限定したところのままで終わってしまうことが往々にしてあります。中国の成語に「以小見大（小を以って大を見る）」というのがありますけれども、結局は「以小見小（小を以って小を見る）」で終わってしまうみたいなところが。

小さく問題を限定するのは日本の中国文学研究の良いところではあるとは思います。中国ではいまだに一部では見られる、あのやたら大きな問題をがなり立てるみたいな、そういう姿勢ではなくて、小さいところからコツコツというのは日本人の研究の良いところではあるのかもしれませんけれども、村上先生の大きくて安定した、豊かなコクをたっぷりと湛えた研究を見ていると、我々の世代以降の日本の中国文学研究は大事なものを失っているのではないかと反省させられます。

村上先生の書かれたものには、あまり異を立てるという構えは見られないですね。

川合 誰もいないところでやるから、異を立てようがない。

浅見 異を立てようと身構えると、とかく肩肘張って余計な力が入りがちですが、それは全然ないですね。ただ、唯一、村上先生がかなり明確に異を立てていると思われるのは、詞における「豪放派」と「婉約派」という図式をめぐる議論です。先ほど萩原先生がまとめてくだったように、村上先生は「豪放派」と「婉約派」の図式に対して、「現実派」と「典雅派」という図式を立てたいと説かれておられます。これは村上先生には珍しく自説を強調されるようなところがあったように思います。これは『宋詞研究・南宋篇』の大きな柱になっていますよね。『北宋篇』にももちろんそういう視点の萌芽はあるのでしょうけれども、『南宋篇』は特に「典雅」と「現実」、この二つの枠組みをめぐる議論が全体を貫く柱になっています。これについて、もう少し、詞学を専門とするお二人からコメントをいただけるとありがたいのですが。

松尾 わたしが授業を受けていた頃は、そこをどうしようかとすごく模索しておられたんだなと、ノートを見直してみて思うんです。「豪放」と「婉約」ではいかんということはおっしゃっているんだけれども、じゃあ何が来るかということの結論がまだ出ていらっしゃらない時期で、多分『南宋篇』が止まったのはそこだったんだと思うのですね。作風とかそういうシンプルな二分法はいかんという。でも結局二分法かもしれないのですけれども、なかなか苦労されて。

萩原 「現実派」「典雅派」というところまで行かれたのは、先生が中国文人研究や科挙文化研究などを大変しっかりとやられて、そうした基礎があったからこそ、そこに到達されたのではないかなと思います。特に南宋になると、文人官僚たちがたくさん登場すると同時に、科挙を受験せず、役人にもなろうとしない純粋な文人みたいな人たちが出てきますので、そういった南宋特有の文化といいますか、非常に爛熟した文化をちゃんと研究された上で、「豪放」と「婉約」ではなくて士大夫、文人官僚として現実を見る人たちと、ひたすら典雅のほうに向かっていく人たちというふうに類型化されたわけですけれども、それはやはり非常に卓見であると思います。

(四) 中国文人論

三浦 もう時間ないから、僕ちょっと議論の足がかりを作っておきたいんやけど、文人論で今日一番言っておきたかったのは、今もう萩原さんが言われたわけですが、村上さんは新しい文人論を提出しているんですよね。京大人文研で荒井健さんが文人班を作り、何年にも亘って文人なるものを研究されてきて、僕も出させてもらっていました。『中華文人の生活』というその研究成果を一九九四年に平凡社から刊行されているのですが、その研究班での共通理解は、文人と士大夫とは一体のものであると。要するに文人と士大夫というのは同一存在の裏と表だという、そういう考え方が皆さんに共有されていたと思います。

ところが、今、萩原さんもおっしゃいましたが、村上さんはそれに対して新しい文人像、つまり彼の言葉で言えば「専業的文人」というのを提出していて、これは士大夫とはちょっと違うと。……ちょっとこれ、配ってもらえますか。村上さんの論文「文人・士大夫・読書人」のコピーです。「古典の素養と作詩文能力」をA、「治国平天下の使命感」をB、そして「尚雅の精神」をCとした上で、この三要素を二つの円で表現されるわけです。つまりこの二円の上の部分がBの治国、下の部分がCの尚雅。そしてこの二円が重なる楕円の部分がAの古典の素養と作詩文能力。村上さんはそのようにしておいた上で、Aを読書人の条件、AプラスBを士大夫の条件、そしてAプラスCを文人の条件、さらにA・B・Cの三要素が揃った存在を官僚文人として別立てされるわけです。ここで大事なのはAプラスCの「文人」ですね。だから、村上さんの文人論というのは、南宋に出てきた古典学と作詩文能力、プラス書画音楽に秀でた存在、そこでは天下国家のことはヤボとして除外される、そういう文人を村上さんは専業的文人として定義したわけね。彼の独自なところはそこに詞も絡ませ、そういう人たちは大体、詞の名手だったということを言っておられて、これは村上さんの詞研究から出てきた新しい文人論で、そのことは同時に、北宋とは違う南宋社会の一面を照射していると思うんです。

すみません、長広舌のついでにもうひとこと。村上さん自身はどうだったかという問題です。自作の詩の中で国立大学教授だったご自分のことを「儒官」と表現しておられるから、御自分のことをA・B・Cの官僚文人と認識される一方で、A・Cの「専業的文人」を憧憬されていたのでは？これは半ば僕のジョークなので、議論していただくには及びません。

川合 今、三浦さんがおっしゃった文人のことですけれども、これは村上先生の非常に精緻な考え方なのです。なのに、それを非常に安易に使っちゃっている人が結構います。

三浦 今？

川合 うん、今。先にも話に出たけれど、村上先生が広く且つ精緻に探ったうえで到達した結論、それがとても明晰なので、我々は安易に飛びついてしまう。自省しなければと思います。

三浦 申し遅れましたが、あの論文「文人・士大夫・読書人」は村上さんの『中国文人論』（汲古選書、一九九四年）に収められています。

川合 そこでの考え方をみんな使っているんですよ。使っているけれども、どうも村上先生の考えはもっと深いのではないかな。

それとちょっと確認なんですけれども、著作目録がありますよね。論文の四十一番のところに、『中國文人の思考と表現』（汲古書院、二〇〇〇年）という本があるでしょう。これは僕の記憶では、村上先生の定年記念に準ずる本だと思うんだよね。このタイトルでは、この本がそういう性格のものだというのはちょっと分かりにくいじゃないですか。

これ実は、僕は本当に出しゃばりなんだけれども、花登さんに、ぜひ退官記念論集を出してほしいと言ったんですよ。定年退官から随分と時間がたっちゃったんだけれども、花登さんが作ってくれたのがこの本なんですよ。そういうことが反映されていない。

浅見 サブタイトル付けたほうがよかったですね。

三浦 これは、村上哲見博士の古稀を祝うという。

川合 もともとはそれ、定年を記念しようとしたもの。

三浦 そう。本来は退官記念論集を出すはずが、古稀まで機が熟すのを待ったわけやね。その巻頭を飾っているのが村上さんの論文「文人之最――萬紅友事略」。

浅見 先ほどの文人論に戻りたいのですが、村上先生は『北宋篇』の段階ではまだ明確でなかった「現実派」と「典雅派」というその二つの流れを、要は作者がどういう階層であるかということを明らかにする中で明確にしていくわけですよね。このお仕事というのは、一見すると単純に見えるけれども、たいへん複雑なプロセスを経ていて、だからそういう意味で『宋詞研究・南宋篇』というのは村上先生の研究の集大成なところがあるなと、今回読んでごく感じました。

松尾 文人論に振らないと、『南宋篇』はできなかったんですよね。そこで南宋の各論にとりかかる前に辛棄疾と黄庭堅を読み、改めて李煜を捉えなおした。そこを通らないといけないというのが大きかったような気がしますね。だから李煜は個人的にお好きなだけではなくて、とても大きい存在だったと思うのです。

浅見　ただ、南宋に至って、いわゆる専業文人が出てくる。これは必ずしも村上先生の創見というわけではないとは思うのですよ。吉川先生が既に『宋詩概説』（岩波書店、一九六二年）の中で、宋の終わりになるといわゆる専業文人みたいな階層が出現するということは言っておられますので。

三浦　そうでしたか。それは士大夫とは切り離された存在として？

浅見　ええ、切り離された存在。ただ、その辺のことを吉川先生の『宋詩概説』は簡略に述べるに止めていたのですが、村上先生は精緻に論じられました。それを詞学研究に適用することで、周邦彦、辛棄疾、呉文英、姜夔らの系譜が本当に見事にクリアになっています。これが『南宋篇』の成功に繋がる点ではないかなと、読んでいて感銘を受けました。

（五）　科挙と日本漢文学

浅見　さて、村上先生の研究の別の柱、科挙研究や日本漢文学研究に話を進めましょうか。

皆さまにお配りした資料では「科挙文化研究」と「日本漢文学研究」というのを先生の研究の柱として挙げました。科挙、特に唐宋期の科挙については、村上先生は従来あまり明確でなかったところをとてもクリアにされましたよね。その研究成果は、村上先生の研究に広く活かされています。例えば、『宋詞研究・南宋篇』で辛棄疾について述べたところや、『陸游』（集英社、一九八三年）などにも、それは見えます。ただ、ここは村上先生の格好いいところなのですが、私なんかだったら何ページも使って書きそうなところを、さりげなく書くことで従来の研究の誤りをはっきりと窘めています。某氏はこう言っているけれども、それは当時の科挙制度に位置付けたらこれだけのことに過ぎないんですよ、と。

三浦　それはやはり文人とか士大夫社会とかの関連から出てきていて、東洋史家が解明するものとはちょっと違う観点ですね。官僚制もそうだし。

浅見　そうですね。東洋史の研究者の官僚制研究にも、村上先生の研究が与えた影響は小さくないと思います。村上先生の『科挙の話』（講談社現代新書、一九八〇年）が出たのはかなり早いですね。

三浦　宮崎市定先生の古典的な研究があるでしょう。

浅見　宮崎先生の『科挙』（中公新書、一九六三年）は、明清を中心とした、制度として完成した科挙に関するものですね。村上先生の場合は、まだ制度として揺れ動いていた段階を見事に整理されたので、画期的だったと思います。

三浦　それを通して、辛棄疾とか陸游は科挙を経てないということがはっきりして、そのことが彼らの官僚生活とか文学活動とどう関わっているかという、そういうことが明らかにされたわけですよね。

浅見　つまり、従来の研究者が漠然とこうだろうと見做していたのを、村上先生は自身の科挙研究を踏まえて修正を迫っているのです。

萩原　『科挙の話』が講談社の現代新書で出ているのですけれども、一般書として書かれていることが、本当に分かりやすくてありがたかったですね。さっきおっしゃったように東洋史のほうでは専門的な書物や論文はたくさんあり、荒木敏一先生の『宋代科挙制度研究』（東洋史研究会、一九六九年）とか、梅原郁先生の『宋代官僚制度研究』（同朋舎出版、一九八五年）とかもそうなのですが、私などにとってはなかなか難しい本で、読んでも途中で挫折してしまいそうになるのですが、それを村上先生は、一般書で大変わかりやすく書いておられます。この本は多分共通一次試験が始まった頃に出版されたと思うのですが、だから世間が試験制度に関心を持っているときに現代新書の一つとして出されていまして、当時非常にヒットしたのではないかなと思います。『科挙の話』は今でも時々読み返していまして、本当に名著だと思います。

三浦　思い出しました。荒木敏一先生のその本は僕、かつてソウルの古書肆で海賊版を買って読みました。海賊版で読むなんて恥ずかしい話ですが、海賊版が出るほど、ニーズが高かったわけですね。

浅見　制度史では見えてこないところを、詩文を使ってクリアにしたというところが良かったのだと思います。

川合　萩原さんが今書き方について言われましたけれども、僕もそのとおりだと思うのです。そうしてみると吉川（吉川幸次郎）型よりも小川（小川環樹）型の書き方という感じがします。地味だけれども、大向こうを張ってやらないのだけれども、さりげなく大事なことを言うというような書き方。

浅見　ヘミングウェイの有名な言葉じゃないですけれども、氷山のように水面上に現れているのはほんの一部に過ぎず、水面下に見えない大きな塊を秘めている、そんな書きぶりですよね。

村上先生の日本漢文学研究については、いかがでしょうか。村上先生が、この分野の研究の最初の基礎を固められたのが、興膳先生も高く評価された『三体詩』ではないかと思います。『三体詩』というのは、中国ではあまり伝承されなくて日本で伝承されたものです。

川合　中国では特殊ですよね。

浅見　そうですよね。だから日本での伝承を考えると、日本のテクストを整理しなければいけません。

三浦　五山版とか。

浅見　ええ、五山版とか。あの本を書かれたとき、村上先生はかなり深く日本における『三体詩』関連の書籍を調査されたと思います。それが村上先生の日本漢文研究の基礎となっていると思います。

三浦　『三体詩』のことは、先ほど言及しました『中国文学と日本』には何度も言及されていますね。ついでに本題とちょっと関係ないことを言わせていただきますと、村上さんのこの『中国文学と日本』には、五山の僧達が『万用正宗』のような日用類書まで読んでいたことが指摘されていて、びっくりさせられました。

浅見　村上先生は後年、森鷗外の歴史小説全集の編纂にも参画されました。『鷗外歴史文学集・伊沢蘭軒』（岩波書店、二〇〇〇—〇二年）の注釈を作られています。『三体詩』から鷗外まで、今後、日本漢文学研究の分野でも村上先生のお仕事は貴重な成果として読み継がれてゆくことと思います。

まとめ

浅見　そろそろ時間です。お一人ずつ、締め括りのお言葉をいただきたいと思います。また、言い残されたことなどありましたら、おっしゃっていただけると嬉しいです。

興膳　配布の資料にキーワードを並べられた中で、「科挙文化研究」というのがあまりまだ今日の話題としては深まってないのではないかな。科挙の文化の関係という点では、皆さん恐らくそうだろうと思うけれども、従来、宮崎市定先生の研究を通してそれを考えていたわけですよね。だけど、新書版で出された村上先生の研究書は、その中に文学、殊に詩文という要素が大きく組み込まれているのですね。それが全く違う。

この本を読んで、宮崎先生の研究の中では見えてこなかった科挙の一面というのが、そこの中で明らかにされているという印象をわたしは非常に強く持ったのです。非常にハンディな本ではあるけれども、その中身については、従来の科挙研究とは全く違った位相が見えているという、そういう印象を強く持っていますね。簡単に言うとそういうことです。

浅見　興膳先生、「日本漢文学研究」についてはどうですか。興膳先生も日本漢文学については、『文鏡秘府論』から始まって『鷗外歴史文学集・北条霞亭』（岩波書店、二〇〇〇―〇一年）に至るまで、たいへんな業績を積み重ねてこられました。そういう点、村上先生ともある重なるところがあると思うのですが。

興膳　『文鏡秘府論』の場合は、つまりあれは純粋な詩文の作り方のための研究書だということについて、殊に江戸時代までは認識が深まってなかったのではないですかね。あれは空海が書いたんだから、宗教的な面から強く考えるということが大きいんですよね。なのに江戸時代のあの本の研究書には、宗教的な面からのアプローチが多過ぎて、その実質が見えていなかったように思うのですね。

三浦　ここで僕なんかが出る幕でもないのですが、興膳さんのあの『文鏡秘府論』の訳注（『空海全集』第五巻、筑摩書房、一九八六年）は注釈学の極北というか、圧倒されます。訳注は詳細を極め、本文は千百頁余、充実した索引だけで九十余頁もあります。そしてそれを通して、空海という存在の破格のスケールが否応なしに迫ってきます。川合さんと共著で出された『隋書経籍志詳攷』（汲古書院、一九九五年）も全千頁余の大変な労作で、しばしば利用させていただいています。

浅見　興膳先生の『文鏡秘府論』研究は、日本における漢文学研究の本当にまさに無人の荒野を切り開くようなお仕事だったと思います。村上先生の『三体詩』研究も、専門家ではないのでいまひとつよく分かりませんけれども、それに近いところがあったのではないでしょうか。

興膳　『三体詩』は、日本で取り入れられたのは室町時代でしょう。室町時代の禅僧がそれを愛好して、注釈書なども出たわけですよね。『唐詩選』になるとぐっと時代が下がって江戸時代中期以降でしょう。だからその時々の日本の文化の在り方の違いというものも同時にそこに反映しているわけですよね。

『三体詩』なり『唐詩選』なりを考える場合には、そういう日本的な摂取のあり方も含めて考える必要があると思うのですね。同じ本でありながら、時代の環境、雰囲気によって見えてくるものが全然違っているということね。それは大変面白いのですが、『文鏡秘府論』の場合はもっと極端な形でそれが出ていると思うのです。

浅見　では、あまり時間もありませんので、三浦先生にお願いします。

三浦　あのスケールの大きな村上さんをひと言でどのよう

に表現したらいいかなと考えていて、とりあえずは「文武両道の人」かなと思っています。それはいろんな意味でそうで、一つは、文字通りの文学通と武術通。それからもう一つは、大学人として研究・教育方面も超一流だったし、また一方で川合さんも言われるように学内行政でも大変な辣腕家であったということ。いま一つは、研究方法として精緻な作品研究というのがまずあって、それを支えるバックグラウンドとしての社会背景のようなもの、つまり科挙や官僚制などへの深い洞察というものとが一個の知性の中で混融している――そういう意味で文武両道の人と違うかなというふうに考えているんですが。

それから、最後にひとこと言わせてください。村上さんが他界されたのは本年（二〇二二年）三月のことでしたが、今こうして皆さんと追憶していると、喪失感がいっそう募ってきて、ツライものがあります。

浅見　では川合先生、お願いします。

川合　浅見さんが整理してくれた資料に「宋詩研究」「唐宋詞文研究」「中国文人研究」云々とありますよね。これは本当にそのとおりで、これを見ると広いなとまず思うのですけれども、しかし驚くべきこと、広いというよりも、それが全部一つのものだということなのです。ただあれもこれもという広さではなくて、一体のものなのだと。そのことに今気がつきました。

浅見　そうですね。渾然一体としている感じがありますね。

川合　一体のものがいろいろな形を取って現れ出てくるみたいなね。

浅見　では松尾先生、お願いします。

松尾　あまり話題にならなかった日本漢文研究ですけれども、思い出すのは黄庭堅の授業です。あのとき、いつの間にか黄庭堅に関する抄物のコピーが書架に並んでいました。このように先生は、必ず日本での受容と研究に目配りしていらっしゃったというのが印象的で、つねづね中国文学を勉強するのは日本を考えるためなんだよとおっしゃっておられたことが思い出されます。先生のご研究はそこに尽きるのかなという気はしています。そういう意味では、日本における詩余をどうみるか、この問題について語られなかったのがちょっと心残りなのですけれども、わたしどもに残された今後の課題ですね。

浅見　日本における詩余と言えば、萩原さんはまさにそれを研究されておられます。では最後に萩原先生、お願いします。

萩原　村上先生のお仕事は、学生時代からもうずっと勉強させていただいているのですけれども、川合先生がおっしゃったように、また浅見さんもおっしゃったように、本当に信頼できる仕事であるということを改めて思いました。興膳先生のお仕事もそうですが、この先生のお仕事なら信頼できるという先生がいらっしゃることは本当に心強いことだと思います。そうした先生のお一人である村上先生がお亡くなりになって、大変寂しく感じるとともに、いま一応学生の教育にも携わっている身としましては、先生から頂いた多くの刺激のうちの少しでも、百分の一でも学生たちに伝えていければなあと思っています。でも能力が無く全然うまくいかなくて本当に恥ずかしいのですが、頑張らないといけないなということを改めて感じました。

興膳　一つ蛇足をつけ加えますけれども、実は村上先生の生存中に一度「学問の思い出」という座談会を、わたしが理事長の時代に企画してお願いしたことがあるのですよ。東方学会の大橋さんを通じてご本人に連絡が行っているんですが、わたしのところに直接ご本人が電話をしてこられて、ちょっと体調がいうことを聞かないので、それはお断りしたいということだったのですよ。だから、もしそれが実現していたらどういうことになったろうなと、さっきちょっと考えていたところなのです。それが実現していたら、今日のお話の内容とはまた別の方向が見えてきたのかもしれず、残念ではあります。今日の座談会がその補いになったかどうか……。これは蛇足です。

浅見　興膳先生には特段のご配慮を賜りました。ありがとうございました。

村上先生のお仕事を、後に残された我々がどう受け継ぐかという点について、一言申しあげますと、わたしはもう一回生き返って、もう一回人生を繰り返しても、先生の域に達することはできないだろうと痛感しております。でも、村上先生の域に達することはできないとしても、そこに向かって近づくことはできます。小さな歩みでもいいから、

退職後の村上哲見先生

村上先生に向かって近づけたらいいなと思っております。

皆さま、今日はどうもありがとうございました。

（文責：浅見洋二）

令和四年十月十五日（土）・京都ガーデンパレス「橘」

出席者紹介

三浦國雄（大阪市立大学名誉教授）

川合康三（京都大学名誉教授）

松尾肇子（立命館大学文学部講師）

浅見洋二（大阪大学教授　企画）

萩原正樹（立命館大学教授）

興膳　宏（京都大学名誉教授）

（『東方学』第百四十六輯（二〇二三年七月）掲載）

略歴

一九三〇年七月　十八日、中国大連にて生まれる
一九四三年三月　青島第二国民学校初等科卒業
一九四三年四月　青島日本中学校入学
一九四六年一月　愛媛県立松山中学校転入
一九四七年三月　愛媛県立松山中学校第四学年修了
一九五三年三月　松山高校（旧制）文化甲類卒業
一九五三年三月　京都大学（旧制）文学部中国語学
　　　　　　　　中国文学専攻卒業
一九五三年四月　京都大学大学院（旧制）文学研究科在学
〜五九年三月
一九五九年四月　京都学芸（教育）大学講師
一九六一年七月　同助教授
一九六三年四月　ドイツ連邦共和国・ゲッチンゲン大学
〜六四年三月　　客員教授
一九六七年四月　東北大学教養部助教授
一九七二年四月　同教授
一九七九年四月　奈良女子大学文学部教授
一九八五年四月　東北大学文学部教授
一九九四年三月　同停年退官
一九九四年四月　奥羽大学文学部教授
一九九九年三月　同退職
同　　　四月　四川大学古籍整理研究所客座教授
二〇〇〇年四月　近畿福祉大学教授
二〇〇五年四月　同上特任教授
二〇〇七年三月　同上退職
二〇二二年三月　十二日逝去、享年九十一

受賞
一九七二年十月　第二回日本中国学会賞
二〇〇九年六月　日本学士院賞・恩賜賞
二〇一〇年五月　瑞宝中綬章

著作目録

著書

『李煜』（中国詩人選集一六、岩波書店、一九五九年一月）
『三体詩』上・下（新訂中国古典選一六・一七、朝日新聞社、一九六六年八月、六七年四月）
『宋詞』（中国詩文選二一、筑摩書房、一九七三年六月）
『宋詞研究――唐五代北宋篇』（創文社、一九七六年三月）
『科挙の話』（現代新書、講談社、一九八〇年九月）
『陸游』（中国の詩人一二、集英社、一九八三年六月）
『中国の名句・名言』（現代新書、講談社、一九八六年十一月）
『蘇州・杭州物語』（中国の都城四、集英社、一九八七年九月）
『漢詩の名句・名吟』（現代新書、講談社、一九九〇年十一月）
『中国文人論』（汲古選書、汲古書院、一九九四年三月）
『漢詩と日本人』（選書メチエ、講談社、一九九四年十二月）
『唐詩』（学術文庫、講談社、一九九八年十一月）
『宋詞の世界――中国近世の抒情歌曲』（あじあブックス、大修館書店、二〇〇二年十二月）
『宋詞研究――南宋篇』（創文社、二〇〇六年十二月）
『中国文学と日本』十二講（中国学芸叢書、創文社、二〇一三年十二月）

共著書

『中国古典詩集』II（世界文学大系七B、吉川幸次郎・小川環樹共著、筑摩書房、一九六三年一月）
『蘇軾・陸游』（鑑賞中国の古典二一、浅見洋二共著、角川書店、一九八九年二月）

『四字熟語の泉』（講談社文庫、島森哲男共著、講談社、二〇〇二年九月）
『四字熟語の教え』（島森哲男共編、島森哲男・小川陽一・小野四平・荘司格一・清宮剛共著、講談社、二〇一九年六月）
『鷗外歴史文学集』〈第六〜九巻〉伊沢蘭軒（一〜四）（森鷗外著・福島理子・村上哲見・藤實久美子・山崎一穎、岩波書店、二〇〇〇年五月〜〇二年三月）

論文

「燭背・灯背ということ――読詞瑣記」（『中国文学報』第一冊、京都大学中国文学会、一九五四年十月）
「温飛卿の文学」（同前第五冊、一九五六年十月）
「教坊記弁附望江南菩薩蛮小考」（同上第一〇冊、一九五九年四月）
「北宋の詞人柳永について」（『京都学芸大学国文学会報』第七号、一九六〇年十月）
「霓裳羽衣曲考」（『日本中国学会報』第一四集、一九六二年十月）
「漁父詞考」（『集刊東洋学』第一八号、中国文史哲研究会、一九六七年十月）
「詩と詞とのあいだ――蘇東坡の場合」（『東方学』第三五輯、東方学会、一九六八年一月）
「張子野の詞について」（『吉川博士退休記念論文集』筑摩書房、一九六八年三月）
「柳耆卿家世閲歴考」（『集刊東洋学』第二五号、一九七一年五月）
「詞に対する認識とその名称の変遷」（『日本中国学会報』第二三集、一九七一年十月）
「柳耆卿詞の形態上の特色について」（『東方学』第四三輯、一九七二年一月）
「柳耆卿詞綜論」（『東北大学教養部紀要』第一七号、一九七三年二月）
「東坡詞札記二則」（『集刊東洋学』第二九号、一九七三年六月）
「周美成の詞について」（『東北大学教養部紀要』第一九号、一九七四年三月）
「蘇東坡の詞について」（『入矢教授小川教授退休記念論文集』筑摩書房、一九七四年十月）
「中国韻文史序論箇説」（『東北大学教養部紀要』第二五号、一九七七年二月）

「蘇東坡書簡の伝来と東坡集諸本の系譜について」（『中国文学報』第二七冊、一九七七年四月）
「楊柳枝詞考」（『加賀博士退休記念中国文史哲学論集』講談社、一九七九年三月）
「蘇東坡と陸放翁」（『書論』第二〇号、書論研究会、一九八二年九月）
「雅俗考」（金谷治編『中国における人間性の探究』創文社、一九八三年二月）
「陸游『剣南詩稿』の構成とその成立過程」（『小尾博士古稀記念中国学論集』汲古書院、一九八三年十月）
「陶枕詞考（『全宋詞』補遺三首）」（『奈良女子大学文学部研究年報』第二八号、一九八五年三月）
「『適俗の韻』について」（『中田勇次郎先生頌寿記念東洋文芸論叢』平凡社、一九八五年七月）
「東坡詩札記――『鄭州西門』について」（『集刊東洋学』第五五号、一九八六年五月）
「呉文英（夢窓）とその詞」（『岡村繁教授退官記念論集中国詩人論』汲古書院、一九八六年十月）
「ふたたび陸游『剣南詩稿』について、附『渭南文集』雑記」（『神田喜一郎博士追悼中国学論集』二玄社、一九八六年十二月）
「文人・士大夫・読書人」（『未名』第七号、中文研究会、一九八八年十二月）
「詩にみる蘇東坡の書論」（『書道研究』萱原書房、一九九〇年十一月）
「詩と詞――中国における詩の正統意識」（片野達郎編『正統と異端』角川書店、一九九一年二月）
「姜白石詞序説」（『日本中国学会報』第四三集、一九九一年十月）
「日本伝存『漱玉詞』二種」（中文）（『詞学』第九輯、華東師範大学出版社、一九九二年七月）
「白居易と杭州・蘇州」（『白居易研究講座』第一巻、勉誠社、一九九三年六月）
「南唐李後主と文房趣味」（荒井健編『中華文人の生活』（平凡社、一九九四年一月）
「貳臣と遺民――宋末元初江南文人の亡国体験」（『東北大学文学部研究年報』第四三号、一九九四年三月）
「許六『和訓三体詩』をめぐって」（『和漢比較文学叢書』第一六巻『俳諧と漢文学』汲古書院、一九九四年三月）
「日本収蔵詞籍善本解題叢編類」（中文）（『第一届詞学国際研討会論文集』中央研究院中国文哲研究所、一九九四年十一月）
「周草窓詞論」（『東方学会創立五十周年記念東方学論集』東方学会、一九九七年五月）

「『唐詩選』と嵩山房」（『日本中国学会創立五十年記念論文集』日本中国学会、一九九八年十月）
「皇帝と文房趣味」（『書の宇宙』二一、二玄社、二〇〇〇年四月）
「関於《汲古閣未刻詞》知聖道斎本的討論」（王水照・村上哲見）（中文）（『詞学』第一二輯、華東師範大学出版社、二〇〇〇年四月）
「文人之最——万紅友事略」（『中国文人の思考と表現』汲古書院、二〇〇〇年七月）
「『懐風藻』の韻文論的考察」（『中国古典研究』第四五輯、中国古典学会、二〇〇一年三月）
「南宋詞綜論」（『風絮』創刊号、宋詞研究会、二〇〇五年三月）
「辛棄疾の官歴について」（『風絮』第二号、二〇〇六年三月）
「歴代諸選本における辛棄疾の詞」（『松浦友久博士追悼記念中国文学論集』研文出版、二〇〇六年三月）
「白居易の杭州赴任をめぐって」（『集刊東洋學』第一〇〇号（特別記念号）、二〇〇八年十一月）

書評

A・ホフマン《李煜の詞》・《春花秋月》（Alfred Hoffmann, Die Lieder des Li Yü, Frülingsblüten und Herbstmond）（『中国文学報』第二冊、京都大学中国文学会、一九五五年四月）
程千帆《唐代進士行巻与文学》（『東洋史研究』第四一巻二号、東洋史研究会、一九八二年九月）
松浦友久編《校注唐詩解釈辞典》（『言語』第一七巻二号、大修館書店、一九八八年二月）
宇野直人『中国古典詩歌の手法と言語』（『新しい漢文教育』第一四号、全国漢文教育学会、一九九二年五月）
［新刊紹介］松浦友久編『漢詩の事典』（『漢文教室』第一八五号、大修館書店、一九九九年五月）
「『中国読書人の政治と文学』を読んで——林田愼之助博士古稀記念論集」（『創文』第四五一号、創文社、二〇〇三年三月）

紹介

「紅楼夢研究をめぐる批判討論」（『中国文学報』第二冊、一九五五年四月）

「李後主の詞に関する討論」（『中国文学報』第七冊、一九五七年十月）

翻訳

G・デボン（Günther Debon）〈中国文学の領域におけるドイツ支那学の業績〉（『中国文学報』第二〇冊、一九六五年四月）

G・デボン〈中国の芸術論における美の概念について〉（『集刊東洋学』第二六号、中国文史哲研究会、一九七一年十月）

雑纂（中国文学関係）

「李煜の詞におもうこと」（中国詩人選集一六『李煜』附録、岩波書店、一九五九年一月）

「毛主席の詞」（世界文学大系七B『中国古典詩集Ⅱ』附録、筑摩書房、一九六三年一月）

「唐詩における酒」（新訂中国古典選一六『三体詩・上』附録、朝日新聞社、一九六六年八月）

「レクラム文庫の唐詩」（同前一七『同上・下』附録、一九六七年四月）

「詞」（『中国文化叢書第5巻、文学史』大修館書店、一九六八年一月）

「詞について」（『東書・高校通信、国語』第九一号、東京書籍、一九七〇年十一月）

「文学の創作における社会的関心――中国の場合」（『東北大学教養部報』第二二号、一九七四年四月）

「杜甫の酒歴とその詩」（世界古典文学全集二九『杜甫Ⅱ』月報四五、筑摩書房、一九七二年八月）

「『詞律』の著者、万樹について」（『創文』一五一号、創文社、一九七六年六月）

「南宋の文人たち――姜白石をめぐって」（『中国書論大系』月報五、二玄社、一九七九年六月）

「思惟の人と行動の人――朱子と辛稼軒の交遊」（『人類の知的遺産』月報一七、講談社、一九七九年八月）

「挫折と平淡――河上博士と陸放翁」（『河上肇全集』月報二、岩波書店、一九八二年二月）

「善之先生詩本事一則」（『吉川幸次郎』筑摩書房、一九八二年三月）

「癸亥訪華雑記――大学管見」（『創文』二四三号、創文社、一九八四年四月）

「癸亥訪華雑記――生きている大運河」（『東方』第三七号、東方書店、一九八四年四月）
「癸亥訪華雑記――陸游の遺跡と宋本『剣南詩稿』」（同前第三九号、一九八四年六月）
「癸亥訪華雑記」（『奈良女子大学学報』第二三〇号、一九八四年七月）
「中国の詩人たち」（東北大学開放講座テキスト、東北大学教育学部、大学教育開放センター、一九八八年十月）
「宋詞のはなし」（『月刊しにか』一巻四号、大修館書店、一九九〇年二月）
「出版事情よりみたる　19世紀以前の日中文化交流」（『コミュニケーション文化の多様性・重要性とその変容』（一九九一年度教育研究学内特別経費研究報告書、東北大学文学部、一九九二年三月）
「宋詞を読む」一～三（『中国語』四〇二～四〇四、内山書店、一九九三年七～九月）
「科挙と漢詩――士大夫と詩」（『月刊しにか』五巻九号、大修館書店、一九九四年九月）
「科挙と漢字――受験勉強は漢字習得から」（『月刊しにか』六巻五号、大修館書店、一九九五年五月）
「『三体詩』の抄物」（『新日本古典文学大系』月報六一、岩波書店、一九九五年七月）
「人生七十古来稀」（『本』第二一巻第四号、講談社、一九九六年四月）
「江戸の本屋・京の本屋」（『東方』第二一二号、一九九八年十月）
「科挙の歴史」（『月刊しにか』一〇巻一〇号、一九九九年九月）
「故事成語とは何か」（『月刊しにか』一三巻二号、二〇〇二年二月）
「蘭軒詩雑記二題」（『鷗外歴史文学集』月報一三、岩波書店、二〇〇二年三月）
「［新刊紹介］［大修館の一冊］宋詞の世界　中国近世の抒情歌曲」（『月刊しにか』一四巻三号、二〇〇三年三月）
「漢詩で旅する蘇州・杭州――天に天堂あり、地に蘇杭あり」（『週刊朝日百科　世界100都市　蘇州と杭州』二〇〇二年六月）
「江戸時代出版雑話」（『東北大学出版会会報　宙（おおぞら）』第二四号、二〇一〇年六月）
「江戸時代出版雑話」（31と同題の別稿）（『季刊　創文』二〇一四春No.一三、二〇一四年四月）

あとがき

故村上哲見先生は、詞学ではすでに大冊『宋詞研究――唐五代北宋篇』『宋詞研究――南宋篇』（創文社）、文人論では『中国文人論』（汲古書院）、日本に関しては『中国文学と日本　十二講』（創文社）を刊行しておられる。本冊にはそれら著書に収録されなかった、あるいはその基となった学術論文および関連する短篇を三部に分けて収載した。部分的に著書と重なるところがあることを、御了解いただきたい。なお、各部はおおよそ題目の時代順に配列した。また、附録として『東方学』に掲載された座談会記録「先学を語る――村上哲見先生――」と村上先生の略歴・著作目録を収めた。座談会記録の本書への転載を快くお許しいただいた座談会出席者各位ならびに東方学会には感謝申し上げる。この座談会を発案され、席上思い出を語ってくださった興膳宏先生は、二〇二三年十月に逝去された。ここに謹んで御冥福をお祈り申しあげる。

村上先生の御逝去はコロナ禍の渦中のことで、受業生は集まることもできず、なにかできないかという声も寄せられていた。そうした折に浅見先生から、論文集をまとめよう、編集は私に任せると言っていただいた。本来ならば、業績一覧を作成し原本を集めるという大変な作業で、菲才の私にはとても引き受けられないところなのだが、心配はまったくなかった。というのも、御逝去の後、初めて御自宅の書斎に入らせていただいたのだが、ガラス扉の書架には、自著一揃いと、背に『明斎文草　〇〇年〜〇〇年』（明斎は先生の号）と記されたファイルとがならび、中段左端には吉川幸次郎博士の遺影が立てられていた。著書には背に「自訂本」と記されたものもそうでないものもあったが、開いてみると初版には必ず、ときには二版にも、修正や加筆の鉛筆書きがあった。ファイルには、透明のポケットに一篇ずつ、論文から新聞記事まで、お書きになったものがすべて時系列で収められていた。「大丈夫だね、あとは任せたよ」と、先生のお声が聞こえたようだった。だから私の仕事は、御著書にすでに収録されたものをチェックするだけだったのである。

その後の勉誠社への依頼、原稿の入力協力者の手配、校正まで、すべて浅見先生の御尽力によって本冊は出来上がった。多忙を極めるなか周到に御配慮いただいたことに、厚く御礼申し上げる。以下に初出一覧を記しておく。

第一部　中国詞論

1　「中国韻文史序論箚説」（『東北大学教養部紀要』第二五号、一九七七年二月）。

2　「中国の韻文文学諸様式の相互関係について」（『京都教育大学　国文学会誌』第一二号、一九七三年三月）。

3　「花間詞の声律、昭和二十五年度入学旧制文学科中国語学文学専攻卒業論文」（未公刊、一九五三年一月）。

4　「燭背・灯背ということ——読詞瑣記——」（『中国文学報』第一冊、京都大学中国文学会、一九五四年十月）。

5　「李煜の詞におもうこと」（『中国詩人選集』一六『李煜』附録、岩波書店、一九五九年一月）。

6　「南宋の文人たち——姜白石をめぐって——」（『中国書論大系』月報五、二玄社、一九七九年六月）。

7　「思惟の人と行動の人——朱子と辛稼軒の交遊——」（『人類の知的遺産』月報一七、講談社、一九七九年八月）。

8 「『詞律』の著者、万樹について」（『創文』一五一号、創文社、一九七六年六月）。
9 「毛沢東主席の詞」（『世界文学大系』7B『中国古典詩集Ⅱ』附録、筑摩書房、一九六三年一月）。

第二部　中国文人論

10 「白居易と杭州・蘇州」（『白居易研究講座』第一巻、勉誠社、一九九三年六月）。
11 「白居易の杭州赴任をめぐって」（『集刊東洋学』第一〇〇号（特別記念号）、中国文史哲研究会、二〇〇八年十一月）。
12 「東坡詩札記――「鄭州西門」について――」（『集刊東洋学』第五五号、前出、一九八六年五月）。
13 「詩にみる蘇東坡の書論」（『書道研究』、萱原書房、一九九〇年十一月）。
14 「蘇東坡と陸放翁」（『書論』第二〇号、書論研究会、一九八二年九月）。
15 「皇帝と文房趣味」（『書の宇宙』第二一冊、二玄社、二〇〇〇年四月）。

第三部　日本漢詩論

16 「『懐風藻』の韻文論的考察」（『中国古典研究』第四五輯、中国古典学会、二〇〇一年三月）。
17 「『三体詩』の抄物」（『新日本古典文学大系』月報六一、岩波書店、一九九五年七月）。
18 「許六『和訓三体詩』をめぐって」（『和漢比較文学叢書』第一六巻『俳諧と漢文学』汲古書院、一九九四年五月）。
19 「『唐詩選』と嵩山房――江戸時代漢籍出版の一側面――」（『日本中国学会創立五十年記念論文集』日本中国学会、一九九八年一〇月）。
20 「《特別講演》江戸時代の漢籍出版」（講演録、『新しい漢字漢文教育』三一号、全国漢文教育学会、二〇〇〇年十二月）。
21 「江戸時代出版雑話」（『季刊　創文』二〇一四春№13、創文社、二〇一四年四月）。

22　「漢詩の魅力――夏目漱石と漢詩――」（未公刊）。

本書に掲載を御許可くださった村上先生の御子息の保之様、御令嬢の万里様に厚く御礼申し上げる。収録に際しては、村上先生御自身の書き込みがある場合はそれに従い、明らかな誤植等は修正した。また、公刊時に横組みだった幾篇かは縦組みにし、漢字は常用字体に、歴史的仮名遣いは現代仮名遣いに、漢数字は箇式に改め、ルビや注については論文集にふさわしい体裁に統一した。図版のすべてを掲載することがかなわなかったのは残念である。なお、村上先生は最後まで万年筆で手書きされたので、今回改めてデータにする必要があり、浅見洋二、稲森雅子、揖斐理佳子、玄幸子、坂内千里、多田昇了、中里見敬、萩原正樹、松尾肇子、大阪大学・立命館大学の有志の院生が分担して入力した。また初校正は大阪大学の院生諸君が御協力くださった。最後になったが、本書の刊行を御快諾くださり、懇切なお世話を頂いた勉誠社の吉田祐輔社長に心より感謝申し上げる。本書の刊行によって、さらに多くの方々に、村上先生の精緻で豊かな御研究の成果を役立てていただけることを願っている。

二〇二五乙巳歳二月

松尾肇子

著者紹介

村上哲見（むらかみ・てつみ）

1930年7月、中国大連に生まれる。奈良女子大学教授、東北大学教授などを歴任。東北大学名誉教授。文学博士（京都大学）。日本学士院賞・恩賜賞受賞、瑞宝中綬章受章。主な著書に『宋詞研究　唐五代北宋篇』（創文社、1976年）、『宋詞研究　南宋篇』（創文社、2006年）、『中国文人論』（汲古書院、1994年）など。2022年3月逝去。

編者紹介

浅見洋二（あさみ・ようじ）

大阪大学大学院人文学研究科教授。文学博士（京都大学）。著書に『中国宋代文学の圏域——草稿と言論統制』（研文出版、2019年）、『陸游（新釈漢文大系詩人編12）』（明治書院、2022年）など。

松尾肇子（まつお・はつこ）

立命館大学白川静記念東洋文字文化研究所客員研究員。文学博士（奈良女子大学）。著書に『詞論の成立と発展』（東方書店、2008年）、『雅詞的受容』（萬巻樓、2023年）など。

和《わ》漢《かん》韻《いん》文《ぶん》文《ぶん》学《がく》の諸《しょ》相《そう》

著者　村上哲見
編者　浅見洋二
　　　松尾肇子
発行者　吉田祐輔
発行所　㈱勉誠社
〒101-0061 東京都千代田区神田三崎町二−一八−四
電話　〇三−五二一五−九〇二一㈹
二〇二五年三月五日　初版発行
印刷
製本　中央精版印刷㈱

ISBN978-4-585-39049-7　C3090

中国古典戯曲演劇論

構成やしぐさ、舞台の演出効果に焦点を当てた中国元曲論、通俗の面白さを追究した劇作家・李漁論、歴史や知識と観劇体験による京劇論の三部構成による珠玉の論文集。

岡晴夫 著・本体一五〇〇〇円（＋税）

中国古典をどう読むか
規範からの逸脱、規範への回帰

古来、解釈が定まらない古典作品を、「規範からの逸脱、規範への回帰」という創作手法を鍵として再解釈。その真の主題、作家としての姿勢・戦術を解き明かす。

下定雅弘 著・本体三八〇〇円（＋税）

中国古典小説研究の未来
21世紀への回顧と展望

文化大革命を経て、変化が訪れた一九八〇年代以降の研究を回顧し、現在直面する問題点を解明。日中の研究交流三十年を概観し、古典小説研究の未来を提示する。

中国古典小説研究会 編・本体二〇〇〇円（＋税）

中国古典文学に描かれた厠・井戸・簪
民俗学的視点に基づく考察

古代中国の人々がそれらの場所・道具・行為をどのように認識し、如何にその象徴性を詩歌に反映させたかを綿密な資料調査と分析から考察する。

山崎藍 著・本体九〇〇〇円（＋税）・オンデマンド版

近代日本の中国学
その光と影

知の編成・連鎖・再生産といった視点から、近代日本の中国学の変遷過程をたどり、東アジアの近代知のあり方および文化交流の実態の一面に迫る画期的論集。

朱琳・渡辺健哉 編著・本体三五〇〇円（＋税）

中国学の近代的展開と日中交渉

伝統的な経学・史学・文学と、敦煌学や甲骨学など新しい分野をめぐる日中間の学術交流と人的交流の重要な事例を網羅的に考察。関連写真と史料で全体像を提示する。

陶徳民・吾妻重二・永田知之 編・本体三五〇〇円（＋税）

中国学（シノロジー）のパースペクティブ
科挙・出版史・ジェンダー

アメリカ、ヨーロッパにおける中国学の最新・最先端の研究成果を紹介する。宋代史における欧米の最先端の学的成果。

高津孝 編訳・本体四五〇〇円（＋税）

中国書籍史のパースペクティブ
出版・流通への新しいアプローチ

書物をめぐるコミュニケーションを担う人びとの営みを描き出した本邦初公開の必読論文を収載。これからの中国書籍史研究の可能性と展開を示す画期的論集。

永冨青地 編訳・本体六〇〇〇円（＋税）

「見える」ものや「見えない」ものをあらわす
東アジアの思想・文物・藝術

「見えるもの／見えないもの」にまつわる理論や事象について、国際的かつ学際的に探求。最先端の研究者二十四名の視角により提示する画期的論集。

外村中・稲本泰生 編・本体一四〇〇〇円（＋税）

漢学とは何か
漢唐および清中後期の学術世界

漢唐および清中後期の学術を多角的に分析し、歴代漢学の総覧を通して、客観の学が包み込む広大な「知」の世界を考察する。

川原秀城 編・本体二八〇〇円（＋税）

新装版
数と易の中国思想史
術数学とは何か

術数学に見え隠れする数と易とのジレンマを解明し、「数」により世界を理解する術数学の諸相を総体的に捉えることで、中国思想史の基底をなす学問の体系を明らかにする。

川原秀城 著・本体七〇〇〇円（＋税）

前近代東アジアにおける〈術数文化〉

〈術数文化〉と書物、出土資料、建築物、文学、絵画との関係を検証。文化への影響・需要を考察し、東アジア諸地域への伝播・展開の様相を通時的に検討する。

水口幹記 編・本体三二〇〇円（＋税）

ソグド人と東ユーラシアの文化交渉

四〜十一世紀、ユーラシア地域を移住しながら交易活動を行った民族ソグド人。彼らについて、最新の研究成果で明らかにし、新たな東ユーラシア世界史を構築する試み。

森部豊 編・本体二八〇〇円（＋税）

呉越国　10世紀東アジアに華開いた文化国家

東洋美術及び東洋史、文学など諸分野からの多角的な視点より、東アジアにおける呉越国の与えた影響を総合的に捉える初めての書。

瀧朝子 編・本体三二〇〇円（＋税）

五代十国
乱世のむこうの「治」

従来「乱」や「離」としてばかり取り上げられてきた五代十国それぞれの「治」を先入観無く見つめることで、十世紀前後を跨ぐ中国史の大きな展開を明らかにする。

山根直生 編・本体三二〇〇円（＋税）

契丹［遼］と10〜12世紀の東部ユーラシア

契丹［遼］研究の到達点を示し、国際関係、社会・文化、新出資料、そして後代への影響という四本の柱から契丹［遼］の世界史上の位置づけを多角的に解明する。

荒川慎太郎・澤本光弘・高井康典行・渡辺健哉 編
本体二八〇〇円（＋税）

金・女真の歴史とユーラシア東方

「政治・制度・国際関係」「社会・文化・言語」「遺跡と文物」、そして「女真から満洲への展開」という四つの視角から金・女真の歴史的位置づけを明らかにする。

古松崇志・臼杵勲・藤原崇人・武田和哉 編
本体三二〇〇円（＋税）

宋代とは何か
最前線の研究が描き出す新たな歴史像

歴史・文学・思想・美術など諸分野の最前線を示す二十二の論考より、多角的視点から宋代を捉えなおし、従来の通説とは異なる、新たな時代像を提示する必読の一書。

平田茂樹・山口智哉・小林隆道・梅村尚樹 編
本体三二〇〇円（＋税）

南宋江湖の詩人たち
中国近世文学の夜明け

江湖詩人の影響は日本にも及び、彼らの位置づけを正しく行い再評価することは、中国近世の文学史全体を大きく書き換えられる。江湖詩人の価値と内実を紹介する。

内山精也 編・本体二八〇〇円（＋税）

東アジアの短詩形文学
俳句・時調・漢詩

短い字数で雄大な空間、悠久の時間をとらえる文学のかたち。日中韓、古代から現代へと、研ぎ澄まされた言葉が織りなす短詩形文学の小宇宙を垣間見る。

静永健・川平敏文 編・本体二四〇〇円

元朝の歴史
モンゴル帝国期の東ユーラシア

モンゴル帝国史・元朝史研究の成果を受け、元代の政治・制度、社会・宗教、文化の展開の諸相、国際関係などを多面的に考察。新たな元朝史研究の起点を示す。

櫻井智美・飯山知保・森田憲司・渡辺健哉 編
本体三二〇〇円（＋税）

地方史誌から世界を読む

世界各地の「地方史誌」における叙述の主体、また、対象となる場や事柄、さらには近代に至るまでの受容の諸相を考察し、「地方史誌」を比較検討するための礎を提示する。

小二田章 編・本体八〇〇〇円（＋税）

地方史誌から世界史へ
比較地方史誌学の射程

「ある地方（地域）を描くこと」という人間の普遍的営みに着目し、各地域の地方史誌形成・再解釈における歴史的展開を検討・比較する。

小二田章 編・本体八〇〇〇円（＋税）

書物のなかの近世国家
東アジア「一統志」の時代

編纂前史から、王朝三代にわたり編纂されたそれぞれの「一統志」のあり方、周辺諸国や後代に与えた影響をも考察し、「一統志の時代」を浮かび上がらせる。

小二田章・高井康典行・吉野正史 編・本体三〇〇〇円（＋税）

輞川図と蘭亭曲水図
イメージとテクストの交響

静岡県立美術館所蔵「輞川図巻」、「蘇州片」や久隅守景、池大雅、富岡鉄斎らの優品、中国と日本、宋代から近代に至るまでの王維・王羲之イメージを精査・検討。

野田麻美・静岡県立美術館 編・本体九五〇〇円（＋税）

コレクションとアーカイヴ
東アジア美術研究の可能性

東アジア美術研究を領導する豪華執筆陣による論考を収載、コレクションとアーカイヴの連環がもたらす最先端の研究視角を鮮やかに提示する。

板倉聖哲・塚本麿充 編・本体九五〇〇円（＋税）

日本人と中国故事
変奏する知の世界

漢故事は日本においてどのように学ばれ、拡大していったのか。時代やジャンルを超えた様々な視点から見つめ、融通無碍に変奏する〈知〉の世界とその利用を切り拓く。

森田貴之・小山順子・蔦清行 編・本体二八〇〇円（＋税）

日本人にとって教養とはなにか
〈和〉〈漢〉〈洋〉の文化史

奈良時代以前から現代にいたるまで、日本人が「人としてどう生きるか」を模索してきた歴史を、〈和〉、〈漢〉、〈洋〉の交錯の中から描き出す画期的な一冊。

鈴木健一 著・本体三五〇〇円（＋税）